Yanis Kostas

TOD AM APHRODITE FELSEN

Der Zypern-Krimi

DROEMER

Besuchen Sie uns im Internet:
www.droemer.de

Aus Verantwortung für die Umwelt hat sich die Verlagsgruppe Droemer Knaur zu einer nachhaltigen Buchproduktion verpflichtet. Der bewusste Umgang mit unseren Ressourcen, der Schutz unseres Klimas und der Natur gehören zu unseren obersten Unternehmenszielen. mit unseren Partnern und Lieferanten setzen wir uns für eine klimaneutrale Buchproduktion ein, die den Erwerb von Klimazertifikaten zur Kompensation des CO_2-Ausstoßes einschließt.
Weitere Informationen finden Sie unter: www.klimaneutralerverlag.de

FSC www.fsc.org
MIX
Papier aus verantwortungsvollen Quellen
FSC® C083411

Vollständige Taschenbuchausgabe Juli 2020
Droemer Taschenbuch
Ein Imprint der Verlagsgruppe
Droemer Knaur GmbH & Co. KG, München

Covergestaltung: semper smile, München
Coverabbildung: Getty Images / Panayiotis Kyriakou;
Shutterstock / Dmitry Polonskiy und Evannovostro
Abbildungen im Innenteil: Nina Heinke
Satz: Pinkuin Satz und Datentechnik, Berlin
Druck und Bindung: CPI books GmbH, Leck
ISBN 978-3-426-30730-4

2 4 5 3 1

Für meine Väter

Deftéra – Montag

Kato Koutrafas

Das winzige Dorf mit gerade mal vierzehn Einwohnern liegt nur wenige Kilometer südlich der zypriotisch-türkischen Grenze, die eigentlich nur eine Waffenstillstandslinie ist, denn die griechischen Zyprioten erkennen die Grenze nicht an.

Das Dorf besteht aus dem Ortsteil Kato Koutrafas und dem höher gelegenen, gänzlich verlassenen Pano Koutrafas. Nächstgrößeres Dorf ist Astromeritis. Dort, also rund 15 Kilometer entfernt, befindet sich auch der Grenzübergang in den türkisch besetzten Teil der Insel.

Die Gegend um Kato Koutrafas ist so dünn besiedelt wie kein anderer Teil der Inselrepublik. Viele Dörfer wurden nach dem türkischen Einmarsch im Jahr 1974 aufgegeben. Alle Zyperntürken, die vorher in Kato Koutrafas gewohnt haben, sind in den türkischen Teil übergesiedelt. Tourismus findet hier, anders als auf dem Rest der Insel, praktisch nicht statt. Die Menschen leben weitgehend von der Landwirtschaft und betreiben diese meist mit alten Methoden. Einige pendeln in die Hauptstadt Nikosia – ein Fahrtweg von etwa 45 Minuten über enge Serpentinen.

Natürlich gibt es in Wahrheit weder ein Kafenion noch ein Polizeirevier in einer so winzigen Gemeinde, aber das ist ja das Schöne an Romanen: Hier im Buch leben tote Dörfer wie Kato Koutrafas und das ländliche Zypern wieder auf und knüpfen mit dem Auftritt der neuen Junior Police Officer, Sofia Perikles, an alte Glanzzeiten an.

Éna – 1

Es war das erste Mal. In ihrem ganzen Leben. 27 Jahre, 7 Monate und 13 Tage hatte sie alt werden müssen, um derlei zu erleben.

Und nun? Sollte sie lachen, weinen oder ein Foto schießen und es auf Instagram posten? Sie war gefangen. In ihrem Auto, diesem kleinen, leicht muffigen Mietwagen irgendeiner asiatischen Marke von *Hertz Cyprus.* Leicht muffig – das war maßlos untertrieben. Die Karre stank. Und davor standen Schafe und Ziegen, die just in diesem Moment begannen, um den Wagen herumzulaufen. Die ersten kamen schon hinter dem Auto an, ohne sich dort weiterzubewegen – und auch die Seitentüren wurden allmählich blockiert. Insgesamt waren es bestimmt zweihundert. Etwas weiter vorne sah Sofia sogar zwei Lämmchen, die sich balgten, dass es eine Freude für sämtliche Facebook-Video-Addicts gewesen wäre.

O ja, sie war gefangen. Irgendwo hinter Kakopetria. Oder war Galata das letzte Kaff gewesen, das sie durchquert hatte? Sie wusste es nicht. Der Blick aufs Handy zeigte: kein Empfang. Das Netz von *CYTA* hatte irgendwo im Troodos-Gebirge schlappgemacht und war auf der weiten Hochebene nicht zurückgekehrt.

Sofias Blick fiel auf das Thermometer. 42 Grad. Und kein Schatten weit und breit. Sie hätte sich höchstens unter einem Lämmchen verkriechen können. Was eine Katastrophe für ihr weißes Sommerkleid mit den aufgestickten Blumen gewesen wäre. Sie hatte es vor einer Woche in einer kleinen Boutique in Kensington gekauft, die diese schwedische Marke führte, die Sofia so liebte. Sie wollte nun wirklich nicht ausprobieren, wie sich zypriotischer Staub auf diesem 300 Pfund teuren Stück machte.

Kein Schäfer in Sicht. Auch kein Bauernhof. Und nun? Was sollte sie tun?

Sofia hatte ihren Freunden beim Ausgehen in Shoreditch stets erzählt, ihre Heimat Zypern sei ein Kulturschock.

Und wann immer sie das gesagt hatte, genoss sie die ehrfürchtigen Blicke der anderen, die darauf folgten. Besonders die der Kerle. Kulturschock – das klang nach endlosem Ferienlager. Und es klang so, wie sie in ihren Augen gesehen werden wollte: nicht als junge Frau, die mit dem goldenen Löffel im Mund geboren worden war, sondern als Abenteurerin, die in der ganzen Welt zu Hause war. Mit Kulturschock meinte sie: die exotischen, aber klimatisierten Teestuben von Nikosia, das langsame Leben am feinsandigen weißen Strand in Paphos und vielleicht noch das familiäre *Meze*-Essen an der langen Tafel in Limassol. Doch hier, auf dieser staubigen Straße im Nirgendwo der zypriotischen Hochebene, musste sie lernen, was Kulturschock wirklich hieß.

Dío – 2

Was hatte sie vor ihrem Abflug in London-Heathrow gute Laune gehabt. In Vorfreude auf die Heimat, auf alte Schulfreunde, auf launige Dachterrassen-Partys bei Nikolaos in Nikosia, auf ein kleines Techtelmechtel mit Lefteris um der alten Zeiten willen. Und auf ihren allerersten richtigen Job: *Junior Security Advisor* im Innenministerium der Republik Zypern. Wenn das nicht toll klang. Sie hatte sich in Gedanken schon die Visitenkarte ausgedruckt. Oben das herrschaftliche Wappen des Landes, darunter der Name der Behörde, dann ihre Berufsbezeichnung. Und über allem prangte ihr Name: *Sofia Perikles.*

Ihr Vater hatte sie vor sechs Monaten angerufen, kurz nach Weihnachten. Die Auslandsbotschaften waren gebeten worden, in den Botschaftsländern zypriotischen Nachwuchs für eine höhere Beamtenlaufbahn zu rekrutieren. Junge topstudierte Kräfte, die zurückgelockt werden sollten in die Heimat. Das passte perfekt. Ihr Studium war fast Geschichte. *Intelligence and International Security* am King's College in London. Davor ein Jahr lang in Berlin etwas Vergleichbares. Nun fühlte sie sich bereit fürs Innenministerium in Nikosia, bereit, für einige Jahre zur Neuorganisation des Polizeiwesens beizutragen.

Sie hatte sich beworben und wurde prompt genommen. Einziger Haken: Sie verpflichtete sich für mindestens drei Jahre. Kein Problem, dachte Sofia. Endlich raus aus London – weg von Dauerregen und von Fisch, der nicht mal frittiert zu ertragen war. Sie wollte wieder im Warmen leben und frischen Fisch aus dem Mittelmeer essen, Fisch, den alte Wirte in lauschigen Restaurants über offenem Feuer oder in zypriotischem Olivenöl grillten. Zumindest für eine Weile.

Der Vertrag war unterschrieben, das Gehalt einigermaßen akzeptabel.

Acht Tage vorm Abflug fand ihre Abschiedsfeier statt. Erst Vorglühen, dann Zwischenglühen und irgendwann in der Nacht fielen sie und ihre Freunde im *Plan B* in Brixton ein, wo ein angesagter DJ aus Berlin auflegte. Sie tanzte, knutschte mit Carl, heulte und trank viel zu viel. Dann heulte sie wieder, all ihre Freundinnen heulten mit, und sie tanzten noch mehr. Morgens um halb zehn war Sofia aus dem Laden gestolpert. Ihr Display zeigte acht Anrufe in Abwesenheit. Eine Pariser Nummer.

»Papa«, sagte sie halblaut zu sich selbst. Und rief zurück.

»Mensch, Sofia. Warum meldest du dich jetzt erst?«

Er hatte diesen Ton, den er so oft angeschlagen hatte, als sie noch ein kleines Mädchen war. Er zog das A in Sofia dann wie einen Kaugummi.

»Was ist denn, Papa? Wir waren … frühstücken«, sagte sie, konnte aber selbst nicht an den Erfolg dieser Lüge glauben. Ihre Zunge fühlte sich schwer an, und die griechischen Wörter holperten darüber wie eine noch zu erfindende Fremdsprache.

»Hast du es nicht gesehen? Das Ergebnis?« Er klang äußerst ungläubig.

»Welches Ergebnis? Hat AEL verloren?« Sie rechnete nach. Gestern war Sonntag gewesen. AEL Limassol, ihr gemeinsamer Lieblingsfußballverein, hatte Sommerpause. War also reichlich unwahrscheinlich.

»Verdammt, Sofia. Die Wahl …«

Die Wahl. Ich blöde Kuh, dachte sie. Sie hatte tatsächlich die Präsidentschafts- und Parlamentswahlen in Zypern vergessen. Weil sie sich ungefähr so sehr für Politik interessierte wie für zypriotische Volkssagen. Das passte zwar nicht unbedingt zu ihrer Studienrichtung, aber im Studium hatte sie sich deutlich mehr mit *richtiger* Politik beschäftigt – mit dem Nahostkonflikt, mit Donald Trump, mit dem Brexit – und nicht mit den zyprischen Normen für den Olivenanbau.

»Papa, mach mal halblang, was ist denn passiert?« Sie ahnte Schlimmes, wusste aber rein gar nicht, um was es sich handeln könnte.

»Die Kommunisten«, stöhnte er, und es klang, als hätte er schwere körperliche Schmerzen.

»Was ist mit den Kommunisten?«, fragte sie, weil sie immer noch nichts ahnte.

»Die Kommunisten haben gewonnen. Ganz knapp, 51,3 Prozent. Eine Katastrophe.«

»Was? Aber die Umfragen waren doch eindeutig. Es war doch völlig klar, dass dein alter Freund die Wahlen gewinnt.«

Zyperns Präsident und ihr Vater waren zusammen zur Schule gegangen. Was in einem Land mit einer Million Einwohnern nicht schwer war. Beinahe jeder war mit irgendwem aus der Regierung zur Schule gegangen. Doch bei den beiden bedeutete es mehr: Zusammen waren sie mit siebzehn in die konservative Partei eingetreten. Hatten einander von Anfang an beim Aufstieg geholfen. Sobald er in der Position dazu war, hatte Sofias Vater seinen Freund mit wichtigen Parteiämtern bedacht. Durch diverse Zufälle stieg dieser höher und höher – und als er schließlich Präsident und Regierungschef wurde, dachte er wiederum an seinen alten Freund und machte diesen zum Botschafter in Paris. Sofias Vater hätte nie länger in Nikosia Dienst tun wollen, gar Minister werden oder Ähnliches. Er liebte die große weite Welt, und in Paris war er nun seit drei Jahren überglücklich. Washington, D.C., war der nächste Traum.

Dass er sich als Nächstes erfüllen würde – das hatten ihr Papa und ihre Mutter zumindest bis zu dieser Wahl gedacht. Sofia war ihr einziges Kind. Sie liebte ihre Mutter, war aber stets Papas Mädchen geblieben. Zu ihrem Vater hatte sie einfach die tiefere und innigere Beziehung.

»Ich habe es dir doch gesagt: Wenn es schon die Amerikaner nicht hinkriegen mit den Umfragen, wie sollten wir Winzlinge dann darauf vertrauen können. Verdammtes Staatsfernsehen, die haben uns in Sicherheit gewiegt«, sagte ihr Vater wütend, und in Gedanken hörte sie ihn schon stundenlang wehklagen über Trump und den Brexit und eben darüber, dass es nun sogar die Zyprioten erwischte.

Klar, dachte Sofia, für ihren Vater waren mal wieder nur die anderen schuld. Dabei hatte sich der konservative Präsident in seinen acht Jahren an der Spitze des Landes nun auch nicht gerade mit Ruhm bekleckert – seine Präsidentschaft fiel mitten in die schwere Wirtschaftskrise, und er hatte enorme Sparmaßnahmen eingeleitet.

»Aber Papa«, begann sie beschwichtigend, »das ist doch nun wirklich kein großes Ding. Du bist ein so erfahrener Diplomat. Die brauchen dich. Und ich geh bald nach Hause auf unsere Insel, werde mich da ein bisschen engagieren und den Kommunisten mal zeigen, wo's langgeht, und dann rocken wir das Ding.«

Ihre Unbekümmertheit kam ihr in diesem Moment völlig natürlich vor. Sie war die einzig denkbare Reaktion. Denn Zypern war ein Mittelmeer weit weg. Ihr Vater seufzte und stieß ein griechisch-orthodoxes Stoßgebet aus. Sie legten auf, und Sofia hatte die Angelegenheit vergessen.

Die letzte Woche in England verging wie im Fluge: Kofferpacken, WG-Zimmer übergeben, Sommerklamotten kaufen.

Als Sofia wenige Stunden zuvor in Larnaka gelandet war, hatte sie sich blendend gefühlt. Sie hatte den Flug genutzt, um bei Netflix sieben Folgen *Jane, the Virgin* zu schauen und herzhaft zu lachen. Sie hatte sich in der Business-Class von *Aegean* die Nägel lackiert und dabei ihrem Nachbarn abschätzige Blicke geschickt, als der wegen des Lackgeruchs immer wieder die Nase rümpfte. Womit sich ihre Blicke genau genommen natürlich nicht so viel nahmen. Und sie hatte mehrere kleine Gläser Champagner getrunken. *Aegean* servierte tatsächlich *Taittinger.* Was war sie froh, dass Cyprus Airways schon vor Jahren pleitegegangen war – die hatten immer nur Prosecco an Bord gehabt.

Mit ihrem Diplomatenpass war die Einreise eine Sache von Sekunden. Bald schon stand sie vorm Flughafengebäude, sah die kunterbunten Taxis und Busse und spürte die Sonne auf der Haut. Endlich. Sie war zu Hause.

Das Telefon piepte gleich mehrfach. Auf der Mailbox: Papa. Er murmelte irgendetwas, es war ein leises Wehklagen, unterbrochen von mehreren Rufen, immer wieder glaubte sie, das Wort *Eriwan* zu hören. Sie nahm sich vor, ihn später zurückzurufen, wenn die Verbindung möglicherweise weniger durchrauscht war.

Aus Spaß schaute sie noch ihren News Feed durch. Aber von wegen Spaß. Sie schrie auf. Was? Ihr Prinz! *BBC* vermeldete doch tatsächlich, dass Prinz Harry heiraten wolle. Seine Freundin. Eine geschiedene Schauspielerin. Allen Ernstes. Dabei hätte er doch sie, Sofia, haben können. Nun gut, konnte sie also länger auf Zypern bleiben.

In ihren Mails fand sie genau eine einzige vor, die ihr Leben in seinen Grundfesten erschüttern sollte – deutlich mehr als die Prinz-Harry-Meldung jedenfalls, auch wenn Sofia das zu diesem Zeitpunkt nicht wusste – und es auch drei Stunden später in der Schafherde noch nicht abschätzen konnte. Die E-Mail kam vom Innenministerium in Nikosia und klang wie alle offiziellen Schriftstücke des Landes äußerst salbungsvoll.

Sehr geehrtes Fräulein Perikles,

wir danken Ihnen für Ihre Bewerbung im Dienste unserer Republik. Gerne bestätigen wir Ihnen, dass Ihre Aufopferung für den zypriotischen Staat auch nach dem vor drei Tagen erfolgten Regierungswechsel eine äußerst wichtige Angelegenheit für uns ist – und dass wir uns freuen, auch mit Ihrer Hilfe das Staatswesen der Republik Zypern auf einen modernen Weg zu führen. Im Zuge des Regierungswechsels ist es eine selbstverständliche Maßnahme, dass wir Reformen durchführen, um unsere Ziele auch tatsächlich durchzusetzen.

Wir danken in diesem Ringen um eine bessere Zukunft für unser Land für Ihr Verständnis. Zu diesem Zwecke möchten wir Ihnen mitteilen, dass wir eine Neuordnung der Zuständigkeiten in den Ministerien vornehmen. Das betrifft natürlich auch das Innenministerium. Wir sind sehr daran interessiert, dass unsere künftigen Führungskräfte die gesamte Bandbreite der Aufgaben in der Republik Zypern kennenlernen, denn damit können sie dem Wohl unseres Volkes am besten dienen. Deshalb ist es für uns und für Sie, liebes Fräulein Perikles, eine Pflicht, die Dezentralisierung des Landes voranzutreiben und auch regionalen Tätigkeiten nachzugehen.

Wir freuen uns dementsprechend sehr, Ihnen mitteilen zu können, dass Sie ab dem 1. August – befristet für ein Jahr – in folgender Abteilung tätig sein werden:

Polizeidienststelle von Kato Koutrafas

Ihre Aufgaben dort werden sehr vielfältig sein und Sie mit dem Polizeialltag in der Republik Zypern vertraut machen. Bitte melden Sie sich nach Ihrer Ankunft bei Chief Inspector Kostas Karamanlis.

Da das größte Wahlversprechen unserer neuen Regierung ein ausgeglichener Haushalt ist, sind wir sehr zuversichtlich, dass auch unsere neuen Beamten diesem Ziel folgen wollen. Wir danken Ihnen daher im Voraus dafür, dass Sie sich selbstständig um eine Unterkunft am Dienstort bemühen wollen.

Mit kommunistischem Gruße
Petros Matriopoulos
designierter Innenminister der Republik Zypern

Sie ließ das Handy sinken. Die Taxis und Busse verschwammen. Und die Sonne fühlte sich auf einmal ganz anders an. Sie brannte auf Sofias Haut wie Feuer. Sie hob das Telefon noch einmal und las den Namen des Unterzeichners.

»Petros Matriopoulos«, murmelte sie. Auch mit ihm war ihr Vater zur Schule gegangen. Und er hatte zu vielfältigen Anlässen derart deftige Schimpfwörter für den ehemaligen Generalsekretär der Kommunistischen Partei gebraucht, dass Sofias Mutter oft tagelang nicht mehr mit ihm gesprochen hatte. Nun, es schien so, als beruhte dieser jahrzehntelang gewachsene Hass auf Gegenseitigkeit. Nur fand sie sich nun als das völlig unschuldige Opfer dieser Fehde wieder. Sie, die arme Sofia, musste büßen. Und nicht ihr Vater, der ja eigentlich der böse Mann war. Der den Fluch heraufbeschworen hatte. Dachte sie. Zu diesem Zeitpunkt wusste sie noch nichts von der Versetzung ihres Vaters nach Armenien, genauer gesagt, nach Eriwan. Nun gut, sie hätte davon wissen können. Aber dieses verdammte zypriotische Handynetz …

Tría – 3

Als Antwort auf eine selten gestellte Frage: Schafe lassen sich mit zehnminütigem Hupen von der Landstraße vertreiben.

Sofia hatte es nun experimentell erprobt. Möglicherweise hatte es zusätzlich auch am Schäfer gelegen, der nach neunminütigem Dauerhupen über das Brachland gehumpelt kam und aus seiner Pfeife einen leisen Ton abgab. Die Schafe bewegten sich daraufhin recht zügig in Richtung Bergkette, während der Hirte ihr in ihrem asiatischen Kleinwagen einige wüste Beschimpfungen hinterherrief. Vielleicht wünschte er aber auch nur einen schönen Tag. Sofia konnte das nicht mit Gewissheit sagen, weil ihre Kenntnis des nikosianischen Bergdialekts nicht so ausgeprägt war.

Sie fuhr weitere zwanzig Minuten durch die Steppe; die Beschilderung hatte längst aufgehört, die Sonne stand im Zenit. Die Straßenmarkierungen waren so gut wie vollständig abgeschabt, aber das machte nichts: Ein anderes Auto war ihr seit einer Dreiviertelstunde nicht mehr entgegengekommen. Links und rechts der Straße standen ein paar karge Bäume, dazu die dornigen Gräser und Sträucher, die für die Gegend so typisch waren. Schließlich kam doch noch ein Schild. Ein Ortsschild. Kato Koutrafas. Das Schild war allem Anschein nach älter als Sofia. Vielleicht sogar älter als ihr Vater. Es benannte Sofia Perikles' neue Heimat.

Der Charme des Dorfes erschloss sich nicht sofort. Sie war in England in einem *Sommer* durchs Land gereist und hatte so beschauliche Orte besucht wie Hull und Liverpool. In

Deutschland hatte ihr ein verliebter Freund einmal Bitterfeld gezeigt. Alles keine Offenbarungen, alles Städte unterhalb der natürlichen Attraktivitätsgrenze. Aber in Kato Koutrafas zeigte sich, dass sie in Hull vielleicht doch ein schönes Eigenheim hätte beziehen sollen.

Die ersten Häuser des Dorfes waren gänzlich verfallen. Es waren alte Steinbauten, bei zweien von ihnen war das Dach eingestürzt, Fenster gab es ohnehin keine mehr. Im Zentrum, das nach zwanzig Sekunden Autofahrt erreicht war, sah es nicht wesentlich besser aus. Hier waren zwar die Dächer auf den Häusern intakt, aber alle Behausungen sahen erbärmlich aus, so arm und runtergekommen, dass ein Kosmopolit wie ihr Vater den Ort wahrscheinlich zum Komplettabriss freigegeben hätte.

Die Straße führte in einer geraden Linie durch das staubige Dorf. In der Ortsmitte gab es das klassische zypriotische Dreieck: rechts die Kirche, ein kleiner Bau mit spitzem Portal und rotem Dach, eigentlich war es eher eine Kapelle. Ein Schild verriet, dass sie der »Jungfrau Maria« geweiht war. Der Kirche gegenüber, auf der anderen Straßenseite, lag das Kafenion. Es trug keinen Namen mehr, die Aufschrift über der Tür war längst abgeplatzt. Vor dem Haus standen drei kleine Plastiktische mit den dazugehörigen weißen Stühlen. Keiner war besetzt. Und genau daneben befand sich die … Nun ja, es fiel ihr schwer, das Wort auch nur laut zu denken. Aber genau neben dem Café war Sofias neuer Arbeitsplatz. Die Polizeiwache.

Sie wusste nicht, ob sie schallend lachen oder weinen sollte. Und das schon zum zweiten Mal heute. Mit der E-Mail am Flughafen gar zum dritten Mal.

Was für ein absurder Ort. Denn es war kein richtiges gemauertes Gebäude, sondern ein Container. Die Aufschrift *Police* war an einem kleinen Schild neben der Tür angebracht, das stolze zypriotische Wappen über dem Schriftzug wirkte an dieser Baracke wie trotziger Hohn. Der Container maß vielleicht fünf mal vier Meter. Ein Loch. Sie würde einen Weg finden müssen, diesen Irrsinn zu beenden. Sie würde ihren Vater anrufen. Oder das Ministerium. Sie würden sie schon nach Nikosia kriegen. Irgendwie.

In diesem Moment klingelte es in ihrer Hosentasche. Sie hatte Netz. Hier. In Kato Kout… Wie auch immer das Kaff genau hieß. Hinter dem Namen des Netzbetreibers stand ein Balken. Wahnsinn! Aber irgendwie funktionierte die Rufnummernübermittlung nicht.

»Sofia hier, Papa, bist du es?«

»Wieso denn Papa? *Babe*, ich bin's, Carl.«

»Carl …«

Sie schmolz dahin. Ihr schmucker blonder gutriechender Carl. Nicht zu vergessen: ihr reicher Carl. Ihr schlauer Carl. Ihr Carl aus verdammt gutem britischem Hause. Mit zwei Worten: ihr Carl.

»Wie geht es dir? Bist du gut angekommen? Dachte schon, irgendwas wäre mit deinem Flugzeug, weil du ewig keinen Empfang hattest …«

»Ach Carl, wenn du wüsstest. Es ist so richtig furchtbar hier.« Sie musste ein Schluchzen unterdrücken. Carl hatte sie noch nie weinen sehen. Na gut, das eine Mal, als ihr die Joints in Verbindung mit zwei Pale Ale nicht bekommen waren. Da hatte sie einen solchen Lachflash gehabt, dass sie hatte weinen müssen. Diesmal aber war es ernst.

»Was ist denn los, Sofia? Du klingst ja völlig verzweifelt.«

Sie schilderte in drei Sätzen, was ihr zugestoßen war. Allerdings war das Netz genauso stark, wie der eine Balken es vermuten ließ.

»Sofia, ich krieg nur die Hälfte mit. Die Kommunisten haben die Polizei übernommen? Und du musst Urlaub in einem Dorf machen? Was?«

Es war hoffnungslos.

»Ich rufe dich heute Abend an, o.k.?«

»Ja, ich glaube, das ist besser.«

»Du kommst mich in zehn Tagen besuchen, ja? Wie wir es besprochen haben? Es ist ganz furchtbar, ich brauch dich hier.«

Sofia hatte keine Ahnung, wo sie in zehn Tagen sein würde. In welchem Dreckloch sie wohnen würde. Aber sie wollte Carl hier haben. Es gäbe ja auch Hotels, im Zweifel.

»Ich hab dir doch gesagt, es ist leider viel los in der Firma. Aber du weißt, ich versuche es.«

Die verdammte Firma. Als müsste Carl überhaupt arbeiten. Sein Vater Abgeordneter im Unterhaus, seine Mutter Anwältin – aber Carl wollte ja unbedingt selbst Unternehmer sein. Jetzt machte er Werbung für irgendwelche amerikanischen Start-ups, verdiente schlecht und arbeitete achtzig Stunden die Woche. Nie hatte er Zeit für sie.

»Wir sprechen später, ja?«

»O.k., *babe*, bye.«

Er hatte aufgelegt. Und sie stand immer noch auf dieser staubigen Straße am Ende der Welt. Na gut, dann würde sie mal ihren Schreibtisch einnehmen, dachte sie und stapfte los.

Sofia klopfte dreimal an. Keine Reaktion. Die metallene Tür knarzte in den Angeln, als Sofia daran zog.

»*Kalimera*«, rief sie zaghaft.

Drinnen war es dunkel, weil die Jalousien vor den Fenstern runtergelassen waren. Dachte sie. Doch dann roch sie, was vor allem zur Dunkelheit beitrug: der dichte Rauch. Sofia musste husten. Die Luft war zum Zerschneiden. Als würde man in Manchester in eine Kneipe kommen. Also vor dem Rauchverbot. Vor fünfundzwanzig Jahren.

Als sie sich an den Nebel gewöhnt hatte, sah sie drinnen eine einsame Gestalt sitzen. Einen Mann, der aussah wie die

Bäume vorhin in der Steppe. Hager und windschief, quasi ein Strich in der Landschaft. Er sah nicht auf, sie konnte nicht genau erkennen, was er überhaupt tat. Na gut, er rauchte. Eine erstaunlich dicke Zigarette steckte in seinem Mundwinkel, sie sah im Dunst wie selbstgedreht aus. Und vor ihm auf dem winzigen Schreibtisch stand eine Flasche mit einer durchsichtigen Flüssigkeit. Viel war nicht mehr drin. Auch das Glas, das vor ihm stand, war nahezu leer. Die Lache auf dem Schreibtisch war dabei anzutrocknen.

Sie kam näher, er rührte sich immer noch nicht. Dabei glimmte seine Zigarette stetig und unablässig, die Glut wurde rot, schwarz, wieder rot, wieder schwarz. Es sah aus, als würde E.T. seinen Finger zum Leuchten bringen. Der Mann lebte also. Sie las die Aufschrift auf der Flasche: *Zivania.* Das zypriotische Äquivalent zum Grappa. Das Getränk für die, denen Ouzo zu schwach war.

Sofia versuchte es erneut, sie sagte ganz sanft: »*Kalimera.*«

Sie stand nun ziemlich nah vor ihm und sah, dass der Mann schlief. Und zwar tief und fest. Dabei saß er aufrecht – und: ja, sie konnte es ganz deutlich sehen –, seine Zigarette glimmte bei jedem Atemzug, den er tat. Ein Wunder, dass der Kerl nicht schon die Hütte abgefackelt hatte. Es wäre nicht schade drum gewesen.

Sofia trat noch einen Schritt auf ihn zu. Diesmal versuchte sie es mit einer Symbiose aus Akustik und Physis: Sie sagte ziemlich laut: »*Yiassou*« und klopfte mit ihrer Hand sachte gegen seine Schulter. Nun gut, nicht *sachte* im wörtlichen Sinne. Offensichtlich hatte sie die Schwere der Berührung unterschätzt, denn im nächsten Moment schreckte der Mann hoch, riss die Augen auf, verlor das Gleichgewicht und fiel mitsamt dem Stuhl schwerfällig auf den Boden, sodass es ein lautes Krachen und zugleich einen dumpfen Aufprall gab.

»*Putana*«, rief er, und seine Augen funkelten entschlossen, sodass Sofia nicht sagen konnte, ob er wütend oder irre war, »was ist denn los? Wer bist du? Bist du verrückt?«

»Es tut mir leid«, stammelte Sofia, aber sie sah nun an seinem Blick, dass er voller Wut ergründete, warum genau er auf dem Fußboden lag, und dass er die ihm langsam dämmernde Erkenntnis, dass eine Frau ihn soeben geschubst und samt seinem Stuhl auf den Fußboden befördert hatte, nun wahrlich nicht sonderlich anregend fand. Er sah sie an, prüfend, fuhr mit dem Blick ihr Sommerkleid entlang, suchte sie quasi von unten nach oben ab. Nach und nach berappelte er sich und versuchte aufzustehen. Aber er musste sich mit beiden Armen auf dem Boden abstützen, damit es gelang. Mühsam richtete er den Stuhl auf und ließ sich schwer hineinfallen. Er war, um es schlicht zu sagen, vollkommen besoffen. Wahnsinn, dachte Sofia. Es war noch nicht mal Mittagszeit. Eine hagere Gestalt mit hängendem Kopf und Trauermiene, zu der die rauchige Stimme nur zu gut passte: »Was wollen Sie hier? Es ist geschlossen.«

»Sie sind doch die Polizei?«

Er blickte sie an, als hätte Sofia ihn angeschossen. »Bitte?«

»Das ist doch die Polizeiwache. Und Sie sind Polizist. Wie kann da geschlossen sein?«

Er schüttelte sich kurz, als liefe es ihm kalt den Rücken herunter.

Sie besann sich. »Na, wie auch immer. Mein Name ist Sofia Perikles. Ich bin die Tochter des Botschafters in Paris und habe eigentlich eine Stelle im Innenministerium. Aber nun bin ich hierherversetzt worden.«

Er sah sie mit vollkommen leerem Blick an.

»Sind Sie denn nicht Chief Inspector Karamanlis?«

»Keine Ahnung, wovon Sie reden.«

»Man hat mich hergeschickt. Zum Arbeiten. Es muss ein Versehen sein.«

»Glauben Sie mir«, sagte er, und es war der erste Satz, den er deutlich sagte und der nüchtern klang, als wäre er sein Mantra, »hier in Kato Koutrafas ist jeder nur aus Versehen.«

Er lachte ein heiseres lautes Lachen, das die Luft durchschnitt. Er konnte gar nicht mehr richtig aufhören, schließlich sagte er, zwischen zwei neuen Lachsalven: »Sie sind hierherversetzt worden? Sie …?« Er musterte sie wiederum, diesmal von oben bis unten, und musste erneut lachen, diesmal noch lauter.

»Ihre Schuhe sind staubig, ganz staubig«, rief er und wies auf ihre schwarzen Schuhe mit dem Keilabsatz, die sie in London in einem kleinen Designerladen extra für ihre Landpartie gekauft hatte, und sein Lachen blökte wie die Schafe, die vorhin ihr Auto umstellt hatten. Doch er konnte nicht aufhören: »Sie sind die Tochter von, was, von einem Botschafter?«

Sie nickte, und er fing wiederum an. Hatte sie so ein Lachen schon mal gehört? Jemals in ihrem Leben? Der Typ war verrückt. Hatte draußen wirklich »Police« an der Tür gestanden? Allmählich glaubte Sofia, dass sie sich doch getäuscht hatte.

»Na, mal schauen«, sagte er und beruhigte sich langsam.

Er stand von seinem Stuhl auf und ging nach hinten zu einem altmodischen Faxgerät, wobei er gar nicht mehr so wackelig aussah wie zuvor. Im Eingangskorb lagen Dutzende Blätter.

Entweder die zypriotische Polizei hatte heute entschieden, alle wichtigen Anfragen aus sämtlichen Teilen des Landes ab sofort wieder per Fax zu versenden – und zwar an alle Reviere –, oder dieser Typ hatte den Korb seit Wochen nicht mehr geleert. Tatsächlich blätterte er seltsam orientierungslos in den Faxen, ließ die Seiten, die er nicht gebrauchen konnte, einfach zu Boden fallen und hatte erst nach einer Minute etwas Brauchbares gefunden. Er las das Papier ganz langsam, pfiff durch die Zähne, als hätte er eine enorme Zahnlücke, und blickte sie an: »Hier steht es. War viel los, habe das Fax nicht gelesen. Ist erst heute Morgen gekommen.«

Sofia hätte zu gern das Datum gesehen, aber er hatte den Zettel schon zerknüllt und warf ihn in den Eimer direkt neben seinem Schreibtisch.

»Sind Sie denn nun Kostas Karamanlis? Der Chief Inspector?«

Er setzte sich wieder auf den durchgesessenen Drehstuhl, und es war, als ließe der Klang seines Namens ihn zusammensinken.

»Freunde sagen Kostas. Für Sie Karamanlis. Und was soll das heißen, Sie arbeiten jetzt hier?«

»Das, was in meinem Berufungsschreiben steht. Dass ich, bevor ich zum Bürohengst in einer Behörde der Republik werde, erst mal für eine Weile die Praxis kennenlernen soll. Eine Entscheidung der neuen Regierung.« Sofia wusste gar nicht, warum sie hier so auf die Kacke hauen musste. Aber es lag in diesem Fall nicht mal an ihrer Eitelkeit. Sie wollte dem komischen Vogel vielmehr deutlich machen, dass sie eine große Nummer war und er mit ihr nicht so umspringen durfte.

»Eine gute Regierung«, murmelte er. »Der neue Präsident …«, er hielt sich den Kopf.

»Sind Sie Kommunist?«

In England hätte sie diese Frage nicht stellen dürfen, genauso wenig in Deutschland. In London kamen Gespräche über Politik zwar vor, aber niemand war dort ernsthaft Kommunist. In Berlin dagegen wurde nie wirklich über Politik gesprochen, das ganze Volk war in großer Sorge davor, entweder als Nazi oder als Linker abgestempelt zu werden, deshalb sprach man lieber übers Wetter. Damit hatte man ja auch genug zu tun. Doch hier in Zypern war das eine durchaus logische Frage: Entweder man war Kommunist – dann sah man aus wie Kostas Karamanlis, die Klamotten zerschlissen, die Haut eine Mondlandschaft, auf dem Tisch eine Flasche Ouzo oder Zivania –, oder man war Konservativer, dann sah man aus wie Sofia – oder wie ihr Vater. Der trug eine teure Schweizer Uhr am Handgelenk, hatte Schuhe aus Budapest und Anzüge aus Italien, ging einmal im Monat zur Pediküre und zur Hautpflege, er trank nur in Maßen und überhaupt keinen Schnaps.

»Ich war nicht wählen«, antwortete Karamanlis, sehr zu Sofias Erstaunen.

»Aber war das Wahllokal nicht hier in der Station?«

»Doch.«

»Und wo waren Sie?«

»War Sonntag.«

»Das heißt?«

»Ich war drüben.«

»Drüben wo?«

Er zeigte mit dem Finger aus dem Fenster und versank wieder in sich selbst.

Sie erinnerte sich. Ihr Vater hatte auch oft gesagt, er sei *drüben* gewesen. Und *drüben* musste von hier aus sehr nah sein. Sie nahm sich vor, die Lage von Kato Koutrafas noch mal auf der Karte zu überprüfen, nachher, wenn sie endlich Google Maps befragen konnte, sollte sie denn Netz haben.

»Kann ich einen Schreibtisch haben?«, fragte Sofia mit Blick auf den zweiten Tisch im Raum. Das gleiche billige Modell, dafür aber gänzlich leer und ohne Spirituosen und Aschenbecher.

Er antwortete nicht, goss sich stattdessen aus der Flasche nach und wischte mit dem Ärmel seines karierten Hemdes über die Lache auf dem Tisch, die mittlerweile zu einer klebrigen Schicht geworden war, weshalb die Säuberungsaktion ohne Wirkung blieb. Immerhin hatte er es versucht.

Als er weiter schwieg, ging Sofia ein Stück in den Raum

hinein und stellte ihre Handtasche auf dem anderen Tisch ab. Sie betrachtete ihr erstes Werk in diesem Container: Pariser Luxusmodeschick traf griechische Spanplatte. Eine feine Kombination.

Urplötzlich war er hinter ihr und bimmelte mit etwas in seiner Hand – einem Schlüssel.

»Die Karre ist mir ohnehin zu schwul. Ich fahr Jeep. Und da du ja was Feines gewohnt bist, kriegst du einen Dienstwagen. Steht hinterm Haus.«

Wie er *Haus* sagte, klang irgendwie, als wüsste er selbst, wie lächerlich das klang, bezogen auf diesen Hühnerstall. Aber wenigstens konnte Sofia den winzigen Mietwagen zurückgeben und würde ein echtes Polizeiauto fahren. Was das hier in den Bergen wohl war? Ein Land Rover? Sie würde gleich nachschauen.

»Wissen Sie, wo ich hier eine Wohnung finden kann? Erst mal für einige Wochen? Ich muss mit dem Ministerium sprechen. Vielleicht reicht es ja auch, wenn ich hier bei Ihnen«, und ohne rot zu werden, fügte sie hinzu, »bei einem so hochdekorierten Beamten wie Ihnen, ein kurzes Praktikum absolviere.«

Wie heißt es so schön: Die Hoffnung stirbt zuletzt – vielleicht würde sie den Innenminister ja doch noch erweichen. Was konnte sie schließlich für ihren Vater und seinen Hass auf die neue Elite des Landes? Sofia wusste nicht, warum Karamanlis leise vor sich hin lachte, ein grunzender Ton, der eher nach Bauernhof klang als nach wahrer Fröhlichkeit. Dann fiel ihr wieder ein, dass sie gerade nach einer Wohnung gefragt hatte.

»Ja, Tausendschön«, sagte er, und es war das erste Mal, dass er sie so nannte. »Sagen wir mal so: Der Leerstand in Kato Koutrafas ist genauso hoch, wie die Türken *drüben* blöde Wichser sind. Ich würde sagen: Besetz ein Haus. Kost' nix.

Und wenn du das nicht willst, überm Kafenion gibt es Fremdenzimmer. Zwölf Euro die Nacht. Bin mir aber nicht sicher, ob Kakerlaken was für dich sind.«

Er grunzte wieder und nahm noch einen Schluck aus dem Glas. Sofia fragte sich, wie er den Suff durchhielt, ohne umzukippen. Die Sonne brannte mittlerweile auf den Container, dass sie auf dem Dach Spiegeleier hätte braten können. Der Ventilator neben seinem Schreibtisch wirkte ähnlich effizient wie ein Bunsenbrenner bei der Eiswürfelherstellung.

»Alles klar. Ich guck mich mal um. Wie sind denn meine Arbeitszeiten?«

Für einen Moment herrschte Stille. Dann stützte er beide Hände auf den Tisch und richtete sich auf. Das Grinsen war aus seinem Gesicht verschwunden, er schaute sie aus kleinen listigen Augen wach an, als wäre er auf einmal ganz nüchtern.

»Pass auf, Tausendschön. Ich sage es nur einmal: Ich bin, sagen wir mal, eher nicht so sehr der Menschenfreund. Und heute Morgen hab ich gedacht, das Schlimmste, was mir an diesem Tag passieren könnte, wäre ein verendetes Schaf auf der Hauptstraße oder ein türkischer Tourist, der durch mein Dorf läuft, oder ein Anstieg der Ouzo-Preise um drei Prozent. Und dann kommst du hier rein. Ich habe wirklich nicht um irgendeinen Menschen gebeten, der sich in meinem Büro breitmacht. Und erst recht nicht um eine tussige Schnalle von irgendeiner wahnsinnig wichtigen Kack-Universität, die pro Jahr teurer ist als mein Einkommen im gesamten letzten Jahrzehnt. Ich empfehle dir also für unser beider Wohlergehen, dass du es schön ruhig angehen lässt. Such dir eine Bleibe, damit das Ministerium glaubt, du arbeitest hier. Und dann verpiss dich nach Nikosia oder Limassol oder Ayia Napa, trink Champagner aus Eimern und mach, was feine Damen so machen. Aber sei nicht hier. Und vor allem: Weck mich nie wieder auf.«

Er beendete seinen Monolog, indem er die Hände auf den Tisch knallte und sich wieder in seinen Stuhl fallen ließ. Das war's. Mehr war wohl wirklich nicht zu sagen. Sie war zu verdattert, um zu antworten. Sie hätte gerne geweint, aber es war hier drinnen zu heiß für irgendeinen Flüssigkeitsverlust. Sie betrachtete die Autoschlüssel in ihrer Hand und verstand: Er hatte ihr den Wagen gegeben, damit sie schnell von hier verschwand. Und Sofia entschied, dass er sie kein zweites Mal würde bitten müssen.

Téssera – 4

Da stand sie auf der Dorfstraße von Kato Koutrafas und fühlte sich, als hätte sie Lepra. Und dieses Kaff wäre ihre Quarantäne. Um keinen Preis wollte sie hierbleiben. Und es schien, als wollte auch niemand, der hier wohnte, sie hier haben. Ihr Leben hatte sich in den letzten zwölf Stunden gehörig verändert. Sofia hätte nicht gedacht, dass sie sich jemals ins kalte und regnerische England zurückwünschen würde. Schwups. Da war es passiert. Nach nur zwei Stunden im Land.

Ihr mechanischer *Vichy*-Sonnenschutz in Stärke 20 war der zypriotischen Sonne zumindest hier im ländlichen Glutofen nicht gewachsen. Ihre Haut begann zu ziehen und zu brennen. Sie brauchte dringend eine Herberge. Sie fühlte sich ein bisschen so wie Maria in der Weihnachtsgeschichte. Nur ohne Mann und ohne Bauch und mitten am Tag.

Vor dem Kafenion saß niemand. Kein Wunder bei der Hitze. Der Bau war zweistöckig, offenbar war unten das Café des Ortes und oben das Wohnhaus der Besitzer. Die Farbe des Hauses hätte bereits vor fünfzig Jahren mal wieder nachgebessert werden können. Jetzt kam eigentlich nur noch ein Neubau infrage. Sofia öffnete die Tür und fand sich in einem Film von Aki Kaurismäki wieder. Ungefähr ein Dutzend Augenpaare hefteten sich an sie, wie sie da stand in ihren Designerklamotten. Die meisten Augenpaare gehörten *alten* Männern, wobei *alt* noch schmeichelhaft war. Sofia hatte mal gelesen, in Sardinien gebe es ein Dorf der Hundertjährigen. Das hatte wohl in der Zeitung gestanden, weil der Redakteur sich nicht nach Zypern traute. Die Männer waren jedenfalls uralt. Ihre Gesichter bestanden aus Falten, die aussahen wie Ackerfurchen, und sie hatten diese tiefbraune Farbe angenommen, die nur bekommen konnte, wer mehrere Dekaden lang auf Feldern und Hügeln zwischen Nikosia und Larnaka Schafe und Ziegen gehütet hatte. Keiner von ihnen sagte ein Wort.

Sofia überlegte, ob alle nur einfach so zur Türe starrten, weil sie ob ihres Alters ohnehin nichts mehr sehen konnten – und weil es hier drinnen dunkel war wie in einem nächtlichen Pumakäfig. Nebenbei roch es auch so. Als sie sich auf die Bar zubewegte, bewegten die alten Herren allerdings die Köpfe. Der Test war also geglückt, sie sahen doch etwas. Ein Hoch aufs zypriotische Gesundheitssystem. Offenbar hatte Sofia das Tavli-Spiel unterbrochen, das an mehreren Tischen gespielt wurde, denn die Backgammon-Bretter lagen geöffnet vor den Herren. Sie hatten die Steine wohl schon fallen lassen, bevor sie die junge Frau erblickt hatten. Sofia hatte Tavli nie verstanden. Irgendwie war es wie Backgammon. Ihr Vater hatte es ihr als Kind nicht beibringen wollen. Er hatte immer wieder erklärt, in ihren Kreisen spiele man nicht an einem Tisch in einem Kafenion, sondern im familieneigenen Salon. Später als Jugendliche wollte sie mit anderen Dingen spielen als mit Brettern auf Tischen.

Sofia beschloss, sich der Hauptrolle in dem Kaurismäki-Drehbuch nicht hinzugeben. Sie nahm die letzten Meter bis zur Bar mit festem Schritt und stolz erhobenem Kopf – mit Würde sozusagen.

Der Raum war riesig. An der Wand lief ein Fernseher, der auf *RIK1* eingestellt war. Die Nachrichten begannen gerade. Der Sender lief lautlos, weil parallel ein Radio eine zypriotische Volksweise dudelte. Hinter der Bar stand ein junger Mann, der eben noch an der Kaffeemaschine hantiert hatte und nun aufsah. Er war … Nun ja, er war dick. Er war sogar sehr dick. Dicker als so mancher Engländer, den Sofia bei Pubcrawl-Touren in Manchester gesehen hatte. Er hoffte wohl, dass der Tresen seine Ausmaße verdeckte, aber sie konnte selbst über die Bar hinweg sehen, wie seine Gestalt nach unten hin auseinanderquoll wie ein riesiger Muffin. Sein Gesicht war gar nicht hässlich, er versuchte sogar ein Lächeln. Es war vielmehr ein recht hübsches Gesicht. Das half nur nicht, da der Rest gezeichnet war von zu viel *Keo*-Bier und jahrelangem *Souvlaki*-Konsum. Oder er hatte was mit der Schilddrüse. Konnte ja sein.

»*Kalispera*«, begann Sofia zaghaft, ihr frischer Mut war irgendwo auf dem Weg durchs Lokal wieder verlorengegangen.

»*Kalispera, mia kopela*«, antwortete er, womit er höflicher war, als sie es erwartet hatte. *Junge Frau.* In London war ihr überwiegend nachgepfiffen worden.

»Möchten Sie etwas trinken? Haben Sie sich verfahren?« Er wirkte ehrlich besorgt. Offensichtlich verirrte sich nie jemand hierher.

»Nein, keine Sorge«, antwortete sie. »Ich bin für einige Wochen hier als Hilfspolizistin eingesetzt, drüben im Revier. Ich brauche einen Schlafplatz.«

Sie hatte wohl etwas zu laut gesprochen, denn im selben Moment wurde es unglaublich still im Raum. Die Männer, die ihr Spiel wieder aufgenommen hatten, ließen die Steine diesmal buchstäblich fallen. Und der junge Mann hinter der Bar schaute auf einmal verdattert, gluckste dann zweimal und fing an zu lachen, so wie Kostas vorhin gelacht hatte – nur dass Adonis' Körper bebte wie die griechische Halbinsel einmal im Jahr.

»Bei Kostas?« Er kriegte sich gar nicht wieder ein. Mann, das war ja ein fröhliches Örtchen.

»Ja, bei Chief Inspector Karamanlis.«

»Waren Sie etwa schon bei ihm?«

»Ich komme gerade von drüben.«

Er sah aus dem Fenster, als wollte er nachprüfen, ob der Polizeicontainer noch an seinem Platz stand. Dann sah er sie wieder an.

»Und geht es Ihnen gut?«

»Na, geht so. Ich brauche einen Schlafplatz. Und Kostas meint, es gebe hier Betten.«

»Oh, natürlich.« Er hörte auf zu lachen und betrachtete sie nun endlich als Kundin statt als witzige kleine Anekdote. Mit seinem Kopf wies er in Richtung der alten Männer.

»Weiterspielen«, sagte er leiser, aber bestimmt, und die Herren hörten offenbar noch einigermaßen gut, denn sie folgten seinen Worten. Sofort hob das Gemurmel im Raum wieder an. Er kam um den Tresen herum.

»Willkommen in Kato Koutrafas«, sagte er. »Mein Name ist Adonis.« Er wartete einen Augenblick, als wollte er den Namen sogleich wieder zurücknehmen oder als erwartete er, dass sie es täte.

Das konnte doch wirklich nur ein Witz sein. Aber es passierte nichts. Also musste Sofia reagieren. Sie hielt ihm ihre kleine, fein manikürte Hand hin, die in seiner ausladenden Schaufel fast versank.

»Sofia Perikles. Innenministerium in Nikosia.« Sie konnte nicht mit Gewissheit sagen, ob diese Bezeichnung jemals gestimmt hatte oder jemals stimmen würde. Aber sie würde im Leben nicht sagen: *Sofia Perikles, Polizei von Kato Koutrafas.* Im Leben nicht. Ihn schien aber nicht zu interessieren, welche hohe Behörde sie hierhergeschickt hatte. Vielmehr interessierte sich dieser fleischgewordene Anti-Adonis stattdessen für Sofia als Person. Oder als Frau. So schien es ihr jedenfalls, als sein Blick an ihr herunterwanderte, nachdem er den Tresen umrundet hatte.

»Haben Sie Gepäck? Dann zeige ich Ihnen das Zimmer.

Kostet zwölf Euro die Nacht. Wenn Sie länger bleiben, so einen Monat, reduzieren wir auf zehn Euro pro Nacht. Wäre das o.k.?«

»Kann ich mit Karte zahlen?«

Es sollte ein Witz sein, aber er schaute sie an, als käme sie vom Mond. »Natürlich. *CYTA* hat uns einen ganz neuen Internetanschluss hierhergebastelt. Das WLAN ist rasend schnell. Funknetz gibt es aber leider nicht, das haben Sie bestimmt schon gemerkt, oder? Sie können also mit Karte zahlen, für uns wäre es aber natürlich besser, Sie würden bar …«

Er beendete den Satz nicht, als erinnerte er sich, dass Sofia gesagt hatte, sie käme von einem Ministerium. Vielleicht überlegte er gerade, ob sie *Finanzministerium* gesagt hatte. Wie auch immer. Selbst wenn sie künftig zur Schwarzarbeitsbekämpfung eingesetzt werden sollte – die verdammten Kommunisten in der Regierung würden von ihr nicht einen Euro Steuergeld bekommen.

»Dann gehe ich zum Auto und hole meine Koffer.«

»Ich helfe Ihnen.«

Er war schon hinter ihr.

»Sie sind schwer, die Koffer, sehr schwer. Und es sind viele.«

»Kein Problem. Kommen Sie, ich helfe Ihnen.«

Und dann rief er lauter: »Giorgios, komm bitte mit, wir müssen der Dame helfen.«

Irgendwie erwartete Sofia für den Bruchteil einer Sekunde, dass aus einem Nebenraum ein junger athletischer Mann kommen würde, der als Kofferträger angestellt war. Stattdessen stand einer der alten Männer auf, murmelte etwas zu seinen Freunden und griff sich mit der Hand vielsagend an den Kopf, dann schlurfte er ihnen entgegen. Er sah aus wie junggebliebene hundert.

»Mein Urgroßvater«, erklärte Adonis, als wäre es das Logischste auf der Welt, dass man seinen Urgroßvater überhaupt irgendwo anders hinschleppte als in die Geriatrie.

Sie mussten ein herrliches Bild abgeben – zumindest für den Regisseur einer Komödie: eine junge zypriotisch-britische Lady auf Keilabsätzen, dahinter ein ausgemergelter Ultrasenior im Karohemd, der seinen fleischlich ausgedehnten Urenkel mittlerweile im Gehen überholt hatte. Der wiederum wild schnaufend hinterdrein. Sofia war sich sicher, dass dieser Szene ganz Kato Koutrafas beiwohnte.

Sie bat Giorgios während des Ausladens, nicht den schwersten Koffer allein zu tragen, doch er hörte nicht, antwortete nicht, trug einfach nur stur den 30-Kilo-Koffer – das genaue Gewicht kannte sie, weil die Frau am *Aegean*-Schalter missbilligend den Kopf geschüttelt hatte – in Richtung Gasthaus. Während sich Adonis mit den zwei kleineren Koffern abmühte und sie selbst ihre Handtasche trug.

Da ging die Tür des Kafenions auf und eine junge Frau kam heraus. Sie war nicht sehr hübsch, eher hatte sie diese zypriotische Strenge um die Augen, in Verbindung mit leichten Augenringen. Doch ihre Figur war top, das sah Sofia sofort.

»Ach, da ist Constantina«, sagte Adonis, »meine Frau.«

Das war Sofia eben auch klar geworden, als sie bemerkte, wie die Grazie einen Gang zulegte, als sie die Neuangekommene sah und ihr Blick alles andere ausstrahlte als heitere Gastfreundschaft.

»Adonis? Wer ist das?«

»Eine Kundin, Consti, eine Kundin. Und zudem die neue Hilfspolizistin im Ort.«

»Sie?« Ihre Stimme war schrill, und sie konnte es nicht unterlassen, mit dem Finger auf Sofia zu zeigen. Die beiden Koffer indes ließ sie ihn weiter allein tragen.

Der Urgroßvater war mittlerweile im Haus angekommen. Mann, ist der schnell, dachte Sofia. Wie ein Rennpferd.

»Woher kommen Sie denn ursprünglich?«, fragte Adonis, um die Unterhaltung von seiner Frau weg und wieder in normale Bahnen zu lenken.

»Aus Limassol«, antwortete sie, »aber wir haben lange im Ausland gewohnt. Mein Vater ist Botschafter. Wir waren zusammen in Afrika, dann in Prag, Rom, Berlin, und jetzt war ich ewig in London.«

»Sie sind ja rumgekommen«, sagte er, immer noch schwer schnaufend, und seine Frau fügte bissig hinzu: »Na, das wär mir ja nichts. Ich bin lieber hier. Schön ruhig. So viel rumreisen … nein, nein, nein …«, und sie plapperte noch weiter, bis zur Tür.

Merkwürdig war das, eine durchaus attraktive Frau, die ihren – zumindest äußerlich – recht unvorteilhaften Mann derart argwöhnisch betrachtete.

»Und Sie führen den Betrieb zusammen?«

»Ja«, sagte er, und der Stolz belegte seine Stimme, »es ist ein echter Familienbetrieb. Meine Frau und ich. Unsere Eltern und Großeltern. Mein Urgroßvater. Und mein Zwillingsbruder.«

Gab es etwa noch einen Adonis? Auf dessen Ausmaße war Sofia gespannt.

Sie betraten das Kafenion wieder. Die Aufregung war vorüber. Die alten Herren beachteten sie gar nicht mehr, spielten ihr Tavli ungerührt weiter.

»Könntest du hinter die Bar gehen, während ich die Koffer hochtrage, Consti-Schatz?«, fragte Adonis seine Frau.

»Na, das könnte dir so …« Sie sprach nicht weiter, ließ aber auch nicht ab von den beiden, sondern folgte ihnen ins obere Stockwerk.

Von einem langen dunklen Flur gingen vier Türen nach links ab. Schlüssel gab es offenbar keine, Adonis öffnete die Tür zum zweiten Zimmer einfach so und ließ Sofia eintreten.

»Zimmer 2. Unsere Suite. Unser schönster Raum. Sie können ihn dennoch für zehn Euro haben. Treten Sie ein.«

Sofia tat wie geheißen und atmete auf. Es gab vier Wände, zwei Fenster und sogar ein Bett und einen Schrank. Mehr, als zu erwarten gewesen war. Und es war einigermaßen sauber. Gut, Bett und Schrank waren aus billiger Spanplatte und die einzigen Möbel im Zimmer. Es gab keinen Schreibtisch, keinen Stuhl und keinen Fernseher. Aber es kostete nur zehn Euro pro Nacht. 38-mal weniger als ihre letzte Hotelübernachtung. Mit Carl in einem wunderschönen kleinen Boutique-Hotel bei Neapel. Doch sie ahnte, dass sie in Zukunft eventuell etwas sparsamer würde leben müssen. Noch war unklar, wie es weiterging mit den Kommunisten: Vielleicht froren sie die Löhne für die Beamten ein – und damit auch für Sofia. Oder ihr Vater, der sie bislang immer unterstützt hatte, würde künftig sein Geld für andere Dinge ausgeben als für seine von der Karriereleiter gefallene Tochter, die nun Dorfpolizistin war. Auch deshalb kam ihr diese Unterkunft ganz gelegen. Und sie war ja immer noch fest davon überzeugt, dass dieses Versehen irgendwann jemandem auffallen musste und es sich nur um eine Frage von Tagen oder Wochen handeln konnte. Die verdammte neue Regierung konnte doch nicht die Zukunft des Landes – die bestausgebildeten Studenten von internationalen Unis – in der Provinz verkommen lassen.

Sofias großer Koffer stand schon in der Ecke, und Urgroßvater Giorgios hatte sich unbemerkt aus dem Staub gemacht. Vielleicht war er einer dieser Hundertjährigen, die aus Fenstern springen. Adonis stellte die beiden kleineren Koffer ab, und seine Frau ließ ihn dabei nicht aus den Augen.

»*Efaristo*«, sagte Sofia und meinte es gar nicht so ironisch, wie es herauskam, »ich werde mich dann mal frisch machen. Ich komme danach wieder runter.«

»Natürlich. Kommen Sie erst mal an, Fräulein Perikles.«

Er war wirklich sehr freundlich. Vielleicht war Constantina deshalb so eifersüchtig. Weil sie wusste, wie viel sie an ihm hatte. Obwohl sich Sofia nicht vorstellen konnte, dass er zu ihr auch so liebenswürdig war. Sie hörte Constantina jedenfalls immer noch auf Adonis einreden, als ihre Zimmertür längst geschlossen war. Sie atmete tief durch und betrachtete ihre neue Wohnumgebung, verglich sie in Gedanken mit dem alten Apartment in London-Shoreditch. Den hohen Decken. Den alten Möbeln. Altehrwürdig, nicht altbacken.

»Bonjour tristesse«, murmelte sie.

Pénte – 5

Zwei dunkle Augen, eng zusammenliegend, darunter eine befellte Nase und ein Maul mit kleinen Zähnen. Das Maul öffnete sich stetig, doch es kam kein »Mäh« heraus. Dafür trug das Schaf eine Polizeiuniform, die ihm wie auf den Leib geschnitten war. Es stand mitten auf der Straße und rief immer wieder: »Kato Koutrafas«, »Kato Koutrafas«, »Kato Koutrafas«. Dabei lachte es wie Kostas. Oder doch wie Adonis?

Sofia schreckte hoch. So ein beschissener Traum. Sie musste eingeschlafen sein, dabei hatte sie sich vorhin nur kurz hinlegen wollen, um nicht vor Erschöpfung und Dehydrierung umzukippen. Was für ein Tag. Sofia stand auf und ging zum Spiegel. Der Anblick auf der Bordtoilette in der *Aegean* hatte ihr besser gefallen. Da war sie noch sorgenfrei gewesen. Es kam ihr so vor, als wäre dieser Tag der längste ihres Lebens. Egal. Es musste weitergehen. Sie zog sich die Lippen nach, frischte ihre Wimperntusche auf und puderte sich einmal kurz ab. Dann ging sie auf den Flur, die breite Treppe hinunter und in den leeren Gastraum. Die alten Herren waren verschwunden, auch von Adonis und Constantina keine Spur. Sofia sah sich gründlich um, und als sie sich sicher war, dass die Haushexe nicht hinter der Türzarge auf sie wartete, ging sie blitzschnell hinter die Bar, öffnete den Kühlschrank und entnahm ihm eine riesige Flasche eiskaltes Wasser und eine Dose *Keo.* Sie hielt sich die Wasserflasche an den Kopf, dachte, dass das Pudern eben doch keine gute Idee gewesen war, und atmete dennoch erleichtert auf. Die Kühle tat so gut. Sie bemerkte, dass vor dem Kafenion eine Gestalt unter der hellblauen Markise saß, und ging hinaus. Sofia war eben durch die Tür, als ihr nicht nur die Hitze entgegenschlug, sondern ihr auch eine weibliche Stimme zusäuselte: *»Oh darling, come to me, please. Come and sit down, darling, really, it is so hot, isn't it?«*

Die alte Dame, zu der die überaus elegante Stimme gehörte, sah aus wie ein Weihnachtsbaum. Sie hatte zwar eine weite weiße Bluse aus Leinen an, dazu eine passende Hose. Doch sie war über und über behangen mit goldenen Ketten und Armreifen, mit breiten runden Ohrringen, bunte Bänder zierten ihre Handgelenke, als wäre sie ein Teenager mitten in der Sommerfestivalsaison. Sie hatte weiße Haare, die wild vom Kopf abstanden, und ein Gesicht, das die gleiche Farbe hatte wie die Gesichter der alten Männer. Nur die Furchen waren viel weniger ausgeprägt – sie war insgesamt sehr gepflegt und wohl ihr Leben lang eine gute Kundin der französischen Kosmetikindustrie gewesen. Ein durch und durch erfreulicher Anblick. Ihre kleinen Augen schauten freundlich, fast euphorisch drein, während sie Sofia zu sich winkte, die der Einladung gerne folgte. In der Sonne hätte sie es ohnehin nicht länger ausgehalten.

»*Oh darling*, ich sehe, du hast Getränke gefunden. *Wonderful*, ansonsten hätte ich dir etwas gebracht.«

»Gehören Sie auch zur Familie?«, fragte Sofia und zeigte auf das Kafenion.

»*Oh no, my dear. And I'm thankful every day.* Sehr, sehr dankbar. Was für eine Familie. Aber du hast sie ja kennengelernt. Wie unhöflich, dass ich mich nicht vorstelle. Lady Georgia Gladstone, Frau des verstorbenen Sir Richard Gladstone, aus Sussex in England. Und du, *my dear*, bist auch von dort? Das ist jedenfalls, was die Menschen im Dorf erzählen.«

»Es freut mich sehr, Lady Gladstone. Ich bin Sofia Perikles. Ich habe lange in England gelebt, aber eigentlich bin ich von hier. Also, nicht genau von hier. Sondern aus Limassol. Ich bin die Tochter des Botschafters Perikles.«

Sofia brauchte nur die beiden Worte Botschafter und Perikles auszusprechen, und schon hauchte die Lady: »*Oh, wonderful, the ambassador. I think I met him*, wann war das noch gleich, auf einer Party in Geneva, in Genf, in den Achtzigern. Kann das sein? Oh, meine Liebe, da warst du noch nicht mal auf der Welt, nehme ich an?«

Es stimmte wirklich: Jeder aus Zypern, der über dreißig war, kannte ihren Vater – immerhin war er seit Jahrzehnten im diplomatischen Dienst und inzwischen ein regelrechter Promi. Und diese Lady hier war eher drei mal dreißig Jahre alt.

»Und was macht eine englische Lady wie Sie hier in diesem …«

»Kuhkaff? Sprich es ruhig aus, *my dear.* Nun ja, mein Kind, ich bin hier geboren. Auch ich bin Zypriotin. Ich war die Tochter des wichtigsten Schafbauern im Ort. Damals war Kato Koutrafas eine blühende Gemeinde, in den Dreißigern und Vierzigern.«

»Und wie haben Sie es dann bis nach Sussex gebracht?«

»Die Liebe, *my dear,* die Liebe. Ein britischer Lord hat seinen Armeedienst im Commonwealth-Außenterritorium gemacht. Einer der drei Söhne von Familie Gladstone. Die Einheit war im Kafenion in Nikosia untergebracht, genau wie ich. Ich kann dir sagen, ich war ein verdammt heißer Feger damals. Der arme alte Lord, Gott hab ihn selig, konnte gar nicht anders, als mir innerhalb von Stunden zu Füßen zu liegen. Er hat mich nach einigen Monaten, als sein Dienst beendet war, mit nach England genommen. Und dann hatten wir ein sehr schönes Leben in Sussex. Bis ich die Nase voll hatte vom endlosen Regen dort drüben. *It is horrible, isn't it?*«

Sofia nickte und wollte etwas erwidern, aber Lady Gladstone sprach einfach unbeirrt weiter.

»Da hab ich so lange genörgelt, bis er im Foreign Office nachgefragt hat, ob es einen Job für ihn gibt. Was soll ich sagen: Er war ein Lord. Sie haben ihn nach zwei Wochen ziehen lassen und extra eine Stelle für ihn geschaffen. In Nikosia. Wir hatten ein wunderschönes Haus oberhalb von Kyrenia. Die Orangenbäume blühten um uns herum, das ganze Jahr lang, und das Meer glitzerte. Ich erinnere mich, als würde ich immer noch dort sein.«

Kyrenia. Noch so eine Sache. Es gab keinen Zyprioten über fünfzig, der nicht von Kyrenia schwärmte. Die schönste Stadt der Insel, die jetzt den plumpen Namen Girne trug. Ein Hafen wie eine Sichel, wunderschöne weiße Häuser, ein kleiner Marktplatz, traditionelle Tavernen und die endlose Sonne in der vor Wind geschützten Bucht. Kein Wunder, dass sich die Türken genau diese Stadt gekrallt hatten, als sie in den Siebzigern die Insel überfielen und den Norden einnahmen. Kurz nachdem die britischen Kolonialherren den Zyprioten die Freiheit geschenkt hatten. Richtig gutes Timing – für die Türken. Echt mieses für die griechischen Inselbewohner.

»Und was ist dann passiert?« Sofia hörte atemlos zu. Am Anfang hatte sie Lady Gladstone etwas exaltiert gefunden, aber mittlerweile hing sie wie gebannt an ihren Lippen. Sie war eine wunderbare Geschichtenerzählerin. Und Sofia brannte darauf zu erfahren, warum sie statt in Kyrenia oder Sussex jetzt hier in diesem Kaff gelandet war.

»*Oh, my dear.* Du kennst ja unsere Geschichte. Kein Stein war mehr auf dem anderen. Der gute alte Lord Gladstone, er war ein tapferer Held. Er war im Außenministerium zuständig für die Polizeikräfte der zypriotischen Regierung. Eine Schlüsselposition, besonders als die Krise begann. Sie haben ihn schnell ausgemacht, die verdammten Hunde von der Befreiungsfront. Die verdammte *EOKA*.«

Sie brach ab, und Sofia spürte, wie sie mit sich rang. Die

Geschichte dieser Insel hatte so viele Opfer gefordert. Und die *EOKA*, diese sogenannten Patrioten, hatte den ganzen Quatsch, der zur türkischen Invasion führte, erst ausgelöst.

»Sie haben ihn, als er auf einer Fahrt nach Paphos war, in die Luft gesprengt. Mit einer simplen Bombe auf der Straße. Er war nicht sofort tot, ich hatte noch das Glück, mich von ihm verabschieden zu können. Und dann war ich Witwe, mit 39. Kinderlos. Und die Familie Gladstone in Sussex gab mir die Schuld an allem. In deren Augen hatte ich ihren mittleren Sohn in ein Kriegsgebiet entführt – sie strichen mir jegliche Unterstützung. Ich hatte aber das Haus in Kyrenia, wir hatten es sofort gekauft, als wir zusammengezogen waren. Aber ich hatte es eben nur, bis die Türken kamen. Sie vertrieben uns alle. Und jetzt hängt in dieser wunderschönen Stadt an jeder Laterne eine rote Flagge mit Sichel. Es ist nicht auszuhalten. Ich war seit Ewigkeiten nicht mehr drüben.«

Da war es wieder. *Drüben.*

»Das ist ja eine furchtbare Geschichte. Es tut mir sehr leid«, sagte Sofia.

»*Oh, my dear.* Das nennt sich Leben. Ich bin sehr dankbar. Wir hatten gute Jahre. Ich war sehr glücklich mit dem wunderbaren Lord Gladstone. Und ich trage seinen Namen und sein Andenken in Ehren, ich habe seitdem nicht einmal mehr einen anderen Mann angeschaut. Na ja, also, ich meine, zumindest keinen in meinem Alter.« Sie lachte.

»Ich verstehe …«

»Ich meine … dieser Christos … Hast du ihn schon kennengelernt?«

»Wen?«

»Christos. Den Barmann. Adonis' Bruder.«

»Ob ich ihn schon kennengelernt habe? Nein. Aber wenn die beiden Brüder Zwillinge sind, dann wird Christos …«

Lady Gladstone schüttelte den Kopf. »Zweieiige, mein

Kind, zweieiige Zwillinge. Na, wart's nur ab.« Wieder brach sie ab und lachte wie ein junges Mädchen. »Jedenfalls hatte ich keinen Ort mehr, an dem ich sein konnte. Ich hatte kein Haus mehr, die Familie meines Mannes wollte mir kein Geld geben, nach Antarktis-England wollte ich um keinen Preis zurück. Also bin ich wieder in mein Heimatdorf zurückgekehrt. Hierher. Heimat ist sehr wichtig, wenn man nichts mehr hat und sich sehr allein fühlt, mein Kind, du wirst es eines Tages noch bemerken.«

Sie hatte recht. Vor wenigen Minuten noch hatte Sofia gedacht, dass eines Tages bereits eingetreten war, und sie hatte an keinem Ort der Welt lieber sein wollen als in Limassol. In ihrer großen Villa am Strand. Mit ihrer Mutter, die am Pool lag und Baudelaire las. Oder Rimbaud. Und mit ihrem Vater, der die Geschichte des Ersten Weltkrieges studierte. Mit einem kühlen Glas Champagner in der Hand. Doch nun, während des Gesprächs mit der alten Frau, spürte sie, dass es ihr schon besser ging.

»Ich habe eine Weile genäht und gestickt, und wir haben die Sachen an Touristen verkauft. Dann war ich im Halloumi-Marketing. Und dann habe ich einen Spezialitäten-Versandhandel mit zypriotischen Produkten in England eröffnet. So hatte ich ein Auskommen. Und nun zahlt der Staat für mich. Mehr schlecht als recht.«

Sofia besah sich ihren Schmuck. So schlecht konnte die Rente jedenfalls nicht sein. Beim derzeitigen Goldpreis hätte die Lady sich allein mit ihrem rechten Arm das Haus in Kyrenia zurückkaufen können. Oder es waren allesamt Schmuckstücke aus der Ehe mit Lord Gladstone. Sofia hätte gern ein Foto dieses feinen englischen Herren gesehen.

»Ich danke Ihnen für diese wunderbare Erzählung«, sagte sie und meinte jedes Wort genau so, wie sie es sagte. »Sie haben mir einen merkwürdigen Tag ein Stück leichter gemacht.«

Lady Gladstone nahm Sofias Hand und drückte sie fest.

»So gern, *my dear.* Wirst du hierbleiben? In meiner Nähe? Es wäre schön, eine Freundin im Ort zu haben, die weiß, wie es in der Aristokratie zugeht, und die sich dann und wann gern anregend unterhält. Die meisten anderen Damen im Ort sind … nun ja, wie sage ich es höflich, Bäuerinnen.«

Sofia trank einen großen Schluck Wasser und schaute zum ersten Mal seit einer halben Stunde nicht in Lady Gladstones faltiges Gesicht, sondern auf die staubige Landstraße. Seitdem sie sprachen, war nicht ein einziges Auto vorbeigekommen. Es fehlte eigentlich nur der *Tumbleweed*, der wie in den Western einmal quer über die Straße wehte.

»Ich kann das noch nicht versprechen. Ich denke, mich hat ein gewaltiger Irrtum hierhergeführt. Ich werde meinen Vater anrufen, der alle Hebel in Bewegung setzen wird, um mich auf meinen eigentlichen Posten zu verfrachten. Nach Nikosia. Aber natürlich kann ich auch von da ab und zu hierherkommen, und wir können uns auf einen Tee verabreden.«

»Oder einen Drink. Ich bevorzuge einen Drink«, sagte die Lady und lachte. »Aber bitte, *my dear,* erzähl mir von dem Irrtum. Was ist passiert?«

Sofia umriss in groben Zügen die Geschehnisse der letzten Monate – von der Bewerbung im Innenministerium bis zu den Neuwahlen, ihrer Ankunft am Morgen, der Mail am Flughafen und der ersten Begegnung mit den Menschen von Kato Koutrafas. Als sie geendet hatte, sah die alte Frau Sofia fasziniert an.

»Die neue Kollegin von Kostas. Wer hätte das gedacht.«

»Wieso?«

»Weil ich nicht gedacht hätte, dass jemals wieder jemand mit Kostas zusammenarbeitet. Selbst die Bürger von Kato Koutrafas trauen sich nicht in seinen Container. Wenn was passiert ist, klärt man es selbst. Nur wer Ärger will – oder ganz schlechte Laune braucht –, der klopft an die Tür. Und zur Wahl, als sie den Container zum Wahllokal umfunktioniert haben, hat jeder Wähler erst mal vorm Reingehen geprüft, ob Kostas auch ja nicht im Büro ist.«

»Aber wie kann das sein? Er ist doch der Polizist?«

»Das ist eine lange Geschichte. Und die erzähle ich dir ein anderes Mal. Ich muss los, ich muss die Waren des Tages nach England schicken. Ich arbeite schließlich noch, bei der Rente. Also, wir sehen uns bald. Wir werden noch viel Zeit haben. *Bye bye, my dear.*«

Sie stand auf, deutete zwei Küsse in die Luft an und wackelte davon, auf hohen Hacken über die Dorfstraße. Kein Wunder, dass sie hier keine Freundinnen fand. Sie war ein echter Paradiesvogel.

Etwas in ihrem Innern sagte Sofia, dass es vielleicht wirklich nicht schlecht wäre, hier eine Freundin zu haben – falls, ja, falls das Ganze hier doch eine Weile länger dauern würde.

Sie nahm endlich das *Keo* aus dem Schatten und öffnete es. Dann führte sie die gelbe Dose an den Mund und trank das kalte Bier in einem Zug. Sofort schmeckte sie die Heimat. Das Bier aus der Brauerei in Limassol schmeckte wie ihr Zuhause. Es war sofort alles wieder da. Sie lächelte. Nun würde sie nach Nikosia fahren. Für den Abend konnte sie etwas Ablenkung gebrauchen. Sofia öffnete die Tür zum Kafenion und ging hinein.

Und dann sah sie Christos.

Éxi – 6

Er stand hinter der Bar. Es war schummrig wie vorhin, deshalb erkannte Sofia nur die Umrisse seines Oberkörpers. Aber die reichten.

Er schaute sie an, ganz ruhig, ganz still, und sein Blick zeigte nicht, was er dachte. Große braune freundliche Augen, geschwungene Lippen, ein Drei-Tage-Bart in einem nahezu perfekten Gesicht mit hohen Wangenknochen. Er trug ein weißblaues Tanktop, und seine Brustmuskeln zeichneten sich unter dem Stoff ab. Seine Bizepse musste sich Sofia nicht vorstellen, die ragten aus dem ärmellosen Shirt. Kräftige Adern schimmerten unter der Haut. Was für ein Mann. Er war makellos.

Sie verscheuchte den Gedanken an Carls Hühnerbrust und lächelte diesen Adonis an, so gut es ging. Beinahe hätte Sofia laut aufgelacht, als ihr durch den Kopf schoss, dass er ja Christos hieß. Und sein Bruder Adonis. Sollte sie eines Tages doch Ministerin werden, würde sie ein Gesetz machen, das es Eltern ermöglichte, Fehler in der Namensgebung noch nach fünfzehn Jahren zu beheben. Das wäre doch mal praxisnah. Und es würde Familien wie der von Adonis und Christos helfen, der körperlichen Entwicklung der Kinder Rechnung zu tragen. Da sich unverständliches lautes Auflachen in der Nähe dieses gottähnlichen Geschöpfes verbot, sagte sie nur: »Hi.«

»*Yiassou*«, antwortete er, und seine Stimme klang wie ein wunderschöner Gesang. Leicht rauchig, aber sehr warm.

Reiß dich zusammen, ermahnte sich Sofia und war sich

einen Moment später nicht hundertprozentig sicher, ob sie das nicht laut gesagt hatte.

Was sie definitiv aussprach, war: »Ich bin Sofia. Ich wohne hier.«

»Ich bin Christos. Ich wohn hier auch.«

Was für ein Blödsinn, dachte sie im selben Moment, als sie spürte, wie sie rot wurde. Eine Wahnsinnskonversation für den Anfang, was war sie für ein Rindvieh.

Christos lächelte noch immer und sagte, ohne auf die peinliche Pause einzugehen: »Adonis hat es mir gesagt. Du hast Zimmer 2. Herzlich willkommen in unserem Haus. Und falls du in deiner neuen Rolle als Polizistin im Ort mal eine Razzia machen willst: Die Garage ist dafür kein guter Ort. Da baut Adonis was zu rauchen an.«

Er schaute sie unverwandt lächelnd an, und Sofia wusste, dass das kein Scherz war. Obwohl sie nicht glaubte, dass Kostas jemals in seinem Leben eine Razzia in diesem Kaff durchführen würde. Aber man konnte ja nie wissen. Zudem war es beruhigend, dass sie auch hier in der Einöde nicht das Steppengras würde rauchen müssen. Adonis holte in Sofias Ansehen etwas auf, und im Kampf Adonis vs. Christos stand es nun also 2 zu 1356.

»Gut. Ich merk's mir«, gab sie zurück.

Ihr Blick fiel auf den stummen Fernseher. Ein Mann, der ihr unangenehm bekannt vorkam, stand vor einer zypriotischen Flagge und sprach, das Gesicht starr in die Kamera gerichtet.

»Hey, kannst du das mal lauter machen? Bitte?«

Christos griff unter die Theke und drückte einen Knopf auf der Fernbedienung. Sofort wurde der Mann auf dem Bildschirm deutlicher hörbar, als es Sofia lieb war.

… eine Ehre, der Republik in dieser schwierigen Zeit im Zeichen der Finanzkrise und des internationalen Terrors

zu dienen. Im Amt als Ihr Innenminister. Darauf bin ich sehr stolz und werde Ihr Vertrauen in mich nicht enttäuschen. Ich wünsche mir, dass Sie eines Tages sagen werden: Petros Matriopoulos hat dieses Land verändert. Er war ein guter Innenminister. Und um das unter Beweis zu stellen, habe ich sofort ein neues Programm aufgelegt, das Sie, liebe Mitbürgerinnen und Mitbürger, als Wähler der kommunistischen Partei sicher gerne annehmen werden: Ich habe einen Einstellungsstopp verfügt für alle höheren Ämter in der Republik Zypern. Wir haben genug Politiker, genug hohe Beamte. Wir könnten sogar Griechenland mitverwalten.

Die drei jungen Referenten, die hinter ihm standen, lachten und feixten, es sollte wohl der witzige Höhepunkt seiner Ansprache sein. Sofia hätte gerne ins Kissen geweint, es war nur gerade keines zur Hand.

Nein, stattdessen wollen wir Ihre Sicherheit stärken. Egal, wo Sie wohnen. Ob in der Stadt oder auf dem Lande. Ich habe daher verfügt, dass viele Beamte aus höheren Rängen der bisherigen Regierung ihren Dienst nun direkt für die Bürgerinnen und Bürger verrichten. Als Polizistinnen und Polizisten. Es ist ein Versuch, der Bürgernähe schaffen und Geld sparen soll. Das Projekt nenne ich: »Operation Prometheus«, schließlich dachte auch der, er sei ein Gott, dabei war er nur ein Mensch.

Eine etwas merkwürdige Auslegung der griechischen Mythologie, dachte Sofia bei sich. Aber gut, der Mann war Kommunist. Mit Gottheiten hatten die es nicht so. Bis auf Lenin.

Unser Ministerpräsident wird Ihnen in Kürze weitere Neuigkeiten mitteilen. Darunter einen Wechsel unserer

Botschafter. Ich darf Ihnen vorab mitteilen, dass mein langjähriger Freund Stylianos Perikles, unser langjähriger Botschafter in Paris, Rom und Berlin, sich künftig um Zyperns Kontakte im Osten kümmern wird – eine wichtige Schnittstelle – und daher die Botschaft in Armenien leiten wird. Die Hauptstadt Eriwan wird ein neues Zentrum der zypriotischen Wirtschaftsförderung. Ich wünsche Stylianos und seiner Familie dort alles Gute – die Küche in Armenien soll fast so gut sein wie die in Paris.

Dabei zwinkerte er einmal verschwörerisch in die Kamera, und die Arschkriecher hinter ihm feixten weiter.

Das war die Abrechnung. Die Abrechnung mit Sofias Familie – und mit allen Konservativen im Lande. Verdammtes Zypern. Einmal waren die Konservativen an der Macht und schmissen alle Kommunisten raus. Und dann wieder ging es genau andersrum. Aber so heftig hatte es Familie Perikles noch nie erwischt. Dachte Sofia. Es war aber vorher auch noch nie um sie persönlich gegangen.

Ich werde das nicht akzeptieren, dachte sie, diesen bärbeißigen Glatzkopf mit seiner randlosen Brille und dem Anzug von der Stange. Elender Kommunistenarsch.

Sie brauchte dringend einen konservativen Drink. Ihr fiel Christos wieder ein, der sie musterte. Offenbar hatte er sie die ganze Zeit betrachtet, aber kein Wort gesagt. Bis jetzt.

»Hier, nimm.«

Er stellte ein kleines Glas vor ihr ab, das vor Kälte beschlagen war. Ouzo. Er hatte ihre Gedanken erraten.

»Danke«, stammelte sie und leerte es in einem Zug. Sie spürte, wie sie wieder errötete. Scham und Suff. Herrje.

»Ich geh dann mal kurz hoch, ich fahr gleich nach Nikosia. Ein paar Freunde treffen. Wir sehen uns?«

»Ab jetzt jeden Tag.«

Sofia schaute ihn überrascht an.

Er zuckte die Schultern. »Na, du wohnst ja jetzt hier.«

Dann drehte er sich lächelnd um und nahm den Lappen, um die Theke zu putzen. Sofia wünschte sich, sie wäre der Lappen.

Nikosia

Die Hauptstadt.
Die letzte geteilte Hauptstadt der Welt.

In den Ausläufern der Berge gelegen, hat Nikosia über eine Viertelmillion Einwohner, dabei ist der türkische Teil sogar größer als der griechisch-zypriotische. Die Grenze verläuft quer durch die Stadt, dazwischen gibt es die Green Line, eine Zone, die von Friedenstruppen der UN überwacht wird.

Die Altstadt von Nikosia ist, im nördlichen wie im südlichen Teil, wunderschön und sehr lebendig. Im griechisch-zypriotischen Teil ist die Ledra Street Anziehungspunkt für

Flaneure und Shoppingverrückte, im Norden entzücken große Moscheen und die türkischen Märkte. Der Sitz der Regierung ist im Südteil der Hauptstadt, alle Ministerien und der Präsident haben hier ihren Amtssitz.

Eptá – 7

Sofia bekam immer gute Laune, wenn sie die breite Einfallstraße nahm, die sie ins Zentrum der Hauptstadt führte, durch die Gewerbegebiete der Vorstädte, am Busbahnhof vorbei und auf eine riesige Brache mitten in der Stadt, wo sie parkte. Sofort wurde ihr Auto umschwärmt von zwanzig herrenlosen Katzen. Sie sahen wohlgenährt aus. Wahrscheinlich fütterte sie der alte Mann, der auf einem Plastikstuhl saß und von den Gästen des Parkplatzes die drei Euro einsammelte. Tagesgebühr. Das zahlte sie in London für eine halbe Stunde.

Nikosia strahlte Großstadtflair aus. Als einzige Stadt in Zypern. Dabei war es nicht viel größer als eine mittlere Kleinstadt in Kontinentaleuropa. Eine Viertelmillion Einwohner. Auf einer Fläche so groß wie Newcastle oder Tübingen.

Es schien hier noch heißer zu sein als in Kato Koutrafas. Das lag wahrscheinlich an dem ganzen Asphalt und Beton, die die Hitze zurückstrahlten. Im Sommer war es hier nicht auszuhalten, deswegen blieb Sofias Familie immer am Meer, wenn die Tage zu heiß wurden. Im Winter war es dafür stets zehn Grad kälter als an der Küste. Sogar schneien konnte es dann.

Sofia ging durch zwei kleinere Straßen immer geradeaus in Richtung Ledra Street, die Haupteinkaufsstraße und gleichzeitig der wichtigste Grenzübergang. Die Straßen waren immer noch englisch bezeichnet, ein Relikt aus Zyperns Zeit unter britischer Krone. Einige Meter vor der Ledra kam sie an der Querstraße Grammou vorbei, blickte hinein, und sofort durchlief sie dieses Schaudern aus Aufregung und Heimatgefühl. Am Ende der Straße sah sie Dutzende übereinandergestapelte Sandsäcke. Zwei oder drei Hinweisschilder, die das Weitergehen und das Fotografieren verboten. Oberhalb befanden sich mehrere viereckige Schießscharten. Und über allem stand der wackelige Wachturm auf seinen vier dünnen Beinen. Darauf hatte sich ein junger Soldat mit einem Gewehr postiert. Und auch hinter einer der Schießscharten sah sie einen sitzen, einen noch jüngeren. Sie konnte sogar die Akne in seinem Gesicht erkennen, er war vielleicht sechzehn oder siebzehn Jahre alt.

Nikosia war die letzte geteilte Hauptstadt der Welt. Hier, mitten in der Stadt, verlief die Grenze. Und diese jungen Soldaten, diese Kinder, beschützten einen Grenzwall, den eigentlich niemand mehr wollte, niemand mehr brauchte, der nichts mehr verhinderte als nur den alten Affen Angst. Auf dieser Seite waren es die griechisch-zypriotischen Soldaten, auf der anderen Seite einige Meter weiter die türkischen. Und in der Mitte gab es Container mit Blauhelmsoldaten der UNO. Es war eine bizarre Situation. Die Mauer aus Steinen und Sandsäcken zog sich durch die ganze Stadt. Blickte man hinüber, sah man in Sichtweite die Türme der großen Moschee und immer wieder aufreizend gehisst die türkischen Flaggen. Die Türken *drüben* liebten es zu provozieren. Sie zu provozieren. Sie, die Griechen. Die selbst ein so stolzes Volk waren. Das gerne provozierte. Griechen und Türken. Maus und Katze. Wobei die Griechen natürlich die kluge, flinke Maus waren und die Türken die riesige dämliche Katze. So sahen es zumindest die Griechen.

Eigentlich hatte Sofia dazu keine Meinung. Doch von klein auf war ihr wie jedem griechisch-zypriotischen Kind beigebracht worden, dass die Türken hinterhältig und nationalistisch seien und man sie deshalb fürchten und, noch wichtiger, verachten müsse. Sie hatte sich nicht wehren können. Der Ärger, oder besser der Hass, wurde hier vererbt.

Dabei, dachte Sofia, sind wir uns schon sehr ähnlich, wir beiden Völker. Ängstlich vorm jeweils anderen. Gastfreundlich, chaotisch, liebenswert. Wir würden all die Ähnlichkeit nur niemals zugeben. Wir würden nur zugeben, dass die Türken immer ein wenig schlimmer sind als wir.

Sofia spürte, wie sie von dem jungen Soldaten auf dem Wachturm gemustert wurde, was wohl mehr eine Frage der Anziehung als von innerer Sicherheit war. Er schmiss seine Kippe weg, die von der Mauer abprallte und aus der Sperrzone auf die griechische Seite fiel. Die Zigarette als Grenzgänger. Sofia winkte ihm lächelnd zu und ging dann die paar Meter in Richtung Ledra. Sofort war sie in einer anderen Stadt, so schien es ihr. Hier gab es alles, was es auch in jeder englischen High Street gab. *H&M, Mango, Marks&Spencer, Zara.* Zusätzlich gab es aber auch noch das beste *Souvlaki* der Stadt, gegrillt auf Holzkohle. Krosse Pita, frische Pommes und wunderbar gegrilltes Schweinefleisch. Dieser Laden hatte ihr schon oft das Leben gerettet, wenn sie nachts um vier völlig betrunken aus einer der Bars weiter unten in der Altstadt getorkelt war.

Sie schaute sich aufmerksam die Menschen an, die die Ledra entlanggingen, und bummelte langsam an den Schaufenstern vorbei. Es gab zwei Unterschiede, verglichen mit der Oxford Street in London. Erstens: Die Menschen wirkten viel entspannter. Sie schlenderten, blieben stehen, quatschten – und zwar mit fast jedem, den sie erblickten. Es waren ungemein viele Familien hier, die Kinder liefen wild kreuz und quer durch die Fußgängerzone, zogen hier an Mamas Bein, wurden dort von Papa in die Luft geschleudert. Zweitens: Es gab genauso viele Boutiquen und Schuhläden wie traditionelle Geschäfte für orthodoxe Ikonen und Kirchenbedarf. In fast jedem zweiten Schaufenster standen Gottheiten und Marienabbildungen in feinstem Silber, daneben goldene Ornamente und Kerzen. Sofia geriet beim Schlendern in fast kontemplative Stimmung.

Schließlich bog sie von der Ledra ab, zog an der riesigen Faneromenis-Kirche vorbei mit ihren Säulen und der wunderschönen Kuppel, die die Altstadt überragte, und bog in die Lefkonos Street. Wieder war da die Grenze. Dahinter wieder die türkische Flagge. Die Mauer auf ihrer Seite war blauweiß gestreift angemalt. Die letzten Gebäude vor der Grenze waren früher einmal Wohnhäuser gewesen, jedenfalls bis die Invasion und die Teilung gekommen waren. Jetzt waren es Geisterhäuser, deren Fenster in den oberen Etagen rausgenommen und entweder zugemauert oder durch Sandsäcke ersetzt worden waren. Die Einschusslöcher und riesigen Krater im Mauerwerk zeugten davon, dass Zypern in den Siebzigern wirklich kein Spielplatz gewesen war, kein niedliches kleines Inselchen. Sondern ein echtes Kriegsgebiet. Sofia lief es kalt den Rücken runter.

Kurz vor der Sperrzone in Sichtweite der Schießscharten und der Soldaten hatte ein findiger Grieche einen kleinen Pavillon aufgebaut. *Kebab-House* stand über dem Eingang, und kam man näher, erkannte man auch, was auf den vielen Schildern stand, die rund um den Pavillon aufgestellt waren: *Berlin Wall.* So oder so ähnlich musste es im geteilten Berlin ausgesehen haben. Es war bloß noch gefährlicher gewesen. Und sicherlich viel kälter. Überall um den Tresen hingen Devotionalien aus Ost- und West-Berlin: ein Schild vom Checkpoint Charlie, Berliner Ortsschilder, alte Fotos. Ansonsten war es eine ganz normale Kebab-Bude. Und heute Abend eine ziemlich laute. Sie waren alle schon da.

Sofia konnte beim Näherkommen jede einzelne Stimme ausmachen. Sie war ewig nicht hier gewesen.

»Sofia«, rief der Erste, der sie sah.

»Sofia, Sofia«, stimmten dann ihre Freundinnen ein, und Dana war die Erste, die auf sie zustürmte und ihr fest um den Hals fiel.

Endlich, ich bin zu Hause, dachte Sofia. Auch sie umarmte Dana, drückte ganz fest zu und vergrub ihr Gesicht in ihrem Haar, küsste sie, und als sie sich wieder losließen und Dana Sofia ansah, fragte ihre Freundin: »Hast du geweint? Sofia, was ist los?«

Sie zog den Neuankömmling hinter sich her ins *Berlin Wall*, hielt ihre Hand ganz fest und setzte sie auf einen Stuhl. Sofia wurde von den anderen bestürmt, von Chloe, Lefteris und von Nikolaio, die hier auf sie gewartet hatten. Doch Dana unterbrach sie alle mit einer Handbewegung und rief in Richtung Barkeeper: »Bring uns zwei Flaschen *Xynisteri* und sieben Gläser, *paragalo*. Und nun, Sofia, erzähl, was ist los?«

Alle schauten sie an, schienen ihre feuchten Augen zu bemerken und zu spüren, dass etwas nicht stimmte. Sofia wartete noch auf den wunderbaren kalten fruchtigen Weißwein aus dem Troodos-Gebirge, auf den sie sich seit Wochen gefreut hatte. Weil er immer einen besonders schönen Schwips machte. Dann begann sie, ihre Geschichte zu erzählen. Und die Augen ihrer Freunde weiteten sich, bevor sie sich zu Schlitzen verengten. Die Highlights waren wohl die Mail vom Hornochsen von Innenminister – die sie vollständig vorlas – und das Aufeinandertreffen mit Kostas Karamanlis, dem besoffenen Polizeichef.

Für Dana gab es aber noch ein Highlight: »Na, sieh mal, du strahlst ja schon wieder«, sagte sie, »und komischerweise, seit du von dem Barkeeper aus dem Kafenion angefangen hast. Zeig mal ein Foto.«

»Ich kann den Kerl doch nicht einfach fotografieren«, entgegnete Sofia.

»Wieso denn nicht?«, fragte ihre Freundin. »Du bist jetzt die Dorfpolizistin. Für deine Kartei.«

Ein lauter Lachflash der Freundinnen folgte, die Jungs sahen sich an und rollten mit den Augen.

»Ihr müsst mich da besuchen kommen.«

Sofort schauten alle irgendwie betreten.

»Ach, Süße, du weißt doch, ich hab so Unistress«, sagte Dana, und die anderen stimmten ein.

»Was willst du machen?«, fragte schließlich Nikolaio. »Das kann doch nicht sein, dass die Regierung so mit dir umspringt. Du hast dich doch auf eine ganz andere Stelle beworben. Da kann der doch nicht einfach *Operation Zeus* ausrufen …«

»Operation Prometheus«, korrigierte Sofia.

»Wie auch immer der Typ das genannt hat. Also: Du musst da hingehen. Zum Ministerium. Und dich beschweren. Du hast einen Vertrag. Wenn ich schon Anwalt wäre, dann würde ich die für dich verklagen.«

Dabei sah er sie wieder an, als würde er noch ganz andere Dinge für sie tun. Nach wie vor. Seit achtzehn Semestern studierte Nikolaio Jura. Er sah nicht schlecht aus und stammte aus einer richtig wohlhabenden Familie in Nikosia. Er würde sein Studium nie zu Ende bringen. Cabrio und Eigentumswohnung am Meer gab es auch so. Sie hatte sich nie mit ihm eingelassen. Er hatte einfach einen zu riesigen Stock im Arsch. Außerdem hatte sie mal eine Liaison mit Lefteris gehabt. Dem *Immobilientycoon*, der keiner war, aber gerne einer wäre, und neben dem sie nicht noch mit jemand anderem aus ihrer Clique rummachen wollte.

»Ich hab doch erzählt, was der Typ im Fernsehen gesagt hat. Die ziehen das jetzt durch. Und meinst du, irgendeiner im Volk beschwert sich darüber, wenn die Politiker etwas gegen die höheren Beamten machen? Da klatschen alle Beifall. Weißt doch, wie die Stimmung seit der Krise ist.«

»Aber es geht trotzdem nicht«, sagte Dana – auch sie eine Tochter aus gutem Hause. Sie hatte mit achtzehn ihre eigene Birkin Bag bekommen und trug ihr weißblond gefärbtes Haar kurz über ihren stets schulterfreien Kleidern.

»Die können das nicht mit dir machen. Dich zu solchen Bauern zu schicken«, pflichtete Chloe Dana bei. »Das sind Wilde. Die haben ja nicht mal jeden Tag Strom. Hab ich gehört. Gibt's da Netz? Sorry, aber da kann ich dich echt nicht besuchen. Das würde mein Vater nie erlauben.«

Klar, dachte Sofia. Aber er erlaubt dir sicher, jedes Wochenende kiloweise Koks durch die Nase zu ziehen.

»Ach, wisst ihr, die sind alle sehr nett da, wirklich. Ich wurde sehr herzlich aufgenommen und habe sogar schon eine echte englische Lady kennengelernt, die spannende Geschichten erzählt«, begann sie und spürte, dass sie sich selbst komisch vorkam, als sie anfing, Kato Koutrafas zu verteidigen. Doch etwas in ihr hatte sich zusammengekrampft, als Chloe die Bewohner des kleinen Dorfes so beleidigte, die sie, Sofia, heute erst kennengelernt hatte. Chloe sah sie ratlos an und nahm dann einen großen Schluck *Xynisteri.* Die anderen taten es ihr gleich.

»Nun gut, Leute, wollen wir Sofias Rückkehr wie geplant feiern?«, fragte Dana.

»Ja«, riefen Lefteris und Chloe, und alle waren froh über die Ablenkung. Sie zahlten, und dann schlugen sie sich durch in die Altstadt auf der Suche nach lauter Musik, kaltem Gin Tonic und endloser Zerstreuung.

Tríti – Dienstag

Októ – 8

Der Verkehr auf der mehrspurigen Hauptstraße rauschte an ihr vorbei. Sie stand an der Einfahrt kurz vor der Schranke, dahinter zwei Jeeps der Polizei, die die Zufahrt beschränkten, und zwei Männer mit Maschinenpistolen. Sie trugen die Uniform, die sie auch bald tragen würde. Wenn alles schiefging.

»*Kalimera*«, grüßte sie. »Mein Name ist Sofia Perikles.«

Der größere der beiden, ein junger Mann, lächelte freundlich und betrachtete ihr pinkes Sommerkleid, das sie extra ausgewählt hatte, um perfekt auf ihren Auftritt im Ministerbüro vorbereitet zu sein. Denn da wollte Sofia hin.

»Ja?«

»Ich möchte gern zum Minister. Zu Petros Matriopoulos. Sehen Sie«, sie zeigte das Schreiben vor, das ihre Bewerbung als höhere Beamtin bestätigte, »hier ist meine Aufnahme. Ich fange im Ministerium an. Aber irgendetwas ist schiefgegangen. Darüber muss ich mit ihm sprechen.«

Der junge Mann lächelte immer noch sehr freundlich.

»Warten Sie bitte.«

Er drehte sich um und ging zu einer kleinen Baracke. Sofia sah, wie er den Hörer abnahm und telefonierte. Sie glaubte, ihn lachen zu hören. Sie rieb sich die schmerzenden Schläfen. Seit Tagen hatte sie nicht mehr so einen Kater gehabt. Oh Mann. Zwei *Nurofen* hatte sie schon genommen – aber sie war auch keine neunzehn mehr. Der Zeitraum, in dem die Kopfschmerzen nach dem Trinken blieben, hatte sich mittlerweile schon bis zum Mittag ausgedehnt. Früher war am Morgen danach eigentlich immer alles wieder in Ordnung gewesen. Sie erinnerte sich nur bruchstückhaft an die vergangene Nacht in der Innenstadt. Sie waren im *Lost & Found* gewesen und danach im *Royal Suites.* Und dann noch in irgendeinem neuen Club im Osten der Stadt. Als die Jungs dann noch in die Türkei hinüberwollten, hatte Sofia sich quergestellt. Die hatten irgendwas eingeworfen, aber sie wollte nicht. Sie war ja jetzt Polizistin. Nikolaio hatte dann entschieden, doch nicht rüberzuwollen, stattdessen hatte er sich wieder an sie rangemacht. Sie hatte ihn immer wieder weggeschoben, aber irgendwann durfte er sie küssen. Ganz kurz nur. Dann waren sie zu ihm nach Hause gegangen. Sofia brauchte ja einen Schlafplatz. Sie hatte eigentlich vor, sich schlafend zu stellen, damit er sie nicht weiter angraben konnte. Aber das war gar nicht nötig. Denn sie brach in dem Moment, als sie die Couch unter dem Po spürte, förmlich zusammen. Die Anstrengung des Tages war einfach zu viel gewesen. Sie war vor zwei Stunden im Morgengrauen erwacht und sofort aufgestanden, hatte leise geduscht und war dann verschwunden.

Und nun – nach zwei starken Kaffee auf der Ledra – stand sie also am Rand der vielbefahrenen Michael Karaoli Street vor dem Innenministerium, das einem riesigen Kloster glich. Vier Blöcke aus hellem Sandstein, alle ineinander verschränkt. Hier hätte ihr Schreibtisch stehen sollen, in diesem schönen Ministerium, im noch schöneren Nikosia. Mit Menschen in Kleidern und Anzügen, die über die Zukunft der Republik entschieden. So wie auch sie es tun sollte. Hätte tun sollen.

Der junge Polizist kam wieder zum Vorschein und hielt ein Klemmbrett mit einer Liste in der Hand. »Sofia Perikles«, las er. »Hier haben wir Sie. Haben Sie die E-Mail des Ministeriums nicht erhalten? Sie sind doch jetzt eine von uns, eine Kollegin. In Kato Koutrafas. Ich weiß gar nicht, wo das liegt.

Wenn es nicht so weit weg ist, dann sollten wir mal was trinken gehen, so unter Kollegen.«

Sofia sah ihn an und spürte, dass er sie verarschte. Sie wusste nicht, mit wem er telefoniert hatte. Aber seine Freundlichkeit war beißender Ironie gewichen. Wahrscheinlich hatten die Kommunisten sogar schon die Polizisten am Tor mit den eigenen Leuten besetzt. Sie wollte sich gerade umdrehen und weggehen, als er sagte: »Ach, Fräulein Perikles, warten Sie doch noch kurz. Es will Sie noch jemand sehen.«

Sofia tat, wie ihr geheißen. Plötzlich war auf der Straße eine schwere Kolonne zu hören, dazu erklang zweimal eine Sirene.

Es waren zwei gepanzerte Mercedes-Limousinen. Ihr Vater fuhr auch so eine. Regierungsfahrzeuge. Der Minister? Wollte er doch mit ihr sprechen? Sich gar entschuldigen und ihr sein Bedauern ausdrücken, dass alles ein großer Irrtum war? Ihr einen Schreibtisch am Fenster zuteilen, in einem eigenen Büro? Mit ihrem Namen an der Tür? Mit Nespresso-Maschine und Air-Condition? Sie stand ganz starr, nur ihr Kleid wehte im Wind. Die vordere Limousine preschte in die Auffahrt, der junge Scheißer hatte die Schranke schon dienstbeflissen geöffnet. Die hintere Limousine aber wurde langsamer, immer langsamer. Hielt sie an? Nein, sie fuhr in Schrittgeschwindigkeit an Sofia vorbei. Sie sah die Sicherheitsleute vorne sitzen. Und hinten den Mann, den sie aus dem Fernsehen kannte. Und aus den Erzählungen ihres Vaters. Dieser Mann ließ eben irgendwelche Dokumente in seinen Schoß sinken, musterte sie mit festem Blick und grinste sie dann schamlos an, während er seine Hand an den Kopf nahm, als würde er salutieren. Durch die kugelsichere Scheibe glaubte Sofia sein leises Kichern zu hören. Petros Matriopoulos. Er hatte sie sehen wollen – und hatte dem jungen Polizisten befohlen, sie noch warten zu lassen –, um ihm und sich einen Spaß zu machen. Petros Matriopoulos. Von jetzt an ihr Feind. Für alle Zeiten.

Als er vorbei war, beschleunigte das Auto wieder, raste durch die offene Schranke und verschwand.

Sofia wollte im Boden versinken. Sie sah, wie der Typ die Schranke wieder schloss, und wollte ihm eigentlich eine knallen. Aber was hätte es gebracht? Es hatte alles keinen Sinn. Sie drehte sich um.

»Ach, Kollegin«, rief er hinter ihr her. »Warten Sie. Hier. Der war bei uns hinterlegt. Sie werden ihn brauchen.«

Sie wandte sich wieder um. Er gab ihr ein kleines Kärtchen. Den Polizeiausweis. Ihren neuen Dienstausweis. Darauf ein Foto, auf dem sie sich erst nicht erkannte. Erst nach und nach setzte das Erkennen ein, und sie schlug sich wieder gegen die Stirn. Sie erkannte das Passfoto, das sie als Teenager zeigte. Der verdammte Innenminister hatte es aus der Meldedatei kramen lassen. Das schlimmste aller Fotos. Sie mit strähnigen Haaren und leichter Akne um die Kinnpartie. Petros Matriopoulos. Dieser Hund. Feind. Für immer und ewig.

Als Dienstgrad war eingetragen: Junior Officer. Der niedrigste aller Dienstgrade. Als Dienstort: Kato Koutrafas.

Während sie sich ohne ein weiteres Wort abwandte und die Augen schloss, hörte sie wieder das Lachen des jungen Beamten. Der stand ab sofort auch auf ihrer Liste.

Ennéa – 9

Schon eine Stunde später hatte ihr innerer Vulkan aufgehört zu brodeln. Sie war den Berg, auf dem Nikosia liegt, heruntergefahren. Hatte den Mietwagen am Flughafen in Larnaka abgegeben und die Augen geschlossen, als sie an dem Ausgang der Ankunftshalle vorbeikam, wo sie gestern die Mail des Innenministers gelesen hatte. Damit der Vulkan nicht schon wieder ausbrach. Keine dreißig Minuten später fuhr sie ein alter Taxifahrer mit Halbglatze auf der A6 an ihrer Heimatstadt Limassol vorbei. Das Radio dudelte leise griechische Musik, und von ihrem ledernen Rücksitz aus betrachtete sie die riesigen Containerschiffe, die auf dem Meer linker Hand wie auf eine gigantische Schnur gefädelt dalagen und auf die Einfahrt in den Hafen der Stadt warteten. Gewaltige Pötte, die schwarze Schatten auf das in der Sonne glitzernde Mittelmeer warfen. Dann passierte das Taxi das Tsirio-Stadion, in das sie immer mit ihrem Vater ging, um die Spiele ihrer Mannschaft AEL zu sehen. In diesem Augenblick stand ihr Entschluss fest: Sie würde ihren Dienst antreten. Und ihrem Land Ehre machen. Ein paar Monate würde sie es schon aushalten. Es schien so, als wäre Kostas ohnehin nicht erpicht darauf, allzu viel zu arbeiten. So musste sie das auch nicht tun. Er würde den Container für sich haben können – und Sofia würde in Paphos oder Ayia Napa am Strand liegen. Ihre Eltern hatten eine Ferienwohnung in Pissouri, und die Villa am Strand von Limassol stand ja auch leer, jetzt, wo Mama und Papa von Paris nach Eriwan gezogen waren. Am Anfang einer Diplomatenzeit in einer neuen Stadt kamen sie sicher nicht oft nach Hause zurück. Sofia konnte vielleicht sogar die ganze Zeit in der Villa wohnen. Dann bräuchte sie kein Zimmer in Kato Koutrafas. Der Staat würde ihr das vernünftige Beamteneinstiegsgehalt überweisen, und Beatriz aus Puerto Rico, ihre Haushälterin, würde das Frühstück machen. Tolle Aussichten. Schade nur um Christos.

Der alte Chauffeur ruckelte in seinem alten Mercedes gemächlich über die Piste. 100 km/h waren in Zypern erlaubt. Doch es gab das unausgesprochene Gesetz, dass jeder Autofahrer 120 fahren durfte, ohne mit einer Strafe rechnen zu müssen. Fuhr er aber 121, musste er die Strafe für alle 21 Stundenkilometer übernehmen, die er über dem Limit war. Ein gerechtes System, das funktionierte – ihr Taxifahrer war aber ohnehin weit entfernt von einer Strafe. Doch Sofia störte das heute nicht. Sie liebte die zypriotische Autobahn – und sie liebte den Linksverkehr. In Berlin hatte sie sich nie an den Rechtsverkehr gewöhnen können. Zweimal wäre sie fast von einem Bus überfahren worden, und jedes Mal hatte sie ein gutaussehender Berliner im letzten Moment davor bewahrt. Eine Nahtoderfahrung, die effizienter und zielführender war als Tinder. Doch was war das? Kurz vor Petra tou Romiou verengte sich die Fahrbahn, und die wenigen Autos wurden von der Autobahn geleitet. Verdammt, eine neue Baustelle.

»Was ist hier los?«, fragte Sofia vom Rücksitz aus.

»Die Erweiterung«, murmelte der alte Mann. »Wir brauchen ja eine sechsspurige Piste hier.« Er lachte ein zahnloses Lachen.

Stimmt, sie erinnerte sich. Die alte Regierung hatte die Autobahn von vier auf sechs Spuren erweitern wollen. Auch so etwas konnte kriegsentscheidend sein in einem Eine-Million-Einwohner-Land.

Sie verließen die Autobahn, und Sofia erkannte sofort die

alte Umgehungsstrecke, die schon immer existiert hatte – auch damals, als es die Autobahn noch gar nicht gegeben hatte. Sie führte ganz nah am Meer entlang. Die schönste Küstenstraße, die Zypern zu bieten hatte. Sofia sah das Wasser glitzern; nur noch zwei Kurven bis zum Aphroditefelsen, der berühmtesten Sehenswürdigkeit der Insel. Doch als sie die letzte Kurve nahmen, glitzerte noch etwas anderes. Blau. Aber es war nicht das Meer. Es war blaues Licht, jetzt erkannte sie es ganz deutlich. Jede Menge davon. Und dort, in dieser gefährlichen Kurve, war die Leitplanke durchbrochen worden. Es sah aus, als wäre es gerade erst passiert.

Sofia rief: »Langsamer …«

Der alte Taxifahrer schaute einen Moment zu lange in den Rückspiegel und kam beinahe selbst von der Straße ab. »Was ist?«, fragte er.

»Langsamer bitte, ich muss das sehen.«

Der Taxifahrer ging so sehr in die Eisen, dass sie nach vorne geschleudert wurde. Das Auto vor ihnen hatte gebremst, er wäre fast hinten aufgefahren. Blöde Schaulustige.

Da unten war jede Menge Polizei. Und ein Krankenwagen. Dann sah sie den Wagen. Er lag dort, wo der Strand ins Meer überging. Die Motorhaube ragte schon ins flache Wasser, Dach und Heck lagen noch auf dem harten Steinstrand. Dem Felsen der Aphrodite zu Füßen. Es sah furchtbar aus.

Ich bin jetzt Polizistin, dachte Sofia. Und sofort regte sich etwas in ihr. Sie musste zumindest mal anhalten. Auch wenn sich schon, wie es aussah, Dutzende und Aberdutzende ihrer neuen Kollegen da unten aufhielten.

»Fahren Sie da vorne auf den Parkplatz, *parahalo*«, sagte sie. »Können Sie hier kurz warten?«

Er wies auf das Taxameter. »Ich warte bis morgen hier auf Sie, wenn es sein muss«, antwortete er.

Sie stieg auf dem Touristenparkplatz oberhalb des Felsens

aus. Und dann ging sie so schnell, wie es ihre High Heels zuließen, die steile Felsentreppe hinunter, die am Kiosk und Touristenladen vorbei zum Strand führte. Sie war tatsächlich aufgeregt. Was war nur los mit ihr? Sie betrat den engen Tunnel mit den kleinen Pflastersteinen, den sie als Kind immer so geliebt hatte – weil immer nur ein Mensch hindurchpasste und man, wenn man drinnen war, am anderen Ende schon das Meer schimmern sehen konnte. Doch heute stöckelte sie auf widersinnig hohen Absätzen über die Steine, dass es aussehen musste, als würde ein Storch durchs Wasser waten. Schließlich trat sie ins Licht.

Es war ein kurioses Bild. Da, wo die Sonne hoch am Himmel stand, spazierten Hunderte Touristen mit Sonnenbrillen und Spiegelreflexkameras bewaffnet über die Millionen von Kieselsteinen, die den Strand bildeten. Und formten eine um den Felsen wogende Masse. Der Aphroditefelsen. Ein riesiger, breiter und steiler Felsen aus hellem Stein, der am Strand beginnt und weit ins Meer hineinragt. Dahinter das tosende Mittelmeer, das mit seinen Wellen immer wieder an den Fels schlägt. Und dann einige Meter weiter ein im Vergleich winziger Felsen, der aussieht wie der kleine Bruder des großen. Ein wunderschönes Ensemble mit einer sagenhaften Geschichte. Als Jugendliche war Sofia hier in Vollmondnächten oft schwimmen gegangen, nackt, mit dem einen oder anderen Freund. Wie es die Sage verspricht: Wer es vermag, in einer Vollmondnacht den Fels schwimmend zu umrunden, und zwar dreimal, dem sei ewige Jugend beschert. Und wenn Sofia in den Spiegel sah, dann mochte sie durchaus glauben, dass an der Sage was dran war. Die Jungs, die mit ihr geschwommen waren und die sie noch entfernt kannte, waren allerdings längst schmerbäuchige Familienväter mit einer zypriotischen Frau, einem langweiligen Job und einem Leben auf der Insel. Was die Versprechungen der Sage nun wieder relativierte. Die Anziehungskraft, für die sie sorgte, war indes ungebrochen, denn längst versammelten sich in den Vollmondnächten im Sommer Hunderte Touristen aus aller Welt an diesem Strand, um ebenfalls das Bad der ewigen Jugend zu nehmen. An diesem Tag würde Sofia hier sicher nicht mehr nackt baden. Sie musste zugeben: Der Anblick war nach wie vor atemberaubend, und das obwohl die Felsen längst auf der Titelseite jedes Zypern-Reiseführers abgedruckt waren.

Sie wandte den Blick ab, sah dorthin, wo das lag, was nun die eigentliche makabre Sehenswürdigkeit darstellte: ein blau-weißes Absperrband mit der Aufschrift *Police*, dahinter hin und her wuselnde Beamte, mit und ohne Uniform, und mehrere Feuerwehrleute, die sich an dem Wagen zu schaffen machten. Ein Kleinwagen – ein Peugeot? –, der, die vier Reifen in der Luft, aussah wie ein Käfer, der auf den Rücken gefallen war und sich nicht mehr umdrehen konnte. Eben schleppte ein Feuerwehrmann ein schweres Gerät heran, Sofia erkannte einen Trennschleifer. Wollten sie die Tür auffräsen? Sie trat näher, und als sie das Absperrband erreicht hatte, kam ein junger Polizist auf sie zu.

»Halt, die Dame«, rief er und klang dabei – wie sie es gewohnt war auf der Insel – weder aufgeregt noch unhöflich. Er hatte vielmehr einen durchaus interessierten Unterton. »*Kalimera*«, fuhr er fort, »ich kann Sie hier nicht durchlassen.«

»*Kalimera*«, entgegnete sie, »ich bin Sofia Perikles, von der Polizei in Kato Koutrafas.«

Sein Gesichtsausdruck veränderte sich schlagartig, und es war ihm nicht mehr möglich, seine Verwunderung zu verbergen. Mehr noch: Sofia sah, wie baff er war, und sie ließ es über sich ergehen, dass mit ihm der nächste Mann sie von oben bis unten musterte und dass auch sein Blick halt auf ihren High Heels machte, um ihr kurz darauf mit einem süffisanten Lächeln wieder ins Gesicht zu sehen. Verdammt, sie hatte doch morgens vor dem Kleiderschrank nicht ahnen können, dass sie mitten in eine Unfallstelle stolpern würde ...

»*Signómi*«, entschuldigte sich der junge Polizist, »dass ich Sie nicht kenne, aber ich habe Sie noch nie hier gesehen. Können Sie sich ausweisen?«

Sofia griff in ihre kleine Handtasche, entnahm dem hellblauen Hermès-Portemonnaie den frisch ausgestellten Dienstausweis und reichte ihn dem Mann. Wer hätte gedacht, dass sie ihn so schnell würde einsetzen müssen. Der Beamte betrachtete den Dienstgrad und den Dienstort. »Kato Koutrafas? Wo ist das?«

»Ein wunderbarer Ort. Ganz in der Nähe der Hauptstadt.«

»Aha«, entgegnete er zweifelnd, und dann fiel sein Blick auf das Foto. Umgehend sah er auf und betrachtete ihr Gesicht. Er nickte, als würde er seine Gedanken lieber für sich behalten.

Sie würde Petros Matriopoulos umbringen. Bräuchte nur noch eine Dienstwaffe. Und Schießtraining.

»Na dann: Willkommen, Kollegin.« Er hob das Band und ließ sie durchtreten.

»Was ist denn genau passiert?«

Er wies auf die Bergstraße; auch von hier unten war die durchbrochene Leitplanke gut zu erkennen.

»Die Karre ist von da oben runtergesegelt. Bestimmt besoffen gewesen, die Dame.«

»Die Dame?«

»Eine junge Frau. War im Auto. Mit ihrem Typen.«

»Ist sie ...?«

»Was denkst du denn, Kollegin? Dass sie da lebend rausgeklettert ist? Geh da vorne zu den beiden Cops in Zivil. Chief Inspector Charalambous und Inspector Dukas. Sie ermitteln hier.«

Er zeigte auf eine ältere Polizistin mit einer Lederjacke und aschblondem kurzem Haar, die sich eben eine Zigarette ansteckte, und auf einen jungen Mann in einem schwarzen Anzug mit Krawatte, der an diesem Strand aussah wie ein Außerirdischer. Sie sah genauer hin. Es handelte sich um einen Außerirdischen, den sie kannte. Verdammt. Toby Dukas. Die Arschgeige. Sohn eines hochrangigen britischen Soldaten und einer zypriotischen Mutter. Sie war mit ihm ins Internat in Limassol gegangen. Ein Schnösel, hässlich wie die Nacht, altklug wie ein Kleinkind und nun: Inspector. Der Albtraum nahm kein Ende.

Sie ging auf das ungleiche Paar zu, das direkt neben dem Wagen stand. Ein Feuerwehrmann fräste eben die Beifahrertür des Kleinwagens auf, die Funken zischten beim Auftreffen aufs Wasser, und nun wandten sich auch die Blicke sämtlicher Touristen dem Autowrack zu. Als Sofia näher kam, erkannte sie, dass die Fahrertür offenbar schon eine Weile geöffnet war. Nur wenige Meter vor ihr bedeckte ein Mann in einem weißen Schutzanzug eben einen Körper mit einem weißen Tuch. Ein Fuß schaute noch unter dem Tuch hervor. Ein kleiner schlanker Fuß. Ein Frauenfuß. Sofias erste Leiche. Zumindest ein Fuß davon. Sie zuckte zusammen. Gerade reichte ein anderer Uniformierter dem Kommissar Toby Arschgeige ein durchsichtiges Tütchen. Der dankte nicht einmal.

»Hey, Sie da, was machen Sie da?« Es war die ältere Polizistin mit ihrer Lederjacke, die auf Sofia zeigte und sie mit ihrer Zigarette zu sich winkte.

Ihre Stimme war tief und rau, in ihr steckte Geschichte und reichlich Tabak – mit einem Wort: Sie klang sehr sexy. Wie hieß sie noch gleich? Chief Inspector Charalambous. Sofia ging auf sie zu. Toby war noch mit dem Tütchen beschäftigt, sie sah, wie er ihm eine Geldbörse entnahm. Schwarz, herbes Leder.

»*Kalimera*, Frau Charalambous«, grüßte Sofia, »ich bin Sofia Perikles, ich bin oben vorbeigefahren und habe mich gefragt, ob ich helfen kann. Ich bin neu bei der zypriotischen Polizei.«

»Sie?«

Der Ton der älteren Polizistin klang weder überrascht noch spöttisch, er war feststellend.

»Ja, bei der Dienststelle in Kato Koutrafas.«

Da horchte Chief Inspector Charalambous auf.

»Bei Kostas?«

»Ja, bei Chief Inspector Karamanlis.«

»Glückwunsch.«

»Danke.«

Nun sah auch Toby Arschgeige auf und erkannte sie auf den ersten Blick. »Sofia«, entfuhr es ihm, und er lächelte teuflisch.

Sie wusste, dass ihr Hass auf Gegenseitigkeit beruhte, doch sie wusste auch, dass sie ihm wahrscheinlich in vielen einsamen Nächten als Vorlage für körperliche Ertüchtigung gedient hatte. Natürlich hatte sie keinerlei Interesse an ihm gezeigt, was seine Wut auf sie nur noch gesteigert hatte.

»Willst du um den Fels schwimmen, Sofia? Der Mond scheint doch gar nicht …«

»Sehr witzig, Toby«, antwortete Sofia und sah im Augenwinkel, dass Chief Inspector Charalambous diesen Austausch überrascht verfolgte.

Toby fuhr fort: »Ich habe ja gehört, dass die Kommunisten junge Leute für die Polizei anwerben, aber ich wusste nicht, dass die in Beverly Hills auf die Suche gegangen sind.«

Sofia wollte sich nicht länger mit ihm abgeben, aber einer musste noch sein: »Nun, nachdem die Rekrutensuche im Vorhof der Hölle ja nur zu Einstellungen wie deiner geführt hat, hat sich der Staat entschlossen, noch ein paar fähige Beamte zu suchen …«

Sie sah, wie die Lederjackenfrau kurz die Luft einsog und

sich ein Lachen verkneifen musste. Sie konnte Toby Arschgeige also auch nicht leiden.

»Gut, Sofia. Du bist also immer noch so eine freche Pute, genau wie in der Schule. Aber da das hier unser Fall ist, weise ich dich an, dich vom Tatort zu entfernen. Wir machen das hier schon.« Dann stellte er sich näher an seine Kollegin heran und flüsterte ihr etwas ins Ohr.

Sofia drehte sich um. Der Feuerwehrmann hatte eben das Fräsen beendet und zog an der Beifahrertür, die mit lautem Knarren aufging. Er schaffte es gerade so, den leblosen Körper aufzufangen, der in diesem Moment aus dem Fahrzeug fiel.

Ein Mann. Ein junger Mann, schwarze Haare, braungebrannte Haut. Als der Feuerwehrmann ihn unter den Armen packte, um ihn vom Wrack wegzuzerren, sah Sofia Blut auf seiner Stirn, getrocknetes Blut. Er war tot. Mausetot. Die zweite Leiche. Fünf Minuten nach der ersten. Was für ein Tag.

Aber es gab hier nichts für sie zu tun. Wahrscheinlich wirklich ein Unfall. Sie wandte sich ab, um den Strand wieder zu verlassen. Das Taxameter stand vermutlich längst bei 150 Euro. Der Alte hatte sicher daran gedreht, wie fast alle Chauffeure der Insel. Gerade, als sie das Absperrband erreicht hatte, hörte sie hinter sich die Reibeisenstimme der Kommissarin: »Hey, Kollegin«, und als Sofia sich umwandte, sah sie, wie Chief Inspector Charalambous ihre Zigarette austrat und sich dann langsam auf sie zubewegte. Toby Arschgeige folgte ihr überrascht.

Als sie dicht voreinanderstanden, fragte die Polizistin:

»Sind Sie aus Kato Koutrafas?«

Nun war es Sofia, die überrascht war. »Nein, natürlich nicht.«

»Hmm, schade, ich dachte, die Entscheidung der Kommunisten ergibt irgendeinen Sinn. Und wir kriegen Beamte, die sich an ihrem Dienstort auch auskennen.«

»Wieso fragen Sie?«

Ohne zu antworten, reichte die Polizistin Sofia eine Plastikkarte. Einen Ausweis. Das Foto zeigte eine Frau Anfang dreißig, eine hübsche Frau. Lange dunkle Haare, große offene Augen.

»Elena Kyriakou«, las Sofia und blickte Chief Inspector Charalambous fragend an.

»Das Opfer?«

Die Inspectorin nickte.

»Und was soll ich damit?«

»Drehen Sie den Ausweis um.«

Sofia tat, wie ihr geheißen, und las die Adresse: *»Aidonion 52, Kato Koutrafas.«* Sie hätte nicht überraschter sein können. Die Frau stammte aus ihrem Dorf. Ausgerechnet. Von allen Zyprioten, allen eine Million und ein paar Zerquetschten stammte diese Frau ausgerechnet aus dem beinahe ausgestorbenen Kato Koutrafas.

»Sehen Sie? Ich dachte, vielleicht können Sie helfen.«

»Wie soll *Princesse Tam-Tam* denn helfen?«

Es war Toby, der sich wieder einmischte. Sofia sah, wie Charalambous mit den Augen rollte.

»Ich könnte die Familie besuchen und die schlimme Nachricht überbringen.«

»Sofia, vergiss es, das ist unsere Aufgabe. Du hast doch eben erst angefangen. Du bist doch nicht mehr als eine Hilfspolizistin, die bald wieder mit ihrem dünnen Arsch in ihrem schicken Büro sitzt. Lass uns unsere Arbeit machen.«

»Jetzt halten Sie mal die Luft an, Inspector Dukas«, sagte seine Vorgesetzte, und ihr Ton war so schneidend, dass das Gesicht des jungen Mannes sofort eine Spur blasser wurde.

»Ich halte das für eine gute Idee, Sofia. Fahren Sie zu der Familie. Bitten Sie Kostas, Sie zu begleiten. Er kennt die Familie sicher. Aber ich bitte Sie: Er darf die traurige Nachricht nicht alleine überbringen. Sonst wird es für die Angehörigen noch schlimmer. Sie sollten unbedingt dabei sein.«

»Danke für Ihr Vertrauen«, sagte Sofia und spürte, wie sie zitterte. »War es denn ein Unfall?«

»Sieht so aus. Sie sind früh am Morgen hier durchgebrochen. Gab keine Zeugen. Erst einige Zeit später hat ein Autofahrer die zerstörte Leitplanke gesehen. Und uns angerufen. Wir sind dann direkt aus Limassol hierhergekommen.«

»Und war sie betrunken? Man muss ja schon sehr schnell sein, um die Leitplanke zu durchbrechen.«

»Hört, hört«, sagte Toby Arschgeige mit ironischem Tonfall, »Signorina Perikles ermittelt schon.«

Charalambous ignorierte ihn. »Wir wissen es noch nicht. Der Gerichtsmediziner wird sie untersuchen. Dann teilen wir Ihnen das Ergebnis mit.«

Sofia betrachtete den Wagen, der noch immer auf dem Dach lag. Auch an der Beifahrerseite war er komplett eingedrückt, riesige schwarze Schrammen in dem silbernen Blech. Sie sah, dass auch Charalambous scheinbar gedankenverloren zum Wrack blickte.

»Ich habe das schon gesehen. Könnte aber auch beim Aufprall passiert sein«, sagte Chief Inspector Charalambous, als hätte sie Sofias Gedanken erraten. »Wir werden Sie auf dem Laufenden halten.«

»Danke. Dann fahre ich jetzt nach Kato Koutrafas?«

»Warten Sie bitte noch einen Moment. Wir prüfen gerade, ob auch der junge Mann, der mit im Wagen saß, seine Dokumente dabeihatte. Wenn er aus demselben Dorf stammt, dann müssten Sie heute zwei Familien schlechte Nachrichten überbringen.«

Sofia nickte und sah, wie Toby Arschgeige das Gesicht verzog. Es musste ihm riesige körperliche Schmerzen bereiten, dass seine Vorgesetzte ausgerechnet Sofia mit derart wichtigen Aufgaben betraute. Es war eine Kurzschlussreaktion, und sie würde sich noch sehr lange fragen, warum gerade diese Wörter ihren Mund verlassen hatten – sie hätte doch einfach nach einer Zigarette fragen können – oder nach der Uhrzeit. Stattdessen hörte sie sich selbst sagen: »Kann ich sie sehen?«

Charalambous zog die linke Augenbraue hoch. »Klar, kommen Sie.«

Sie liefen das kurze Stück den Strand entlang auf das Wrack zu. Sofia war heiß und kalt zugleich.

Ein Gefühl von Atemlosigkeit überkam sie, als spürte sie, wie nah sie ihrer neuen Aufgabe nun wirklich war: Polizistin. Und gleichzeitig hatte sie Schiss wie nie zuvor in ihrem Leben. Sie schaffte es, sich kurz abzulenken, indem sie erst einmal gründlich den Wagen betrachtete und dann auch berührte. Die schwarzen Kratzer, die sich nun als riesige Risse entpuppten, auf dem silbernen Lack. Sie betrachtete die dunklen Steine ringsum, die den Strand bedeckten. Ja, das könnte es gewesen sein. Vielleicht hatte das Auto durch eine Unachtsamkeit die Leitplanke durchbrochen und war dann den Felsen hinab fast zehn Meter in die Tiefe gestürzt. Bei dem Tempo würde der Wagen noch eine Weile über die Steine gerutscht sein, vielleicht war er sogar zuerst auf der Seite aufgekommen. Das würde die Schrammen erklären.

Frau Charalambous stand schon bei der Toten, noch war der Körper mit dem weißen Tuch bedeckt. Im Näherkommen sah Sofia, wie Toby Arschgeige sie anstarrte. Als beobachtete er ein exotisches Tier im Zoo und wollte sich keine seiner Regungen entgehen lassen. Chief Inspector Charalambous ging zum Kopfende und sah auf, schien zu prüfen, ob kein Tourist hinter der Absperrung auf die Idee kam, mit einem Teleobjektiv ein Foto zu machen, dann hob sie das Tuch an. Helle Haut, schlanke Gliedmaßen, ein schlichter Ehering – ihr einziger Schmuck.

Eine junge Frau mit ebenmäßiger Haut und diesen dunklen Haaren, die auf dem Ausweisfoto schon eindrucksvoll ausgesehen hatten, nun aber geradezu wie dunkle Seide über den Strand flossen. Sie war außergewöhnlich schön. Auch jetzt noch. Ihr Gesicht war beim Aufprall offenbar auf das Lenkrad oder Armaturenbrett aufgeschlagen, es war voller Blut. Der Mund war eine rote klaffende Wunde, die Augen lagen irgendwo in den Höhlen, es war alles verschoben, als wäre sie vom Himmel gefallen und hier inmitten der Steine aufgekommen. Mit einem Mal war Sofia nur noch heiß, und gleichzeitig wollten die Bilder nicht mehr zusammenpassen. Alles verfing sich ineinander, die helle Haut des Opfers, der tote Blick in den Himmel, das Blut, der offene Mund, als hätte sie noch im Augenblick ihres Todes geschrien, dann wurde es sehr hell in Sofias Kopf, als hätte jemand das Licht angestellt, und sie spürte, wie ihre Beine nachgaben.

Es hatte ja so kommen müssen, dass es ausgerechnet Toby Arschgeige war, dessen Gesicht sie als Erstes wiedersah, als sie aus der Ohnmacht erwachte. Er kniete vor ihr, und sie fühlte, wie seine Hand immer wieder auf ihre Wange klopfte, auch, als sie die Augen längst geöffnet hatte. Sie schüttelte seine Hand ab und sah sein Grinsen, das natürlich sofort verschwand, als er ihr half, sich aufzurichten, und sich dann zu Chief Inspector Charalambous umwandte, die hinter den beiden stand und die Szene beobachtete.

»Da ist sie wieder«, sagte er zu seiner Chefin, dann wandte er sich um, und das Grinsen war wieder da: »Ach, Sofia, Handtaschenläden in Kensington sind eben doch etwas anderes als schreckliche Autounfälle in Petra tou Romiou. Aber gut, die erste Leiche ist immer die schlimmste. Obwohl: Dein Vater hat doch genug Leichen im Keller.«

Wäre sie bei Kräften gewesen, hätte sie ihn genau neben Elena Kyriakou unter ein weißes Leichentuch befördert –

doch ihre Beine gehorchten ihr immer noch nicht, das spürte sie. Also beließ sie es bei einem Blick, der hätte töten können. Aus dem Augenwinkel sah sie, dass jemand die Leiche wieder abgedeckt hatte. Sie wollte jeden neuen Blickkontakt vermeiden, nicht einmal einen nackten toten Fuß wollte sie heute noch sehen. Wann war sie das letzte Mal ohnmächtig geworden? Als Fünfzehnjährige auf dem Schulhof, an einem 45 Grad heißen Junitag, an dem sie aus Sorge um ihre Figur den ganzen Tag nichts gegessen hatte. Und heute also wieder. Verdammt. Ausgerechnet vor Chief Inspector Charalambous, die noch kein Wort gesagt hatte. Wahrscheinlich hatte die Ältere, Erfahrene den aufkeimenden Respekt vor der jungen Kollegin in diesem einen Moment der Schwäche wieder verloren.

Sofia trat zu ihr, als ihr die Beine wieder gehorchten: »Sorry, Chief Inspector. War wohl etwas …«

»Hören Sie, alles ist in Ordnung. Ruhen Sie sich aus. Der Anblick ist wahrlich nicht alltäglich. Aber fahren Sie jetzt bitte zu Kostas. Die Familie sollte möglichst bald informiert werden.«

»Das mache ich«, sagte Sofia und hörte selbst, dass ihre Stimme wieder so selbstbewusst klang, als wäre sie wirklich eine Polizistin auf Mission. »Haben Sie bei dem jungen Mann etwas gefunden?«

»Nein. Kein Portemonnaie, keine Dokumente. Aber dafür haben wir im Wagen eine leere und eine angebrochene Flasche *Xynisteri* gefunden. Sie hatten also möglicherweise ordentlich was intus. Wir werden beide untersuchen lassen. Wird schwer, ist ja alles schon Stunden her.«

»Hat der Tote einen Ehering? Ist er ihr Mann?«

Sofia hätte selbst nachschauen können, doch das wollte sie lieber vermeiden.

Charalambous schüttelte den Kopf. »Kein Ring. Frau Perikles, lassen Sie mir bitte Ihre Nummer hier, damit ich Sie informieren kann. Wie ich höre, geht Kostas nur an bestimmten Tagen ans Telefon.«

Sofia tat, wie ihr geheißen, ging dann gemessenen Schrittes und ohne sich von Toby Arschgeige zu verabschieden, den Strand entlang und stieg die Treppen hinauf, die sie wieder zum Parkplatz an der Straße führten. Sie machte dem Taxifahrer, der rauchend an seinem Wagen stand, ein Zeichen und ging zur Hauptstraße, die sie überquerte, um an der durchbrochenen Leitplanke stehen zu bleiben. Unter ihr war das tosende Meer zu hören, das mit voller Wucht gegen den Aphroditefelsen schlug. Sofia musste ganz nah an den Abhang treten, um die Beamten unter sich überhaupt zu sehen, so steil ging es hier hinunter. Der Wagen war also nicht sehr schnell gewesen, sonst wäre er viel weiter geflogen und nicht unterhalb des Abhangs wie ein Stein auf dem Boden aufgeschlagen. Merkwürdig. Sie besah sich die Leitplanke. Ein physikalisches Studium hätte geholfen, um Stärke des Aufpralls und Erdanziehung abzuschätzen. Leider hatte sie in Physik stets Liebesbriefe geschrieben oder welche gelesen, die ihr zugesteckt worden waren. Oder sie und ihre Freundinnen hatten die Stunde geschwänzt und waren in der Altstadt von Limassol shoppen gegangen. Das hatte sie nun davon. Alles, was sie sah, war, dass die Leitplanke mit Wucht durchbrochen worden war. Und sie sah Spuren auf der Straße. Bremsspuren. Die genau auf die zerstörte Leitplanke zuführten. Und waren da nicht auch Abdrücke neben den Reifenspuren des Kleinwagens? Größere? Breitere? Es war schlicht nicht festzustellen. Viel zu viele Wagen waren in den letzten Stunden vorbei an diesem touristischen Wahrzeichen über die breite, heiße Straße gerast, überall waren Reifenspuren.

Sofia zuckte mit den Schultern und ging in Richtung Taxi. Sie ließ sich in die platt gesessenen Ledersitze fallen, die sich nun wunderbar weich und sanft anfühlten, und schloss für einen Moment die Augen. Sie genoss die Kühle, die die Klimaanlage in den Wagen zauberte, als das Taxi angelassen wurde.

»So, nun also nach Paphos an den Strand?«

»Nein, ich muss nach Kato Koutrafas.«

Der Fahrer beäugte sie im Spiegel, als hätte Sofia ihn gebeten, sie auf eine andere Insel zu fahren. »Wohin?«

»Nach Kato Koutrafas. Hinter Limassol landeinwärts und dann immer durchs Troodos bis zur Grenze.«

»Aber ich fahre nicht nach drüben.«

»Nein, nicht nötig. Es ist das letzte Kaff vor der Grenze.«

»Und was wollen Sie da? Hoffentlich doch nicht sich umbringen?«

»Ähm, eigentlich nicht. Ich arbeite da.«

»Na, das ist ja ungefähr dasselbe.«

Er rümpfte die Nase und schaltete mit einem Klick das Taxameter wieder ein. Es stand bei 52 Euro.

Sofia sah einen Moment zu lange hin. Der alte Mann reagierte sofort: »Sie dachten wohl, ich lasse laufen und mach 'ne Pause auf Ihre Kosten. Nee, nee, nee, so sind wir hier nicht. Wir sind ehrbare Leute. Sie zahlen nur, was ich auch fahre.«

Sofia wurde rot und versank in ihrem Sitz. Sie hatte ihm das Schlechteste zugetraut und das Beste bekommen. Und in diesem Moment erinnerte sie sich auch wieder an das, was sie in jedem Moment ihrer zypriotischen Kindheit gespürt hatte: Diese Menschen hier waren zwar alle Schlitzohren, für die das Leben leicht war und die die Gesetze noch leichter nahmen. Aber sie waren immer fair zueinander. Mit diesen Gedanken ließ sie sich auf die Autobahn kutschieren, spürte durch ihren weichen Sitz hindurch das Rumpeln der Räder, und dann war es nur noch ein Augenblick, bis sie sich von der Wärme umhüllen ließ und einschlief.

Déka – 10

Sie erwachte davon, dass sie in ihrem Sitz hin und her geworfen wurde. Die Dorfstraße von Kato Koutrafas. Was auch sonst? Der Blick auf das Taxameter: 147 Euro. Der Blick auf die Uhr: 13.30 Uhr. Sie hatte anderthalb Stunden geschlafen.

»Was für eine Tour«, stöhnte der Fahrer, »wo haben Sie mich denn hier hingelotst? Wir sind einmal komplett über die Insel gefahren. Wissen Sie, ich mache den Job seit fünfundvierzig Jahren. Aber hier war ich noch nie.«

Er schüttelte immer noch den Kopf, als wäre er wirklich entrüstet. Sofia musste lächeln.

»Wissen Sie, ich hab mir das auch nicht ganz freiwillig ausgesucht hier.«

»Was macht eine junge Frau wie Sie, eine wunderschöne Frau außerdem, an diesem Ort?«

Sie gab ihm 160 Euro in bar und zuckte mit den Schultern.

»Das ist eine lange Geschichte. Kurzgefasst: Die Kommunisten sind schuld.«

Er erwiderte nichts, denn das reichte auf dieser Insel als Begründung für alles.

Sie stieg aus und stand wieder hier, auf der Straße, genau vor dem Container. Diesmal aber war sie nicht ohne Plan, ganz im Gegenteil. Drinnen erwartete sie die Wand aus Rauch. Die Luft stand stickig in dem kleinen Raum, doch Kostas' Stuhl war leer. Aktenberge türmten sich auf seinem Schreibtisch. Vielleicht war er krank? Doch als sie sah, dass zu den Dutzenden Zigaretten, die sie gestern schon im

Aschenbecher gesehen hatte, noch mal doppelt so viele hinzugekommen waren, wusste sie zumindest, dass er vor gar nicht langer Zeit im Büro gewesen sein musste. Wo konnte er jetzt sein? Sie verließ den Container wieder. Vorhin hatte sie nicht auf das Kafenion geachtet, doch nun sah sie ihn sofort. Er saß als Einziger draußen auf der Terrasse in der Mittagshitze, vor sich eine Flasche mit einer durchsichtigen Flüssigkeit, die bestimmt kein Wasser war. Er zündete sich eben eine neue Zigarette am Stummel der alten an. Sofia spürte, wie ihr das Herz wieder in die Hose rutschte. Sie wischte sich den Schweiß von der Stirn, zupfte sich das Kleid zurecht und ging auf ihn zu.

»Chief Inspector …«, begann sie, doch er hielt seinen Blick starr in die Ferne gerichtet, das Glas in der einen, die frische Zigarette in der anderen Hand.

»*Signómi*, Chief Inspector, ich störe Sie nur ungern.«

»Warum tun Sie es dann?«, knurrte er und nahm einen Schluck von dem Getränk, das diesmal zweifelsfrei Ouzo war.

»Weil wir eine Tote haben.«

Sein Blick wurde ein wenig klarer, seine Stimme aber blieb belegt und war immer noch nur ein drohendes Knurren.

»Wer ist *wir*?«

»Wir. Die Polizei von Kato Koutrafas.«

Er lachte. »Wir. Sie sagt wir.« Er sagte es nur zu sich selbst. »Waren Sie etwa im Büro? Kam ein Fax aus Nikosia?«

»Nein. Ich habe die Leiche gesehen. Am Strand von Petra tou Romiou. Am Aphroditefelsen. Eine junge Frau von hier.«

»Der Aphroditefelsen. Ach, wie schön ist es am Aphroditefelsen. Ich war da auch mal. Ist ein Jahrzehnt her. Ein Abend, den ich nicht vergessen werde.« Seine Stimme war in dieser fernen Vergangenheit, genau wie sein Blick. Total entrückt.

»Haben Sie gehört, Chief Inspector? Diese Tote, sie ist vielleicht Opfer eines Mordes geworden.«

Der Polizist blickte auf, als hätte sie ihn angeschossen. »Was erzählen Sie da?«

Sofia wusste selbst nicht, was sie geritten hatte. Aber sie hatte seine selbstgefällige Leidensmiene in Tateinheit mit übermäßigem Alkoholkonsum zur Mittagszeit satt. Deshalb hatte sie das, was höchstwahrscheinlich ein Unfall war, kurzerhand zum Mord erklärt.

»Ich habe den Wagen gesehen. Sie ist von der Straße abgekommen. Chief Inspector Charalambous ermittelt, Ihre Kollegin aus Limassol.«

»Charalambous, die alte Karrieristin. Und die glaubt, es war Mord? Braucht wohl noch einen für die Akte, damit sie noch eine Etage nach oben steigt.«

»Sie ermittelt. Und wir werden ermitteln.«

»Tausendschön, ich kann mich nicht an deinen richtigen Namen erinnern. Aber ich möchte nicht, dass du so einen Mist erzählst. Mord. Hier. An einer Frau aus Kato Koutrafas. Was für ein Unfug. Wir werden überhaupt nichts tun.«

»Das Opfer ist aus unserem Ort. Und Chief Inspector Charalambous will, dass wir der Familie die Todesnachricht überbringen.«

»Wer?«

»Was, wer?«

»Wer ist tot?«

»Sie heißt Elena Kyriakou.«

»Ach du Scheiße.«

Kostas warf die Zigarette weg, obwohl sie nur halb aufgeraucht war, und entzündete sich mit dem Feuerzeug wiederum eine neue. Dann goss er sich das Wasserglas drei Viertel voll und trank den starken Schnaps in einem Zug.

Sofia stand da wie bestellt und nicht abgeholt. Sie wurde immer wütender. »Kostas, haben Sie mich verstanden? Wir müssen die Familie informieren.«

»Mach ich nicht.«

Auch wenn Sofia sich nur zu gut an die Worte von Chief Inspector Charalambous erinnerte, machte Kostas' Unverfrorenheit sie in diesem Moment sprachlos.

»Wie bitte?«

»Mach ich nicht. Mach du es doch, Tausendschön. Du arbeitest doch jetzt hier.«

»Ich kenne die Familie doch gar nicht.«

»Gibt keine große Familie«, sagte er und machte eine wegwerfende Handbewegung. »Nur ihre alte Mutter, Frau Varviotis. Und den Ehemann, dessen Namen sie trug.«

»Sie war also wirklich verheiratet ...«

Kostas nickte.

»Wir müssen doch etwas tun, Chief Inspector. Wenn es doch Mord war?«

»Die Kyriakou hatte einfach 'nen Unfall. Die hatte zu viel intus. Sie war schon immer viel zu wild. Das sind Frauen oft – und genau das ist das Problem.«

»Was heißt das?«

Wieder nur die wegwerfende Handbewegung und der erneute Griff zum Glas, eine perfekte Choreographie, die Sofia nun schon von ihm kannte.

»Können Sie bitte mitkommen, Chief Inspector?«

»Das bringt nichts. Die Familie würde mich nicht sehen wollen.«

»Ich kann das nicht alleine machen.«

»Tausendschön«, sagte er, und seine Stimme klang eiskalt. »Ich geh da nicht hin. Und ich habe es dir gestern schon gesagt: Geh mir aus dem Weg. Wenn du meinst, du müsstest hier Polizistin spielen, dann tu dir keinen Zwang an. Sie wohnen da hinten, die Straße runter. Frau Varviotis und der Typ, der das Pech hatte, Elenas Mann zu sein. Sag es ihnen und tu dir ihr Heulen und Wehklagen an. Wenn du keine Lust darauf hast, stecke ich eben einen Brief in den Kasten. Und wenn die alte Zicke Charalambous was wissen will, soll die gefälligst ihren Arsch hierherbewegen. Ist sich wohl zu fein für unser Kaff. Aber am Hafen von Limassol herumscharwenzeln ist sicher besser fürs Image. Ich bleib hier jedenfalls sitzen, ich hab nämlich Pause. Und jetzt: Schwirr ab, Tausendschön.«

Sie spürte, wie sich eine Träne den Weg aus ihrem Auge bahnte, es war alles zu viel heute. Sie wischte sie weg, bevor er sie sehen konnte, und wandte sich ab.

Er hatte auf ein niedriges weißes Haus gezeigt, die Straße runter. Sie wollte keine Zeit verlieren. Doch. Einen Moment brauchte sie noch.

Sie griff nach seinem Wasserglas und der Flasche und goss sich ruckartig einen Schluck Ouzo ein. Beziehungsweise ein halbes Glas. Sie trank es in einem Zug aus und musste im gleichen Augenblick beinahe würgen, so kräftig war der eiskalte Schnaps. Kostas sah sie erstaunt an, als sie das Glas wieder absetzte, und sie spürte seinen Blick noch auf sich, als sie sich umgewandt hatte und die Straße hinunterging.

Der Ouzo hatte ihre Sinne belebt, sie fühlte sich nun in der Lage dazu, ihre erste Aufgabe als Polizistin zu erfüllen. Sollte er sich doch gehackt legen, dieser besoffene Nichtsnutz. Was war nur los mit ihm? Sie wunderte sich wirklich, dass die Bewohner von Kato Koutrafas ihn noch nicht mit Mistgabeln über den Acker davongejagt hatten. Normalerweise erging es Hexen und finsteren Gesellen doch so. Und Kostas Karamanlis war wahrlich ein finsterer Gesell. Sie hätte gerne ein freundliches Gesicht gesehen. Am liebsten ein sexy Gesicht, Christos' Gesicht. Aber sie hatte keine Zeit. Später vielleicht.

Sie ging die einsame Dorfstraße entlang. Kato Koutrafas war zur Mittagszeit wie ausgestorben. Die Menschen hielten in der größten Hitze ihre Ruhezeit ein. Besonders die Alten. Die Jungen waren wohl irgendwo arbeiten, in einem der Gewerbegebiete am Rande von Nikosia, die von hier eine Dreiviertelstunde entfernt waren. Wenn es hier überhaupt junge Menschen gab.

Sie erreichte das kleine weiße Haus mit dem schiefen Dach. *Weiß* war eine sehr gönnerhafte Beschreibung der Farbe des Hauses. *Einstmals weiß* traf es besser. Eine Klingel gab es nicht, also ging sie durch das offene Hoftor hinein in den sogenannten Garten, der eine graubraune Brache war. Weiter hinten bevölkerten ein paar Hühner ein winziges Stückchen Rasen, noch weiter hinten waren drei Ziegen zu sehen. Sie klopfte an die Haustür. Keine Reaktion. Sie nahm all ihren Mut zusammen und drückte die Klinke herunter. Die Tür öffnete sich anstandslos, schon stand Sofia in einem dunklen Flur. An der Wand hing ein Foto. Ein Hochzeitsfoto. Ein Bild aus glücklichen Tagen: Elena Kyriakou, deutlich jünger als am Strand, vielleicht Anfang zwanzig, daneben ein dunkelblonder Mann, breitschultrig, grobschlächtig, und er sah sie an, als wäre sie sein Wunder. Das war niemals der Tote vom Strand. Die Temperatur hier drinnen war mindestens zwanzig Grad niedriger.

Zypriotische Häuser waren wirklich ein bauliches Wunder. Und zwar immer von März bis November. Denn dann senkten sie durch ihre wärmeabweisende Bauweise und die speziellen porösen Wände die Temperaturen drinnen um ein Vielfaches und leiteten die Wärme ungehindert wieder nach draußen. Das war allerdings auch das Problem im Winter: Die von den Klimaanlagen produzierte Wärme wurde quasi umgehend und ungenutzt wieder nach draußen geleitet, und innen war es dann schweinekalt. Sofias Vater war es irgendwann zu blöd geworden, und so hatte er einen deutschen Architekten beauftragt, ihm eine Villa zu bauen, die sommers wie winters angenehm temperiert war. Seitdem hatte Sofia nicht mehr gefroren. Bis sie in Berlin angekommen war und später in London.

Sie ging noch ein paar Schritte, dann betrat sie ein winziges Wohnzimmer, das aussah wie eine Klosterzelle. Sofia hatte noch nie ein Kloster betreten, aber so stellte sie sich eine Klosterzelle eben vor: ein kleiner karger Raum. Ein Holzschrank. Eine Ikone und ein Kreuz an der Wand. Ein unbequem aussehendes Sitzmöbel. Darin eine Frau. Die mit offenen Augen schlief. Eine sehr alte Frau. Sie trug eine Schürze, die aussah, als wäre sie ihr als ewiges Kleidungsstück an den Leib gewachsen. Die grauen Haare waren spärlich, und eine Strähne bedeckte ihr faltiges Gesicht, das aussah wie die Reliefkarte einer wilden Gebirgslandschaft. Nackte dünne Ärmchen und Beinchen schauten aus der Schürze heraus.

»*Signómi*«, begann Sofia entschuldigend, und sofort regte sich die Frau. Ihre Arme bewegten sich, und ihre offenen Augen wurden schmaler, als sie die junge Frau im Raum bemerkte.

»Wer sind Sie?«, fragte sie leise und zögernd, Sofia vernahm selbst in den wenigen Worten den brummeligen Akzent der Bergbevölkerung, der ihr selbst so fremd war.

»Frau Varviotis?«

Die Alte nickte.

»Ich heiße Sofia Perikles, und ich bin die neue Polizistin hier im Dorf, die Kollegin von Kostas Karamanlis.«

Keine Regung im Gesicht der Alten.

»Ich bin hier, weil …«

Sofia wusste nicht mehr, wann sie den letzten Krimi im Fernsehen geschaut hatte. Im Urlaub auf den Seychellen mit Carl vor anderthalb Jahren hatte sie mal einen gelesen. Zwischen Sex und Mojito-Cocktails. Wie hatten es die Polizisten darin angestellt, traurige Nachrichten zu überbringen? Verdammt, sie war einfach nicht darauf vorbereitet. Doch die Mutter von Elena Kyriakou würde ihr dabei nicht helfen – sie wartete ungerührt.

»Es tut mir sehr leid, dass ich Sie überfalle. Ihre Tochter, sie hatte einen Autounfall.«

»Elena?«

Sofia nickte und verkniff sich die Frage, ob Elena denn noch eine Schwester habe.

»Was ist mit ihr, dass die Polizei zu Besuch kommt?«

»Ihre Tochter«, wieder pausierte Sofia, »es tut mir sehr leid, aber Ihre Tochter ist gestorben.«

Wieder gab es wenig Regung, es sah so aus, als würde sich Elenas Mutter aufrichten, sich aufsetzen, dabei machte sie nur eine winzige Bewegung, um mit einer Spur Resignation zu fragen: »War es drüben?«

Sofia überlegte einen Moment, dann erst verstand sie die Frage. »Nein, es war hier. Im griechischen Teil. Am Strand des Aphroditefelsens. Ihr Wagen ist von der Straße abgekommen.«

Sofia überlegte. »Wieso hätte es drüben sein sollen?«

Die Alte reagierte nicht auf die Frage.

»Wo ist Herr Kyriakou?«

Plötzlich machte die alte Frau eine wegwerfende Bewegung mit dem ganzen Arm, die regelrecht zackig aussah. Offenbar war das eine verbreitete Geste im Ortsverbund von Kato Koutrafas.

»Heißt das, Sie wissen es nicht?«

»Mein Schwiegersohn arbeitet oder ist im Kafenion. Diese beiden Möglichkeiten gibt es. Hier ist er nicht oft. Kann ich ihm aber nicht verdenken. Bei der Frau.«

»Was macht er denn?«

»Er ist Fahrer. Irgendwo in der Hauptstadt. Fährt Schweineteile hin und her.«

»Und wieso sagen Sie, Sie können es ihm nicht verdenken?«

»Das geht Sie nichts an.«

»Wir ermitteln in einem Todesfall«, sagte Sofia und vermutete stark, dass ihr dieser Satz aus der Erinnerung an den Kriminalroman zuflog. »Sie müssen uns alles sagen, was Sie wissen.«

Die Alte schüttelte den Kopf, begann unvermittelt zu weinen und faltete die Hände. Das Weinen ging in ein Gewimmer über und wurde schließlich zu einem Gemurmel, das klang wie ein Wehklagen in Symbiose mit einem mittelalterlichen Gebet. »Es ist wirklich passiert, ich habe immer gebetet, dass ihr nichts passiert. Aber nun ist es ihr passiert. Gott hat sie bestraft, Gott hat sie bestraft …«, stammelte sie, während Sofia angesichts ihrer Worte immer aufgeregter wurde.

Doch als sie sich der alten Frau näherte, schließlich ganz nah vor ihr stand, hörte diese wieder auf, verschloss den Mund und blieb regungslos sitzen, um gleichzeitig das Kreuz an der Wand und die Ikone auf dem Schrank anzuschauen.

»Wieso hat Ihre Tochter den Tod verdient?«, fragte Sofia und war sich sicher, diese Formulierung nicht im Krimi gelesen zu haben.

»Gehen Sie«, sagte die Alte, ohne den Blick von ihren religiösen Einrichtungsgegenständen abzuwenden.

»Es ist wirklich wichtig«, beharrte Sofia. »Können Sie mir wenigstens die Nummer Ihres Schwiegersohns geben? Wir müssen ihn informieren.«

»Er kommt zu Ihnen.«

»Was für einen LKW fährt Ihr Schwiegersohn?«

»Was weiß ich …«

»Frau Varviotis, wir haben einen anderen Mann neben Elena im Auto gef…«

»Raus.«

Ihr Ton ließ keine Widerrede zu.

Sofia stand auf und verließ das Haus, während die Frau hinter ihr wieder zu wimmern begann. Sie schaffte es gerade noch aus dem dunklen Flur mit den fliegenden Flusen heraus, bis sie selbst anfing zu zittern und ihren eigenen Tränen freien Lauf ließ. Was für ein beschissener Tag. Die Szene vorm Ministerium am frühen Morgen. Die Erkenntnis, dass sie zur Arbeit in diesem Kaff verdammt war. Die Leichen. Die Ohnmacht. Kostas. Elenas Mutter.

Und nun rannte sie über diese verstaubte beschissene Landstraße und heulte sich die Seele aus dem Leib. Im Krimi hatte der Angehörige des weiblichen Opfers ganz normal reagiert, jetzt erinnerte sie sich. Er hatte verstört nachgefragt, dann geweint und schließlich die Ermittlungen der Polizei unterstützt.

Und die alte Frau? Hatte nichts gesagt, vor sich hin gewimmert und sie dann vor die Tür gesetzt. Sie musste jetzt jemanden sehen, der sie mochte. Der sie aufmunterte. Aber ihr fiel niemand ein. Dann musste sie eben wenigstens jemanden hören, der sie mochte. Sie setzte sich die Gucci-Sonnenbrille auf, um sich vor der gleißenden Sonne zu schützen, dann rief sie seine Nummer an.

»Lazy Dog Investments, Carl Mercey, wie kann ich Ihnen helfen?«

Sie hatte diesen läppischen Namen, den er sich für seine Firma ausgedacht hatte, immer gehasst. Aber seine Stimme war für sie in diesem Moment wie ein weiches Kissen, in das sie sinken konnte.

»Carl, ich bin es.«

»Sofia. Hey, du, gerade ist es ganz schlecht. Ich habe gleich eine Telko mit Frisco.«

Er sagte wirklich *Telko* für Telefonkonferenz, und er sagte wirklich *Frisco* für San Francisco. Wer war dieser Kerl? Eine Karikatur aus einem Start-up-Comic? Christos würde in seinem ganzen Leben nie *Telko* sagen.

»Ich muss kurz mit dir sprechen, hier ist es ganz schrecklich.« Sie schluchzte wieder. »Ich habe vorhin eine … nein, zwei Leichen gesehen. Es war so furchtbar.«

»Sofia, was ist denn da los? Das klingt ja, als wärst du in Mexiko-City und nicht in deiner Heimat. Werden da so viele Leute gekillt? Ist doch eine alte britische Kolonie, herrscht da nicht Ordnung?«

»Ich bin doch Polizistin jetzt. Das ist Teil der Ermittlungen. Es ist alles …«

»*Babe*, ich ruf dich gleich zurück, ja? Dann erzählst du mir alles. Wirklich. Aber da ruft gerade Frisco an. Dauert höchstens 90 Minuten. Weißt du, es geht um dieses wichtige Investment für Kinder-Computerspiele, von dem ich dir neulich erzählt habe, da geht es um Millionen, o.k., *babe*?«

Sie wusste in diesem Moment nicht mehr, ob sie auf die Taste gedrückt hatte oder ob er es gewesen war, der, ohne ihre Verabschiedung abzuwarten, einfach aufgelegt hatte.

Mistkerl. Er hatte sie abgewiesen, jetzt, wo sie ihn dringend brauchte. Sofia verdammte Carl, sie verdammte dieses Kaff und seine Bewohner. Sie steckte sich die Brille in die Haare, um sich zu schnäuzen, als sie spürte, wie ihr immer noch die Tränen liefen, es schien, als wären ihre Flüssigkeitsdepots nach der alkoholischen Nacht gestern wieder gut aufgefüllt.

Die Straße und der Dorfplatz verschwammen vor ihren Augen, sie hoffte, dass Kostas sie so nicht sehen würde – obwohl, bei ihm war es ihr fast egal. Aber Christos, Christos durfte sie auf keinen Fall weinen sehen. Es gab nichts Hysterischeres als weinende Frauen in sehr farbigen Kleidern.

Doch es waren weder Christos noch Kostas, die sie ansprachen. Sofia sah immer noch nichts, weil die Tränen über ihr Gesicht strömten, deshalb hörte sie nur die vertraute Stimme, ehe sie die Lady sah: »*Darling, my dear.* Was ist denn mit dir? Komm mit zu mir, ich werde dir erst mal was Gutes tun. Oh, *my dear*, was ist denn passiert?«

Dann wurde sie in zwei faltige Arme genommen, die sie fest umschlossen, und schon fühlte sich Sofia geborgen.

Éndeka – 11

Sie saßen in einer Oase.

Ein kleiner lauschiger Innenhof hinter einem weißen Haus, das dem von Elenas Mutter eigentlich recht ähnlich sah – obwohl alles anders war: Das Haus war frisch getüncht. Der Innenhof war mit Rasen begrünt, alles war berankt mit wildem Efeu und wildem Wein, dazu gab es Dutzende Rosenbüsche, die blühten, dass es die pure Freude war. Zwei Platanen standen dort, sie spendeten einen raumgreifenden Schatten. Dazu die Pergola, unter der eine weißlackierte Bank aus Metall stand, darauf riesige Kissen in bunten Farben und zwei Gartenstühle im französischen Stil. Die alte Lady hatte eine große Karaffe Wasser geholt und eine Flasche eiskalten Weines geöffnet. Beides hatte Sofia belebt und ihre Tränen getrocknet. Und nun brachte die Lady als Krönung auch noch zwei weiße Keramikteller und eine riesige Schüssel nebst Brotkorb. Sie stellte alles vor Sofia auf den Tisch.

»So, du musst jetzt etwas essen, *my dear.*«

Sofia spürte, wie hungrig sie war, und zog die Schüssel zu sich heran, um neugierig hineinzuschauen. Sie war entzückt. Es war ein *Choriatiki,* wie sie ihn als Kind immer von der Haushälterin bekommen hatte. Ein ganz einfacher Bauernsalat, der genau deshalb das beste Gericht der griechischen und zypriotischen Küche war: Dicke Scheiben von grünen Landgurken, dazu die weichen überreifen Tomaten, die Lady Gladstone offenbar im heimischen Garten zog. Grüne und gelbe Spitzpaprika, dazu leuchtend rotsilbrige Zwiebelscheiben und jede Menge Feta-Käse in wilden Brocken übereinandergewürfelt mit reichlich Oregano. Eben gab Lady Gladstone aus einer großen Karaffe grünlich schimmerndes Olivenöl darüber und vermengte alles mit einer großen Kelle.

Sie tat zuerst Sofia eine riesige Portion auf und nahm sich dann selbst nur ein wenig, um zuzusehen, wie die junge Frau sich mit ihrer Gabel auf den Salat stürzte.

Himmlisch, dachte Sofia, einfach himmlisch. Sie hatte immer an diesen *Choriatiki* gedacht, in Berlin, in England. Sie hatte versucht, ihn nachzumachen. Doch die Gurken schmeckten nach Wasser, die Tomaten nach noch wässerigerem Wasser, und der Feta schmeckte nach einem Schnittkäse in Salzlake, der absolut nichts mit diesem wohlschmeckenden weißen Etwas zu tun hatte, das auf diesem Salat lag, und nach Sonne, grünem Gras und einem glücklichen Schafsleben schmeckte. Sie hatte es aufgegeben und ihre Dinner wahlweise in hippen Pop-up-Restaurants oder in Fast-Food-Buden verbracht – je nach Stimmung, Begleitung und aktueller finanzieller Ausstattung. Und nun saß sie hier an diesem Tisch, mit dieser von Gold über und über behängten Lady, und durfte diesen Salat essen. Dieses Stück Gurke, das schmeckte, wie es nur hier in Griechenland schmecken konnte. Und diese Wucht von einer Tomate. Wahnsinn!

»Schmeckt es dir?«, fragte Lady Gladstone.

»Hmmhmm …«, murmelte Sofia kauend und befand, dass das als Antwort reichte.

»Oh, *my dear*, du warst so blass, ich dachte, du musst erst mal etwas in den Magen bekommen. Aber nun erzähl mir, was ist denn passiert, das dich so bedrückt?«

Sofia nahm noch einen Schluck vom Wein und brachte mühsam hervor: »Der Wein ist super. Was ist das für einer?«

»Ein *Morokanella*. Von einem kleinen Weingut in Kalo Chorio, ein Stück weiter oben in den Bergen. Fein, oder?«

»Sehr gut. Und genau das Richtige nach diesem Tag. Es war alles einfach zu viel. Die Ermittlungen, Kostas …«

Lady Gladstone schlug gar nicht ladylike mit der Hand auf den Tisch, sodass Gläser, Schüssel, Teller einen Satz machten. »Es geht etwas vor, ich wusste es«, rief sie, »ich habe gespürt, dass hier etwas nicht stimmt, im Dorf ist es so still. Erzähl, *my dear*, was ist los? Von welchen Ermittlungen sprichst du, nun sag schon.«

Sofia konnte sich nicht vorstellen, dass es im Dorf jemals anders als still gewesen war. Aber sei's drum. Sie fing an zu erzählen wie ein Wasserfall: von ihrer Nacht mit zu viel Suff und einem Kuss für den Falschen – von ihrem Morgen mit dem Innenminister, der sie zum Narren gehalten hatte, von ihrer Fahrt an der Küste entlang.

»Es war alles so schrecklich. Da lag dieses Auto am Strand, und ich habe die Tote gesehen. Sie sah so furchtbar zugerichtet aus, ihr Gesicht war komplett entstellt. Und das Auto ist einfach den Abhang hinuntergesegelt, wahrscheinlich hatte sie zu viel getrunken. Aber ihre Mutter hat so komisch reagiert. Und Kostas hat so komisch reagiert. Und ich denke, hier stimmt doch irgendetwas nicht. Und alle … Alle hier hassen mich …« Dabei brach sie wieder in Tränen aus und sah mit verschwommenem Blick, wie Lady Gladstone angesichts dieses Ritts durch einen wahrlich abenteuerlichen Tag den Kopf schüttelte.

»*My dear*«, die alte Dame nahm Sofia bei der Hand, »aber nun sag mir doch, wer gestorben ist.«

»Elena heißt sie, Elena Kyriakou.«

Lady Gladstone schaute, als wäre sie vom Blitz getroffen. Selbst die Arme, die sonst ständig in Bewegung waren und durch all den Schmuck pausenlos klimperten, waren wie erstarrt. Sofort vergingen Sofia die Tränen, sie war besorgt.

»Kannten Sie sie etwa gut, diese Elena?«

Lady Gladstone nickte. »Sie hatte also einen Unfall?«

Sofia zog die Schultern hoch, straffte sich und antwortete: »Ich weiß es nicht. Ehrlich. Alle glauben das. Aber mir ist das zu glatt. Es gibt so viele Feindseligkeiten. Sie hätten Elenas Mutter hören sollen …«

»Mein liebes Fräulein Perikles, in so einem kleinen Dorf sind die Dinge immer merkwürdig. Aber: Ja, Elena kannte ich sehr gut. Sie hatte es fast geschafft, aus diesem Kaff zu entkommen. In ein schönes Leben, nachdem sie mit neunzehn den größten Fehler ihres Lebens gemacht hatte. Und diesen schmerbäuchigen Klotz von einem Mann zu ihrem Mann genommen hatte. Und es dann wie lange …? Na ja, über zehn Jahre mit ihm ausgehalten hatte. Ich habe ihr so oft gesagt, sie verschwende ihre Jugend, ihre Schönheit, ihr Talent. Aber sie hat mich immer abgeschüttelt und gesagt, es gehe mich nichts an, ich würde ihn ja gar nicht kennen. So ist das in einem kleinen Dorf mit Exoten wie mir. Niemand nimmt mich ernst, niemand nimmt meinen Rat an. Alle sehen mich an und lächeln, weil ich unterhaltsam bin, aber wirklich anfreunden will sich mit der alten Fregatte niemand.«

»Halt, Lady Gladstone, nicht so schnell, erzählen Sie mir mehr über Elena. Was ist mit dem Mann? Sind sie nicht mehr verheiratet?«

»Oh, jetzt klingst du wirklich wie eine Polizistin. Bin ich jetzt eine Zeugin und damit Teil deiner Ermittlungen?«

Lady Gladstone klang dabei gar nicht ironisch oder wütend, sondern ernsthaft aufgeregt, als wäre das eine spannende Sache. Dabei hätte Sofia aufgeregt sein sollen, dachte sie, schließlich war es ihre allererste Vernehmung. Den schrecklichen Fehlschlag von vorhin mit der Mutter ließ sie dabei lieber nicht gelten.

»Liebe Lady, ich würde gern alles wissen. Ich sehe immer noch die tote Elena vor mir. Und ich fürchte mich so sehr vor der kommenden Nacht, wenn die Bilder mich wahrscheinlich nicht loslassen.«

»Das glaube ich, mein Kind. Sie war sehr schön, Elena ...«

Sofia nickte. »Das kann ich mir vorstellen ...«

»Und so ganz anders als ihre Mutter und die anderen Mädchen hier im Dorf. Sie war feingeistig, sie hat sich manchmal an mein Klavier gesetzt, als sie noch klein war, und dann hab ich ihr einfache Melodien beigebracht. Sie kam immer öfter vorbei, und wir haben zusammen musiziert. Bis sie größer wurde und sich in diesen merkwürdigen Typen aus dem Ort verliebte, der zu ihr passte wie Rotwein zum *Choriatiki.*«

»War er ...«, Sofia zögerte, »... brutal? Hat er sie geschlagen?«

Lady Gladstone schaute betrübt. »Er ist ein kräftiger Mann, ein richtiger Arbeiter. Aber ich weiß nicht, ob er je gegen sie handgreiflich geworden ist. Klar, es wurde gemurmelt und getuschelt. Und, *my dear*, glaub mir eins: In einem so kleinen Dorf wie Kato Koutrafas wird viel getratscht, aber wenn dir mehr als drei Leute dasselbe erzählen, spätestens dann solltest du denken, dass etwas an der Sache dran ist.«

»Lady Gladstone, wissen Sie zufällig, wie die Firma heißt, für die Herr Kyriakou arbeitet? Und haben Sie jemals den LKW gesehen, den er fährt?«

»Oh ja, meine Liebe. Ein Monster von einem LKW, ein riesiges Teil, eine schwere Zugmaschine mit langem Anhänger, ein Kühltransporter ist das. Die ganze Hauptstraße vibriert, wenn er ihn mit nach Hause bringt, dann sagen immer alle: Da kommt wieder das schwarze Monster.«

»Der LKW ist schwarz?« Sofias Stimme bebte vor Aufregung.

»Schwarz wie die Nacht.«

Sie dachte an die Worte von Elenas Mutter – die Ablehnung der eigenen Tochter. In ihrem Kopf verwandelte sich der Unfall in etwas anderes. Sie brauchte mehr Informationen. Planvolles Vorgehen – zumindest das hatte sie auf der Uni gelernt.

»Hat sie eine Arbeit gehabt? Elena?«

»Ich glaube, sie hat geputzt. An zwei Tagen die Woche. Irgendwo am Meer. Bei alten Damen. Aber ich habe eine Weile nicht mehr mit ihr gesprochen, ich weiß nicht, ob sie das nach wie vor gemacht hat.«

Sofia wand sich, rutschte unruhig auf ihrem Stuhl herum.

»Wissen Sie, Lady Gladstone, ich bin ja erst seit gestern Polizistin. Ich habe keine Ahnung, was ich erzählen darf und was nicht. Wahrscheinlich darf ich das nicht erzählen – aber ich muss es Ihnen sagen, denn Sie wissen bestimmt etwas dazu.«

Lady Gladstone sah sie mit großen Augen an.

»Da war jemand im Wagen. Neben ihr. Auf dem Beifahrersitz. Ein junger Mann. Er ist auch gestorben. Sie haben zusammen jede Menge Wein getrunken, sagt Chief Inspector Charalambous, die die Ermittlungen leitet.«

Die Lady errötete, es schien in ihr zu brodeln.

»Ein dunkler Kerl, oder? Hübsch wie Elena?«

Sofia war erstaunt. »Genau. Ein dunkler großer Mann. Jung und sehr hübsch. Woher wissen Sie das?«

»Ich hab ihn einmal hier gesehen. Er hat sie abgeholt. Und hat sie mit nach drüben genommen.«

»Nach drüben … Sie meinen in die Türkei?«

»Ja. Er ist Türke. Und sie sind zusammen. Ich meine: Sie waren zusammen.«

»Kennen Sie seinen Namen?«

Lady Gladstones Erregung hatte sich auf Sofia übertragen, sie hatte Wein, Salat und Pergola längst vergessen und war mitten in dieser Vernehmung. Wie toll es wäre, wenn sie Namen und Adresse des zweiten Opfers an Chief Inspector Charalambous übermitteln könnte. Schneller als Toby Arschgeige. Das wäre ein Triumph. Doch Lady Gladstone schüttelte den Kopf.

»Leider nein, *my dear.* Sie waren nur einmal zusammen im Dorf, als Dimitrios nicht da war. Ansonsten haben sie die Sache absolut geheim gehalten. So gut das hier eben möglich war. Natürlich wusste jeder, dass Elena ihrem Gatten Hörner aufgesetzt hatte – und zwar schon vor anderthalb Jahren –, aber ich glaube, niemand kannte den Namen des Neuen. Jedenfalls nicht hier im Dorf.«

»Wie meinen Sie das?«

»*Darling,* ich habe einen sehr gutgehenden Versandhandel. Ich habe Kontakte. Hier und drüben. Ich kann mich mal umhören, und dann sage ich dir sofort Bescheid. In Ordnung?«

»Das wäre toll, ich danke Ihnen, Lady Gladstone.«

Die alte Dame füllte die Gläser wieder mit feinem Weißwein und stieß mit Sofia an.

»*Darling,* trinken wir auf Elena, wo auch immer sie jetzt ist. Sie war ein gutes Mädchen.« Dann, schon leiser und verschwörerischer: »Und du bist dir sicher, dass es ein Unfall war?«

Dódeka – 12

Sie hatte einen leichten Schwips. Und großen Heldenmut.

Weißwein und 36 Grad Wärme vertrugen sich nicht ohne weiteres. Sie ließ die Tür aufschwingen, und wieder wandten sich die Blicke der alten Männer im Kafenion ihr zu. Sie sondierte die Lage, schaute jeden einzelnen aufmerksam an. Kein Zweifel: Elenas Mann, der Fahrer, war nicht hier. Ein Blick an die Bar, und ihr Herz schlug bis zum Hals: Christos.

Sie strich ihr Kleid glatt und durchschritt den Raum wie eine Prinzessin, so kam sie sich jedenfalls vor. Dann blieb sie vor ihm stehen und probierte einen koketten Blick. Zu viel Weißwein, sie musste kichern. Eine Prinzessin mit Schwips.

»Du bist fröhlicher als vorhin, schön«, sagte er, mit dieser Stimme, die wie Seide klang – eine sehr männliche Seide jedenfalls.

»Mittagessen mit Lady Gladstone«, gab sie zurück und nahm an, er wisse schon, wovon sie rede. »Du, Christos, ich bin beruflich hier.« Ein Satz, den sie schon immer mal hatte sagen wollen. »Als Polizistin, meine ich.«

Er nickte und sah sie erwartungsvoll an, und sie sah, wie sich seine Brustmuskeln unter dem T-Shirt bewegten, und hatte kurzerhand ihre Frage vergessen. »Ähm, weißt du, wo der Ehemann von Elena Kyriakou ist?«

»Du meinst Dimitrios?«

»Wenn das Herr Kyriakou ist?«

»Ist er. Keine Ahnung. Und das wundert mich. Er war heute Morgen nicht da, dabei ist er immer einer der Ersten, die sich für den Tag ihren Kaffee holen. Und jetzt ist er immer noch nicht da, obwohl er allerspätestens zur Mittagspause hier reinschneit.«

»War er denn gestern da?«

»Weiß nicht. Ich hatte gestern frei, ich war mit einer Freundin am Meer.«

Sie zuckte zusammen und fühlte sich, als habe Christos ihr eiskalten Ouzo übers Kleid geschüttet. Verdammt, warum hatte er das gesagt?

Er merkte wohl selbst, dass da etwas schiefgegangen war, und wandte sich ab, um sie über die Schulter zu fragen: »Möchtest du etwas trinken?«

»Nein, danke, ich muss gleich weiter. Wer hatte denn gestern Dienst, wenn du einen schönen Tag hattest – mit einer Freundin?« Die Rache war ihre – wenn sie auch noch nicht wusste, wofür sie gut war.

Mist, fuhr sie sich selbst an, warum war sie überhaupt wütend auf ihn, sie hatte doch Carl und war sehr dankbar dafür, einen so eloquenten, gutaussehenden und wohlhabenden Freund zu haben, der ihr niemals wehtun würde. Nun gut: Er war ja auch nie da, um ihr irgendwas zu tun.

»Du musst Adonis fragen«, antwortete er. »Aber sag mal: Warum willst du das wissen?«

Zeit für den zweiten Schlag: »Das ist eine Angelegenheit der Polizei der Republik Zypern – kann ich dir also nicht sagen. Schönen Tag.«

Sie machte kehrt und ging langsam und selbstsicher aus dem Raum. Und hoffte, dass Christos ihr noch lange nachsah.

Limassol

Limassol, im Süden am Meer gelegen, ist die wirtschaftliche Hauptstadt der Insel. Die Stadt mit fast einer Viertelmillion Einwohnern beherbergt den größten Hafen der Insel – überhaupt unterhält Zypern dank seiner strategischen Lage die zehntgrößte Handelsflotte der Welt.

Die Stadt ist außerdem Hauptstadt des Investments geworden – ein Finanzzentrum für echte und für Briefkastenfirmen. Die Regierung versucht, die damit verbundene Kriminalität zu unterbinden.

Limassol hat sich in den letzten Jahren zum Wasser hin geöffnet, lockt Touristen mit der schönen Altstadt und einer modernen Marina mit Geschäften und edlen Restaurants.

Einer der drei Erstliga-Fußballclubs, der AEL Limassol, ist Sofias Lieblingsclub, schließlich stammen sie und ihre Familie aus der Hafenstadt.

Dekatría – 13

Sofia hatte so etwas noch nie gefühlt: eine Mischung aus Stolz und Scham.

Stolz darauf, in einem echten Polizeiwagen zu sitzen. Mit einem Blaulicht auf dem Dach und einer Sirene, die sie vorhin auf der Landstraße runter nach Limassol einmal kurz ausprobiert hatte.

Scham darüber, was das für ein Auto war.

Sie hatte nach dem grandiosen Abgang bei Christos die Schlüssel, die Kostas ihr am Tag zuvor anvertraut hatte, in ihrer Handtasche klimpern hören. Und war dann auf die Idee gekommen, doch mal nachzusehen, was für ein luxuriöses bergfähiges Gefährt die Polizei in Kato Koutrafas stationiert hatte. Ihr Wunschtraum war ein Landrover Defender – damit hätte sie Carl in einer Woche liebend gern vom Flughafen abgeholt. Auch einen Toyota Landcruiser hätte sie akzeptiert. Doch als sie hinterm Container auf die Brache kam, die der Polizei als Parkplatz diente, stieß sie auf einen Vauxhall Corsa – einen winzigen Kleinwagen, der zudem aus dem letzten Jahrtausend stammte. Gut, er hatte die offizielle Beschriftung der Police of Cyprus, inklusive Hoheitswappen und Rundumleuchte – doch die Karosserie sah aus wie nach einem mittelschweren Auffahrunfall, Beulen, Schrammen, ein Licht war eingeschlagen. Und innen roch es nach Hund. Oder war es Kuh? Dabei hätten weder ein großer Hund noch eine kleine Kuh in dieses Auto hineingepasst. Sofia legte sich den Sitz mit Taschentüchern aus ihrer Handtasche aus, damit nichts vom Dreck der letzten Dekade an ihr Kleid kam.

Und nun, eine gute Stunde später, fuhr sie in dieser Dreckskarre schon in die Innenstadt von Limassol. Es war ein Nachhausekommen. Sie kannte die großen Boulevards und die kleinen Gassen der Hafenstadt schon ihr ganzes Leben. Hatte zugesehen, wie die Stadt von einer runtergerockten Betonwüste zu einem Tummelplatz der reichen Investoren wurde – Russen, Saudis, Libanesen –, Kritiker würden sagen: zu einem Paradies für Offshore- und Briefkastenfirmen aus aller Welt, die den neuen Hafen, die Marina und die teure Prachtstraße mit den Luxusboutiquen bezahlt hatten.

Sie sah die Marina zu ihrer Rechten, die voller Touristen war, die am Ufer entlangschlenderten und sich nicht zwischen den vielen modernen Restaurants entscheiden konnten, die Sofias Vater so liebte, besonders dieses eine, das so herrliche Meeresfrüchte servierte. Hinter der Burg bog sie links ab, fuhr vorbei an der alten orthodoxen Basilika und hinein ins geschäftige Limassol, um sich nur wenige Blocks weiter rechts zu halten. Ein hoher Zaun, ein gewaltiges Tor, doch die Schranke öffnete sich, als sie einbog, und der Polizist mit dem Maschinengewehr, der so müde und unbeteiligt aussah, vermochte es sogar zu salutieren. Mein Gott, sie war wirklich eine Polizistin.

Sofia stieg aus der Karre, sah an sich herunter und verfluchte sich, weil sie sich immer noch nicht umgezogen hatte. Sie wusste gar nicht mehr, ob sie es vorhin einfach vergessen hatte oder schlicht zu kraftlos gewesen war, um noch einmal auf ihr Zimmer zu gehen. Also trug sie immer noch das Kleid vom Morgen, das sie für den Minister angezogen hatte – das pinke. Sie glaubte auszusehen, als hätte sie eine Weltreise hinter sich. Und glaubte, auch so zu riechen. Aber in der Tat: Nikosia – Aphroditefelsen – Kato Koutrafas – Limassol – das war eine Weltreise.

Sie versuchte die belustigten Blicke der beiden Polizisten zu ignorieren und ging zielstrebig auf den Haupteingang des riesigen Gebäudes zu, das grau und fad an dieser vielbefahrenen Straße stand und die beherbergte, die ihre Heimatstadt schützten.

»Zu Chief Inspector Charalambous?«, fragte sie die junge Frau am Empfang und zeigte ihren Ausweis.

»3. Etage. Zimmer 12.«

Sie nahm den Weg, der ihr gewiesen worden war, und klopfte an die Tür des Büros, auf der neben dem Namen Charalambous auch der von Toby Dukas stand. Hoffentlich war er gerade pinkeln. Oder sterben.

»Ja?«

Sie trat ein. Charalambous trug immer noch die schwarze Bluse, die Lederjacke hing lässig über dem Stuhl. Sie lächelte Sofia an. »Frau Perikles. In Limassol. Sie sind fleißig, wissen Sie?«

»Chief Inspector, es tut mir leid, dass ich Sie störe.«

»Sie stören mich nicht. Es war auch nicht ironisch gemeint. Herrgott, warum denkt jeder, der mit mir arbeitet, dass ich alles ironisch meine. Sehe ich so böse aus?«

Sofia sah an sich herunter. »Nein, gar nicht, ich dachte nur …«

»Genau. Alle denken immer viel zu viel. Also: Ich freue mich, Sie zu sehen, was hat der Besuch bei der Familie ergeben? Hat Kostas ihnen die Nachricht einigermaßen schonend beibringen können oder hat er die komplette Sippe in Tränen zurückgelassen, wie es seine Art ist?«

»Chief Inspector, das ist es ja gerade, ich kann Ihnen überhaupt nichts sagen. Und Kostas …«

Sofia musste kurz schlucken, als ihr klar wurde, dass sie zwar hierhergekommen war, um die Ermittlungen zu unterstützen, dass sie aber ihre eigentliche Aufgabe nur äußerst unzureichend erfüllt hatte. »Kostas war gar nicht mit. Er hat es einfach abgelehnt.«

»Er hat was?«

»Er hat gesagt, er sei keine große Hilfe.«

»Da hat er wohl recht. Trinkt er wieder?«

»Nicht, dass es mir aufgefallen wäre.«

Sofia hasste diesen versoffenen Köter von einem Polizisten, der kettenrauchend und ohne jeden Anstand alle Tage dahinvegetierte, ohne dass sie wusste, wie er so geworden war. Andererseits: Sie war keine Verräterin. Wenn irgendwer rausfinden wollte, ob Kostas Karamanlis trank, musste er nur den Container in Kato Koutrafas besuchen. Und Sofia und Kostas wussten wohl, dass das niemals passieren würde.

»Also: Dann erzählen Sie mir von den Angehörigen.«

»Chief Inspector …«

»Nennen Sie mich Christina, bitte …«

»O.k., Christina, vielen Dank. Darf ich Sie erst mal was fragen?«

Die Ältere nickte.

»Haben Sie schon alle Untersuchungsergebnisse? Müssen wir wirklich davon ausgehen, dass es ein Unfall war?«

Charalambous sah auf die Akte vor sich auf dem aufgeräumten Schreibtisch und dann in die schon tiefstehende Sonne. »Es sieht zumindest alles ganz danach aus. Die Rechtsmedizin war unglaublich schnell, das habe ich noch nie erlebt. Beide waren sturzbetrunken. Die Frau hatte 1,2 Promille, der Mann einen ähnlichen Wert. Und es gab zwar Bremsspuren, aber erst kurz vor der Leitplanke. Es könnte also gut sein, dass sie die Kontrolle verloren und erst sehr spät bemerkt hat, auf was sie da zuschlittert. Im wahrsten Sinne des Wortes.«

»Keine Zeugen?«

»Bisher nicht. Aber wir sind damit erst heute in den Abendnachrichten bei *RIK*, vielleicht meldet sich noch jemand.«

»Und dieser schwarze Abrieb am Auto?«

»Die Spurensicherung arbeitet daran. Bisher gibt es keine Ergebnisse. Toby – den Sie ja gut kennen«, sie zog lächelnd die Augenbraue hoch, »ist fest davon überzeugt, dass es die Steine beim Aufprall waren.«

»Hören Sie, Chief Inspector …«

»Christina …«

»Verzeihen Sie. Christina, aber ich glaube das nicht. Der schwarze Abrieb … Dimitrios Kyriakou fährt einen schwarzen LKW.«

»Wer?«

»Elenas Mann. Na ja, ihr Exmann sozusagen.«

Christina schrieb jedes Wort mit.

»Weiter?«

»Die Ehe war am Ende, und Dimitrios war wohl ziemlich eifersüchtig. Normalerweise ist er auf der Arbeit oder in der Bar des Ortes. Doch in der Bar ist er nicht gewesen, nicht heute Morgen und nicht vorhin, als ich noch mal da war. Also müssen wir rauskriegen, wo er arbeitet. Denn seine Schwiegermutter wollte nicht kooperieren, die ist ein richtiger Drache. Und nachdem ich ihr die schlimme Nachricht überbracht hatte, schmiss sie mich einfach aus dem Haus. Es war nicht auszuhalten. Und dann ist ja auch noch die Frage: Wer war der Mann, der neben Elena im Auto saß?«

Christina Charalambous nickte anerkennend. Sie sah kurz gedankenverloren zu dem Schreibtisch gegenüber, an dem sonst Toby Arschgeige saß. Sofia jubilierte innerlich.

»Wir haben keine Ahnung, wer da neben ihr im Auto saß. Der junge Mann ist in keiner Vermisstendatenbank. Wir arbeiten daran. Und Sie können uns weiterhin dabei helfen. Wir werden auch die Firma von Dimitrios …«

Die Tür schwang auf, ohne dass es vorher geklopft hatte. Und herein kam Toby Arschgeige, in seinem Schlepptau eine große hagere Frau, die ein strenges Kostüm trug und ihre lange dunkle Mähne zu einem Dutt geflochten hatte, aus dem kein einziges Haar herausschaute. Beide schwatzten miteinander und sahen deshalb noch nicht, wer im Büro auf sie wartete. Es war vielmehr so, dass die große Frau erzählte – in einem resoluten kalten Ton – und Toby zuhörte und eifrig nickte. Christina Charalambous schaffte es gerade noch, mit den Augen zu rollen, bevor beide komplett durch die Tür waren und erst Chief Inspector Charalambous und dann Sofia erblickten. Toby verstummte sofort, um dann hervorzubringen: »Was will die denn hier?«

Die Frau hinter ihm fragte scharf: »Wer ist das?«

»Sofia Perikles, die Tochter von Botschafter Perikles aus Paris … Also, nicht mehr aus Paris, sondern aus Armenien. Sofia ist von unserem neuen Innenminister zur Hilfspolizistin ernannt worden, ausgerechnet in dem Dorf, aus dem das Unfallopfer stammt. Irgendein Kaff oben an der Grenze.«

Nun wandte sich die dünne Frau an Sofia. »Und was wollen Sie hier, Fräulein Perikles?« Ihr Ton war unterhalb der natürlichen Höflichkeitsgrenze, vulgo: eiskalt.

»Ich wollte Chief Inspector Charalambous meine Ermittlungserkenntnisse mitteilen. Und wollte sie bitten, mich zu unterstützen. Wir sollten bei den Autowerkstätten der Insel um Hilfe bitten, sind auf der Suche nach einem Unfallwagen, der schwarz …«

»Stopp, Fräulein …« Ihre Stimme war unnachgiebig und duldete keinen Widerspruch. »Gibt es da, wo Sie herkommen, keinen richtigen Polizisten?«

»Mein Chief Inspector Kostas Karamanlis hat mich hierhergeschickt.« Eine dumme Lüge, die natürlich sofort auffallen würde, wenn die Frau, die sich immer noch nicht vorgestellt hatte, bei Kostas nachfragen würde, aber gut, er würde ohnehin nicht ans Telefon gehen – Sofia wäre also halbwegs sicher.

»Er hat Sie geschickt, um unseren Polizisten Arbeit mitzubringen? Wir sollen für die Polizei von Kato Koutrafas Recherchen anstellen?«

»Frau …« Sofia ließ es darauf ankommen.

»Frau Boosalis. Ich bin die Polizeipräsidentin von Limassol.«

Jetzt erkannte Sofia sie. Sie hatte die Frau schon des Öfteren in der Zeitung gesehen. Eine knallharte Kommunistin, die schon seit Jahren auf diesem Posten saß. Niemand aus der konservativen Partei hatte es gewagt, sie zu entsorgen.

»Frau Boosalis, ich bin doch hier, weil ich helfen will, wollen Sie denn nicht, dass wir in dem Fall zu einer Lösung kommen?«

»Nein.«

Die hagere Frau stand ganz aufrecht im Raum, nicht mehr weit von Sofia entfernt, und sprach deutlich zu laut für das kleine Büro. Sofia sah, wie Toby hinter ihr das gebieterische Nein seiner Chefin mit einem opportunistischen Kopfnicken verstärkte.

»Nein?«

»Nein. Weil es keinen Fall gibt. Es war ein Unfall. Chief Inspector Charalambous kennt die Ergebnisse der Rechtsmedizin. Die beiden Opfer waren vollkommen betrunken.«

Sie hatte nun zwar den Namen der anwesenden Polizistin zum ersten Mal ausgesprochen, sie dabei aber keines Blickes gewürdigt. Offenbar verband die beiden ein alles andere als freundschaftliches Verhältnis.

»Herr Dukas, fahren Sie fort, Sie haben doch noch eine Zeugenaussage.«

Beflissen nahm Toby Arschgeige einen Zettel aus seiner Hosentasche und las vor: »Wir haben die Aussage eines Ehepaares aus Limassol, das in Pissouri in Sotiris' Taverne zu Abend aß. Am Nebentisch saßen Elena Kyriakou und ein junger Mann. Er sprach nur gebrochen Griechisch. Sie nahmen an, er sei Türke. Sie waren sehr verliebt, scherzten und kuschelten die ganze Zeit, es war ein absolut unangemessenes Verhalten für eine Taverne, sagen die Zeugen.«

Sofia konnte sich bestens vorstellen, dass für Toby jegliches zärtliche Verhalten von Frau und Mann »absolut unangemessen« war – er selbst hatte derlei Kontakte sicher nur in seinen Träumen.

Toby fuhr fort: »Sie haben gegessen und dabei zwei Flaschen Wein getrunken. Nach dem Essen, es war längst Mitternacht, sind beide zu ihrem Fahrzeug gegangen. Der Zeuge, der Ehemann, sagte aus, dass er ihnen eigentlich nachlaufen wollte, um sie daran zu hindern, noch zu fahren, aber das hat er dann doch nicht gemacht.«

»Wie bist du denn an die Zeugen gelangt? Deine Eltern, oder was?«

Die schnippische Frage kam von Christina Charalambous. Sie schien extrem genervt von dem Schauspiel in ihrem Büro.

»Nein«, antwortete Toby verstimmt, »die Zeugen haben sich gemeldet, als sie von dem Felssturz im Radio erfahren haben. Ein junger Mann und eine junge Frau, die einfach sofort wussten, wer gemeint war.«

»Inspector Charalambous, Sie sollten den Einzigen, der in diesem Büro richtig arbeitet, nicht so hart angehen«, schalt die Boosalis ihre Untergebene. »Es ist offensichtlich: Das war ein Unfall. Damit schließen wir die Akte und nehmen den Befund der Spurensicherung anschließend noch auf. Ich glaube nicht, dass sich dort noch etwas anderes ergibt. Ich danke Ihnen, Fräulein, dass Sie extra hergekommen sind. Aber ich darf Ihnen noch einen guten Rat für die Polizeiarbeit geben, solange Sie sie ausüben: Man sollte immer in seinem Revier bleiben und für die Bürger seiner Region da sein. Polizisten mögen es gar nicht, wenn in ihr Revier hineingepfuscht wird.

Und mit Kostas als Kollege«, sie lachte, »haben Sie dabei doch genug zu tun. Also: schönen Tag.«

Es war unmissverständlich. Die Polizeipräsidentin stand gerade wie ein dünner, trotziger Baum und wies zur Tür, Toby stand immer noch breit grinsend hinter ihr. Das war's. Sofia wandte sich zum Gehen.

»Frau Perikles«, ertönte hinter ihr die Stimme von Christina. »Hier, Sie hatten mich doch um Feuer gebeten, ich habe aber nur Streichhölzer«, sagte sie und reichte der verdutzten Sofia eine Packung.

»Danke«, stammelte Sofia und ging hinaus.

Sie verstand kein Wort. Sie rauchte doch gar nicht. Also, nicht am helllichten Tag und nicht ohne Gin Tonic. War das eine Anmache? Sie besah sich die Packung: »Taverne Giotsis«, stand darauf. Sie googelte den Namen und fand eine Adresse, nur ein kurzes Stück die Straße runter. Ein Hinweis? Sie musste es versuchen. Sie lief die sechsspurige Straße entlang, unzählige Roller rauschten an ihr vorbei, klapprige Pick-ups und riesige Laster, die vom Hafen hoch in Richtung Autobahn fuhren, beladen mit Containern aus Ägypten oder dem Persischen Golf. Die Taverne hatte geöffnet, sie ging hinein und ließ sich auf einem Barhocker am Fenster nieder, das hinaussah auf die Avenue, die dem alten Erzbischof Leontiou geweiht war. Sie musste nicht lange warten.

Christina Charalambous ging zielstrebig und ohne sich umzusehen auf die Taverne zu, sie trug ihre Lederjacke und rauchte. Bevor sie hineinkam, warf sie die Zigarette weg, dann nickte sie Sofia zu und trat an den Tresen. Keine zwei Minuten später stellte sie Sofia und sich je eine kleine Tasse und ein Glas kaltes Wasser hin und setzte sich auf den Barhocker neben Sofia. Es war aufregend, fast wie in einem Agentenfilm.

»Ich habe den Kaffee *metrios* bestellt, ich hoffe, Sie mögen es so?«

»Ja, danke.«

In Wahrheit mochte Sofia den zypriotischen Kaffee weder schwarz noch halbsüß, geschweige denn so süß, dass man damit Diabetiker lähmen konnte. Als kleines Mädchen hatte sie immer bei ihrem Vater kosten wollen, bis er sie eines Tages ließ. Die Bitterkeit des starken schwarzen Gebräus war überwältigend, und dazu gerieten auch noch einige Krümel Kaffeepulver in ihren Mund. Sie hatte es ausspucken müssen. Daran hatte sich bis heute nichts verändert. Sie mochte den Latte macchiato aus einem kleinen hippen Coffeeshop aus London, auch gerne mit Caramel-Shot. Trotzdem griff sie nun zur Tasse und nahm einen kräftigen Schluck von der schwarzen heißen Pampe. Keine Schwäche zeigen, mahnte sie sich und musste doch kurz darauf kräftig husten. Sie nahm einen großen Schluck Wasser.

»Die alte Boosalis ist unerträglich. Ich habe meinen Versetzungsantrag schon lange in der Schublade, aber jetzt werde ich ihn wohl bald rausholen und einreichen. Sie hasst mich. Seit Jahren schon. Dummerweise will irgendwer in Nikosia, dass ich bleibe. Weil meine Ermittlungsquote so gut ist. Genau deshalb hasst sie mich. Weil mich jemand vor ihr schützt. Sie hatte wohl gehofft, die kommunistische Regierung würde sie zur Innenministerin machen – und jetzt ist sie doppelt so frustriert wie vorher.«

»Das tut mir leid.«

»Mir tut es leid. Weil wir jetzt offiziell nicht mehr ermitteln können.«

»Sie sagen: Offiziell?«

»Genau. Um ehrlich zu sein: gut möglich, dass es wirklich ein Unfall war. Bloß bin ich mir da so unsicher wie Sie, Sofia. Ich werde aber nicht viel tun können. Also gehen wir so vor: Sie machen, und ich helfe, wo ich kann.«

Sofia war so perplex, dass sie aus Versehen noch einen

Schluck von dem Kaffee nahm. »Was soll das heißen? Was soll ich denn tun?«

»Was Sie ohnehin vorhatten: Suchen Sie den Liebhaber von Elena. Finden Sie raus, was da los war. Und wer es vermocht hätte, einen Unfall zu fingieren. Wenn das Ergebnis der Spurensicherung da ist, lasse ich es Sie wissen. Das mit den Werkstätten versuche ich anzuleiern. Keine Ahnung, ob das klappt. Schließlich muss es heimlich passieren, ohne dass Boosalis davon etwas mitbekommt. Wenn es aber keine Spuren einer Manipulation oder einer Fremdeinwirkung am Wagen gibt, werden wir uns beide damit abfinden müssen, dass es ein Unfall war.« Sie nahm einen Schluck Kaffee. »Aber bis dahin: Tun Sie, was Sie können. Ich muss los, bevor Toby hierherscharwenzelt und uns zusammen sieht.«

»Danke, Chief Inspector.«

»Christina«, sagte die, sie klang kurz verärgert, lächelte aber. »Merken Sie sich das bitte. Sonst zahlen Sie beim nächsten Mal, und dann trinken wir keinen Cyprus Coffee. Ach, noch was: Wenn Sie im Norden ermitteln, dann tun Sie das allein. Nehmen Sie auf keinen Fall Kostas mit.«

»Warum nicht?«

Christina stand auf. »Da Sie in Kato Koutrafas leben, werden Sie das bald rauskriegen. Ich will Ihnen ja nicht den ganzen Spaß verderben. Schönen Abend.« Sie zog ihre Lederjacke wieder an und ging ohne ein weiteres Wort hinaus.

Sofia war wieder allein. Und hatte ihren ersten richtigen Fall.

Dekatéssera – 14

Dass ihre Suche vorbei sein würde, bevor sie begonnen hatte, ahnte Sofia noch nicht, als sie das verblichene Ortsschild *Kato Koutrafas* passierte und sich in ihr ein Gefühl einstellte, als wäre ihr all das schon vertraut, als wäre es ein Nachhausekommen.

O Mann, dachte Sofia, ich glaube, ich werde verrückt. Ich kann doch nicht beginnen, mich an so einem Ort wohlzufühlen. Dann fiel ihr das karge Schlafzimmer ein, das sie erwartete – und die Freude war naturgemäß dahin. Sie legte den Leerlauf ein, um den Polizei-Corsa auf der abschüssigen Dorfstraße ausrollen zu lassen. Benzingeld sparen für die Kommunisten! Sie musste grinsen. Da fiel ihr der SUV auf, ein neuer schwarzer Jeep, vielleicht ein BMW X5, der genau vor dem Polizeicontainer stand. Er hatte auf der linken Seite eine Aufschrift, die sie aus der Entfernung nicht erkennen konnte. Die Fahrertür stand offen. Hoher Besuch? Der Wagen sah edel aus. Jetzt konnte sie endlich die Beschriftung lesen: *Polis*. Die Polizei der selbstausgerufenen türkischen Republik von Nordzypern. Hier? Dann sah sie das Bild, das sie wohl kaum mehr vergessen würde: Da rollten sich zwei Gestalten über den Boden. Augenscheinlich Männer. Einer in einer schicken schwarzen Uniform, so viel konnte sie erkennen. Der andere sah schäbiger aus, ein Karohemd und eine grüne Armyhose. Ein dünner Mann. Die beiden rollten übereinander weg, es flogen die Arme und die Beine, dass es aussah, als wäre ein Asterix-Comic Realität geworden. Sofia öffnete schnell die

Tür, um auch die Geräuschkulisse nicht zu verpassen – das *BUMM* und *PUFF* … Wie sie da rollten, versuchten sie immer wieder, einander gezielte Schläge zu versetzen. Die Schlägerei musste eben erst begonnen haben, denn von allen Seiten kamen nun Leute herbei, aus den Wohnhäusern, aus dem Kafenion – auf einmal zeigte sich, dass in Kato Koutrafas doch Menschen lebten.

Und dann erkannte Sofia, wer der Dünne war, der sich da schlug: Kostas. Eben versuchte er, dem anderen an den schwarzen Haaren zu ziehen, es war ein erbärmliches Duell, doch keiner von beiden ließ nach, sie wälzten sich unermüdlich im Staub. Sofia rannte auf die Szenerie zu, immer noch in ihrem pinken Sommerkleid – das sie nun wie oft genau schon verflucht hatte? –, um sich dann todesmutig an Kostas zu hängen und ihn von seinem Widersacher loszumachen. »Hört auf, halt, jetzt wirklich, hört auf«, rief sie. »Das ist ein Befehl, lass los, Kostas. Und Sie«, rief sie dem Kräftigeren zu, »lassen Sie sofort den Beamten der Polizei los. Oder wir müssen Sie verhaften.«

Die Bewegungen der beiden Gestalten wurden tatsächlich langsamer, Kostas sah aus tränenunterlaufenen Augen zu ihr auf, und auch der Dickere hob den Blick, um der Sonne auszuweichen und Sofia anzuschauen. Sogar in der Zuschauermenge war Ruhe eingekehrt, als ließen sie den Befehlston der jungen Frau in dem Sommerkleid von der 5th Avenue auf sich wirken. Es war eine ganz und gar eigentümliche Situation. Der Mann mit den schwarzen Haaren war der Erste, der sich erhob und sich den Staub von der schwarzen Stoffhose klopfte, dann fuhr er sich durch die gegelten Haare und prüfte, ob seine Uniformjacke Schaden genommen hatte.

Schließlich stand auch Kostas auf, die Lippe war aufgeplatzt, der Staub klebte in seinen Haaren, seinen Wimpern, überall. Er sah sehr erschöpft aus, doch sein Blick hätte immer noch töten können.

Er zeigte auf den Mann, der höchstens einen Sprung von ihm entfernt stand, und sagte kalt und böse: »Du wagst es hierherzukommen.«

Der andere lächelte kurz und fies: »Ach, Kostas, du beleidigte Leberwurst, jetzt gib es doch endlich mal dran. Ich muss ermitteln, das ist mein Job.«

»Du verdammter Türkenarsch, nenn mich nie wieder bei meinem Namen.«

»Kostas, Kostas …«

Der so Angesprochene wollte eben wieder losspringen, doch Sofia stellte sich erneut zwischen die beiden und hob beruhigend die Arme. Kostas schnaubte einmal wütend, wagte aber nicht, sie anzufassen oder gar beiseitezuschubsen.

»Gehen Sie«, rief sie den Umstehenden zu, »hier gibt es nichts zu sehen.«

Unter Gemurmel zerstreute sich die Masse der Schaulustigen, und Sofia bezweifelte, den Großteil der Menschen jemals wiederzusehen. Sie kamen wahrscheinlich nur zum Vorschein, wenn es sich lohnte.

»Wer sind Sie?«, fragte sie den Türken.

»Fräulein, ich bin hocherfreut, Sie kennenzulernen«, brachte er mühsam hervor, die Atmung war noch eingeschränkt nach der Anstrengung des Sich-auf-der-Hauptstraße-Wälzens. »Gestatten: Offizier Ali Kusumbali, Leiter der Polizeidienststelle in Taspinar in der freien türkischen Republik Nordzypern.«

»Frei, dass ich nicht lache. Und ihr seid ein Scheiß von einer Republik, ihr verdammten …«

»Kostas, es ist gut jetzt.« Sofia war richtig wütend.

»Wir gehen jetzt einen Ouzo trinken«, sagte sie, auch weil sie selbst so großen Durst hatte und nach dieser harschen Klopperei vielleicht doch ein wenig unter Schock stand. Sie zog Kostas am Arm hinter sich her, der Türke folgte unverdrossen. Sie setzten sich vors Kafenion an einen der kleinen weißen Tische. Es war Adonis, der herauskam. Schade.

Er erblickte die beiden Männer und schaute erstaunt, dann bemerkte er Sofia, und sein Blick veränderte sich sofort, wurde weicher, aber auch durchdringender.

»*Kalispera*, meine Herren, *kalispera*, Fräulein Perikles, wir haben Sie vermisst gestern Nacht. Ihr Zimmer war leer.«

Verdammter Spion, dachte Sofia. Sie würde in der kommenden Nacht sicher zweimal abschließen.

»Was darf ich Ihnen bringen?«

»Eine große Flasche Ouzo, Wasser und Eis für uns alle. Vielen Dank, Adonis.« Sofia hatte bestellt, die Männer beachteten sie gar nicht, sie sahen sich weiter feindselig an.

»Also, was ist hier los?«, fragte Sofia, als Adonis gegangen war.

Der Türke im feinen Uniformanzug setzte sich aufrecht wie ein Pfau kurz vor dem Radschlag und holte aus der Innentasche seines Sakkos eine dunkle Pilotensonnenbrille, mit der er sogleich aussah wie ein Mafioso.

»Wie war Ihr Name? Fräulein Perikles? Mein werter Kollege, Herr Karamanlis und ich, wir haben, wie soll ich es ausdrücken, eine kleine Fehde, die es uns nicht ermöglicht, wie normale Menschen miteinander umzugehen. Oder sagen wir besser: die es ihm nicht ermöglicht.«

Sofia sah Kostas schon wieder aufspringen und auf sein türkisches Pendant losgehen, doch die Flasche Ouzo auf Adonis' Tablett fesselte den Blick des Chief Inspectors vollkommen und verhinderte so einen neuerlichen Wutausbruch. Es würde also einen alkoholbedingten Waffenstillstand geben. Vorerst.

Sofia betrachtete die beiden: den heruntergekommenen griechischen Zyprioten, der verwahrlost aussah mit seinen Klamotten, den ouzogetränkten Augen und der neuerlichen Zigarette im Mundwinkel. Im Gegensatz zu Ali: Alles an ihm war gepflegt, jede dunkle Locke lag trotz der Schlägerei dort, wo sie hingehörte, dazu schmückte ein kleiner Oberlippenbart sein Gesicht, auch der gepflegt wie ein britischer Zierrasen. Die Sonnenbrille war ein Designermodell, die Schuhe feinstes schwarzes Leder. Ihr Vater wäre zufrieden gewesen. Was war hier los? Welche Geschichte verband diese beiden Männer?

Adonis goss die Gläser viertelvoll, doch kaum stand die Flasche wieder auf dem Tisch, griff Kostas danach und füllte sein eigenes Glas weiter, bis es randvoll war. Ali rümpfte die Nase, zog die rechte Augenbraue hoch, sagte aber nichts. Ohne anzustoßen, tranken die drei.

»Da Sie die Fehde ja sicherlich nicht vor mir ausbreiten wollen und sie mir eigentlich auch herzlich egal ist«, log Sofia, »würde ich gerne wissen, was Sie von uns wollen.«

Ali sah sie lange an, bevor er antwortete.

»Fräulein Perikles, Sie gefallen mir«, sagte er schmierig, »Sie kommen sofort zur Sache. Genau das macht eine gute Polizistin aus.«

Kostas knurrte.

»Also: Ich bin nur gekommen, um Amtshilfe zu erbitten. Ich habe geparkt«, er wies auf den protzigen BMW-Jeep in der Einfahrt, »bin ausgestiegen, und dann ist mein werter Kollege schon auf mich losgegangen, bevor ich das erste Wort sagen konnte.«

Kostas verzog das Gesicht. Zu einem Grinsen? Oder vor Schmerzen? Was auch immer – der Ouzo schien ihm jedenfalls gutzutun.

»Ich hab dir doch gesagt: Wage dich niemals wieder hierher.«

»Aber so funktioniert die Welt doch nicht, Kostas. Wir sind Kollegen. Dorf an Dorf. Grenze an Grenze.«

»Euer Land gibt's doch gar nicht. Diese Grenze gibt es gar

nicht. Also gibt es auch keine Polizei dort drüben, mit der ich zusammenarbeiten kann.«

Ali klatschte in die Hände. »Ach, doch nicht schon wieder diese alte Leier, was soll …«

Kostas fiel ihm ins Wort, es wollte wieder ein heftiger Streit beginnen, deshalb griff Sofia zum Glas, trank es in einem Zug aus und hieb mit der flachen Hand auf den Tisch. »Jetzt reicht es mir. Ich bin zwar sehr jung, aber echt zu alt für den Quatsch. Und Sie beide benehmen sich wie kleine Kinder. Jetzt sagen Sie endlich, weshalb Sie hier sind. Und dann geh ich ins Bett. Es war nämlich ein verdammt langer Tag.«

»Tausendschön muss ihren Schönheitsschlaf machen«, sagte Kostas, und jetzt musste er tatsächlich grinsen. Sogar Ali lachte kurz, bis er ihren giftigen Blick sah. Siehe da: Gegen eine Frau vereinten sich selbst diese beiden Erzfeinde.

»Also, Fräulein Perikles: Es gibt ja keine diplomatischen Beziehungen zwischen Ihrer Republik und meiner. Deshalb ist es mir nicht möglich, auf offiziellen Wegen um Amtshilfe zu bitten, über Nikosia oder so. Und deshalb muss ich, wenn mal etwas Grenzübergreifendes geschieht, immer über die Grenze fahren und die Kollegen um Hilfe bitten. Das klappt meist gut und manchmal … gar nicht, was, Kostas?«

Wieder dieses Knurren von links, das Sofia ignorierte.

Ali fuhr fort: »Es gibt eine Vermisstenanzeige in meinem Amtsbezirk, ein junger Mann von einem Bauernhof in der Nähe von Taspinar. Die Familie hat ihn seit gestern nicht mehr gesehen und ist in großer Sorge. Denn der junge Mann hat eine Beziehung zu einer Frau aus … Nun ja, von hier.«

Sofia war sprachlos, allerdings nur kurz. Und selbst im Gesicht von Kostas regte sich etwas wie Aufregung.

»Haben Sie ein Foto des jungen Mannes?«

»Klar.«

Ali reichte ein kleines Farbfoto über den Tisch. Sofia genügte ein einziger Blick. »Er hatte eine Beziehung mit Elena Kyriakou.«

Ali war erstaunt. »Woher wissen Sie das?«

»Aus unseren Ermittlungen. Wir haben leider sehr schlechte Nachrichten für die Familie des jungen Mannes. Elena Kyriakou ist tot, sie ist bei einem Autounfall umgekommen, im Süden, beim Aphroditefelsen. Ich bin da heute Morgen gewesen. Der junge Mann war ihr Beifahrer. Er hat den Unfall leider auch nicht überlebt.«

»Ihr Ernst?«

»Ja, es muss am frühen Morgen passiert sein. Es gab einen Unfall … oder …«

»Oder was?«

»Wir ermitteln noch.« Sie zeigte auf Kostas. Der augenscheinlich gar nicht wusste, dass er ermittelte. Es war ihm ja aber auch herzlich egal. »Zusammen mit den Kollegen aus Limassol. Es gibt gewisse Hinweise darauf, dass bei dem Unfall doch nachgeholfen wurde, wir wissen nur nicht, wie.«

»Kann ich mir gut vorstellen, dass nachgeholfen wurde. Und wissen Sie auch, von wem?«

»Sagen Sie es mir, Officer.«

»Der Ehemann von Elena Kyriakou hat wohl mehrfach vorm Haus der Familie in Taspinar gelauert, um nachzusehen, ob seine Frau bei Ergun ist. So heißt der junge Mann übrigens: Ergun Atalay.«

»Gibt es dafür Beweise?«

»Das werden wir nun zusammen herausfinden, junge Dame. Ich wusste ja bisher nicht, ob es einen Grund gibt, sich Sorgen zu machen. Bisher … bisher gab es ja nur eine Vermisstenanzeige.« Er sah wirklich betroffen aus.

»Kannten Sie ihn?«, fragte Sofia.

Er nickte.

»Ich bin seit zwei Jahrzehnten Dorfbulle in Taspinar. Und

wohne da seit weiteren drei Jahrzehnten. Ich kannte Ergun schon, da war er noch so …« Er malte eine Linie in die Luft, die die Größe eines Kleinkindes zeigte. »Wir ermitteln derzeit, ob Herr Kyriakou die Grenze überquert hat – und wenn ja, wie oft. Dann wissen wir, ob er wirklich ein Stalker war, der seiner Frau und ihrem neuen Freund nachspioniert hat.«

»Bestätigt die Familie denn, dass Ergun wirklich Elenas neuer Freund war?«

Ali nickte und nahm noch einen Schluck Ouzo.

Kostas hatte kontinuierlich weitergetrunken, drei volle Gläser, dennoch saß er aufrecht in der sinkenden Sonne und ließ sich nichts anmerken. Er wirkte gänzlich unbeteiligt und steckte sich nach wie vor eine Zigarette an der anderen an.

»Ja, die Familie sagt, dass es eine sehr enge Freundschaft war. Dass Elena ein gerngesehener Gast im Hause war. Und wenn es so weit ist, bei uns in der Türkei, dann wird bald geheiratet.«

Er hatte tatsächlich Türkei gesagt, das fiel Sofia auf. Und das war der große Unterschied zwischen den beiden Landesteilen: Für viele Türken war ihr im Krieg annektiertes Gebiet wirklich die *Türkei*, für die griechische Seite aber hieß ihr Teil ganz selbstverständlich Zypern. Ein eigenes Land, ein eigenes Volk. Darauf waren die griechischen Zyprioten stolz.

»Gut, Ali, wir würden die Familie gerne besuchen, wir müssen dringend mit ihr sprechen. Am besten gleich morgen.«

Jetzt kam Bewegung in Kostas. »Ich fahr nicht rüber«, sagte er.

»Wie bitte?«, brauste Sofia auf.

»Ich fahr nicht rüber«, wiederholte er.

»Wir müssen ermitteln. Chief Inspector, das hier ist ein *Fall.*«

»Ich ermittle nicht für diesen Kretin.«

»Sehen Sie, Fräulein Perikles? Es bringt nichts, mit Kostas Karamanlis kann man nicht arbeiten.«

»Du weißt, warum ich keinen Fuß auf türkischen Boden setze, du Wichser.«

Sofia stutzte. »Aber, Chief Inspector, Sie haben mir doch gesagt, dass Sie am Wahlsonntag auch drüben in der Türkei …«

»Sei still, Tausendschön«, rief Kostas, stand auf und ging schnurstracks ins Innere des Kafenions. Eine Fluchtreaktion? Nein, die Flasche war leer.

»Können Sie mir sagen, was da los ist zwischen Ihnen?«, fragte sie Ali. Doch der schüttelte den Kopf.

»Das muss Ihnen Ihr Chef schon selbst sagen, denn wenn ich es tue, dann droht der endlich erkaltete Zypernkonflikt wieder heiß zu werden. Also, Fräulein Perikles, helfen Sie mir? Ermitteln wir zusammen?«

Sofia straffte die Schultern.

»Offizier Ali Kusumbali, die Polizei der Republik Zypern ermittelt in diesem Fall«, sagte sie fest und erinnerte sich dabei an jedes Wort aus ihrem Studium. »Der Tod trat auf dem Rechtsgebiet der Republik Zypern ein. Also sind wir zuständig. Ich werde morgen die Familie Atalay besuchen und bitte Sie, die Angehörigen vorab darüber zu informieren. Und nun entschuldigen Sie mich, ich bin müde.«

Sie stand ohne ein weiteres Wort auf und ging hinein. Sie sah Kostas an der Bar stehen und mit Adonis reden, beachtete ihn aber nicht, ging hinauf zu ihrem Zimmer, schloss auf und legte sich angezogen, wie sie war, in ihrem pinken Kleid ins Bett. Sie war müde wie eine Herde Faultiere im Winter. Was für ein Tag. Es dauerte keine zehn Sekunden, und sie war eingeschlafen. Zwanzig Minuten später riss ihr Telefon sie aus dem Schlaf. »Verdammt«, rief sie und nahm den Anruf an.

»*Babe*, hier ist Carl, sorry, ich bin spät dran, wir waren noch auf ein Feierabendbier mit den neuen Praktikanten.«

Wohl eher den Praktikantinnen, dachte Sofia.

»Nun sag schon, was ist bei dir los?«

»Carl, weißt du, das Bier war ja wohl wichtiger als meine Sorgen. Ich hatte auch schon mein Feierabendbier. Und schlafe bereits. Alles ist wieder gut. Danke für deinen Anruf. Wir hören uns.«

Sie hörte ihn noch sagen: »Aber *babe*, ich muss doch wissen, wie es dir …« Dann hatte sie schon aufgelegt.

Tetárti – Mittwoch

Drüben

Eine Republik, die es eigentlich nicht gibt. Und, fragt man griechische Zyprioten, auch überhaupt nicht geben darf. Ein Drittel der Insel gehört de facto zur Türkei, und zwar seit 1974, seitdem die türkische Armee den gesamten Norden Zyperns besetzt und die griechisch-zypriotische Bevölkerung in den Südteil vertrieben hat. Dabei gehörten die Türken seit jeher zur Insel; als Zyperntürken lebten sie im gesamten Gebiet seit dem 16. Jahrhundert, hatten ihre Cafés und Moscheen – bis zur Besetzung. Seither leben sie nur noch im Norden, die Moscheen im Süden zerfallen, genau wie die griechisch-orthodoxen Kirchen im Norden.

Die Besetzung durch die Türkei macht ein Leben im Nor-

den kompliziert: Die Republik Nordzypern ist nur von Ankara anerkannt, aber von keiner anderen Regierung auf der Welt. Wer den Norden von Süden her bereisen will, muss einen der Grenzübergänge benutzen, braucht einen Stempel auf einem Stück Papier und muss für sein Auto eine spezielle Haftpflichtversicherung abschließen. Direktflüge hierhin gibt es nicht, immer muss vorher in der Türkei zwischengelandet werden. Selbst Postsendungen werden als »Nicht zustellbar« zurückgesendet, solange sie nicht über eine türkische Stadt an eine Adresse auf Zypern gesendet werden. Im Süden wird mit Euro gezahlt, im Norden mit türkischer Lira. In einem aber hatten die Türken bei ihrer Besetzung ein glückliches Händchen: Mit Kyrenia und Bellapais sind ihnen die wohl schönsten Städte der Insel zugefallen. Diese Perlen sollten Sie unbedingt besuchen.

Einigungsgespräche zwischen der Türkei und Griechenland gibt es regelmäßig, die letzten Verhandlungen scheiterten allerdings im Sommer 2017 an unerfüllbaren Forderungen der türkischen Regierung.

Dekapénte – 15

Sie wachte von der Hitze in ihrem Zimmer auf. Hier drinnen musste es mindestens vierzig Grad heiß sein. Widerwillig schlug sie die Augen auf – es war längst helllichter Tag. Die Sonne stand hoch am Himmel und schien direkt durch ihr Fenster. Und die Klimaanlage lief natürlich nicht. Sie war gestern so müde gewesen, dass sie nicht mal dran gedacht hatte, sie einzuschalten. Noch vor dem Duschen sah Sofia auf ihr Handy. Fünf Anrufe in Abwesenheit. Ihr Vater. Einmal. Das Kommissariat in Limassol. Viermal. Sie rief zurück.

»Chief Inspector Charalambous.«

»Christina? Hier ist Sofia.«

»Ah, Sofia, endlich. Wo warst du?«

»Ermittlungen hier im Ort. Wir sind ein ganzes Stück weiter«, log sie.

»Wir auch. Hör zu: Du hattest recht mit deinen Zweifeln. Die Kratzer am Auto sind Lackspuren eines anderen Autos. Inspector Dukas ist ganz kleinlaut deswegen. Die Polizeipräsidentin hab ich leider noch nicht zu Gesicht bekommen, um ihr dieses Ergebnis aufs Pita-Brot zu schmieren.«

»Sagt die Spurensicherung auch, ob es ein LKW gewesen sein könnte?«

»Die Krafteinwirkung und die Höhe der Kratzer weist jedenfalls darauf hin, dass es kein schwarzer *Smart* war. Also: Jetzt ist es mindestens eine Totschlagsermittlung, wenn nicht sogar Mord.«

»Das heißt, wir können die Werkstätten abfragen?«

»Ich habe das eben schon rausgegeben. Aber mach dir nicht zu viele Hoffnungen. Es gibt zweitausend Autowerkstätten auf Zypern. Und du weißt ja, wie auskunftsfreudig die hiesigen Gewerbetreibenden sind.«

»Gar nicht?«

»Sozusagen. Was hast du?«

»Den Namen des zweiten Opfers. Gerade erst rausbekommen.«

Die kleine Lüge musste sein. Sie hätte gestern Abend nicht mal mehr den Papst zurückrufen können, wenn er es verlangt hätte. Sie war einfach fix und fertig gewesen. Heute schämte sie sich dafür.

»Schieß los.«

»Er heißt Ergun Atalay. Ein Türke aus Taspinar. Er war der Geliebte von Elena Kyriakou. Und ich hab noch mehr: Offenbar war der Ehemann sehr eifersüchtig auf das junge Glück.«

»Ach du Scheiße.«

»Das kannst du laut sagen. Da ich aus der Mutter von Elena nichts herausbekomme, fahre ich gleich zu Erguns Familie. Vielleicht erklären die uns mal, warum Elena aus ihrer Ehe geflohen und in den Schoß der roten Sichel gefallen ist.«

Christina Charalambous lachte. »Oh, ein Türkeiwitz. Na, du bist ja schon richtig in Zypern angekommen. Sofia, gute Arbeit.«

»Wisst ihr denn schon, in welcher Firma der Ehemann gearbeitet hat?«

»Das wollte ich dir als Nächstes sagen: Bei einer Spedition namens *Dionysos Transports*, in einem Vorort von Nikosia. Wollen wir uns dort treffen? Ich kann um 14 Uhr da sein.«

»Hast du uns angemeldet?«

»Nein. Überraschungsbesuch.«

»Was wird Toby dazu sagen?«

»Der fühlt sich nicht gut. Ist eben nach Hause. Dem ist

wohl sein schneller, aber falscher Ermittlungsabschluss auf den Magen geschlagen.«

Jetzt lachte Sofia. »Alles klar, bis nachher.«

»Viel Glück bei der Familie.«

Sofia sah auf die Uhr. Halb elf. Sie hatte es nun sehr eilig, unter die Dusche zu kommen. Als sie die Tür zum Flur öffnete, um in das vermaledeite Gemeinschaftsbad zu gelangen, bemerkte sie das Paket, das an der Türzarge hing. Sie hatte ja schon gelesen, dass ermittelnde Polizeibeamte bedroht wurden. Konnte das eine Paketbombe sein? Sie schüttelte das Paket vorsichtig. Es fühlte sich weich an. TNT? Sie öffnete es. Es enthielt eine – in durchsichtige Kleiderfolie gewickelte – Uniform der zypriotischen Polizei. Eine schwarze Hose mit weißen Streifen. Das Poloshirt der Sommerausstattung mit dem Emblem der Republik Zypern auf der Brust. Und eine schwarze Uniformjacke, ähnlich der, die Ali gestern getragen hatte – nur eben von der richtigen Landesseite. Sofia war überrascht. Von wem kam die denn? Sie zog erst die Hose an, dann das Shirt und die Jacke und besah sich im Spiegel. Sie wusste nicht, ob sie lachen oder gerührt sein sollte. Vor ihr stand eine erwachsene Frau in Uniform, eine echte Polizistin. Gut, die Schminke des gestrigen Tages würde sie noch abwaschen müssen. Aber der Rest der Frau sah tadellos aus. Sollte sie ein Foto für *Instagram* machen?

Ihre Freunde würden durchdrehen. Sie würden denken, sie hätte das Karnevalskostüm für den *Notting Hill Carnival* fertig. Als sie die Uniform wieder auszog, fiel ein kleiner Zettel zu Boden, der offenbar auf den Rücken der Jacke geklebt worden war. Darauf stand: »Für Dich, Tausendschön. Pistole muss ich Dir später aus dem Waffenschrank geben.«

Dekaéxi – 16

Zugegeben: Sie war gerührt. Doch als sie die Treppe hinunterkam, musste sie feststellen, dass die Charmeoffensive nur von kurzer Dauer war. Vor dem Kafenion, im Schatten der Pergola, saß Kostas mit zwei Saufkumpanen. Sie spielten *Tavli* – und zwar offensichtlich um Geld. Dutzende Münzen lagen um das Spielbrett herum verteilt – nur wenige davon vor dem Chief Inspector. Der schien seinerseits beim Genuss der Flasche Ouzo vorne zu liegen, die auch jetzt um 11 Uhr wieder auf dem Tisch stand und schon zur Neige ging.

In ihrer Uniform trat Sofia an den Tisch. Die zwei Kumpane, beide ziemlich runtergerockte Herren, sahen auf, einer pfiff durch die Zahnlücke, die seine Kauleiste schmückte. Einen Zahnarzt gab es in Kato Koutrafas sicher nicht. Kostas ignorierte sie.

»Chief Inspector, ich wollte mich bedanken.«

Er nahm einen Schluck, stellte das Glas ab und wischte mit der Hand durch die Luft, als verscheuche er eine lästige Fliege. »Ich hab zu tun«, sagte er mürrisch, die Stimme kaum lauter als sein ihr inzwischen vertrautes Knurren.

»Sie haben geschrieben, Sie würden mir noch etwas geben.«

»Liegt im Container auf dem Tisch. Hol sie dir, Tausendschön, und lass mich in Ruhe.«

Sie hätte tausend Fragen gehabt. Die wichtigste: Wieso ließ er eine Waffe – sicher mit Munition – in einem nicht verschlossenen Container, der obendrein ein öffentlicher Ort war, auf dem Schreibtisch liegen? Doch sie wusste: Sie würde keine Antwort darauf kriegen. Eine Frage aber musste sie stellen: »Wollen Sie wirklich nicht mitkommen zu der Familie? Es ist doch unser Fall. Chief Inspector Charalambous hat mich angerufen, es war ...«, sie betrachtete die beiden Saufkumpane. Wie viel konnte sie sagen? »... die Unfalltheorie geht nicht auf.«

Er hätte sie nicht genervter ansehen können. »Es ist dein Fall, Tausendschön. Mit Superfeministin Charalambous hast du ja eine ideale Partnerin. Verschwinde. Ich gewinne hier gerade.« Damit wandte er sich wieder seinen Steinen zu und würdigte Sofia keines weiteren Blickes.

Die machte kehrt und hörte, als sie schon fast beim Container war, den Typen mit der Zahnlücke sagen: »Was für ein scharfes blondes Luder. Mann, Kostas, hast du ein Schwein.«

Sie drehte sich kurz entschlossen um und rief über den Dorfplatz: »Tja, aber er macht nichts draus, der Schlappschwanz.« Dann zeigte sie dem Zahnlückenwichser den Mittelfinger und ließ die verdutzte Gruppe zurück.

Die Waffe lag tatsächlich auf Kostas' Schreibtisch. Daneben eine Packung Munition für eine *Browning Hi-Power*. Eine alte Waffe, das Metall war ganz abgeschabt.

Die wiegt eine Tonne, dachte Sofia, als sie die Knarre zum ersten Mal in der Hand hielt. Ein merkwürdiges Gefühl. Sie brauchte zehn Minuten, um zu begreifen, wie sie das Holster richtig umschnallen musste, dann steckte sie die Waffe ein und verließ den Container. Ein kurzer Blick zum Tisch. Er saß immer noch da und spielte. In diesem Moment flog die Tür des Kafenions auf. Christos trat heraus. Offenbar arbeitete er nicht, er war im Freizeitdress. Vielleicht wollte er wieder zum Strand. Mit »einer Freundin«. Sofia wurde es heiß und kalt. Ein Muscleshirt, kurze Shorts, Flipflops. Diese braunen muskulösen Beine mit den sehnigen Fesseln. O Mann, wie sie seine Fesseln liebte. Er blickte über den Platz und erkannte sie. Sie hob den Arm, ein leichtes Winken nur, ein kurzer Gruß. Dann stieg sie in den Polizeiwagen und ließ den Motor an. Er starrte ihr nach, und sie sah es, als sie längst zurückgesetzt und an Tempo gewonnen hatte. Ja, er sah wirklich dem Wagen hinterher. Diese Runde ging an sie.

Dekaeptá – 17

Hinter Astromeritis wurde die Straße voller. Mit Ziegen beladene Pick-ups, kleine weiße Lieferwagen, alte Männer auf Fahrrädern, die Kippe im Mundwinkel. Von hier aus waren es nur noch zwei Kilometer bis zum Grenzübergang von Bostanci. Sofia hatte die Scheiben des Polizeiwagens heruntergelassen, der Fahrtwind brachte wenigstens leichte Abkühlung. Dort vorne sah sie schon die Grenzstation. Wahnsinn. Wie lange war sie nicht mehr *drüben* gewesen? Zehn Jahre musste es her sein. Mindestens. Es war merkwürdig. Sie kannte so viele griechische Zyprioten, die nie auf die andere Seite fuhren. Dabei war auch dieser Teil Zyperns ihre Heimat gewesen. Die wunderschönen Städte Kyrenia und Bellapais, die Plantagen voller Zitronen und Orangen, die Häfen, die ausladenden Strände an der nordöstlichen Spitze der Insel. Doch die Wunden schmerzten zu sehr. Die Wunden von Krieg und Vertreibung. Von toten Angehörigen und zerstörten Familienanwesen, von griechisch-orthodoxen Kirchen, die nur noch Ruinen waren, von Enteignungen und Hass. Ihre Mutter hatte sehr unter diesem Krieg gelitten. Sie war nicht mehr hinübergefahren, danach. Nie mehr. So ging es vielen griechischen Zyprioten. Sie besuchten den ihnen fehlenden Teil nicht mehr – trugen ihn vielmehr im Herzen und hofften darauf, dass die Einigung noch zu ihren Lebzeiten stattfand, auch wenn es derzeit mal wieder nicht danach aussah. Und dann gab es die anderen: die Pragmatischen. Sie fuhren hinüber, um billiger zu tanken, einzukaufen oder Geschäfte zu machen. Als sei es immer noch ein Land – mit einer nur kleinen Grenze dazwischen.

Wie würde es Sofia halten, jetzt, wo sie wieder hier wohnte? Sie wusste es noch nicht. Der Grenzübergang kam immer näher. Wenigstens gab es keine lange Schlange, sie atmete auf. Vor ihr waren nur sechs oder sieben Autos, die an dem kleinen Häuschen auf der griechisch-zypriotischen Seite warteten. Jeder Wageninsasse musste seinen Ausweis zeigen, dann winkte der Beamte der zypriotischen Polizei das jeweilige Auto durch. Als er den Polizeiwagen in der Schlange sah, machte er Sofia ein Zeichen. Sie verstand, überholte die anderen Wagen auf der freien Spur, der Mann salutierte, und sie war durch. Wahnsinn! Wieder war da dieser Stolz. Sie war wirklich Polizistin.

Nun fuhr sie durch die Pufferzone. Einen Kilometer war sie an dieser Stelle breit. Weiter östlich, bei Famagusta, war sie viel breiter. Eine Zone, die Platz schaffen sollte zwischen den Konfliktparteien, zwischen den Zyprioten und den Türken. Hier waren nur UN-Soldaten untergebracht, in riesigen Kasernen, gerade fuhr sie an einer solchen Unterkunft vorbei, die Windfahne neben dem riesigen Hubschrauberlandeplatz hing träge herunter. Ansonsten war die Pufferzone wie ausgestorben – ganz im Osten am Meer befand sich die Stadt Varosha, in den Sechzigern ein florierendes Badeparadies mit Hotels in Wolkenkratzern. Doch seit der türkischen Invasion lag Varosha eben in der Pufferzone und war seither eine Geisterstadt. Hotels, Restaurants, alle Gebäude standen leer, es war gespenstisch. Ihr Vater hatte Sofia immer verboten, Varosha zu besuchen. Weil es auch offiziell verboten war. Man musste einen Soldaten kennen, der einen mitnahm. Und da nicht klar war, wem das Gebiet nun eigentlich gehörte, konnte es großen Ärger geben. So hatte Sofia nur Fotos von Varosha gesehen. Sie nahm sich vor, das bei diesem Aufenthalt zu ändern.

Sie war ganz in Gedanken, deshalb musste sie stark abbremsen, als sie die beiden türkischen Polizisten sah, die direkt vor ihr auf der Straße standen. Es war wirklich ein Phänomen: Hing auf der griechischen Seite, wenn überhaupt, nur eine winzige zypriotische Flagge, waren es hier auf dieser Seite ein Dutzend Flaggen an den entsprechenden Masten, die darauf hinwiesen, dass dieses Land der Türkei gehörte – nach deren Verständnis. Auch auf der Uniform des Mannes mit dem Schnauzbart war das Emblem der türkischen Republik Nordzypern aufgedruckt.

»*Merhaba*«, begrüßte er Sofia auf Türkisch.

»*Kalimera*«, entgegnete sie, »ich spreche kein Türkisch, können wir Griechisch reden? Englisch?«

Mürrisch wechselte er ins Griechische. »Was wollen Sie hier? Ihr Amtsgebiet endet auf der anderen Seite.«

Verdammt. Darüber hatte sie gar nicht richtig nachgedacht. Sie war ja jetzt eine Amtsperson. Und sie trug eine Waffe. Herrje. »Verzeihen Sie. Ich bin hier, weil ich Offizier Ali Kusumbali aus Taspinar Amtshilfe leisten muss. Es geht um einen verschwundenen Bewohner seines Ortes.«

Misstrauisch sah der Polizist Sofia an. »Sie?«

»Wieso?«

»Weil Sie …«, sein Schnauzbart zitterte.

»Eine Frau sind? Ist das hier verboten?«

»… so jung sind.«

»Hören Sie, mein Chief Inspector ist verhindert. Und der Offizier erwartet mich.«

»Warten Sie hier.«

Er ging ins Innere seines kleinen Häuschens, und sie sah ihn durch die Scheibe telefonieren. Minutenlang sprach er in den Hörer, legte auf, rief eine andere Nummer an, sprach wieder und gestikulierte dabei wild. Ob das hier etwas werden würde?

Schließlich kam er wieder heraus. »In Ordnung. Vorne an der Kreuzung links und dann direkt nach Taspinar. Wenn wir Sie woanders erwischen, dann werden Sie direkt ausgewiesen.«

»Eine freundliche Begrüßung«, erwiderte Sofia.

»Fahren Sie«, entgegnete der Mann mürrisch.

Sie tat, wie ihr geheißen, trat das Gaspedal durch und bog nach fünfhundert Metern an der Kreuzung links ab.

Alles hier war auf Türkisch beschildert, sämtliche Spuren der griechisch-zypriotischen Vergangenheit waren verschwunden. Sofia passierte viele Ruinen, die einmal Häuser griechischer Bewohner gewesen waren. Nach weiteren fünf Minuten erreichte sie Taspinar. Das Zentrum des Ortes kam in Sachen Anmut und Eleganz sehr nah an Kato Koutrafas heran. Natürlich war die Hauptsehenswürdigkeit hier nicht das Kafenion, sondern das schlanke, sehr hohe Minarett der Moschee, das den Ort überragte. Sie musste vergeblich sechs Leute ansprechen, die auf der Straße unterwegs waren, bis sie auf zwei Jugendliche traf, die Englisch sprechen konnten. Die beiden wiesen ihr den Weg zum Bauernhof der Familie. Vor dem Haus erkannte sie den schweren BMW-SUV von Offizier Ali. Sie parkte ihren Polizeiwagen dahinter – der direkte Vergleich ließ den Wagen noch schäbiger wirken. Sei's drum. Ihre Sonnenbrille steckte sie ins Haar. Ob das unpassend war? Nein, entschied sie, schließlich war das Gucci-Teil der letzte Beweis ihrer Vergangenheit als Tochter aus gutem Hause.

Ali musste am Fenster gewartet haben. Er trat sofort aus dem Haus und kam lächelnd auf sie zu. »Kein Kostas?«

»Was haben Sie denn gedacht?«

»Wissen Sie, Fräulein Perikles, ich bin eigentlich ganz froh darüber.«

Flirtete er mit ihr? »Wieso?«

»Weil er … nun, ich sag mal so, nicht der empathischste Bulle ist, den ich kenne.« Ja, Ali Kusumbali war ein Schmierlappen, aber irgendwie mochte sie ihn auch. »Schicke Uniform übrigens. Passt Ihnen wie angegossen.« Er flirtete also doch.

»Weiß die Familie Bescheid?«

»Ich war gestern Abend noch hier, um es ihnen zu sagen. Sie sind aber sehr gespannt, Sie zu sehen.«

Sie traten durch die Tür in das riesige Bauernhaus aus roten Steinen, das die Landschaft beherrschte. Es sah aus, als hätte es Platz für vier Familien, so großzügig waren seine Ausmaße. Doch als Ali sie in das Wohnzimmer führte, erkannte Sofia, dass es schlichtweg tatsächlich vier Familien waren, die hier wohnten: Da saßen mindestens zwanzig Leute um einen großen Tisch, junge, alte, zwei Babys lagen in ihren Bettchen, die am Rande des Tisches standen. Alle Menschen an diesem Tisch hatten schwarze Haare, die Männer trugen Bärte, keine der Frauen ein Kopftuch. Auf dem Tisch stand eine dampfende Kanne mit frischem Minztee – sie liebte diesen Geruch. Es sah hier genauso aus, wie es das Klischee der türkischen Großfamilie vorsah.

»*Merhaba*«, grüßte sie in die Runde, dann schob ihr eine ältere Frau den Stuhl zurück, der in ihrer Mitte für sie freigehalten worden war. Ali nahm neben ihr Platz, es schien, als könnte er den Blick immer noch nicht von Sofias Uniform abwenden.

»In welcher Sprache können wir sprechen?«, fragte sie Ali.

»Die Mutter von Ergun spricht Griechisch, genau wie die Brüder und seine Schwester, Sila.« Er nickte den entsprechenden Leuten zu.

Die Augen der Mutter waren gerötet, als hätte sie die ganze Nacht geweint. Dagegen sah die Schwester Sofia trotzig an, mit einem festen Blick, in dem bereits alle Fragen standen, die sie gleich stellen würde. Dennoch wirkte die Runde nicht todtraurig, es war vielmehr so, dass sie Sofia als einen Gast empfingen, Erguns Brüder lächelten sie freundlich und respektvoll an. Eine Teetafel nach einem so traurigen Ereignis – nun kam es auf Sofia an.

Die alte Frau goss ihr Tee in ein Glas und stellte es vor ihr auf den Tisch. In einem der Bettchen war ein Baby wach geworden, es gluckste erst vor sich hin, dann schrie es. Erguns Schwester ging zum Bett, nahm es heraus und zog, ohne mit der Wimper zu zucken, ihr Shirt hoch und legte es sich an die Brust. Dann setzte sie sich wieder. Sofia fand sie sehr cool. Die Schwester war es auch, die zuerst das Wort an sie richtete, während das Baby zufrieden saugte und dabei drollige Trinkgeräusche machte: »Was ist mit Ergun passiert?«

Sofia straffte die Schultern und nahm das Glas Tee in die Hand, ohne zu trinken. Sie genoss die Wärme und brauchte einfach etwas, woran sie sich festhalten konnte. Jetzt kam es auf jedes Wort an – für Sofia eine völlig neue Situation. »Glauben Sie mir, wir ermitteln das derzeit sehr genau. Aber ich kann Ihnen seit heute Morgen mit Gewissheit sagen, dass es kein Unfall war. Das Auto ist nicht von selbst auf den Strand gestürzt. Jemand hat dabei nachgeholfen.«

»Was sagen Sie da?«, fragte der jüngere der beiden Brüder.

Parallel übersetzte Sila für den Rest der Familie, der kein Griechisch verstand. Ein großes Raunen setzte ein, als sie Sofias Worte verstanden hatten.

»Wir haben deutliche Spuren eines anderen Autos gefunden. Es sieht so aus, als hätte jemand den Wagen, in dem Ihr Bruder saß, von der Straße gedrängt.«

Der Blick der Schwester verfinsterte sich, doch wieder übersetzte sie jedes Wort, das Sofia gesagt hatte. »Dann war es also Absicht?«, fragte sie.

»Es ist sehr unwahrscheinlich, dass jemand Elenas Wagen aus Versehen gestreift und damit von der Klippe gestürzt hat, ohne anzuhalten. Die Spuren zeugen davon, dass es Vorsatz war. Und dann wäre es Mord«, bestätigte Sofia den Straftatbestand, wie sie es in ihrem Studium gelernt hatte. Niemals hätte sie gedacht, dass sie die Worte wirklich eines Tages in der Praxis würde anwenden müssen.

»Wir wissen alle, wer das gewesen ist«, sagte die Schwester fest entschlossen und mit harter Stimme. Das Baby an ihrer Brust hob kurz den Kopf, offenbar hatte es die Veränderung im Ton der Mutter bemerkt, ließ sich dann aber nicht beirren und trank weiter.

»Wie meinen Sie das?«

»Er war hier. Elenas Exmann. Mehrfach. Er wusste, wo wir wohnen. Er hat sich niemals ins Haus reingetraut. Dann wäre er auch nicht wieder lebend hinausgekommen. Aber er war hier. Draußen vor der Tür. Ich wollte schon, dass sich Ergun und seine Brüder um ihn kümmern, aber Elena wollte das nicht. Sie hat immer gesagt: ›Ich kenne ihn. Er tut uns nichts.‹ Und jetzt ist mein Bruder tot. Und Elena auch.« Ihre Stimme bebte, und neben Trauer lag darin vor allem Wut.

Nun fielen auch andere in die Unterhaltung ein, ein allgemeiner Lärm hob an. Einer der Brüder rief: »Mord! Tatsächlich!«

»Wie ist es überhaupt zu der Beziehung zwischen Elena und Ihrem Bruder gekommen?«, fragte Sofia.

Der ältere Bruder antwortete, während Sofia einen Schluck von dem Tee nahm, der unglaublich kräftig war. Sie schmeckte neben der Minze auch Kardamom und Honig. Unglaublich, dass sie bei dieser Hitze Tee tranken – aber es wurde ja immer behauptet, das helfe am besten gegen die Wärme. »Die beiden kennen sich schon seit zwei Jahren. Elena putzt in Paphos bei alten Damen, in ihren Strandvillen. Und Ergun übernimmt kleine Handwerkerdienste und mäht den Rasen gegen Geld, für jeden, der ihn beauftragt. Er ist meistens im griechischen Teil unterwegs, weil er da in Euro bezahlt wird und sich das mehr lohnt. Da haben sie sich kennengelernt. Elena ist in ihrer Ehe sehr unglücklich, hat Ergun gesagt. Irgendwann hat er sie zum ersten Mal hierher mitgebracht, und da hat sie uns dann davon erzählt. Weil Sila«, er wies auf seine Schwester, »sie total offen danach gefragt hat. Ich fand das ein bisschen zu früh, aber sie ist halt so.«

Die sanft Gescholtene schaute ihren Bruder immer noch trotzig an: »Ich frag jeden alles, wenn es um meinen Bruder geht. Das ist meine Familie – und die beschütze ich.«

»Ist ja gut, Schwesterherz«, beruhigte er sie. »Elena hat uns dann erzählt, dass ihr Mann ein grober Klotz sei, manchmal auch brutal, und dass sie sich in Ergun verliebt habe. Seitdem waren sie ein Paar. Sie wollte sich scheiden lassen und zu uns ins Haus ziehen. Die Entscheidung haben sie wohl erst vor ein paar Wochen getroffen. Ich weiß nicht, ob sie es ihrem Mann schon gesagt hatte. Ergun meinte, es ist ihre Entscheidung, wir sollten uns da nicht einmischen. Aber Elena ist längst ein Teil unserer Familie.«

»Hörst du jetzt endlich auf, von den beiden in der Gegenwart zu sprechen? Mann, die sind beide tot«, fuhr ihn Sila laut und wütend an. Niemand am Tisch wagte etwas zu erwidern. Sie war wirklich eine starke Persönlichkeit.

»Und Dimitrios Kyriakou hat sogar hier vorm Haus seiner Frau aufgelauert? Er wusste also über alles Bescheid? War das nicht gefährlich für sie?«

»Na, Sie sehen ja, wie gefährlich das war«, erwiderte Sila, »aber sie hat ohnehin nicht mehr bei ihm gewohnt oder bei ihrer komischen Mutter. Von der hatte sie uns auch erzählt. Sie war immer hier bei uns, er kam also nicht mehr an sie ran. Sonst hätte er ihr sicher etwas angetan. Er musste also einen anderen Weg finden, um ihrer habhaft zu werden. Den hat er ja dann gefunden. Und dazu hat er gleich noch ihren Freund mit erwischt«, schloss sie.

»Wo waren die beiden an diesem Abend?«, fragte Sofia und ließ ihr Wissen über den Restaurantbesuch weg.

»Sie hatten den Tag in Limassol verbracht, Ergun hatte dort einen Auftrag, und Elena war shoppen. Sie hatten mich gefragt, ob ich mitwolle, aber …« Sie wies auf das Baby, das eben von ihrer Brust abließ und ein deutlich hörbares Bäuerchen machte. »… aber mit ihm ist nun mal kein Shoppingtrip möglich. Dann wollten sie noch essen gehen und weiter nach Paphos. Sie hatten vor, bei einer der alten Damen zu übernachten, bei denen Elena putzte. Sie hatte einen Schlüssel für die riesige Villa. Genau am Strand liegt die. Eine der Damen ist aus England, und als sie mal nach Hause geflogen war, waren wir dort und haben eine Party gemacht. Aber das war vor ihm.« Wieder zeigte sie auf das Baby.

»In Paphos sind sie leider nicht mehr angekommen. Wie konnte Dimitrios wissen, was seine Frau vorhatte?«

»Er war nicht doof, auch wenn er so aussah. Er hat ja auch uns gefunden. Da hätte er genauso gut Elena und Ergun folgen können. Und mit seinem riesigen LKW …«

Sofia war klar, dass Sila bei ihrer Klugheit diesen Schluss selbst gezogen hatte.

»Wo ist er denn, der Scheißkerl?«, fragte der jüngere Bruder.

»Wir suchen ihn. Er ist verschwunden.«

»Wie kann denn einer aus diesem Kaff verschwinden?«, fragte Sila.

»Wir suchen ihn mit all unseren Polizeikräften – und wir werden ihn finden.«

»Aber ist sein Verschwinden nicht genau der Beweis, dass er es getan hat?«, fragte der ältere Bruder.

»Ich hoffe, dass ich ihm diese Frage bald stellen kann.«

»Sind Sie die leitende Ermittlerin?«, mischte sich Sila wieder ein und betrachtete argwöhnisch nicht nur die Designersonnenbrille in Sofias Haaren, sondern auch ihre pinken

Fingernägel. »Nicht falsch verstehen, aber Sie sind sehr jung. Und Sie sehen zudem nicht aus wie eine … na ja, wie man sich eine Polizistin vorstellt.«

Sofia wurde rot. Aber sie behielt ihre Stimme und ihre Stimmung unter Kontrolle. »Keine Sorge, ich bin nur hier, weil unser Chief Inspector heute krank ist. Die Ermittlungen leitet die Polizei in Limassol, aber unsere Einheit in Kato Koutrafas ist natürlich auch auf der Suche nach dem Exmann.«

»Wie viele Polizisten suchen denn nach ihm?«

»Alle unsere Kräfte«, antwortete Sofia und wollte sich innerlich ohrfeigen für ihre Notlüge. Andererseits: Alle Kräfte der Polizei von Kato Koutrafas waren auf der Suche nach Dimitrios Kyriakou. Und alle Kräfte waren: sie selbst. Kostas konnte man in seinem Zustand wohl nicht als fähige Kraft einrechnen – und andere Polizisten gab es nicht –, aber das konnte sie hier unmöglich ausbreiten. Sie würde diesen Kerl schon finden. Die Uhr an der Wand zeigte eins. Es wurde Zeit. Der jüngere Bruder fing ihren Blick auf.

»Möchten Sie noch mit uns essen? Wir hatten Ali eingeladen, es gibt *Dolmalar*, unsere Mutter hat den ganzen Morgen Paprikaschoten gefüllt.«

Was für ein nettes Angebot, obwohl die Familie doch trauert, dachte Sofia. Wie freundlich sie hier drüben waren. Noch dazu liebte sie die mit Reis und Gewürzen gefüllten Gemüse, die es in der Türkei und im griechischen Teil gleichermaßen gab.

»Es tut mir leid, aber ich muss los. Ich habe einen Termin mit der Ermittlerin aus Limassol. Aber ich bleibe gerne beim nächsten Mal – und dann habe ich hoffentlich schon einige Ermittlungsergebnisse.« Was sie sagte, klang sehr geschäftig und wichtig und überhaupt nicht nach der siebenundzwanzigjährigen Elitestudentin mit lockerem Leben, die sie bis vor einer Woche gewesen war. Die Brüder nickten und akzeptierten diese Absage, und selbst Erguns Schwester schaute freundlich drein, als Sofia sich erhob, um das Wohnzimmer zu verlassen.

Ali Kusumbali folgte ihr. Als sie vor den Wagen standen, sagte er: »Sie machen einen guten Job, Fräulein Perikles. Ich denke, ich habe Sie unterschätzt. Ihr Aufzug gestern«, er schmunzelte, »hat sicher einiges dazu beigetragen.«

»Sie tun gut daran, eine Frau nicht nach ihrer Kleiderfarbe zu beurteilen«, antwortete sie kurz und spöttisch.

»Das merke ich auch gerade. Im Ernst, Fräulein Perikles: Kann ich etwas tun, um Sie zu unterstützen?«

»Ich halte Sie über alle Schritte auf dem Laufenden, die wir unternehmen. Und Sie informieren dann jeweils die Familie, ja?«

Der Türke nickte. »Glauben Sie, es war der Exmann?«

»Es passt alles sehr gut zusammen.«

»Der wievielte Fall ist das denn, in dem Sie ermitteln? Kostas wollte mir nichts sagen, so, wie er ja überhaupt nicht mit mir redet.«

Sofia fiel das Kostas-Ali-Geheimnis wieder ein, hinter das sie noch kommen musste. Sie hatte schon eine Idee, mit wem sie sich dafür treffen musste.

»Was denken Sie denn, meinem Kleid nach zu urteilen?«, sagte sie grinsend, stieg in das Auto, startete den Motor und ließ den Offizier der türkischen Polizei am Straßenrand stehen.

Dekaochtó – 18

Dionysos Transports.

Neongelbe Buchstaben auf weißem Grund, ein Schild an einem Zaun, der an einigen Stellen geflickt war. Die zwei grauen LKWs, die an der Lagerhalle andockten, waren schmutzig und zerkratzt. Der Lärm der nahen A1, die an diesem Gewerbegebiet bei Strovolos vorbeiführte, war ohrenbetäubend. Die Wagen, die auf zehn Spuren von und nach Nikosia rasten, hüllten die Spedition in ein permanentes, die Sinne benebelndes Gedröhne.

Sie war zehn Minuten zu früh – die Grenze war in der Mittagszeit vollkommen verlassen gewesen, der Zöllner hatte sie einfach durchgewunken –, und doch fuhr sie erst auf den Speditionshof, als sie Christina ankommen sah. Sofia folgte ihrem Wagen, und die beiden parkten neben einem niedrigeren Gebäude an der Seite des Lagerhauses, das aussah, als wäre es das Büro.

»*Kalispera*, Sofia«, rief Christina über ihren Wagen hinweg, dann kam sie herum und gab der jüngeren Kollegin die Hand.

»*Kalispera*, Christina.«

»Sehr schön, dich zu sehen«, sagte die Kommissarin, und ihr Blick ruhte einen Moment zu lange auf Sofias Uniform. »Schon voll ausgestattet«, bemerkte sie, und es klang verwundert. »Und ist das eine Pistole, die sich da unter der Jacke abzeichnet?«

»Berufsgeheimnis«, scherzte Sofia, und Christina musste grinsen. »Viel spannender sind die Ergebnisse von drüben.«

»Na, dann erzähl …«

Sofia senkte die Stimme. »Elena und Ergun Atalay – so heißt er –, das war keine Affäre mehr. Sondern längst eine Beziehung, zumindest für die Familie von Ergun. Elena ging dort ein und aus.«

»Wollte sie sich von Dimitrios scheiden lassen?«

»So klang es. Als stünde die Scheidung kurz bevor.«

»Das könnte ein handfester Grund sein, warum er so lange gewartet hat mit seiner Rache. Ich hatte mich schon gefragt, warum ein gehörnter Ehemann so lange warten sollte.«

»Stimmt. Er hat allerdings erst vor einiger Zeit herausbekommen, wer der Liebhaber ist. Elena und Ergun sind mit der Zeit unvorsichtiger geworden. Dadurch ist es Dimitrios sogar gelungen, das Haus von Erguns Familie zu finden und den beiden vor der Tür aufzulauern.«

»Haben sie sich geprügelt?«

»Das hat sich Dimitrios nicht getraut. Denn Ergun hat zwei Brüder … und eine sehr wehrhafte Schwester, wie es scheint.«

»Wieder sehr gute Arbeit«, sagte Christina anerkennend. »Komm, gehen wir.«

Sie ging voraus und trat in das Büro, ohne anzuklopfen. Sofia folgte ihr.

»Oh, là, là«, sagte der große dünne Mann, der drinnen saß und wie ein Abbild von Kostas aussah – wie der unwesentlich besser gepflegte Zwillingsbruder Kostas' –, als er sie erblickte. »Wenn die Bullen hier schon in Mannschaftsstärke einrücken, dann wünscht man sich aber, dass sie genauso aussehen. Willkommen, die Damen. Was kann ich für Sie tun? Ich bin ein sehr zärtlicher Mann, müssen Sie wissen.«

Sofia fand ihn sofort ekelhaft. Er war ekelhaft. Sie hatte nicht gewusst, was Amtspersonen wie Christina Charalambous den lieben langen Tag erdulden mussten. Jetzt bekam sie eine Vorstellung. Doch die Kommissarin ging zum Schreibtisch, setzte sich auf den Stuhl davor und schaute dem Ekel lange und herausfordernd in die Augen. Sofia blieb lieber erst mal stehen.

»Willst du flirten, Prinzessin?«, fragte der Mann, war aber schon sichtlich unentspannter. Doch irgendwie hielten ihn weder seine Kinderstube noch sein sinkender Mut davon ab, noch etwas Dummes zu sagen. »Du siehst echt gut aus, aber die Kleine da hinten, die ist ja noch ein steilerer …«

Da sprang Christina abrupt auf, griff blitzschnell über den Tisch, schnappte sich den Arm des Mannes und bog ihn nach hinten, in eine sehr unnatürliche Haltung, bis irgendetwas im Gelenk knackte. Das Blut verschwand aus dem Gesicht des Ekels, und er schrie auf: »Au, verdammt, aaahhh …«

Christina, die längst hinter dem Mann stand und die Beugung des Armes aufrechterhielt, sagte: »So, du Kasper. Du bist sicher Dionysos Kalimides, richtig? Du brauchst nichts zu sagen, falls du wenig Atem hast, dann können wir uns den Klang deiner Stimme ersparen. Es reicht, wenn du nickst.«

Der Mann nickte tatsächlich, die Augen geweitet vor Angst oder Schmerz. Sofia hielt die Luft an. Den Blick auf seinen Arm gerichtet, stellte sie fest, dass sie seine Schmerzen mitfühlte. Diese Verrenkung sah furchtbar aus. Aber Christina hielt den Arm felsenfest.

»Also Dionysos, du alter Lustmolch, hör gut zu. Das ist jetzt eine offizielle Vernehmung. Antwortest du zu meiner Zufriedenheit, lasse ich los. Wenn nicht, dann wirst du das Klinikum Nikosia von innen kennenlernen.«

Er nickte wieder.

»Wo ist Dimitrios Kyriakou?«

So gut es ging, zog der Mann die Schultern hoch.

Christina legte den Kopf schief. »Ah, doof. Keine gute Antwort. Ich frage noch mal: Wo ist Dimitrios Kyriakou?«

Er presste die restliche Luft hervor, die ihm geblieben war, und sagte unter Schmerzen: »Ich hab keine Ahnung. Er ist verschwunden.«

»Seit wann?«

»Vorgestern Abend haben wir noch mal gesprochen. Dann hab ich nichts mehr von ihm gehört. Verdammt, du Schlampe, lass …«

Sie festigte ihren Griff erneut.

»Aaaaaaahhhhh.«

»Nenn mich noch ein Mal so, und meine Hand wandert von deinem Arm an deine Eier. Kein Happy End. Hör zu: Hatte er einen Auftrag gestern? Und heute?«

Der Mann nickte. »Er hat immer einen Plan für die ganze Woche. Wir telefonieren nur, wenn es etwas Besonderes gibt. Er war gestern bei keinem seiner Abholorte und heute auch nicht.«

»Ist der LKW mit GPS ausgestattet? Kannst du ihn orten?«

»Schon versucht. Das Gerät ist abgestellt.«

»Kann das der Fahrer alleine machen?«

»Dimitrios kann alles. Der LKW ist sein Leben.«

»Wie sieht sein LKW aus? So wie die dreckigen Kisten auf dem Hof?«

Der eklige Typ, für den Sofia längst Mitleid empfand, schüttelte den Kopf. »Da, schau aufs Foto dort an der Wand. Kyriakou hatte genau so einen LKW wie die Kollegen. Aber er hat seinen extra lackieren lassen und tunen, mit viel Schnickschnack. Auf eigene Kosten. Ich hab gedacht, er spinnt, aber es war mir egal. Er ist mein bester Fahrer.«

Christina sah Sofia an und wies mit dem Blick auf das Bild. Sofia verstand und sah es genauer an. Es war eine Fotoserie, alle Fahrer der Firma mit ihren LKWs. Dimitrios Kyriakou stach besonders hervor. Er stand mit breitem Grinsen vor seinem LKW. Lady Gladstone hatte recht: Es war ein schwarzes Monster. Ein glänzender Truck mit LED-Leuchten vorne und seinem Namen im Fenster: *Dimi* stand auf einem Leuchtschild. Schien so, als steckte er, seit die Ehe mit Elena so verkorkst geworden war, alle Kohle und alle Liebe in seinen Truck.

»Schwarzer Truck«, sagte Sofia zu Christina.

»Was ist denn los? Hatte er einen Crash?«

»Können wir nicht sagen.«

»Und dann schneit ihr hier rein und greift wehrlose Bürger an, die Steuern …«

Christina verstärkte den Griff wieder. »Halt die Fresse«, sagte sie, als die Tür aufging. Erst betrat ein großer glatzköpfiger Mann das kleine Büro, dann folgte ein zweiter, der noch größer war.

»Ciao, Dino …«, sagte der Erste und stockte kurz, als er sah, wie Christina den Arm seines Bosses verrenkte. »Ey, was soll denn das? Was machst du da, du …«

Sofia wurde bleich, die Situation wurde brenzlig. Drei Typen gegen zwei Frauen, das konnte mies ausgehen.

»Bleibt an der Tür stehen, sodass wir euch sehen können«, sagte Christina, und ihre Stimme klang kalt. »Euer Boss hat meine Kollegin angegriffen, ich musste ihn ruhigstellen.«

»Was sagst du da?« Der kleinere der beiden Riesen mit der fehlenden Frisur kam auf sie zu.

Nun reichte es Sofia. Sie stellte sich dem Riesen in den Weg, bemerkte den dümmlichen Blick des zweiten. »O.k., ihr Riesenbabys«, sagte sie, indem sie all ihren Mut zusammennahm. Sie befahl sich selbst, das Adrenalin unter Kontrolle zu behalten – ansonsten wäre sie wohl auf der Stelle in Ohnmacht gefallen. »Ihr bleibt genau da stehen und behindert keine polizeiliche Ermittlung. Andernfalls bleiben uns nur Zwangsmaßnahmen.« Dabei öffnete sie die Jacke und zeigte die Pistole, die griffbereit im Holster steckte. Die Wirkung war atemberaubend. Die beiden Typen gingen zwei Schritte rückwärts und blieben in beruhigender Nähe zur Tür stehen.

»O.k., o.k., ist ja gut.«

»Wisst ihr, wo Dimitrios ist?«

Der kleinere der Riesen war offensichtlich der Hellere. Sogar sein Zypriotisch war Sofia verständlich, einigermaßen jedenfalls. »Dimi? Keine Ahnung. Spricht nicht mehr viel in den letzten Tagen. Hat Stress zu Hause.«

»Was heißt das?«

»Wir ziehen ihn schon lange damit auf. Dass man hört, seine Frau hätte 'nen neuen Typen. Aber er war echt megafertig, die letzten Wochen. Da haben wir damit aufgehört.«

»Woher wusstet ihr das mit dem Neuen?«

»In der Branche wird viel getratscht. Immer die Insel rauf- und runterfahren ist 'ne ziemlich einsame Sache. Da erzählt man sich über Funk Geschichten. Irgendwann hieß es, der Neue von der Kyriakou sei Türke. Das war natürlich der Hammer.«

Jetzt meldete sich auch der Größere zu Wort: »Hab mich eh immer gefragt, was die scharfe Tante von Dimi wollte.«

»Na, ihr seid ja wahre Freunde. Habt ihr wirklich nichts von ihm gehört die letzten beiden Tage? Wir können das auch auf dem Revier klären …«

»Sag ich doch. Nichts. Kein Wort. Auch nicht über Funk. Der ist verschwunden. Und jetzt … wir müssen los …« Mit diesen Worten gingen sie, den Blick auf Sofia und ihre Waffe unter der Jacke gerichtet, rückwärts aus dem Raum.

Was für Schisser. Was für eine Macht sie hatte. Es war ein kurioses Gefühl. Männer mit zwei Metern Körpergröße und zwei Zentimetern Gehirngröße knickten vor ihr ein. Sie wünschte sich, mit diesem Accessoire zum Oktoberfest in Deutschland zu gehen. Da würde sich niemand mehr trauen, ihr an den Hintern zu fassen.

»Lassen Sie mich jetzt los?«, meldete sich der Boss wieder zu Wort, dessen Arm Christina immer noch wie in einer Schraubzwinge festhielt. Er klang kläglich.

»Na, sieh mal einer an«, antwortete die Kommissarin, »hat unser Dino zu einer normalen Gesprächskultur zurückgefunden. Wunderbar. Also, ich sag dir jetzt, wie es läuft.«

Der Mann nickte erwartungsvoll, wohl in der Hoffnung, dass der ganze Spuk bald vorbei wäre.

»Sobald sich Dimitrios meldet, rufst du uns an. Ohne ihm etwas davon zu sagen. Wenn sich das GPS doch wieder meldet, passiert das Gleiche. Hältst du dich nicht dran, mach ich mit Hilfe des Gewerbeamtes deine Bude zu. Und was ich dann mit deinem Arm mache, kannst du dir denken.«

»Aber ihr könnt doch nicht einfach hier reinschneien und mich bedrohen …«

»Pass mal auf, du testosterongesteuertes Etwas. Wenn du meine Kollegin anglotzt, als wäre sie Freiwild, dann mach ich mit dir, was ich will. Und wenn du jemand von unserem Besuch und den Umständen hier erzählst, dann kommen wir wieder und nehmen dich mit, wegen Angriffs auf Polizeibeamte. Und das kommt gar nicht gut. Hast du alle Regularien verstanden?«

Der Mann murrte kurz, dann nickte er.

»Hast du verstanden?« Sie griff noch mal fester zu.

»Ja, verdammt, ja … Hör auf jetzt …«

Sie ließ los, und von jetzt auf gleich änderte sich auch ihr Ton – er wurde geschäftsmäßig verbindlich. »Gut so. Vielen Dank für Ihre Hilfe, Herr Kalimides. Schönen Tag noch.«

Sofia war beeindruckt von ihrer Abgeklärtheit. Und davon, dass sie offensichtlich vor nichts Angst hatte.

Christina stand auf und verließ das Büro. Sofia folgte ihr und hörte Kalimides noch fluchen, als sie längst wieder auf dem Hof waren.

»Muss manchmal sein«, sagte Christina, als sie bei ihren Autos angekommen waren. »Wie der dich angesehen hat … Das hätte er nicht tun sollen.«

»Hast du das echt meinetwegen gemacht?«, fragte Sofia, die diesen Gewaltexzess weder verstand noch guthieß, sich trotz allem aber geschmeichelt fühlte.

»Wir passen auf uns auf«, antwortete Christina und zwinkerte ihr zu.

»Was können wir tun?«

»Nicht viel. Der Spediteur wird sich melden, wenn er was von Dimitrios hört, so viel ist sicher. Aber ehrlich gesagt kann ich mir nicht vorstellen, dass niemand in Kato Koutrafas weiß, wo er steckt.«

»Ich kümmere mich darum. Und ich würde gerne die Frauen besuchen, für die Elena und Ergun gearbeitet haben.«

»Was soll das bringen?«

»Weiß auch nicht«, gab Sofia zu, ertappte sich aber wieder dabei, wie der Ermittlergeist sie fest im Griff hatte, »vielleicht wissen die etwas über die Beziehung der beiden oder haben eine Beobachtung gemacht, die Dimitrios betrifft.«

»O.k. Dann mach das. Ich habe noch etwas anderes in Limassol zu bearbeiten. Wir finden Kyriakou, Zypern ist eine Insel. Da kann er nicht so einfach verschwinden. Eine Großfahndung nach dem LKW gebe ich jetzt raus. Dann kommt er auf keine Fähre mehr, und wenn er schon auf einer sein sollte, dann werden wir informiert.«

»Sehr gut. Dann sprechen wir uns spätestens morgen?«

»Genau. Bis dann, Fräulein Perikles. Und danke.«

»Danke dir, Christina.«

Sofia stieg ins Auto, da klingelte ihr Telefon. Eine sehr unbekannt wirkende Ländervorwahl. *00374*. Und dann eine endlos lange Nummer. Sie nahm den Anruf an. Am anderen Ende der Leitung klang es, als wäre der Anrufer in einem Sandsturm.

»Sofia Perikles?«

»Sofia. Ich bin es. Papa.«

»Papa … Das freut mich.«

Das war nicht gelogen. Sie freute sich unendlich, seine Stimme zu hören. Seine tiefe selbstsichere Stimme, die heute allerdings einen irgendwie besonderen Klang hatte.

»Wo bist du?«, fragte Sofia.

»Das ist meine neue Durchwahl. In Eriwan.«

»Ihr seid schon angekommen?«

»Gestern Abend. Heute Morgen habe ich die Botschaft zum ersten Mal besucht.«

»Und? Wie ist es? Ein echtes Abenteuer?«

Er grunzte. »Es ist sehr heiß. Und im Winter, sagen meine Angestellten, ist es richtig kalt. Wie in Sibirien. Es gibt riesige Berge ringsum, es ist, wie ich mir Afghanistan vorstelle.«

»Du hast also Angestellte?«

»Zwei. Einen Fahrer und eine Konsulin. Das war es. Hier ist nicht mal jemand vom Geheimdienst. Kannst du dir das vorstellen?«

Er klang ernstlich aufgeregt, als wäre es außerhalb seiner Vorstellungskraft, in einem Land zu leben, von dem der zypriotische Geheimdienst – der ohnehin aus wie vielen Angestellten bestand? Zwölf? – nichts wissen wollte.

»Wie ist euer Haus?«

»Die nächste Katastrophe. Die Kommunisten haben den Mietvertrag gekündigt. Wir wohnen erst mal in einer Wohnung. In einer kleinen Wohnung. In Eriwan.«

»O mein Gott. Wie klein ist sie denn?«

»Gerade mal 160 Quadratmeter. Kannst du dir das vorstellen? Es gibt nicht mal ein Zimmer fürs Hausmädchen.«

»Das ist ja unfassbar«, sagte sie und dachte an ihre neue Bude in Kato Koutrafas.

»Aber sag, mein Kind, wie geht es dir?«

Als er *mein Kind* sagte, durchströmte sie dieses warme wohlige Gefühl, das sie liebte, seitdem sie als kleines Kind auf seinen Schultern gesessen hatte. »Mir geht es gut. Es ist ein wenig langweilig, weil wir ja als Polizeianwärter noch nichts selber tun dürfen. Aber alle sind sehr nett. Mein Chef ist ein ganz wunderbarer Mann, von dem ich viel lernen kann. Und mein Einsatzort ist zauberhaft.«

»Das klingt toll, mein Kind. Ich hatte schon Sorge, du müsstest Uniform und Waffe tragen und gleich ermitteln.«

Er lachte einmal laut und herzhaft auf. Sofia wusste nicht, ob sie mitlachen oder weinen sollte.

»Du, jetzt ist hier Teestunde, der Fahrer hat schon kleine armenische Kuchen geholt. Wir sprechen uns, ja?«

»Das machen wir. Bis dann, Papa.« Sie legte auf. Sie wollte ihn nicht beunruhigen. Sie war sein kleines Mädchen. Auf keinen Fall wollte sie, dass er sich Sorgen machte. Sein kleines Mädchen. Mit einer Browning im Holster. Und zwei Leichenfunden an einem Tag. Er hätte sofort die erste Maschine von *Aegean* genommen und wäre nach Hause geflogen, um sie zu holen. Was sie eigentlich gewollt hätte. Gestern. Gestern wäre das vielleicht noch so gewesen. Heute wollte sie diesen verdammten Fall lösen. Für Elena. Für Ergun. Für sich.

Dekaennéa – 19

Wo sollte sie anfangen? Sie wusste es nicht. Sie hatte keinen Anhaltspunkt. Ihr Studium hatte sie gelehrt, Gesetzestexte zu formulieren, im Gespräch mit Untergebenen möglichst vage zu bleiben und bei Vergehen von Polizisten als Gutachterin so zu agieren, dass möglichst nichts an den politisch Verantwortlichen haften blieb. Nun stand sie auf der anderen Seite. Hatte eben dabei zugesehen, wie eine Polizistin die Gesetze beugte – und hatte nichts dagegen tun können. Eigentlich hatte sie auch nichts dagegen tun wollen, denn dieser Wichser von einem Spediteur hatte den verstauchten Arm mehr als verdient. Ihr Studium hatte sie an keinem Tag gelehrt, Polizistin zu sein. Ein Verbrechen aufzuklären. Zeugen Dinge zu entlocken.

Sie vermisste Carl. Verdammt. War sie gestern Abend zu unfreundlich zu ihm gewesen? Er hatte sich den ganzen Tag nicht gemeldet. Nun war sie mit dem Polizeiwagen kurz vor Kato Koutrafas. Ein Abend im Hotelzimmer erwartete sie. Vielleicht würde sie etwas bei Netflix gucken. Auf dem iPad. Wenn das Internet es hergab. Auch ihre Fingernägel könnten etwas Pflege gebrauchen. Ein Schönheitsabend in ihrem 12-Quadratmeter-Zimmer mit Gemeinschaftsbad. Schwierig, aber nicht unmöglich.

Sie stieg aus, und wieder überraschte sie die Hitze, die ihr Gesicht traf wie Feuer. Sie hatte in all den Jahren in der deutschen, dann englischen Kälte vergessen, wie heiß es hier im Sommer war. Doch ihre Haut war noch die Haut ihrer Kindheit, die sich bereits ein sehr ansehnliches Braun zugelegt hatte, das, wie sie fand, gut zu ihren blonden Haaren passte.

Vor dem Kafenion sah sie Dutzende Menschen sitzen, es war offenbar Apéro-Zeit in Kato Koutrafas.

Halb fünf. Sehr früh eigentlich. Doch die Pendler aus dem Ort fuhren ja auch sehr früh nach Nikosia zum Arbeiten, also waren sie entsprechend früh wieder zurück. Saß da auch Lady Gladstone? Sie wollte gerade hinübergehen, um sie zu begrüßen, als in der Nähe jemand pfiff. Es war Kostas, der aus dem Container herausgetreten war und mit einer Einkaufstüte und seinem Autoschlüssel bewaffnet auf den Parkplatz zuging. Und sie dabei zu sich winkte. Wie bitte?

»Was gibt es?«

»Komm, Tausendschön.«

»Wieso?«

Er drehte sich nicht einmal um.

»Komm mit«, knurrte er im Gehen.

Sie gab auf. Und folgte ihm. Und schon saßen sie in seinem Landrover Defender, Markenzeichen: dreckig bis unbenutzbar, ohne Polizeikennzeichnung, einfach nur ein grünes dreckiges Jägerauto, das zu Kostas passte wie eine Ouzoflasche. Nicht dass Sofia sich keine Sorgen machte. Dieser Kerl war unberechenbar: ein Spieler, ein Säufer, ein Choleriker. Wollte er mit ihr nun kurzen Prozess machen? Mit der Frau, die in sein Revier eingedrungen war? Die sein Leben auf den Kopf gestellt hatte? Wollte er sie an der Landstraße nach Nikosia aussetzen wie einen Welpen nach Weihnachten? Oder hatte er mit seinen Saufkumpanen von vorhin besprochen, dass sie sich die blonde Schnecke gemeinsam vornehmen würden? Als Rache für den Stinkefinger? Mein Gott, sie wurde schizophren. Er war ein Bulle. Und: Er machte trotz seines irren Auftretens und seiner Ausbrüche nicht den Anschein, ein Serienmörder oder Triebtäter zu sein. Es passte einfach nicht zu ihm. Trotzdem hatte sie ein flaues Gefühl im Bauch. Das sich noch verstärkte, als sie spürte, wie es im Wagen aussah – und wie es roch. Es war offenbar wirklich sein Jagdauto, hinten im Wagen war alles voller Haare. Tierhaare. Vielleicht von einem Reh? Einem Hirsch? Den Aschenbecher schien er nicht zu benutzen, unter ihrem Beifahrersitz lagen Dutzende Zigarettenkippen, und als er anfuhr, klang es hinter ihnen so, als würde eine ganze Palette von leeren Ouzoflaschen hin und her geschleudert. Es war furchtbar.

»Chief Inspector, darf ich fragen, wo wir hinfahren?«

»Nein.«

»Aber …«

»Tausendschön, guck dir die Landschaft an, wir sind gleich da.«

Er fuhr die B9 in Richtung Troodos, allerdings bog er schon bald in Richtung Linos ab. Die Klimaanlage des alten britischen Jeeps jagte auf Hochtouren, kam aber mit dem Kühlen nicht hinterher. Sie betrachtete den Schweiß, der Kostas von der Stirn lief. Die grauen Haare waren nass, sein unnachahmliches Holzfällerhemd hätte man auswringen können. Was taten sie hier? Beteiligte er sich doch an den Ermittlungen? Da vorn lag die Grenze. Wollte er mit ihr in die Türkei? Sie konnte sich nicht erinnern, dass es an dieser Stelle einen weiteren Übergang gab. Merkwürdig.

Kostas fuhr wie eine gesengte Sau, doch auf Höhe eines flachen Feldwegs bremste er plötzlich und bog nach rechts ab. Er jagte die Schotterpiste entlang. Dafür war der Jeep genau richtig, für diese so typischen kilometerlangen Schotterpisten, die ganz einfach noch weiter in die Abgeschiedenheit führten. Sie fuhren aufs freie Feld, das ewig lang und flach dalag bis fast zum Horizont, wo die schwarzen Berge des Troodos-Gebirges aufragten. An einer Reihe niedriger Bäume stoppte er und parkte das Auto im Schatten einer Zypresse.

In einiger Entfernung lagen vier abgesägte Bäume, nur noch die Stümpfe standen, alle vier in einer Höhe von etwa einem Meter gekappt. Kostas stieg aus, nahm die Tüte. Sofia hörte, dass sie klapperte. Es klang nach etwas Schwerem. Sie folgte ihm, er sagte noch immer kein Wort.

In einem Abstand von hundert Metern zu den Baumstümpfen stoppte er. Entnahm der Tüte vier Bierdosen. Und eine Pistole. Sowie etliche beschriftete Packungen mit Munition. Sie hielt den Atem an. Was geschah hier? Er hatte die Waffe wirklich in einer Einkaufstüte hertransportiert.

»Ich hab dir die Knarre vorhin einfach auf den Tisch gelegt. Hab noch mal drüber nachgedacht. War falsch. So, Tausendschön. Hier beginnt deine Ausbildung.«

»Was?«, fragte sie, obwohl sie langsam verstand.

»Nimm deine Knarre aus dem Holster und sieh sie dir in Ruhe an. Halt sie nicht in meine Richtung.«

Sie tat, wie ihr geheißen, während er die Dosen nahm und auf die Bäume zuging, langsam, die Zigarette im Mundwinkel. Er stellte die vier Dosen auf, jede auf einen Baumstumpf. Sofia sah ihm zu und senkte dann den Blick, um die Waffe genauer anzuschauen.

Sie hatte es bisher vermieden, sie zu betrachten oder anzufassen, außer in dem Moment, als sie sie ins Holster gesteckt hatte. Doch sie erinnerte sich genau an den Blick der beiden Skinheads vorhin und an die Reaktion, die der Anblick dieses potenziellen Todbringers bei ihnen ausgelöst hatte. Ein Mensch war ein Mensch – ein Mensch mit einer Waffe war selbst eine Waffe. Das hatte sie in ihren Augen gelesen.

Kostas war auf dem Rückweg, sie verfolgte jeden seiner Schritte. Berührte dabei das kalte Metall, die eingekerbten Rillen, fuhr über die Schrift – *Browning* –, befühlte den Lauf.

»So, Tausendschön. Ich hab in deine schon vorhin Munition hineingetan. Du ziehst ja nicht mit einer ungeladenen Waffe los. Gib sie mir.« Sie reichte sie ihm. »So. Schau her.«

Er zeigte ihr, wie man die Waffe hielt, wie man sie nachlud und wie man sie scharfmachte.

»Du musst sie so halten«, sagte er und hielt sie mit ausgestrecktem Arm, »und zwar sehr fest, es gibt einen Rückstoß. Und du zielst so.«

Dann gab er ihr die Waffe zurück. Sie hielt sie, wie er es ihr gezeigt hatte, betrachtete sich selbst dabei, die schwarze Pistole in ihrer Hand mit dem inzwischen teilweise abgeschabten pinken Lack auf den Fingernägeln. Sie schüttelte kurz den Kopf. Wie unwirklich das alles war. Die Zikaden sangen auf den Bäumen ringsum ihre mehrtönige Melodie, ohne sich stören zu lassen von diesen beiden einsamen Menschen.

»O.k., Tausendschön. Das Ziel ist klar. Da vorne …« Er wies auf die Dosen. »Ich fang an.«

Er nahm seine Pistole, anscheinend ein neueres Modell als das ihre. Er steckte ein Magazin hinein und lud. »Ich visiere die Dosen an, ziele und …«

Er schoss. Einmal. Zweimal. Schnell hintereinander und ohne dass Sofia hätte sagen können, er hätte beim zweiten Mal ein anderes Ziel anvisiert. Trotzdem fiel erst die Dose, die in der Mitte links gestanden hatte – und dann die andere, die in der Mitte rechts gestanden hatte. Die Zikaden hatten just in dem Moment aufgehört zu zirpen, als der erste Schuss fiel. Es war eine beängstigende Stille. Die Lautstärke der Schüsse hatte Sofia überrascht, dieses Geräusch, das so todbringend klang – und nun piepte es in ihrem linken Ohr. Kostas war ein guter Schütze.

»So, Tausendschön. Du bist dran. Du hast vierzehn Patronen in der Waffe. Los geht's.«

Er wies auf die Dosen. Und weckte damit Sofias Ehrgeiz. Vierzehn Schuss. Zwei Dosen. Das sollte doch zu machen sein. Es war wie damals, als sie mit ihrem Vater in irgendeinem dieser kalten Länder auf Diplomatenbesuch war und er sie zu einer Kirmes mitgenommen hatte. Dort hatten sie geschossen. Ebenfalls auf Dosen. Allerdings mit einem Gewehr. Aber das hier war doch fast das Gleiche. Sie legte an. Versuchte, die Dose ganz links anzupeilen. Blickte mit ihrem rechten Auge über den Abzug der Waffe, da war eine ganz kleine Markierung, mit der sie das Ziel anvisieren konnte. Sie versuchte es. Spürte ihren heftigen Atem. Hörte, wie das Zirpen der Zikaden wieder einsetzte. Und schoss. Eine Urgewalt. Die Waffe zuckte, nur weil sie den kleinen Abzug berührt hatte. Sie spürte die Wucht in ihrem Handgelenk. Das Piepen in ihrem Ohr war nun lauter als zuvor. Die Zikaden waren wieder verstummt. Doch voll Adrenalin sah sie zuerst nach dem Ziel. Hatte sie getroffen? Nein. Die Dose stand. Aber dort hinten, weiter links auf dem Feld, war eine kleine Staubwolke zu sehen. Sie hatte die erste Kugel einfach aufs offene Feld geballert. Hoffentlich hatte sie keine Schlange getötet. Obwohl: Sie hasste Schlangen. Sie sah nicht zu Kostas, wollte sich nicht ablenken lassen, falls er lächelte oder gar lachte. Sie legte wieder an. Zielte. Kürzer diesmal. Und schoss.

Die Dose stand. Eine neue Staubwolke. Ganz weit links. Noch weiter links als vorhin. Komisch. Sie zielte doch viel weiter nach rechts. Sie versuchte es ein drittes Mal. Schoss. So langsam gewöhnte sie sich an die Wucht, merkte, dass sie den Arm ein ganz klein wenig anwinkeln musste, um den Aufprall auszugleichen, damit es ihr nicht die Hand abriss. Doch die Dose stand.

»Was mache ich falsch?«

»Tausendschön, ich schieße seit fünf Jahrzehnten. Du seit fünf Minuten. Und hast mir noch nicht durchs Bein geschossen. Das ist doch schon eine Leistung. Warte …«

Er trat zu ihr, stellte sich ganz dicht hinter sie und griff nach ihrem Arm. Dabei versuchte er umständlich, nur ihren Arm zu halten und nicht gar ihren restlichen Körper zu berühren. Ein echter Gentleman, staunte Sofia.

»So, jetzt visier dein Ziel noch mal an, und dann sei dir sicher.«

Er ließ ihren Arm wieder los, und sie schoss. Wieder auf die linke Dose. Wieder ging der Schuss in die Botanik.

»Sind Sie sicher, Chief Inspector, dass mit der Waffe alles richtig ist? Die zieht weg.«

Nun musste Kostas doch lachen. »Da bin ich sicher. Hab Geduld. Aber du musst auch wissen: Wenn es ernst wird, draußen auf der Straße, hast du keine Zeit, erst noch zu zielen. Da muss es sehr schnell gehen.«

Sie legte an, schoss, wieder nichts.

»Versuch die andere Dose«, sagte er, als er merkte, wie sich die Unzufriedenheit über ihre Versuche legte.

Sie schloss kurz die Augen, spürte den leichten Wind auf ihrem Gesicht. Noch immer war es vollkommen still, die Zikaden hatten sich nicht getraut, wieder loszuzirpen ob der ganzen Ballerei. Sie öffnete die Augen wieder, verbrachte nicht viel Zeit damit, die rechte Dose anzuvisieren und schoss. Es klapperte in der Ferne. Und Sofia lächelte, konnte es gar nicht fassen. Sie hatte es geschafft. Doch was war das? Die rechte Dose stand immer noch auf ihrem Baumstumpf. Absolut unversehrt. Sie hatte allen Ernstes die rechte anvisiert … und die linke Dose vom Stumpf geschossen.

»Tausendschön«, rief Kostas erstaunt. »Tag eins und so ein Treffer. *Poli orea.* Sehr gut. Mehr wollte ich nicht sehen. Gehen wir.« Er steckte seine Pistole wieder in die Einkaufstüte.

Sofia überlegte. Und entschied, ihn in seinem Irrglauben zu lassen. Sie hatte getroffen. Er hatte nicht gesehen, dass sie nach rechts gezielt hatte. Sie würde die Waffe beizeiten einmal überprüfen lassen. Da stimmte doch was nicht. Beim

Gewehrschießen auf der Kirmes hatte es immer geklappt. O Gott, sie war eine furchtbare Schützin. Eine furchtbare Polizistin.

Kostas hatte sich wieder eine Zigarette angesteckt und erwartete sie im Auto.

»*Efaristo,* Chief Inspector, dass Sie mir das gezeigt haben.«

Er nickte. Die Aufregung darüber, ihr etwas Neues gezeigt zu haben, schien vorbei. Kostas war wieder in seinen Lieblingsgemütszustand zurückgekehrt. War mürrisch, geradezu abweisend. Er sah sie nicht mehr an, sondern wendete den Wagen auf dem Feldweg und beschleunigte rasch.

Sie sah sich um. Da hinten auf dem Rücksitz lag eine Waffentasche. Eine längere. Ein Gewehr?

»Jagen Sie?«

»Hmm.«

Ihr Blick fiel auf die lange Leine auf dem Rücksitz und das Halsband. Warum war ihr beides nicht früher aufgefallen?

»Sagen Sie, Chief Inspector, haben Sie einen Hund?«

»Nein«, kam die knappe Antwort.

»Aber Sie haben da …«

»Tot.«

»Oh, tut mir leid. Ist es lange …«

»Sehe ich aus, als ob ich darüber reden will?«

Da war er wieder, der grobe, derbe, cholerische Kostas, der es schaffte, mit einem einzigen Satz Sofias Gesicht erröten zu lassen.

Sie schwieg, bis sie Kato Koutrafas erreicht hatten.

Eíkosi – 20

Er stapfte mit der Einkaufstüte in seinen Container, ohne sich umzudrehen oder sich zu verabschieden. Mein Gott, was für ein komischer Kauz. Sie wusste nicht mal, wo er wohnte. Sicher irgendwo in Kato Koutrafas. Aber wo genau? Hatte er eine Frau? Kinder? Sie konnte sich keines von beiden vorstellen. Vor dem Kafenion saßen nun weniger Leute als vorhin. Stattdessen hatte sich eine lange Tafel gebildet. Daran saßen Constantina und Adonis, ein älteres Paar, das Sofia nicht kannte, der Urgroßvater, der ihre Koffer die Treppe hinaufbugsiert hatte, und Lady Gladstone, die sie – kaum war Sofia ausgestiegen – quer über den Dorfplatz heranwinkte. Die *Tavli*-Bretter waren verschwunden, stattdessen standen Schüsseln und Teller auf dem Tisch, offensichtlich war es ein frühes Abendessen, das gerade beginnen sollte.

»*Oh, my dear*«, rief Lady Gladstone in ihrer unnachahmlichen Stimmfarbe, »komm zu uns, es ist unser gemeinsamer Mittwochabend. *Come to us, please …*«, und dabei zog sie Sofia förmlich auf den freien Stuhl neben sich. Wahrscheinlich hatte sie sogar gehofft, Sofia noch zu Gesicht zu bekommen. Sofia freute sich sehr über die herzliche Einladung der Lady, sah aber im Augenwinkel, wie Constantina, Adonis' Gattin, mit den Augen rollte. Das konnte ja heiter werden. Wenigstens war für reichlich Weißwein gesorgt, bemerkte sie mit einem prüfenden Blick auf die Tafel. Es war Adonis, der aufstand, um sie als Neuankömmling zu versorgen, und flugs ein Wein- und ein Wasserglas von drinnen holte.

Sofia bedankte sich und schaute den dicken Adonis dabei eine Spur zu lang an. Sie hörte Constantina leise stöhnen.

»*Darling*, darf ich dir vorstellen: Das sind Adonis senior und Efigenia, die Eltern von Adonis und Christos. Und das ist der Urgroßvater der beiden Jungs, Giorgios. Er ist letztes Jahr neunundneunzig Jahre alt geworden.«

Der neunundneunzigjährige Kofferträger des Hauses, dachte Sofia.

»Darf ich euch vorstellen, das ist Sofia Perikles, eine neue Bewohnerin unseres herrlichen kleinen Ortes und eine echte Lady. Ihr Vater ist Botschafter in Paris«, Sofia beeilte sich nicht, diesen Irrtum zu korrigieren – sie wusste immer noch nicht, wo Eriwan lag, also wollte sie den Wechsel ihres Vaters nicht erklären müssen, »und sie ist, ihr wisst es, unsere neue Polizistin.«

Sofia blickte mit hochrotem Kopf die Holzmaserung des Tisches an, als könnte sie sich so irgendwie dieser unangenehmen Situation entziehen.

»Georgia«, rief Adonis' Mutter Efigenia, »nun lass doch unseren Gast erst einmal ankommen. Mein Kind, trink ein Glas Wein mit uns und iss etwas, Kostas war ja ewig weg mit dir.« Sie wies auf Sofias bereits gefülltes Glas und auf die Schüsseln und Teller. Sofia spürte alle Augen auf sich, als sie die vielen verschiedenen Farben bestaunte, all die Gerüche aufnahm, die sich über dem Tisch ausbreiteten – viele Gerichte, die sie schon aus ihrer Kindheit kannte, andere wiederum waren wohl eher traditionelle Speisen des ländlichen Zyperns, die in Limassol am Ufer des Mittelmeers nicht zu finden waren.

»Jeden Mittwoch machen wir unser gemeinsames *Meze*-Essen«, erklärte Lady Gladstone, »ich schließe mein Geschäft früh, und Adonis und Christos machen das Kafenion auch früher zu, und dann sitzen wir hier gemeinsam vom frühen Abend bis in die Nacht.«

Meze. Ein Wort. Und ein Versprechen. Die zypriotischste Form der Gastfreundschaft. Eine lange Tafel, bedeckt mit bis zu fünfzig Tellern und Schüsseln mit allen Gerichten, die die Küche des Landes und die seiner Nachbarn und Eroberer – Libanesen, Griechen, Türken, Briten, deren Einfluss auf die hiesige Küche Gott sei Dank marginal geblieben war – hervorgebracht hatte.

Jeder nahm sich von dieser Tafel, bediente sich an allem und aß es mit Pitabrot oder dem auf dem Lande verbreiteten dunklen Brot. Auch davon gab es hier reichlich, und überhaupt war schon allein der Anblick all der Köstlichkeiten für Sofia ein Genuss: Da standen Bourekia – kleine Kuchen, gefüllt mit Hackfleisch, der Wassermelonensalat mit Halloumi-Käse, den Sofia schon als Kleinkind geliebt hatte, frisches Tzatziki mit Gurkenscheiben, geschrumpelte in Rotwein gebackene Kartoffeln mit Schale, Ravioli, die mit Halloumi gefüllt waren – dazu natürlich auch noch gegrillter Halloumi –, diesem Käse aus Schafs- und Ziegenmilch, der in seiner knatschigen Konsistenz so unverwechselbar und einmalig war und der nur aus Zypern stammen durfte. Aus dem griechischen Teil, versteht sich. Es gab frittierte Calamari mit dicken Zitronenschnitzen, Pastitsio, diesen wunderbaren Auflauf aus Nudeln, Hackfleisch, Béchamelsauce und einer Prise Zimt, und dunkel gebackene Keftedes – Bällchen aus Schweinefleisch. Von denen nahm Sofia als Erstes und spürte, wie groß ihr Hunger war. Gestern Abend hatte sie außer dem Salat bei Lady Gladstone nichts mehr gegessen, und auch heute wäre ihr Modelscout in London zufrieden mit ihr gewesen. Ein Sandwich an einer Tankstelle auf dem Weg aus der Türkei nach Nikosia, und das war's. Nun tunkte sie das Bällchen in das Tzatziki und biss genussvoll hinein, schmeckte, wie sich der Joghurt mit dem vielen Knoblauch an das saftige Schweinefleisch heftete, und schloss die Augen. Niemals hätte sie in London oder Berlin so viel Knoblauch gegessen – aber hier? Hier war es anders gar nicht möglich. Und es wäre pure Verschwendung gewesen, sich hier nicht zu bedienen.

Als Nächstes nahm sie einen Spieß vom Souflaki, der kross gegrillt und danach mit reichlich Oregano bestreut und mit Zitrone besprenkelt worden war. Doch wo nur? Hatten die Gastwirte etwa einen Holzkohlegrill hinter dem Kafenion?

Es schmeckte ganz danach. Sie kaute genüsslich, und nun griffen auch die anderen zu, sichtlich zufrieden damit, dass es ihrem neuesten und jüngsten Gast so gut schmeckte, dass er einfach schwieg und aß.

Nach Minuten des Essens, nur unterbrochen vom gelegentlichen Griff zu ihrem Weißweinglas – ein *Xynisteri*, ohne Frage –, sagte Sofia: »Das ist der Wahnsinn«, und blickte dabei in die Runde, bemerkte, dass der kurze Satz ihr eher als Aufschrei entglitten war, so begeistert war sie von dieser Tafel der Gastfreundschaft. Kurz wurde sie wieder rot, dann schob sie hinterher: »Das ist so phantastisch, haben Sie vielen Dank. Ein so tolles *Meze.* Wann haben Sie denn all das gemacht? Es ist so gut«, schloss sie und griff mit ihrer Gabel zu einem Stück frittiertem Tintenfisch.

»Ach, all das hat Christos gemacht. Er hat ganz früh am Nachmittag begonnen, zu kochen und das Brot zu backen.«

»Er hat das Brot gebacken?«

»Ja, in dem Ofen hinten im Garten.«

»Und er hat gegrillt. Neben dem Ofen steht ein Barbecue.«

Es klang lustig, dass Adonis das englische Wort dafür benutzte.

»Das ist phantastisch.«

»Ja, Christos ist ein unglaublich guter Koch«, fuhr seine Mutter mit reichlich Stolz in der Stimme fort. »Er hat alles vorbereitet und es dann für uns warmgehalten. Das ist ja das Tolle an *Meze*, dass das geht.«

»Und er hat immer geschaut, ob Kostas' Auto zurückkommt, solange er noch da war«, fügte Lady Gladstone augenzwinkernd hinzu.

»Wie meinen Sie das, Lady?«

»Na, er wollte sicherstellen, dass du von seinen *Meze* profitieren kannst.«

Sofia spürte, wie sie schon wieder errötete, und zwar diesmal deutlich stärker. Sie gab dem Wein die Schuld. »Und wo ist er jetzt? Warum ist der Koch verschwunden?« Sie versuchte, möglichst beiläufig zu klingen.

Adonis antwortete: »Er hat lange gewartet. Aber vor einer halben Stunde ist er mit dem Motorrad weg. Er musste sich noch mit einer Freundin treffen.«

Wieder versetzte ihr das den Schlag, den sie schon gestern gespürt hatte. Nur war es diesmal nicht Christos, der ihn ausgeführt hatte, sondern sein Bruder. Sofia fühlte die Blicke der Anwesenden auf sich ruhen. Ruhig Blut, ermahnte sie sich.

»Nun gut, selbst schuld, dann essen wir eben ohne ihn. *Kalí órexi*, guten Appetit Ihnen allen und danke für die Einladung.« Sie hatte etwas ironisch geklungen, glaubte sie, kam aber in diesem Moment nicht dagegen an.

»Kalí órexi«, sagte auch Lady Gladstone und erhob ihr Glas: »Ich würde gern auf Elena anstoßen. Ich wünsche ihr, dass es ihr gut geht, da, wo sie jetzt ist. Dieses unselige Ende hat sie nicht verdient. Vielleicht wegen eines Glases zu viel am Strand von Aphrodite zu zerschellen – das Foto in der *Cyprus Mail* war ja schrecklich.«

Alle Anwesenden nickten und blickten betroffen zu Boden. Nicht nur die englischsprachige *Cyprus Mail*, die Lady Gladstone sicher aus Prestigegründen las, hatte über das abgestürzte Auto berichtet, auch der Fernsehsender *RIK* und die griechischsprachigen Zeitungen *Simerini* und *Politis* hatten ausführlich und mit großen Farbfotos auf den ungewöhnlichen Vorfall reagiert. Deshalb wusste nun jeder hier, wie dramatisch das Leben einer der ihren zu Ende gegangen war.

Auch die anderen erhoben ihr Glas und kamen in der Mitte des Tisches zusammen, um anzustoßen. Andächtig tranken sie, und jeder dachte wohl auf seine ganz eigene Weise an Elena. Dann war es wiederum Lady Gladstone, die Sofia fragend ansah. »Erzähl uns, *my dear*, habt ihr denn schon eine Unglücksursache feststellen können? Sie hatte ja nicht viel Geld, die liebe Elena, vielleicht war sie mit dem Auto lange nicht bei der Wartung gewesen. Das ist eine steile Strecke, ich bin sie selbst oft gefahren. Wenn da die Bremsen versagen, dann ist das sehr schlecht. Oder war es wirklich der Alkohol?«

Alle Blicke lagen auf Sofia. Die leckeren *Meze* waren für einen Moment vergessen.

Sie überlegte. Und stellte fest, dass sie nichts zu verlieren hatte. Sie war sich ziemlich sicher, dass niemand hier am Tisch Elena Kyriakou umgebracht hatte. Obwohl: Konnte sie sich da so sicher sein? Der Urgroßvater etwa, ihr Kofferträger, war sehr rüstig. Er hätte das Auto womöglich mit bloßen Händen vom Berg stürzen lassen können. Sie musste über ihren stummen Witz grinsen. Sie trank ihr halbvolles Glas *Xynisteri* aus, stellte wieder fest, wie lecker und fruchtig dieser Wein war und dass es schon ihr drittes Glas innerhalb von dreißig Minuten war. Sie hatte jedes davon gebraucht. Nun nahm sie all ihren Mut zusammen: »Wisst ihr, wir sind uns nicht sicher, ob es ein Unfall war. Besser gesagt: Wir sind uns ziemlich sicher, dass es keiner war. Sondern dass jemand Elena von der Straße gedrängt hat.«

Es war, als hätte sie den Startschuss für eine Volksbefragung gegeben – eine sehr lautstarke Volksbefragung, die dem Lärm der Zikaden vorhin auf dem Feld sehr ähnlich war. Alle redeten durcheinander. Sogar Constantina hatte ihre Eifersucht abgelegt und bestürmte Sofia mit Fragen. Sie war sogar am lautesten. »Was sagst du da? Wie kommt ihr denn darauf? Die arme Elena. Wer sollte ihr so etwas antun?«

Adonis rief: »Mord? Willst du sagen, es war Mord?«

Nur der Urgroßvater blieb ungerührt sitzen und schaute seine verrückte Rasselbande mit einem merkwürdig entrückten Blick an, wohl Ausdruck eines inneren Kopfschüttelns.

Sofia ließ die Fragen auf sich niederprasseln und genoss den Moment: Sie war nicht mehr das kleine Mädchen, das bei den Diplomatengesprächen ihres Vaters oder den feingeistigen Tiraden ihrer Londoner Freunde andächtig dabeisaß und still zuhörte. Nun führte sie die Unterhaltungen an, konnte erzählen, bewerten und die Dinge einordnen. Ein gutes Gefühl.

Als langsam etwas Ruhe einkehrte, sagte sie: »Wir sind immer noch auf der Suche nach Zeugen, die in der Nacht zu vorgestern auf der B6 unterwegs waren und die etwas gesehen haben. Bisher hat sich aber niemand gemeldet. Nichtsdestotrotz ist die Spurenlage eindeutig: Wir sind uns sicher, dass ein großer schwarzer Wagen den kleinen Wagen von Elena von der Straße gedrängt hat. Im Wagen saß ja auch ihr neuer Freund.« Sie machte eine Spannungspause. »Ihr wisst ja sicher alle von ihm.«

Wieder nickten die Anwesenden, diesmal nickte sogar Urgroßvater Giorgios mit. Wenn es um Klatsch ging, der junge Frauen betraf, waren betagte griechische Männer immer bestens informiert.

»Ihr wisst alle, wer einen schwarzen LKW fährt«, sagte Constantina, und die Runde erstarrte für einen Moment.

»Das fiel mir auch als Erstes ein«, sagte Efigenia, Adonis' Mutter. »Es ist unheimlich. Aber sicher haben Sie schon daran gedacht, den Ehemann von Elena zu vernehmen?«

»Wir suchen ihn. Und genau deshalb erzähle ich euch allen davon. Der Verdacht gegen Dimitrios Kyriakou ist sehr groß, weil er seit dem Mord wie vom Erdboden verschluckt ist. Er fährt einen schwarzen LKW, den die Spedition seit dem Zeitpunkt des Unfalls nicht mehr orten konnte. All das spricht gegen Elenas Mann.«

»Unglaublich. Dimitrios …«, sagte Adonis und hing einen Moment lang seinen Gedanken nach. »Er war jeden Tag hier. Aber es stimmt: Seit zwei Tagen ist er nicht mehr aufgetaucht. Gestern dachte ich noch, er hätte die Grippe. Aber heute, als ich von Elenas Tod erfahren habe, dachte ich mir schon, dass etwas nicht stimmt.«

»Wie hat er sich in den letzten Wochen und Monaten verhalten? Ich meine, seitdem er von der Affäre seiner Frau wusste?«, wollte Sofia wissen.

»Sie war seine große Liebe. Elena, meine ich. Ich bin ja in ihrem Alter. Wir waren gemeinsam auf der Schule. Sie war rasend hübsch, damals schon«, erzählte Adonis und fing sich offensichtlich nicht nur einen wütenden Blick seiner Gattin ein, sondern unterm Tisch auch einen Tritt vors Schienbein, denn er schrie kurz auf, um dann aber fortzufahren, als ob nichts geschehen wäre. »Irgendwann erzählten sich die Mitschüler, dass sie einen Freund habe. Einen viel älteren. Und dann kriegte ich heraus, dass es Dimitrios war. Das haben wir Jungs alle nicht verstanden. Klar, er hatte ein großes Auto, einen Mercedes fuhr er damals, aber damit allein kriegt man doch kein Mädchen rum. Ich hab immer gedacht, dass das so eine Art Hirngespinst war, dass Elena auf der Suche nach jemandem war, der ihr Sicherheit geben konnte. Eine eingezäunte, langweilige Sicherheit. Hat bestimmt etwas mit ihrer komischen Mutter und dem Vater zu tun, der so früh gestorben ist.«

Sofia fand, dass Adonis ein guter Psychologe war. Wahrscheinlich gewann man derlei Menschenkenntnis hinterm Tresen besonders gut. Schließlich offenbarten sich die Menschen in der Bar schneller als im Beichtstuhl.

»Na, und dann waren sie zusammen. Man hat sie nie Hand in Hand durch die Straßen laufen sehen oder sich küssen. Aber das macht man bei uns in den Bergen ohnehin nicht, hier geht alles sehr traditionell zu«, sagte er und schaute dabei zwischen Constantina und Sofia hin und her. »Sie waren sehr häuslich, Elena und ihr Mann. Wie sie da bei ihrer Mutter lebten.«

»Hat Dimitrios Familie?«, fragte Sofia und ärgerte sich, dass ihr die Frage erst jetzt einfiel.

»Die Mutter ist sehr früh gestorben. Und der Vater war Seemann, er lebte in einem Altersheim in Nikosia, aber auch er ist seit einigen Jahren tot. Elena war alles, was er hatte.«

»Und dann? Wie war das, als er merkte, dass er sie verlieren könnte?«

»Ich habe alle Stadien dieser Zeit hinter der Bar mitgemacht. Zuerst war er zerstreut und hat nicht mehr an unseren Gesprächen teilgenommen. Dann war er schweigsam und niedergeschlagen. Und dann irgendwann kam die Wut.«

Adonis verzog das Gesicht, als er sich erinnerte. »Einmal ist er einfach auf einen anderen Gast losgegangen und hat ihm einen Zahn ausgeschlagen.«

»Was? Wieso denn das?«, fragte Sofia laut.

»Wegen eines dummen Spruchs. Der andere hatte einen Witz übers Fremdgehen gemacht. Spätestens da wusste ich, dass am Dorfklatsch doch etwas dran war.«

»Das Dorf wusste längst von Elenas Affäre?«

»Selbst die *Cyprus Mail* ist langsamer als der Tratsch in Kato Koutrafas«, sagte Efigenia. »Ich wusste es schon seit Monaten. Man hat sie viel wegfahren sehen, die arme Elena, zu ungewöhnlichen Tages- und Nachtzeiten. Ihr Mann ist die ganze Zeit LKW gefahren. Manchmal war er auch über Nacht weg, wenn er eine Fuhre auf die Akamas-Halbinsel hatte – oder manche Woche sogar bis nach Griechenland mit der

Fähre gefahren ist, um Halloumi zu liefern. Wenn Dimitrio weg war, war sie auch nicht zu Hause.«

Efigenia holte ihrerseits kurz Luft, als wollte sie die Spannung vergrößern. Sofia schien es, dass in diesem kleinen Dorf jeder Mensch gleichzeitig Dramaturg und Schauspieler war – so gut beherrschten sie alle die Regeln von Klatsch, Tratsch und Legendenbildung.

»Elenas Mutter trug wieder Schwarz, obwohl ihre Witwenzeit längst vorbei war. Es war, als trauerte sie nun noch einmal. Nämlich um ihre verlorene Tochter und um die Familienehre. Als wäre Elena für sie gestorben – obwohl es dem jungen Ding endlich besser ging, seit sie aus diesem trübseligen Haus ausgebrochen war. Und aus dieser furchtbaren Ehe.«

»Wie meinen Sie das?«

»Sie hat sich ganz anders angezogen als früher. Weiblicher, beinahe ... wie sagt ihr jungen Leute? Sexy.«

Sofia nickte lächelnd.

»Früher war sie nie in die Bar gekommen. Nun kam sie manches Mal zu uns hinein und trank einen Cocktail, bevor sie sich auf den Weg machte. Wir wussten ja nicht, wo sie hinfuhr. Irgendwann setzte sich das Gerücht durch, dass sie einen Liebhaber hatte – und zwar drüben. Niemand wusste, ob es stimmte, aber so ging das allgemeine Gerede.«

»Wusste Dimitrios, worüber getratscht wurde?«

»Ein ungeschriebenes Gesetz«, antwortete Adonis, »wir haben immer die Straße und die Eingangstür im Blick, und wenn derjenige den Laden betritt, der gerade Teil der neuesten Geschichten ist, dann wechseln alle im Kafenion das Thema und wenden sich anderen Dingen zu. Aber ob er es wusste? Natürlich wusste er es. Weil es jeder wusste und weil es auch seine Schwiegermutter wusste. Und die war ihrer Tochter gegenüber nicht mehr freundlich gesinnt. Außerdem war Dimitrios nicht blöd. Er hütete Elena wie seinen Schatz. Der hat gespürt, dass etwas nicht stimmte. Vorher hat sie sich angezogen wie eine Nonne, und dann, mit dem Liebhaber, war sie plötzlich gar nicht mehr nonnenhaft gekleidet.«

Wieder warf Constantina ihrem Mann einen wütenden Blick zu.

»Was denn, Schatz?«, fragte er, weil es selbst ihm offenbar zu viel wurde, »ich muss doch der Polizistin alles erzählen, was ich weiß.«

»Was meint ihr? Wäre Dimitrios zu so einer Tat fähig?«

Allgemeines Geraune, dann Schweigen.

Sofia wartete und nahm ein weiteres Glas von dem Wein. Die Sonne verfing sich gerade in den Elektromasten, stand knapp über den Hausdächern, und in einer halben Stunde würde es dunkel sein. Von Christos immer noch keine Spur. Sie wäre sehr stolz gewesen, hätte er ihre Vernehmung am *Meze*-Tisch mitverfolgen können. Stattdessen war er mit irgendeinem Miststück zusammen, das sich an seinen muskulösen Oberkörper schmiegte und von den Händen gestreichelt wurde, die diesen köstlichen Halloumi-Käse gegrillt hatten.

Constantina sagte eben: »Ausgeschlossen. Er ist einer von uns. Er sitzt hier jeden Tag an der Bar. Klar, er war in den letzten Wochen verzweifelt, und er ist auch mal ausgeflippt. Aber Elena zu rammen und vom Berg runterzuschieben?«

»Ich kann mir das auch nicht vorstellen. Eher tut er sich was an als seinem größten Schatz«, pflichtete Adonis seiner Frau bei.

»Kinder, das ist doch wie in jedem Krimi«, begann Efigenia, und Sofia fiel in diesem Moment auf, dass nur sie geredet hatte – ihr Mann war der Einzige am Tisch, der bisher nicht ein Wort gesagt hatte. Dafür ließ er sich immer noch die *Loukanika* schmecken, die gebratenen kleinen Landwürste aus grobem Schweinefleisch, die auch Sofia hervorragend fand.

»Ach, Mama, hör doch auf mit den Krimis. Wir wissen ja

alle, wie gern du sie schaust, aber das hier ist etwas ganz anderes«, sagte Adonis und klang ein wenig abfällig.

Aber seine Mutter fuhr ihm über den Mund: »Nein, Junge. Es ist immer das Gleiche in so kleinen Dorfgemeinschaften. Wenn jemand von außen kommt und nach einem Mörder sucht, heißt es immer: Von uns kann es keiner gewesen sein. Weil Menschen, die miteinander seit Jahrzehnten Tür an Tür leben, einander keinen Mord zutrauen. Was wäre das auch für eine schreckliche Vorstellung? Aber in fast jedem Krimi ist es dann doch jemand aus dem Ort. Und wenn die Bewohner dann drüber nachdenken, sagen sie: Ja, ich hab's immer gewusst.« Wieder legte sie eine nachdrückliche Pause ein, wie um die nun folgenden Worte zu unterstreichen: »Wenn ich über Kato Koutrafas nachdenke – und darüber, wie sich mancher hier in den letzten Jahren verändert hat –, dann kann ich mir sehr wohl vorstellen, dass Dimitrios so am Ende war, dass er seine Frau den Berg runtergeschubst hat – wahrscheinlich im Affekt. Er hat sie gesehen, wie sie miteinander rumgeturtelt haben, und dann sind ihm die Sicherungen durchgebrannt. Und so konnte er beide auf einmal erledigen.«

»Mama, du machst mir Angst«, sagte Adonis.

Aber Sofia nickte. »So könnte es gewesen sein. Wir wissen, dass er ihr nicht zum ersten Mal gefolgt ist. Ich darf das eigentlich nicht erzählen, aber kurz vor ihrem Tod waren Elena und ihr neuer Freund in einem Restaurant in Pissouri Beach. Da wurden sie das letzte Mal lebend gesehen. Auch dahin könnte er ihr gefolgt sein.«

»Eine schreckliche Vorstellung. Haben da noch gemeinsam gegessen, so wie wir jetzt«, sagte Constantina.

Sofia sah ihre Chance für eine Charmeoffensive: »Na, so lecker wie hier war es bei den beiden bestimmt nicht«, sagte sie.

Sie sah sofort, wie die Stimmung umschwang: Alle am

Tisch strahlten vor Stolz über das Lob des Gastes, der von weit hergekommen war. Sogar Constantina lächelte Sofia an. In der Nähe knarrte eine Tür, ein unverwechselbares Geräusch, dann schloss sich der Container wieder, und sie beobachteten, wie Kostas durch die Dämmerung an ihnen vorbeilief, hinein in den Teil von Kato Koutrafas, der schon im Schatten des Abends lag. Als er auf ihrer Höhe war, überraschte Sofia eine unbekannte Stimme: »*Kalinichta*, Kostas«, sagte der tiefe Bass, und sie sah, wie Adonis senior, der bisher Schweigsame, den Arm zum Gruß hob. Der Gute-Nacht-Gruß für den Polizisten des Ortes gehörte für ihn dazu, wahrscheinlich wie an jedem Abend. Kostas hob nur kurz den Arm und ging dann schweigend und langsam weiter. Die Plastiktüte in seiner Hand pendelte hin und her. Wahrscheinlich legte er sich die Knarre darin unters Kopfkissen. Sofia folgte ihm mit dem Blick, bis er in einem der flachen Häuser auf der anderen Straßenseite verschwand.

Sie wandte sich wieder dem Tisch zu. Die anderen hatten ihr Gespräch erneut aufgenommen und bedienten sich beherzt an den Speisen. Das Gespräch über Elenas Tod hatte ihren Appetit nicht verdorben. Sofia merkte, wie der Wein ihren Kopf zu einer kleinen Wolke hatte werden lassen. Dabei hatte sie doch reichlich gegessen. Na, egal. Ihr Mut jedenfalls war gerade besonders groß.

»Darf ich euch etwas fragen?«

»Nur zu, junge Frau«, sagte Efigenia.

»Was ist eigentlich mit Kostas los? Warum ist er so komisch?«

Erst herrschte für einen Moment Stille, dann stand Adonis auf. »Uff, das wird ein weiteres langes Thema. Und dazu brauchen wir …«, sprach's nicht aus und verschwand im Inneren des Kafenion, um gleich darauf mit einem kleinen Eimer Eis und zwei Flaschen Ouzo wiederzukommen, »… was

Härteres«, fuhr er fort, »damit können wir dann auch auf Kostas anstoßen.«

Er nahm Platz, während Urgroßvater und Vater gleichzeitig aufstanden und der Alte das Wort ergriff. »Nehmt's uns nicht übel, aber wir haben das schon zu oft gehört. *Kalinichta.* Und redet nicht schlecht über Kostas, er ist ein guter Mann.«

»Genau«, sagte Adonis senior, und zusammen gingen sie ab wie die beiden alten Puppendarsteller in der Muppet-Show, die immer auf dem Balkon sitzen und herummurren. Sofia hatte ihre Namen vergessen.

Kaum waren die beiden verschwunden, rückte Efigenia einen Stuhl auf, um näher bei Sofia zu sitzen. Adonis tat es ihr gleich, woraufhin Constantina die Reise nach Jerusalem beschloss, um ihren Gatten von der anderen Seite mit ihrer Aufmerksamkeit zu bedenken.

Lady Gladstone nahm als Erste vom Eis und goss ihr Glas aus der Ouzo-Flasche randvoll. Dann beugte sie sich verschwörerisch zu Sofia herüber: »Es ist sehr traurig. Schau, wie er da eben in sein Häuschen getapert ist. Ganz allein wohnt er da. Schon seit …« Sie blickte Efigenia fragend an, die sofort zu Hilfe kam. »… drei Jahren. Ganz genau seit drei Jahren. Deshalb ist seine Stimmung in diesen Tagen auch besonders mies.«

»Was ist denn passiert?«, fragte Sofia und merkte, wie ihre Lust am Tratsch ernster Sorge wich.

»Seine Frau …«, sagte Efigenia, und alle am Tisch nickten, als hätte sie ein Mantra ausgesprochen.

»Was ist mit ihr? Ist sie tot?«

Schweigen legte sich über den Tisch. Die Gesichter sprachen Bände. Sie zeigten Trauer und Bestürzung. Und gleichzeitig rote Wangen vor Aufregung über die Geschichte, die sie ihrem Neuankömmling nun enthüllen konnten. Sofia sah ihnen allen an, dass sie erstklassige Schauspieler waren, die dieses Stück schon oft aufgeführt hatten.

Und wieder war es Lady Gladstone, die in diesem Stück die Erzählerrolle innehatte. »Für Kostas ist sie sicher gestorben«, sagte sie mit ihrer leicht rauchigen Stimme, die nun noch ein bisschen tiefer geworden war. »Aber nein. In Wahrheit lebt sie. *Drüben.*«

»Drüben? Dort, wo er nie hingeht?« Dass er sich ihr gegenüber verquatscht hatte und in Wahrheit erst vor einigen Wochen *drüben* gewesen war, wollte sie in dieser Lästerrunde nicht preisgeben.

»Genau. *Drüben.*«

Wieder eine Pause.

»Was macht sie da?«, fragte Sofia nachdrücklich. Sie spürte, wie sich alles in ihrem Kopf durch die Weißwein-Ouzo-Mischung bedrohlich zu drehen begann. Sollte sie den gesamten Zusammenhang verstehen, müsste Lady Gladstone einen Zahn zulegen.

»Sie lebt da. Mit ihrem neuen Mann.«

Sie würde der Lady jedes Wort aus der Nase ziehen müssen. Aber sie spielte das Spiel mit.

»Was? Erzählen Sie doch, Lady Gladstone.«

»Weißt du, *my dear*, sie waren sehr glücklich, Kostas und seine Stefania. Sie war etwas jünger als er. Sie kam aus einem Nachbarort. Die beiden haben sich vor fast zwanzig Jahren kennengelernt. Eigentlich arbeitete Kostas in Limassol, wo er einen steilen Aufstieg bei der Polizei hingelegt hat, so sagt man. Doch dann kam er auf Heimaturlaub, hierher in seinen Geburtsort. Als er Stefania kennenlernte, da war es um ihn geschehen. Sie war aber auch ein elfengleiches Wesen. Er entschied sich sofort: reichte seine Versetzung ein. Und nahm seinen hohen Rang hierher mit. Die beiden zogen sofort zusammen. Fortan hatte Kato Koutrafas einen Polizisten, der zugegebenermaßen etwas überqualifiziert war. Aber das hat hier niemanden gestört. Er hat uns in Ruhe gelassen und wir ihn. Er hatte seitdem eine Zehn-Stunden-Woche, hat viel mit seinem Freund auf der anderen Seite der Grenze zusammengearbeitet. Die beiden kannten sich seit langem.«

»Mit Ali?«

»Genau. Mit Offizier Kusumbali. Ansonsten war Kostas jagen, spazieren oder eben mit Stefania zusammen. Letzteres am häufigsten. Er war sehr ausgeglichen und glücklich. Sie auch, allem Anschein nach.«

Sofia gelang es nicht, das Bild eines erfolgreichen Polizisten mit der jämmerlichen Gestalt zu vereinen, die Kostas Karamanlis heute war. »Und dann? Was ist dann passiert?« Vor lauter Aufregung bemerkte Sofia zu spät, dass sie schon wieder ein halbes Glas Ouzo ausgetrunken hatte und gerade dabei war, sich ein neues einzuschenken. Nein, der morgige Tag würde nicht ihr Freund werden. Aber dafür würde es der heutige gewesen sein.

Jetzt war es an Efigenia, den rührendsten Teil der Geschichte zu übernehmen: »Wir haben es alle nicht richtig kommen sehen. Irgendwann veränderte sich das Verhältnis bei Kostas: Er hat mehr Zeit beim Jagen verbracht und weniger mit Stefania. Es gab Gerüchte, dass es bei den beiden nicht geklappt hätte. Mit Kindern, meine ich. Dabei hatten sie es jahrelang versucht. Aber irgendwann haben sie wohl aufgegeben. Und dann, bei einer neuen Ermittlung, die die beiden alten Freunde hier im griechischen Teil zusammenführte, ist es passiert.«

So langsam dämmerte es Sofia. »Ali?«

»Ja. Sie haben tagelang in einem Fall von Autoschieberkriminalität ermittelt – ich weiß das noch, als wäre es heute gewesen. Russische Schlepper, die auf beiden Seiten der Grenze agierten. Offizier Kusumbali hat mehrere Tage hier verbracht. Sie haben jeden Abend zusammen gegessen, meist hier im Kafenion, und Stefania war immer dabei. Als der Fall gelöst war, ist Kostas abends nach Hause gekommen. Da hatte Stefania schon ihre Koffer gepackt und wollte gerade losfahren. Zu Ali. Sie hat ihm gestanden, dass sie sich, die immer noch so schön war, in diesen schicken schneidigen Offizier aus der Türkei verliebt hatte. Nicht erst in diesen Tagen. Die beiden hatten offenbar schon vorher eine kurze Affäre gehabt. Jahre vorher. Jetzt aber sei es Ernst. Und dann ist sie sang- und klanglos ausgezogen.«

Sofia war für einen Moment sprachlos. Der Ouzo fühlte sich fast zu schwach an. Ob es hier auch Brandy gab? »Und die beiden sind noch …?«

Lady Gladstone nickte. »Ja, offenbar leben Herr und Frau Kusumbali glücklich zusammen. Sie hat sich in Abwesenheit scheiden lassen und den Türken geheiratet. Seitdem herrscht Krieg am Grenzzaun. Verständlicherweise.«

»Sie hat es ihm nie erklärt?« Sofia war fassungslos.

»Ich glaube, das war das Schlimmste für ihn«, antwortete Efigenia. »Ich kenne ihn schon so lange: Er ist ein rationaler Mensch. Eine Erklärung, die ihm einleuchtet – damit hätte er umgehen können. Aber so ist er davon überzeugt, dass er Schuld hat. Dabei war er in seiner Beziehung zu ihr tadellos. Sie war es, die sich mehr und mehr von ihm entfernt hatte. Mit ihrem abrupten Verschwinden hat sie ihn gebrochen.«

»Seitdem spielt er jeden Tag um große Summen«, fuhr Lady Gladstone fort, »säuft und raucht den ganzen Tag, ist tagelang in den Wäldern unterwegs und redet mit uns nur noch, wenn er es vor lauter Leid nicht mehr aushält.«

»Das ist ja furchtbar.«

»Ja, das ist es, *my darling*. Und niemand von uns«, sie wies in die Runde, »kann ihm helfen. Niemand in diesem Kaff. Nur eine einzige Frau auf der Welt kann ihn retten. Und die schläft jede Nacht neben seinem vormals besten Freund ein.«

Sofia verstand nun nur zu gut, warum sich Kostas mit dem Türken gestern im Sand der Einöde gewälzt hatte. »Dann war das keine Premiere, dass die beiden gestern Abend aufeinandergetroffen sind?«

Lady Gladstone schüttelte energisch den Kopf. »Nein, das passiert einmal im halben Jahr. Es gibt viele Dinge, die hier grenzübergreifend geregelt werden müssen. Wenn Ali kommt, kloppen sie sich. Dann unterschreibt Kostas wortlos die nötigen Papiere. Und dann fährt Ali wieder weg. Ich glaube, auch er leidet darunter. Er liebt Kostas wie einen Bruder. Aber er weiß, dass Stefania und er selbst diese Freundschaft zerstört haben. Und am Ende ist er auch nur ein Mann. Der sich vor Jahren in die falsche Frau verliebt hat.«

Sofia wischte sich über die Augen. Gott sei Dank war es unter der Pergola sehr dunkel, so konnten sie ihre Tränen nicht sehen. Natürlich kannte sie derlei Geschichten. Aber sie waren ihr noch nie so traurig vorgekommen.

»Nun, wer weiß, welcher Engel dich hierhergeführt hat«, schloss Lady Gladstone, und Sofia legte ihre Stirn in Falten. »Aber Sie meinen doch nicht, dass ich Kostas …«

»Nein, *Darling*«, sagte sie und musste lachen, »das meinte ich nicht. Ich bin zwar alt, aber ich habe schon noch Augen im Kopf und kann eine Prinzessin und einen Schmock unterscheiden. Aber manchmal kann einen so eine Naturgewalt, wie du sie bist …« Doch dann brach sie ab. »Genug davon. *Paidiá*, Kinder, ich bin müde. Ab ins Bett.«

Alle standen auf, bis auf Sofia. Adonis sah sie fragend an. Sofia blickte hinauf in den Himmel. »Ich möchte hier noch einen Moment sitzen, den Zikaden zuhören und den Mond anschauen. Nirgendwo scheint der so krass zu leuchten wie hier. In London habe ich den Mond nicht mal bemerkt.«

»Ist gut. *Kalinichta, Darling*«, sagte Lady Gladstone und zwinkerte ihr verschwörerisch zu.

»Vielen Dank für eure Hilfe. Sowohl bei dem Fall als auch bei der Geschichte meines Kollegen.«

»Ist doch selbstverständlich. Du bist jetzt eine von uns«, sagte die Lady und lächelte. Sie nahm sich wie die anderen zwei Schüsseln, und alle gingen hinein.

Sofia war allein. Die Zikaden in den Bäumen um sie herum waren wirklich in Stimmung heute Nacht. Sie gaben ein unglaubliches Konzert. Dass noch Ouzo in der Flasche war, erhellte Sofias Laune zusätzlich. In ihrer Handtasche leuchtete es. Sie griff nach ihrem Handy: neun unbeantwortete Anrufe. Alle von Carl. Drei neue Nachrichten auf der Mailbox.

Sie hörte die Nachrichten ab, bei der ersten klang seine Stimme so cool wie gestern: »Hey, *babe.* Geht's dir besser? Sorry, das mit der Kommunikation hat nicht so gut geklappt. Ach, diese Nummer mit der Fernbeziehung. Ätzend. Aber wir sehen uns ja sicher bald. Ich muss hier im Büro noch zwei Kampagnen fertigkriegen, und dann komme ich. Nächste Woche wird es aber wohl noch nichts. Meld dich, ja? Ich bin gleich auf ein Feierabendbier. Aber danach. Ciao.« Sie wollte sich schon wieder aufregen. Doch sie hörte sich lieber erst die nächste Nachricht an. Die Stimme war jetzt vorsichtiger, wachsamer: »Hey Darling. Ich war zwei Stunden in der Bar. Sorry. Vielleicht hast du schon zurückgerufen? Mein Handy hat nichts angezeigt. Aber wenn ja, dann ruf mich an. Und wenn nicht, dann ruf mich auch an. Ich hoffe, dir geht es gut. Bis gleich, ja, Baby?«

Schon besser. Bei der dritten Nachricht war sie drauf und dran zu überlegen, wer der wimmernde Typ am anderen Ende war: »Sofia? Baby? Geliebte? Wo bist du? Ich erreich dich überhaupt nicht. Hallo? Ich mach mir Sorgen. Ich hab's mit dem Büro gecheckt und schon einen Flug rausgesucht. Ich kann Ende nächster Woche bei dir sein. Ja? In Ordnung? Ruf mich bitte an, ich kann sonst nicht einschlafen. Ja?«

Gerade, als sie die Nachricht gelöscht hatte, klingelte das Telefon. *Carl.* Das Klingeln vermischte sich mit einem anderen Geräusch. Dem kraftvoll-sonoren Schnurren eines großen Motorrades. Sofias Herz schlug kräftig. Wer sollte es denn sonst sein? Um diese Zeit. Sie hatte recht: Da vorne bog er um die Ecke und ließ seine Maschine ausrollen. Sie drückte den Anruf weg und setzte ein Lächeln auf.

Eíkosiéna – 21

Er bockte die schwere Maschine auf. Eine Ducati. Sie hatte sie schon am Geräusch erkannt. Dieses schwere Rasseln. Sie hatte eine Vorliebe für Motorräder. Und für Männer auf Motorrädern, die in London eher selten gewesen waren. Anzugtypen, die eine moderne Vespa mit hässlicher Windschutzscheibe durchs Bankenviertel fuhren, schloss ihre Vorliebe nicht mit ein.

Christos trug eine schwarze Lederjacke und ein weißes Shirt, dazu wieder seine Flipflops. Leichtsinniger Gesell. Er kam auf Sofia zu, dabei lächelte er sanft. Sie schaute ihn ihrerseits unverwandt an.

»Komm«, sagte er.

Nur dieses eine Wort. Dann nahm er die halbvolle Flasche Weißwein, die auf dem Tisch stand, und zwei Gläser. Er verzichtete auf den verbliebenen Ouzo – was Sofias nächsten Tag retten sollte, auch wenn sie das in diesem Augenblick nur ahnte. Sie folgte ihm am Polizeicontainer vorbei und hinterm Parkplatz entlang, bis sie auf offenem Feld standen. Fast alles hier war durch den heißen Frühsommer verdorrt, doch in einiger Entfernung war eine kleine grüne Stelle mit so etwas wie Rasen, dorthin führte er sie, legte seine Lederjacke auf den Boden, und dann ließen sie sich beide darauf nieder. Die Zikaden sangen hier nicht mehr, sie kreischten regelrecht. Sie mussten überall in den Bäumen ringsum sitzen, ein geradezu ohrenbetäubender Lärm. Jetzt erst fiel ihr auf, dass sie noch immer ihre Uniform trug.

»Schau.« Er wies mit der Hand zum Himmel.

Es war noch mal krasser als auf der Bank vorm Kafenion.

Nicht nur der Mond schien, als wäre er die Lampe der nächtlichen Welt. Auch die Sterne: Tausende konnte sie sehen, die Sternbilder hell und klar, den kleinen und den großen Wagen, den Bären, den kleinen Hund … Gab es den kleinen Hund? Sie hatte sich diese Dinge nie merken können. Aber sie hätte schwören können, dass das dort oben ein kleiner Hund war. Der Himmel hatte eine Leinwand geschaffen, die tausendmal besser war als die riesige Leinwand in Carls schickem Loft in Soho, auf der sie immer *Game of Thrones* geschaut hatten. Carl war das eigentlich viel zu brutal, aber ihr zuliebe hatte er sich doch dazu überreden lassen.

»Wahnsinn«, sagte sie, während sie, den Oberkörper auf ihren Armen aufgestützt, immer noch nach oben schaute.

»Nicht wahr?«

»Kann ich dich was fragen?«

»Klar.«

»Du warst mit Elena auf der Schule?«

»Ja. Mit Adonis zusammen.«

»Hattet ihr noch Kontakt?«

»Ab und zu haben wir gequatscht. Sind ja nicht mehr viele von uns hier. Die meisten sind weg, in Lefkosia oder in Lemesos.«

Natürlich sprach er die Namen von Nikosia und Limassol im hiesigen Dialekt aus, er war eben ein echter Junge von hier.

»Wusstest du von ihrer Affäre mit dem Türken?«

»Über so was Privates haben wir nicht gesprochen. Nie.«

»Hast du es denn nie bei ihr versucht? Sie war sehr hübsch.«

Er sah sie grinsend von der Seite an. »Meinst du, ich versuche es bei jeder, die hübsch ist?«

Sofia mied seinen Blick, zuckte nur leicht mit den Schultern.

Als Christos antwortete, klang er ernster: »Adonis fand sie in der Schule toll, deshalb hab ich sie in Ruhe gelassen. War ein Deal bei uns.«

»Deshalb ist Constantina für dich tabu?«

»Sehr witzig …«

Jetzt mussten sie beide lachen.

»Sie hat nur ab und zu von ihrer Arbeit erzählt. Elena, meine ich. Einmal war ich sogar mit ihr da unten. In Paphos. Es war etwas in einer Küche umzubauen.«

»Was hat sie denn genau gemacht?«

»Sie hat geputzt und die Häuser der alten Damen in Ordnung gehalten. Hab ich Häuser gesagt? Das sind Villen.«

Villen, das klang gut. Würde sie bei ihrem Arbeitstag morgen endlich wieder etwas anderes sehen als Gewerbegebiete und heißen Staub.

»Wie viele Häuser, Villen, waren es denn?«

»Vier. Vier alte Damen. Für die war Elena nicht nur eine Putzfrau. Sie war die gute Seele der Häuser. Als ich bei der einen Frau in die Villa gekommen bin, hat sie Elena umarmt. Die Arbeit hat Elena viel bedeutet.«

»Was sind das denn für alte Damen?«

Auf Christos' Gesicht legte sich ein leichter Schleier, und er lächelte, als hätte er eine besondere Erinnerung vor Augen. »Na ja, so viel kann ich darüber ja nicht sagen, Elena hat nur selten davon erzählt. Aber nach allem, was sie erzählt hat, und nach der einen Dame, die ich kennengelernt habe, zu urteilen, sind sie … speziell. Jede für sich. Du wirst sie mögen.«

»Na, mal sehen. Ich muss die alten Damen besuchen. Vielleicht hat Elena dort etwas erzählt. Über ihre Ehe, meine ich.«

»Du verdächtigst Dimi?«

»Ich wäre keine Polizistin, wenn ich das nicht tun würde.«

»Verstehe. Welchen Rang hast du denn?«

»Auf meinem Ausweis steht …«, sie holte ihn aus ihrer

Uniformhose und las: »Junior Officer. Klingt nicht sehr professionell, oder?«

Er lachte. »Schickes Foto.«

»Arsch.«

Es war merkwürdig, wie vertraut er ihr vorkam, obwohl sie vor Aufregung immer noch Gänsehaut und kalte Hände hatte.

»Wo sind die Häuser?«

»Direkt am Strand in Coral Bay. Du kannst sie nicht verfehlen, es sind vier Villen, aufgereiht wie zu einer Perlenkette. Die Häuser sind wirklich Perlen. Und die einzige Bebauung, die es da gibt.«

»Sehr gut, dorthin fahre ich morgen.«

»War das ein Verhör?«

»Nein. Soll ich dich verhören?«

»Wenn du willst …«

»Du hast gesagt, Adonis stand auf Elena. Lief da was?«

»Was meinst du?«

»Ob zwischen den beiden etwas lief. Irgendwann in der Vergangenheit?«

Christos schüttelte den Kopf, Sofia hakte nach. »Fand er das schade? War er ärgerlich deswegen?«

»Ich liebe meinen Bruder. Deshalb sage ich es mal so: Er hatte seine Erfahrung mit Zurückweisung. Da reagiert man dann nicht mehr über, denke ich. Außerdem waren wir sehr jung.«

»Wie reagierst du denn auf Zurückweisung?«

»Hmm …«

»Soll heißen, du erfährst keine?«

»Du schätzt mich sehr falsch ein, Sofia Perikles.«

Sie sah ihn von der Seite an. Sein Profil. Im Mondlicht. Er sah aus wie ein griechischer Gott. Die hohen Wangenknochen. Die vollen Lippen. Die Brustmuskeln unter dem weißen Shirt. Francesco Totti hatte genauso ausgesehen. Früher, als er noch jung gewesen war. Seinetwegen war sie nicht nur rege Zuschauerin des AEL Limassol, sondern auch der italienischen Serie A geworden. Aber gegen Christos' Körper war Francesco ein echter Carl. Als sie mit ihrem Blick bei seinen Oberschenkeln angekommen war, sah er ihr ins Gesicht. Sofort schaute sie ihm wieder in die Augen und fühlte sich dennoch ertappt.

»Tue ich das?«, nahm sie das Gespräch wieder auf.

»Ich denke schon.«

»Du kokettierst doch, Christos. Willst mir erzählen, dass du ein ganz braver Typ bist. Kommst mit mir hierher und zeigst mir den Sternenhimmel, obwohl du gestern und heute mit einem Mädel wer weiß wo warst.« Sie versuchte, beiläufig und analytisch zu klingen, und hatte doch das Gefühl, dass er bei jedem Wort spüren musste, wie unsicher sie war.

»Sofia Perikles. Richterin und Henkerin zugleich.«

Sie war überrascht. Ein zypriotischer Barkeeper aus einem Kaff im Nirgendwo zitierte Dürrenmatt.

»Ich habe mir extra viel Mühe gegeben mit dem *Meze.* Weil ich gehofft hatte, dass du davon essen wirst. Und hab noch viel mehr gehofft, dass du noch da sitzt, wenn ich wiederkomme.«

Es war geschehen. Er hatte das Zeichen gegeben. Er mochte sie. Was sollte sie jetzt tun?

»Wirklich? Du warst doch …«

Aber er schnitt ihr das Wort ab. »Ich habe mich gestern und heute mit meiner besten Freundin getroffen, weil ihr Scheißkerl von Freund sie abserviert hat. Sie kommt aus Linos und heißt Lianna. Du wirst sie mögen. Sie ist … irgendwie wie du.«

Sofia lächelte, war für einen Augenblick einfach stolz, doch der nächste lockere Spruch drängte schon wieder über ihre Lippen. »Wäre sie wie ich, hätte sie ihr Scheißkerl nicht verlassen.«

»O Mann, bist du immer so?«

Sofort war ihr der Kommentar peinlich. Manchmal bin ich aber auch echt eine Plage. Ich und mein loses Mundwerk, schalt sie sich innerlich. Und sagte: »Nein, sorry. Ist es sehr schlimm?«

»Gut, dass sie ihn los ist. Aber ich musste mich kümmern. Wir kennen uns schon aus der Schule. Und stehen füreinander ein.«

Sie fand ihn so toll. Herrgott, war er toll.

»Siehst du? Und ich habe extra gewartet, bis du kommst«, log sie.

»Hast du?«, fragte er und legte seinen Arm ganz langsam um ihre Taille. Es war kein Griff, nur ein ganz sanfter Versuch. Sie ließ ihn zu.

»Klar. Ich musste doch dem Koch danken.«

»Wie war es?«

»Es war so gut, so unglaublich lecker. Die Keftedes, die Calamari, der Hummus, es war phantastisch.«

»Danke.«

»Für mich kannst du öfter kochen.«

»Na, mal sehen.«

»Mal sehen, was?«

»Wie es wird. Mit dir. Und mir.«

Er wandte ihr seinen Kopf zu. Sie wandte ihm ihren Kopf zu.

Verdammt, dachte sie. Er sieht so gut aus. Aber er ist aus dem Dorf, in dem ich von nun an wohnen werde. Für ein Jahr. Mindestens. Man weiß ja nie, worauf die Kommunisten so kommen. Vielleicht verlängern sie meinen Zwangsaufenthalt noch. Außerdem weiß ich noch gar nicht, wer hier im Dorf alles verdächtig ist. Vielleicht hat ja Adonis doch … Und sein Bruder schützt ihn? Quatsch. Andererseits: Weiß ich, ob er die Wahrheit sagt? Mit seiner besten Freundin? Er ist ein

Frauenheld, das sehe ich doch … Verdammt, was mach ich nur?

Sie musste all das im Bruchteil einer Sekunde gedacht haben. Denn er lächelte sie immer noch an, betrachtete ihren Mund. Sie wusste, was das hieß. Sie kannte diesen Blick. Hatte ihn erforscht. War ihm nächtelang gefolgt. Hatte ihn öfter zugelassen als abgelehnt. Und nun saß sie hier mit diesem Traumkerl.

Sie spürte, wie es in ihrer Hosentasche vibrierte. »Sorry«, sagte sie, löste sich von seinem Blick und schaute kurz auf ihr Telefon. *Carl.* Verdammt. Der zehnte Anruf. Sie hatte einen Freund. In London. Und hier saß dieser Mann mit diesem Blick.

»Alles gut?«

»Dachte, es sei vielleicht die Kommissarin aus Limassol.«

Sie spürte die Wärme, die von seiner Hand an ihrem Rücken ausging, und kam ihm noch ein Stück näher. Das Telefon hatte nur einen Moment aufgehört, nun vibrierte es wieder. Sie spürte es, er spürte es. Sie ignorierte es. Und lächelte. Seine braunen Augen, die der Mond beschien, waren so wunderschön, so tief, sie sahen so ehrlich aus, dass sie gar nicht anders konnte …

Sie spürte, wie es wärmer wurde, weil er ihr näher kam, seine Augen immer näher, lächelnd, so nah, dass sie ihn riechen konnte. Seinen Duft einatmen.

Und dann hörten sie auf. Die Zikaden. Stellten ihr Kreischen ein. Mit einem Mal. Als hätten sie ein unsichtbares, unhörbares Kommando bekommen. Keine einzige von ihnen hatte das Kommando verpasst, keine einzige gab auch nur noch einen halben Ton von sich. Stille. Es war nichts mehr zu vernehmen, nicht mal ein Hauch von Wind. Sie stieß ihn nicht weg, obwohl er ihr so nahe war. Nein. Sie stand einfach auf. Sagte: »Sorry, ich kann nicht.« Und rannte los. Mit schnellen Schritten. Er schien ihr nicht nachzukommen. Sie hörte ihn nicht. Am Rande des Feldes, als die Häuser in Sichtweite waren, wollte sie zurückschauen. Aber sie traute sich nicht. Lief weiter. Die Treppe hoch. In ihr Zimmer. Schloss ab. Fiel auf ihr Bett. Schloss die Augen. Und schlug sich die Hände vors Gesicht. Mann. Mann. Mann.

Pémpti – Donnerstag

Paphos

Eine der ältesten Städte der Insel. An der südlichen Westküste gelegen, beherbergt die Stadt den zweitgrößten Flughafen Zyperns, der hauptsächlich von Charterflugzeugen genutzt wird.

2017 war Paphos Kulturhauptstadt Europas und bot ein faszinierendes Kulturprogramm. Überhaupt bietet Paphos viele Sehenswürdigkeiten, die eine Reise in Zyperns Geschichte erlauben: Die Königsgräber von Nea Paphos sind antik und spektakulär am Meer gelegen. Es gibt weitere bedeutende archäologische Ausgrabungsstätten und verschiedene Museen sowie das alte Kastell am Hafen.

Die Promenade ist ein Traum: schöne Restaurants mit an-

ständigen Fischgerichten laden sommers und winters zu einem phantastischen Essen ein. Im Norden von Paphos liegen die Urlauberorte Coral Bay und Pegeia mit wunderschönen Stränden; nördlich davon befindet sich die verlassene Akamas-Halbinsel, die unter Naturschutz steht. Am Lara Beach gibt es ein geschütztes Reservat für Meeresschildkröten.

Eíkosi dío – 22

Adonis hatte Frühdienst an der Kaffeemaschine. Sie atmete auf. Sie brauchte so dringend einen Kaffee. Hätte Christos hinterm Tresen gestanden, wäre sie im Boden versunken.

»Éna Kafes«, bestellte sie mit leicht prüfendem Unterton. Natürlich wollte sie herausfinden, ob Christos seinem Zwillingsbruder vom *Kussus interruptus* schon brühwarm erzählt hatte. Doch Adonis strahlte sie an, als wäre sie der frische Frühlingsmorgen in seinem grauen Kafenion-Dasein. Er prüfte nicht mal mit einem nervösen Blick zur Treppe, ob seine Dragonerfrau mit Eifersuchtsszenen drohte – wahrscheinlich war sie einkaufen oder ein paar Babywelpen zum Frühstück verspeisen.

»War ein schöner Abend gestern«, sagte Adonis und fasste sich an den Kopf, »hab einen ganz schönen Kater.«

Sofia lächelte ihn an. »Oh ja, das war wirklich ein besonderer Abend. Und sehr aussagekräftig für meine Ermittlungen.«

Adonis beugte sich vertraulich über den Tresen. »Wirst du jetzt weiter ermitteln, wo Dimitrios steckt? Weißt du, es ist fast unheimlich, wenn jemand jeden Tag dreimal zu dir in die Bar kommt und du ihn kennst wie einen Freund. Und dann passiert so was, und er verschwindet einfach. Ich weiß gar nicht, ob ich mir Sorgen machen soll oder Mitleid haben oder Angst, dass er doch wiederkommt und ich dann gar nicht weiß, was ich tun soll.«

»Ich kann dir nur sagen: Wenn Elenas Mann auftaucht und ich nicht hier bin, dann lauf sofort rüber zu Kostas.«

Obwohl sie nicht recht wusste, ob Adonis nicht auch dann lieber zu Kostas laufen sollte, wenn sie in der Bar wäre – denn was hätte sie denn tun wollen? Dimitrios Handschellen anlegen? Das hatte sie bisher nur einmal gemacht – das war lange her, und der Junge war kooperativ gewesen.

Sie verscheuchte den Gedanken und fuhr fort: »Es ist ja gar nicht unbedingt gesagt, dass er der Mörder von Elena ist. Aber wir müssen auf jeden Fall mit ihm sprechen.«

»Hast du noch Zweifel an seiner Schuld?«

Adonis wollte ihre Meinung wissen – als Polizistin. Was sollte sie ihm sagen? Dass sie bis zur letzten Woche ausschließlich in Handtaschengeschäften auf der Oxford Street ermittelt hatte, und zwar den günstigsten Black-Friday-Preis?

»Ich weiß nicht, es wirkt alles so … so glatt. Er hat ein Motiv, er ist verschwunden, er …«, sie seufzte, »keine Ahnung, irgendwas sagt mir, dass ich mit Vorverurteilungen vorsichtig sein muss, wenn ein Fall so klar zu sein scheint.«

Sofia fand es selbst unglaublich, wie viele Sätze für die Polizeiarbeit ihr die seltene Lektüre von Kriminalromanen und das häufige Anschauen von brutalen Psychothrillern geschenkt hatten – neben einigen wenigen Bonmots aus dem Studium natürlich.

Adonis nickte, als hätte sie eine unwiderrufliche Weisheit von sich gegeben.

Was diese Uniform ihr für eine Aura verlieh! Sie musste über die Ironie grinsen.

»Was tust du als Nächstes?«

»Wenn ich das wüsste, aber Hauptsache, ich fange erst mal an«, sagte sie und kramte aus ihrer Tasche einen Euro, um ihn auf den Tresen zu legen.

Doch Adonis winkte ab. »Nein, lass mal stecken. Du zahlst doch schon die Übernachtung.«

Zehn Euro, dachte Sofia, dafür bekäme ich in London gerade mal den Kaffee. Wenn Adonis sein Geschäft immer so menschenfreundlich führte, wäre Kato Koutrafas bald ohne Kafenion.

»Hab einen erfolgreichen Tag. Und vielleicht können wir das mit dem gemeinsamen Abendessen ja bald mal wiederholen.« Adonis strahlte sie an, und auch Sofia lächelte beim Gedanken an einen weiteren Abend mit der Großfamilie. Wenn bloß Christos …

Sie ging hinaus und warf einen Blick auf den Container. Kostas war schon da. Aus einem der Fenster nahe seinem Schreibtisch drang ganz eindeutig Rauch. Doch sie ging nicht hinein, ihr inneres Bedürfnis, ihn am Morgen zu sehen, war vergleichbar mit dem Wunsch, eine fette Sommergrippe zu bekommen, Magen-Darm-Probleme inklusive. Während sie über die Dorfstraße zum Polizei-Corsa ging, dachte sie darüber nach, was sie gestern über ihn erfahren hatte. Die ganze Geschichte war derart tragisch, dass sie immer noch voll Mitleid war. Und gleichzeitig doch nicht begriff, warum er ausgerechnet sie so mies behandelte. Sollte sie vielleicht mal mit Ali Kusumbali reden? Sich einmischen? Er wirkte ganz vernünftig, wenn man die Schmierenoutfits und die gegelten Haare mal abzog. Sofia lachte kurz auf, als sie ihren Irrtum bemerkte: Sie hatte gedacht, in London ein aufregendes, ja, stressiges Leben geführt zu haben, mit Shoppingstress, Beziehungsstress, Freizeitstress mit ihren Mädels. Und nun auf Zypern? Wusste sie nicht, was sie zuerst tun sollte: einen vertrackten Mordfall lösen. Sich darüber klar werden, ob sie Christos einfach nur scharf fand oder doch auch unglaublich verliebenswert. Und darüber nachdenken, wie sie Kostas aus dem Elend seiner Einsamkeit befreien könnte.

Nun, erst mal wollte sie mehr über Elena erfahren. Der angenehme Nebeneffekt: die Recherche führte ans Meer. Kaum eingestiegen, raste sie auch schon aus Kato Koutrafas heraus, nahm die B9, die Serpentinen in Richtung Troodos, fuhr den Berg auf der einen Seite hinauf und auf der anderen Seite wieder hinunter und dann immer bergab in Richtung ihrer Heimatstadt.

Klar, der Weg querfeldein nach Paphos wäre kürzer gewesen – aber nur auf der Landkarte. Denn die Route führte einmal quer durchs Troodos-Gebirge, vorbei am Kykkos-Kloster. Nach drei Stunden kam noch einmal ein Gehege, in dem süße Mufflons umherliefen, aber das war es. Unterwegs lebte keine Menschenseele, stattdessen führte eine enge Schotterstraße durch die Berge, immer am Abhang irgendeiner Schlucht entlang. Viereinhalb Stunden und sechs Panikattacken später war man dann in Paphos – und zwar schweißgebadet und nahe der Ohnmacht –, um festzustellen, dass man auch einfach neunzig Minuten auf Landstraße und Autobahn hätte fahren können. Sofia hatte den Irrtum einmal begangen und verzichtete seitdem auf zypriotische Schleichwege ohne Navi.

Vor sich sah sie wieder die Ausläufer von Limassol, die kleinen Villen mit den Wassertanks und Klimaanlagen auf den Dächern und weiter unten das Meer, die Schiffe, die Kräne, den Hafen. Kurz vorm Stadion *Tsirio*, das aussah wie eine Bruchbude und in dem Sofia wahrscheinlich gerade deshalb die schönsten Momente ihrer Kindheit erlebt hatte, bog sie auf die Autobahn in Richtung Paphos. Raste auf der rechten Spur dahin, schließlich würde es niemand wagen, eine Kollegin zu blitzen oder anzuhalten. Sie genoss die wilde Fahrt auf der fast leeren Piste, vorbei an Pissouri. Hier hatten Elena und Ergun kurz vor ihrem schrecklichen Ende zusammen gegessen.

Die Berge wurden steiler, und dann war das Mittelmeer auf einmal ganz nah, linker Hand, blau glitzernd, genau unter der Autobahn. Die Baustelle, die vorgestern noch da gewesen war, war nun verschwunden. Und dann der Aphroditefelsen. Vom Autowrack war keine Spur mehr zu sehen, die Kollegen aus Limassol hatten offenbar schon alles beseitigt, selbst die Leitplanke war bereits repariert. Ihr Blick ging hinaus auf das Meer, das so herrlich einladend aussah, dass sie die Uniform gerne aus- und ihren Bikini angezogen hätte.

Es war merkwürdig. Der magentafarbene Bikini lag ganz oben in ihrem Koffer. Denn eigentlich war er das wichtigste Kleidungsstück, das sie immer benötigte und nie vergaß einzupacken, wenn sie nach Zypern kam. Er war schon alt, sie hatte ihn als Teenager gekauft und immer behalten – weil er ihr Lieblingsteil war und sie ihn einfach jedes Mal trug, wenn sie in Larnaka gelandet war und als Erstes entweder in Ayia Napa oder in Pissouri ins Meer sprang. Mit ihm verband sie so viele schöne Momente an diesen Stränden, die für sie eine ganze Welt bedeuteten.

Viele Bewohner der Insel scheuten das Meer. Sie lebten von ihm, fischten darin oder gewannen Salz und wussten, dass in seinen Tiefen ungezählte Öl- und Gasreserven lagen, die der Insel innerhalb der nächsten Dekade zu ungeahntem Reichtum verhelfen würden. Doch darin baden? Das überließen sie den Touristen, die sie argwöhnisch oder gar abschätzig betrachteten, wenn die vor ihren Bettenburgen wie Sardinen am Strand lagen und sich vor und nach dem Körpergrillen für einige Minuten im Wasser abkühlten.

Auch Sofias Vater ging nie ins Wasser. Die Mutter ohnehin nicht, die ging nicht mal an den Strand. Es war verpönt. Sofia aber verbrachte jede freie Minute am Strand oder am Meer. Es war das Einzige, was sie in ihren aufregenden Jahren in Berlin und London wirklich vermisst hatte. Klar, da gab es die Ostsee und die Kanalküste, wenn man ein paar Stunden mit dem Zug fuhr. Aber diese graugrünen Tümpel waren etwas gänzlich anderes als der majestätische Teppich von weiß wogenden Wellen auf blauer Unendlichkeit, den sie nun wieder vor sich sah.

Später. Später würde sie hineinspringen. Der Bikini lag zwar im Hotelzimmer, aber es würde sich schon was finden.

Eíkosi tría – 23

Und dann Paphos. Hier endete die Autobahn. Schon nach wenigen Minuten steckte Sofia im Verkehr der Altstadt fest. So viel Historie. So viele alte Gemäuer. Die Königsgräber. Das alte Fort am Hafen. Sofias Vater mochte Paphos sehr, und er legte Wert darauf, dass seine Tochter viel über diesen Ort lernte. Ständig hatte er sie als junges Mädchen hierhergeschleppt. Doch die junge Sofia zog den alten Gemäuern in der Altstadt stets diesen Platz vor, an dem sie gerade ihren Wagen parkte. Einige Kilometer nördlich der Altstadt und der *Kings Avenue Mall.*

Sie stand am Strand von Coral Bay, die Wellen schlugen bis fast an den Straßenrand. Es war ein unverbauter Blick. Die Investoren hatten diesen paradiesischen Zipfel bislang nicht entdeckt. Ein Glück. Hier war nur der dünne Kieselstrand in der breiten Bucht, rechts war pure Wildnis, und links standen drei, nein, vier Häuser. Genau wegen dieser Häuser war sie hier. Wegen dieser Villen. Christos hatte recht gehabt. Aus den Wohnräumen dieser Strandhäuser heraus musste man einen unglaublichen Blick aufs Meer haben. Ein Traum, hier zu leben.

Sie musste vom Strand aus leicht bergan gehen, um zum ersten Haus zu gelangen. Ein kleiner Vorgarten, eingerahmt von einem halbhohen Metallzaun. Darin: zwei wunderschön gewachsene Minipalmen, rote und weiße Oleander und kleine Olivenbäume sowie ein wiesenartiger Rasen mit schönen Feldblumen und wilden Sträuchern. Ein Traum von einem Garten –

er bot Schatten und ein Farbenmeer und war trotzdem nicht so übergepflegt, dass man sich darin nicht wohlfühlen konnte.

Sofia klingelte an der Tür des zweigeschossigen Hauses in mediterranem Gelb mit dem spitzen roten Dach. Sie hätte sich nicht gewundert, wenn eine Frau in einer Spitzenschürze aufgemacht hätte – eine kleine dunkelhäutige Haushälterin, so wie es bei Familie Perikles immer gewesen war. Jeder besser situierte Haushalt auf Zypern hatte eine Haushälterin, dazu eventuell noch eine Kinderfrau und einen Gärtner.

Doch als sich hier die Tür wie von Geisterhand öffnete, musste Sofia erst mal den Blick senken, um zu sehen, wer ihr da aufgetan hatte. Vor ihr stand eine alte Frau, die aussah wie ein kleines Vögelchen. Winzig und ganz zart, mit dünnen Armen und Beinen und einem dennoch so freundlichen und gewinnenden Lächeln, dass es Sofia durch Mark und Bein ging. So eine Oma hatte sie sich immer gewünscht – na gut, weniger zerbrechlich vielleicht. Aber sie selbst hatte nur die dicke resolute Mutter ihres Vaters gehabt, eine Walküre von Frau, die sie belehrt und erzogen, aber viel zu selten umarmt hatte. Die Eltern ihrer Mutter waren schon sehr lange tot. Diese kleine Frau hier, die mit offenem Blick in der Tür stand, war eine echte Oma. Graue Locken, ein cremefarbener Pullover und eine dunkelgraue Stoffhose, neben ihr hechelnd ein kleiner Yorkshire, den Sofia eben erst bemerkte.

»Ja, junge Dame?«

»Guten Tag, entschuldigen Sie bitte die Störung, mein Name ist Sofia Perikles, ich bin Officer der Police of Cyprus, und ich habe einige Fragen an Sie. Dürfte ich bitte hineinkommen?«

Die alte Frau trat sofort zur Seite und bat sie hinein.

»Verzeihen Sie, junge Dame, jetzt sehe ich auch die Uniform, natürlich, kommen Sie bitte herein, das Wohnzimmer ist geradeaus durch.«

Sofia ging voran und stellte fest, dass das Wort *Wohnzimmer* für diesen Raum eine unglaubliche Untertreibung war. Ihr Vater hätte diesen Raum *Salon* genannt. Überhaupt waren die Ausmaße des Hauses in seinem Innern von außen nicht zu erkennen gewesen.

Sofia sah eine ausladende Eingangshalle, angrenzend eine riesige Küche, die selbst ein kleines Restaurant hätte versorgen können, und dann ebenjenes Wohnzimmer. Ein Tanzsaal war das, mit alten barocken Möbeln, zwei Kronleuchtern und einer bodentiefen Fensterfront, die einen traumhaften Blick freigab auf das blaue Meer, den Sofia eben nur hatte erahnen können.

»Wohnen Sie hier … alleine?«, fragte sie ungläubig.

Die alte Frau nickte, während sie sich im Sessel niederließ und Sofia mit einem Fingerzeig bat, es ihr gleichzutun. »Ich weiß, es ist etwas überproportioniert. Aber wir waren eine große Familie. Nun sind die Kinder erwachsen, leben mit ihren Familien im Ausland und haben keine Lust mehr auf die Insel. Mein Mann ist leider schon sechzehn Jahre tot. Und ich …« Sie brach ab und blickte Sofia an, als könnte die ihren Satz fortsetzen. »Aber was rede ich von mir, junge Dame. Was möchten Sie denn? Wie kann ich Ihnen helfen? Möchten Sie etwas trinken?«

Immer wieder hielt sich die alte Frau die Seite und verzog das Gesicht, als hätte sie Schmerzen. Unter diesen Umständen wollte Sofia nicht, dass die Dame noch einmal aufstand, um sie, die viermal so jung war, zu bedienen. Sie schüttelte den Kopf.

»Es tut mir sehr leid, dass ich Sie überhaupt damit behelligen muss. Aber es geht um jemanden, den Sie offenbar gut kennen.«

»Um wen denn? Was ist denn passiert?«

»Es geht um Ihre Putzfrau …«

»Fräulein Kyriakou?«

»Genau, Elena Kyriakou.«

»Was ist mit ihr?«

Sofia senkte den Blick. »Ich muss Ihnen leider mitteilen, dass Frau Kyriakou tot ist.«

Die Frau griff sich wieder in die Seite, diesmal stöhnte sie auf, als hätte der Schreck über diese Nachricht ihre Schmerzen noch einmal verstärkt. »O mein Gott, was sagen Sie da?«

»Ja, es tut mir sehr leid, aber sie ist umgekommen. Ganz in der Nähe, am Aphroditefelsen, und ich bin hier, weil ich die Hintergründe ihres Todes ermittle.«

»Umgekommen? Was heißt denn das?«

»Ihr Auto ist abgestürzt. Wir hatten zuerst einen Unfall vermutet. Das hat sich aber nicht bewahrheitet, und so müssen wir jetzt davon ausgehen, dass jemand Frau Kyriakou umbringen wollte.«

»Um Himmels willen, das ist ja schrecklich.«

»Können Sie mir vielleicht erzählen …«

»Nein, warten Sie. Das ist furchtbar. Kommen Sie, wir müssen …«

Da stand sie schon auf, ging zu Sofia und reichte ihr die Hand. Und dann zog sie Sofia mit sich, sodass dieser gar nichts übrig blieb, als ihr zu folgen.

»Wohin gehen wir?«

»Kommen Sie«, sagte die Frau noch einmal und nahm sich eine dünne Jacke vom Haken.

Typisch Zypriotin, dachte Sofia, wenn es nicht 45 Grad warm ist, ziehen sich die Menschen hier immer noch an, als wäre Winter.

Die alte Frau ging hinaus, und Sofia folgte ihr auf dem Fuße. Es war nicht weit, sie ging um ihr eigenes Anwesen herum zum Nachbarhaus. Nur ein kleines Gartentor trennte die beiden Grundstücke. Dieses Haus hier sah dem der alten

Frau zum Verwechseln ähnlich, nur wirkte es noch größer und ausladender, und auch der Garten war ganz anders als der benachbarte: Er zeigte die Hand eines pedantischen oder ambitionierten Gärtners. Buchsbäume, getrimmt wie Skulpturen. Palmen, angeordnet in Reih und Glied. Und englischer Rasen, der aussah, als hätte jemand mit der Nagelschere gearbeitet.

Die zarte alte Dame zog Sofia immer noch an der Hand mit sich, erst an der Klingel ließ sie los. Es dauerte nicht lange, und Sofia verstand, warum der Rasen so aussah. Denn die Tür öffnete sich wie von Zauberhand. Dahinter saß einer Sphinx gleich eine alte Dame – aufrecht, den Kopf leicht erhoben – in einem Rollstuhl. Sie glich Lady Gladstone, als wäre sie deren Zwillingsschwester. Der exaltierte Gesichtsausdruck, der Schmuckbehang. Sie gab dem Rollstuhl, einem alten Modell, zwei Stöße an die Reifen und kam ein Stück näher heran.

»*Kalimera*, Iria, komm herein, *Darling*, oh, wer ist das? Wen bringst du mir hier mit? Was für ein hübsches Fräulein?«, und ohne eine Antwort abzuwarten, rief sie in die hinteren Räume: »Kommt herein, Sonia ist gerade da, und wir trinken einen kleinen Aperitif vor dem Mittagessen. Wie geht es dir heute, meine liebe Iria?«

»Juliet«, sagte die Vögelchen-Dame, die also Iria hieß. »Juliet«, doch die Frau beachtete sie gar nicht, sie drehte den Rollstuhl mit einer fließenden Bewegung um und rollte voraus in den Salon, der aussah wie ein altehrwürdiger Londoner Club: schweres Holz, mächtige Kerzenhalter, Sofas mit hölzernen Lehnen, dunkle Paneele an den Wänden – sodass das Meer vor dem Fenster anmutete wie eine Tapete.

Juliet, diese waschechte Britin – toupierte Frisur, pinke Bluse, dunkelroter Rock –, wandte sich, kaum im Salon angekommen, wieder der Dritten im Bunde zu. Die wiederum war waschechte Zypriotin: dunkle Haut, getönte dunkelblonde

Haare. Dazu trug sie die Uniform der orthodoxen Frauen, die Witwen geworden waren: Rock, Pullover, Strumpfhosen in Schwarz. Alles an ihr trug Trauer. Der Tod ihres Mannes konnte noch nicht lange her sein.

»*Darling*, Sonia, schau, hier ist Iria, und sie hat eine junge Lady mitgebracht. Was ich jedenfalls noch zu Ende erzählen wollte: Ich habe einen phantastischen neuen Lieferdienst ausprobiert. Dieses neue Restaurant in Pegeia ist ganz *wonderful, Darling,* sie liefern mir die tolle libanesische Küche frei Haus, *delicious, really,* aber bald sind wir ja ohnehin …«

»Juliet«, rief Iria jetzt, und die Dringlichkeit in ihrer Stimme ließ die beiden Damen aufhorchen, sogar Sofia zuckte zusammen, »Elena ist tot.«

Die eintretende Stille war fundamental. Nur die Kuckucksuhr an der Wand, die das Meer vorm Fenster noch unwirklicher aussehen ließ, tickte schrullig vor sich hin.

»Was sagst du da?«, schoss es nach Sekunden, die nicht enden wollten, aus Juliet heraus.

Sonia hatte sich aus ihrem Sessel erhoben, ihr Blick ging seltsam suchend umher. Sie trat ans Fenster. Ihre Stimme fiel von da in den großen Raum und erzeugte einen Hall. »Sie war doch so jung. Was ist denn passiert? War sie krank? Aber so plötzlich …?«

Sofia trat in die Mitte des Raumes und sprach ruhiger, als sie es selbst für möglich gehalten hätte. »Meine Damen, deswegen bin ich hier. Mein Name ist Sofia Perikles, und ich bin von der zypriotischen Polizei. Wir sind uns ziemlich sicher, dass Elena ermordet wurde. Ich wollte Sie deshalb besuchen, weil Sie die junge Frau ja sehr gut kannten, wie man hört.«

»Sehr gut kannten …«, wiederholte Juliet, und ihr englischer Akzent war noch ausgeprägter als der von Lady Gladstone. »… das ist untertrieben, junge Frau, denn Elena war wie eine Tochter für mich. Für uns alle.«

»Sie hat bei Ihnen gearbeitet?«

»Sie hat alles für uns getan. Sie hat hier sauber gemacht. Aber sie war keine Putzfrau im eigentlichen Sinne. Sie hat uns die Häuser geführt. Uns vieren. Hat unsere Pflegedienste überwacht. Hat für uns mit Vollmacht die Ämterbesuche erledigt, wenn es mal nötig war. Hat den Gärtner beaufsichtigt und auch mal was reparieren lassen – von ihrem süßen neuen Freund. Sie war …«

»Liebe Lady Juliet, es tut mir sehr leid, aber auch ihr Freund, Elenas Freund, ist mit ihr in ihrem Auto umgekommen.«

»Was?«, schrie nun Sonia und drehte sich dem Raum zu, »Ergun ist auch tot? Er war so ein guter Junge … Und wieso sagen Sie etwas von einem Auto? War es doch ein Unfall?«

Wieder musste Sofia den Blick senken, weil sie die Trauer der alten Damen nur schwer ertragen konnte.

Lady Juliet war zu Sonia hingefahren und sagte leise: »Komm, halt dich fest«, weil auch sie gesehen hatte, wie sehr ihre Freundin zitterte. Die alte Dame ließ sich von der Frau im Rollstuhl zu ihrem Sessel fahren – und da begriff Sofia: Sonia war blind. Deshalb hatte ihr Blick kein festes Ziel. Und dennoch war sie bei der schrecklichen Nachricht zum Fenster gegangen, als suchte sie Halt im Ausblick aufs Meer.

Was für ein Trio: eine Frau mit sichtlich starken Schmerzen, eine Lady im Rollstuhl und eine Blinde. In den Villen am Meer. Sofia war sehr gespannt, was es mit der vierten Frau auf sich hatte.

»Nun sagen Sie schon«, riss Lady Juliet sie aus ihren Gedanken. »War es doch ein Unfall?«

»Leider nicht. Jemand hat Elenas Wagen von der Straße gedrängt. Wir fragen uns, ob es jemand war, der ihr Böses wollte, weil sie einen neuen Freund hatte. Den jungen Mann, den Sie so mochten, meine Damen.«

Juliet blickte sie aus kleinen listigen Augen an, die Trauer war in diesem Augenblick bereits der Neugier gewichen. »Sie meinen Elenas Mann?«

Sofia sah sie offen an. Sie konnte ihr nichts vormachen. »Wir suchen nach ihm. Er ist verschwunden.«

»Ein fieser Typ«, sagte Iria, »sie hat uns oft von ihm erzählt. Als sie noch zusammenlebten. Dass sie sehr unglücklich war. Wie schon gesagt, sie war wie eine Tochter für uns – auch wenn sie dir am nächsten stand, Juliet.«

Die Angesprochene nickte.

»Sie haben gerade gesagt, Elena habe für Sie alle vier Dinge erledigt. Wer ist die Vierte im Bunde?«

Juliet senkte den Kopf. »Es ist traurig, dass wir Ihnen Madame Bourdoisseau nicht mehr vorstellen können. Obwohl es unter diesen Umständen wohl besser ist. Sie hätte sich auf diese furchtbar theatralische Art und Weise aufgeregt, die den Franzosen so zu eigen ist.«

»Ist sie verreist?«

Sonia, im Sessel sitzend, den Blick nun auf Sofia gerichtet, die sie im Raum lokalisiert hatte, sagte: »Madame Bourdoisseau ist von uns gegangen, vor drei Wochen nunmehr.«

»Oh«, sagte Sofia, »das tut mir sehr leid. Wie ist es passiert?«

»Och, *Darling*«, entgegnete Juliet, »sieh uns an, wir sind alte Schachteln. Da passieren solche Dinge. Madame hatte ein schwaches Herz, und eines Morgens ist sie in ihrem Haus einfach umgefallen. Wir haben erst nicht nachgesehen. Aber als wir mittags immer noch nichts von ihr gehört hatten, sind wir zu ihr gegangen. Iria hat sie gefunden. Das Herz hatte einfach aufgehört zu schlagen.«

Iria nickte und schaute sehr bedrückt, der Moment ging ihr immer noch sehr nah.

»Das tut mir leid.«

»*Darling*, es ist der Lauf der Zeit«, sagte Juliet, und Iria ergänzte: »Es kommen immer mehr Wehwehchen, und irgendwann werden daraus große Gebrechen. Und dann kann jeder Tag eine Qual sein, auch wenn jeder neue Tag weiterhin ein Geschenk ist. Es ist schwierig, das zu erklären.«

Sofia spürte, dass hinter diesen Sätzen mehr steckte, traute sich aber nicht nachzufragen.

»Lady Juliet, wenn Sie sagen, Elenas Mann sei ein fieser Typ, woher nehmen Sie diese Einschätzung?«

Die Frau mit der Perlenkette zog die linke Augenbraue hoch und runzelte die Stirn. Sie konnte allein mit ihrer Mimik die Antwort geben, wie es nur Britinnen der feinen Gesellschaft vermögen.

»Wissen Sie, *Darling*, Elena ist schon seit einem Jahrzehnt in meinen Diensten. Erst nach und nach hat sie dann auch in den Häusern meiner Freundinnen gearbeitet. Ich kenne sie also von Anbeginn ihrer Ehe. Am Anfang war alles gut. Sie schien glücklich. Aber irgendwann nach zwei oder drei Jahren wurde sie verschlossener. Sie lachte nicht mehr so offen, wie ich es gewohnt war. Und, meine Liebe, Sie kennen mich ja noch nicht, aber ich lasse so etwas nicht auf sich beruhen. Ich frage nach.«

Die beiden anderen Damen nickten bestätigend.

»Sie hat am Anfang nichts erzählt. Erst als ich nicht lockergelassen habe, hat sie erzählt, dass sie sich da in eine schlimme Beziehung hineinmanövriert habe. Dass er keinen Bock auf gar nichts habe, hat sie gesagt, sie hat wirklich ›keinen Bock‹ gesagt, außer auf alkoholische Getränke und auf …« Lady Juliet brach ab, und ihre Augen funkelten. Es schien, als sei sie hin- und hergerissen zwischen der Abscheu, unziemliche Wörter zu benutzen, und dem unbedingten Genuss am Tratschen. Letzterer siegte. »… körperliche Liebe, Sie verstehen. Darauf hatte er immer Lust, dieser Kerl. Mehr hat sie aber nicht gesagt. Und eines Tages musste sie nichts mehr sagen. Ich habe die blauen Flecken an ihren Armen gesehen, einmal auch auf ihrem Bauch, als sie sich hier umgezogen hat für die Arbeit. Und mehrmals später auch im Gesicht. Ich habe sie zur Rede gestellt, habe ihr angeboten, ihr zu helfen, mit ihr zur Polizei zu gehen. Aber sie wollte nicht. Ich habe ihr gedroht, sie rauszuschmeißen, wenn sie den Kerl nicht anzeigen und verlassen würde. Doch Elena war sehr loyal. So schien es zumindest. Erst später hab ich verstanden, dass sie sich innerlich längst gelöst hatte und nur auf den richtigen Moment gewartet hat, um ihn zu verlassen. Mit Ergun, diesem hübschen Gentleman aus der Türkei, hat sie den richtigen Anlass gefunden.«

Sofia hatte der Erzählung atemlos gelauscht. Und, so schien es, auch die beiden anderen Damen, die die Geschichte doch sicher längst auswendig kannten. Doch Lady Juliet erzählte mit einem so distinguierten und zugleich packenden Tonfall, dass man automatisch gebannt lauschte.

»Ergun hat also Elenas Leben auf den Kopf gestellt?«

»Er hat alles verändert. Sie hat sich schöner angezogen, viel weiblicher. Sie hat bei der Arbeit gelacht. Einmal, ich kam vom Einkaufen, lief laute Musik, und sie tanzte durchs Wohnzimmer. Und als ich irgendwann Probleme mit den Rohren im Bad hatte, da hat sie mir einen jungen Mann empfohlen, der die Reparatur ausführen könne. Als ich die beiden dann zusammen im Garten gesehen habe, habe ich alles verstanden. Man hat auf den ersten Blick die Liebe gesehen, die die beiden umgab.«

»Hat sie ihren Mann denn bald, nachdem sie Ergun kennengelernt hatte, verlassen?«

»Das kann ich Ihnen nicht sagen, meine Liebe, ich denke, sie ist noch eine Weile im gemeinsamen Haus wohnen geblieben, aber nach ein paar Monaten ist sie wohl teilweise in die Türkei übergesiedelt.«

»Kennen Sie Elenas Mutter? Wie es schien, war sie nicht recht einverstanden mit der neuen Beziehung ihrer Tochter. Sie hielt wohl zum Ehemann?«

»Hat sie Ihnen das gesagt?«

»Nicht direkt. Die alte Dame hatte eine sehr präzise Wirkung in dem, was sie nicht gesagt hat.«

»Eine Mutter muss doch merken, was ihren Kindern guttut. Ich selbst habe keine Kinder. Aber hätte ich welche, würde ich sicher alles tun, so es denn in meiner Macht steht, damit sie glücklich werden. Und ein prügelnder Ehemann ist ja eher kein Glücksgriff.«

»Da haben Sie wohl recht, Lady Juliet.«

In diesem Moment schrie Iria auf und musste sich auf den Stuhl stützen, der vor ihr stand. Sie hatte eine Schmerzattacke, so schien es. Sie rang nach Luft und stand ganz verkrampft.

»Iria, *Darling*«, rief Juliet, und Sonia sprang auf und ging zielstrebig auf die Quelle der Schmerzensschreie zu, um ihre Freundin zu stützen und sie in den Stuhl zu setzen. Es war beeindruckend, wie gut sich die Blinde orientieren konnte. Sofia betrachtete ihre warmen Augen, denen nicht anzusehen war, dass sie nicht mehr funktionierten.

»Es geht schon wieder, danke, meine Liebe«, stöhnte Iria und versuchte sich wieder zu erheben. Es gelang ihr nur mühsam. »Ich geh hinüber und leg mich etwas hin. Die Aufregung des Vormittags war vielleicht etwas viel.«

»Tu das, meine Liebe, wir schauen nachher nach dir, ja? Vielleicht schaffen wir es am Nachmittag an den Strand. Was meinst du?«

»Mal sehen, Juliet«, gab Iria zurück, und Sofia fand, dass es eher wie ein Nein klang.

Die alte Dame hatte sich wieder ein wenig gefangen und humpelte dennoch mehr zur Haustür, als dass sie ging. Sofia war voller Mitgefühl.

»Haben Sie vielen Dank, liebe Frau Iria«, rief sie ihr noch hinterher, da fiel schon die Tür ins Schloss.

»Die Arme«, sagte Juliet, ohne Sofias naheliegende Frage abzuwarten.

»Wissen Sie, der Tod von Madame Bourdoisseau hat sie sehr mitgenommen. Weil sie eigentlich dachte, dass sie die Erste aus unserem Viererbund sein würde, die den Löffel abgibt.«

»Mensch, Juliet, jetzt rede doch nicht so despektierl…«

»Ach, Sonia, es ist doch ganz genau so. Wir wissen es doch alle, dass jeder Tag der letzte sein könnte. Mensch, ich bin achtundachtzig, und du bist nicht viel jünger. Meine Liebe, wissen Sie, Sonia und mir geht es ja ganz gut, ach, kommen Sie, wir wechseln hinüber in die Küche, ich mache uns allen noch einen Drink«, und ohne eine Antwort abzuwarten, bewegte sie den Rollstuhl in die Küche. Sonia folgte ihr auf dem Fuß, die Aussicht auf einen zweiten Aperitif hauchte den alten Damen Leben ein.

»Also, meine Liebe, die arme Iria hat Krebs. Einen dicken Tumor im Bauch. Es muss höllisch schmerzen. Die Ärzte haben ihr nur noch ein paar Monate gegeben. Das war aber vor ein paar Monaten.« Sie lachte bitter. »Es ist also davon auszugehen, dass sie den Herbst nicht mehr erleben wird.«

»Das tut mir sehr leid«, sagte Sofia, als auch sie in der Küche ankam.

Verwundert sah sie sich um. Man sah nämlich fast gar nichts mehr von der Küche durch all die Kartons, die auf dem Boden herumstanden. Es waren Dutzende, viele schon geschlossen, einige aber noch geöffnet, sodass der Inhalt herausschaute: Küchenmaschinen, Backbleche, ein riesiger Tontopf.

Viele Gläser und Teller waren schon eingepackt und standen auf der Arbeitsplatte, Töpfe und Pfannen standen in Reih und Glied und warteten offenbar darauf, dass ihnen das gleiche Schicksal widerfuhr – als schmiedeeiserne Küchenutensilien in die *Cyprus Mail* gewickelt zu werden. Natürlich waren die Tumbler für den Gin, das Eis und die Flaschen noch da – uneingepackt.

»Sonia, was willst du? Noch einen Gin Fizz? Und Sie, junges Fräulein? Wo war ich stehengeblieben? Ach ja, es war jedenfalls für uns alle mehr als überraschend, dass nun, da es Iria so schlecht ging, ausgerechnet Madame Bourdoisseau vor ihr starb. Denn unsere kleine Madame de la France war die Jüngste und Gesündeste von uns, sie trieb sogar noch Sport, das müssen Sie sich mal vorstellen. Mit sechsundsiebzig Jahren. *Oh my god*, manchmal ist die Welt nicht gerecht. Und nicht berechenbar, möchte ich hinzufügen.«

»Sie wussten also nicht, dass Ihre französische Freundin etwas mit dem Herzen hatte?«

»*Darling*, sie hatte auf keinen Fall etwas Ernstes mit dem Herzen. Sie war kerngesund. Ist nie zu einem Arzt gegangen. Weil sie es nicht musste. Mein Gott, ich bin ein Krüppel, Sonia hier eine Blindschleiche, und Iria ist der Tod auf Latschen. Aber Madame Bourdoisseau, herrje, sie war unsere Brigitte Bardot. Rauchte, soff und sah dennoch aus wie ein Filmstar. Das war ein Schlag, kann ich Ihnen sagen.«

Sofia sah Lady Juliet zu, wie sie sitzend umherhuschte, um die Drinks zu machen. Sie war dabei behände, als beherrschte sie mit ihrem Rollstuhl die Brücke des Raumschiffs Enterprise. Gerade schnitt sie auf einem kleinen Brett eine Limette in drei Scheiben, die sie auf die Gläser verteilte. Sofia konnte sich nicht erinnern, dass auch sie einen Hochprozentigen bestellt hatte. Aber was machte das schon? Es war schließlich warm draußen und kühl drinnen. Konnte sie also drinnen Wärmendes trinken. Die drei so unterschiedlichen Frauen stießen an.

»Auf Iria«, sagte Lady Juliet.

Sofia trank und musste sofort husten. Das Mischverhältnis

von Gin und Sodawasser musste irgendwie durcheinandergeraten sein. Oder es war Lady Juliets Konservierungsmittel. Ein letzter Huster, dann wischte sie sich eine Träne weg und konnte endlich hervorbringen: »Wollen Sie ausziehen, Lady Juliet?«

»Oh, *Darling*, verzeih, ich hab das Chaos noch gar nicht angesprochen. Wahrscheinlich, weil es mir schon so normal vorkommt, dass hier nach und nach alles eingepackt wird. Weißt du, es wurde einfach Zeit.«

»Was meinen Sie? Gehen Sie zurück nach England?«

Lady Juliet schaute indigniert. »*What the hell!* Damit ich Rheuma kriege und die Gicht? Bei dem Regen und der Kälte? Mein Kind, ich verbringe doch nicht mein halbes Leben auf dieser brutzelnd heißen Insel und ruiniere meine Porzellanhaut, um jetzt im hohen Alter wieder zurückzukehren und mir vor Frost und Regen den Tod zu holen. *Oh, no.* Wir ziehen um.«

»Wer ist wir?«

Lady Juliet zwinkerte Sofia kokett zu. »Na, wir alle. Also, ich sollte wohl besser sagen: Sonia und ich. Iria wird es wohl leider nicht mehr schaffen.«

Sie hielt kurz inne, fuhr dann aber im selben Eifer fort: »Madame Bourdoisseau braucht auch nicht mehr umzuziehen. Sie war ohnehin nicht dafür. Aber Sonia und ich sind dabei, alles zu packen. Wir haben bald unsere eigene Suite. Dann müssen wir uns um nichts mehr kümmern.«

»Gehen Sie denn in ein Alters…«

Sonia zuckte zusammen, und auch Lady Juliet fuhr kurz aus ihrem Sitz auf.

»*Darling*, bitte, nicht dieses schreckliche Wort. Wir sind doch keine alten Schachteln, denen man den Arsch abwischen muss. *Come on.* Wir ziehen in ein Luxushotel. Jeder von uns bekommt eine Suite. Es wird jeden Tag sauber gemacht, und es gibt Frühstück. Jeden Tag Omeletts von einem richtigen Koch und *baked beans.* Ich kann es gar nicht mehr abwarten.«

»Das klingt klasse«, freute sich Sofia. »Und die Häuser? Sie sind ja wirklich toll gelegen.«

»*Darling,* das *business* ist noch in vollem Gange. Deshalb kann ich darüber nicht reden. So viel kann ich sagen: Es ist gut für uns alle. Es wäre auch gut für Madame Bourdoisseau gewesen. Sie war nur immer so verdammt distinguiert.«

»Was meinen Sie damit?«

»Ach, meine Liebe, ich mag darüber nicht mehr reden. Jetzt, wo sie tot ist. Und nun hat es auch noch die liebe Elena getroffen. Dabei hätte auch sie ihre Schäfchen im Trockenen gehabt ...«

»Wie meinen Sie das? Elena hätte doch ihren Job bei Ihnen verloren?«

»Es war Teil des Geschäfts, dass Elena von dem Besitzer des Hotels übernommen worden wäre. Als Leiterin der Reinigungsabteilung. Wir wollten schließlich nicht auf sie verzichten. Es ist traurig, dass es nun nicht mehr dazu kommen wird.«

»Wollen Sie mir sagen, mit wem Sie dieses Geschäft abschließen?«

Lady Juliet schaute argwöhnisch, und gerade, als Sonia antworten wollte, schüttelte die alte Britin den Kopf. »Ich wüsste nicht, was das mit Ihren Ermittlungen zu tun hat. *Sorry, Darling.* Es ist alles sehr heikel. Und es ist nichts, was Ihnen hilft, so, *as we say: It's none of your business.*«

Sofia schaute sie nachdenklich an, dann zuckte sie mit den Schultern. Die Engländerin war exakt so schrullig wie Lady Gladstone, also konnte sie ihr ihre Marotten lassen. Sie nahm noch einen Schluck vom Gin Fizz. Ihr Glas war halb voll, während die beiden Damen gerade den letzten Rest ausschlürften. Auf den Barkeeper des Luxushotels, das bald ihr neues Heim war, käme richtig Arbeit zu.

»Ich danke Ihnen, die Damen. Kann ich noch etwas fragen: Haben Sie irgendeine Idee, wo sich der Mann von Elena aufhalten könnte? Hat sie früher von ihm erzählt? Vielleicht, dass er einen Ort hat, an dem er immer gerne ist?«

Sonia und Lady Juliet schwiegen einen Moment, es arbeitete sichtlich in ihnen, dann schüttelte Sonia als Erste den Kopf. »Ich habe keine Idee. Du, Juliet?«

Auch die Dame im Rollstuhl sah entschuldigend zu Sofia auf. »Es ist sehr lange her, dass sie freundlich über Mister Kyriakou gesprochen hat. Sehr lange. Wenn sie etwas dazu gesagt hat, kann ich mich nicht mehr erinnern. *Sorry.* Aber ich bitte Sie: Finden Sie den Mistkerl.«

Ihre Stimmlage hatte sich verändert, war hart und kalt geworden. Das Gespräch war offensichtlich beendet. Denn Lady Juliet fuhr voraus, um ihren Gast aus dem Haus zu geleiten. Ein kurzer Händedruck an der Tür, dann trat Sofia hinaus in die Mittagshitze.

Sofia hatte einen leichten Schwips und tierischen Hunger. Sie sah zu Irias Haus hinüber. Die Jalousien waren heruntergelassen. Wahrscheinlich hatte sich die alte Dame hingelegt. Die Arme. Rechts neben Lady Juliets Haus stand ein baugleiches. Sicher das von Sonia. Und das daneben musste die Villa von Madame Bourdoisseau sein.

Gerade als sie einen Schritt vormachte, um das riesige Haus besser erkennen zu können, öffnete sich dort das elektrische Portal, das den Garten von der Straße trennte. Dadurch, dass alle Grundstücke nur von niedrigen Zäunen umgeben waren, konnte Sofia von hier aus auch die Vorgänge im hintersten Garten gut erkennen. Ein kleines rotes Auto bog von der Hauptstraße ein. Ein Fiat Panda. Der Kleinwagen durchquerte den Garten und hielt direkt vor dem Haus der verschiedenen

Madame Bourdoisseau. Die Beifahrertür öffnete sich, und ein großer Mann mit Glatze wuchtete sich aus dem Wagen. Ein Bär von einem Mann. Riesig. Und breit. Mit einem Kreuz, als hätte er dreimal Olympia gewonnen, im Rückenschwimmen und Gewichtheben gleichzeitig. Dann öffnete sich die Fahrertür, und ein zweiter Mann stieg aus. Wieder so ein Schrank. Auch er ohne Haare. Er sah aus, als würde er sich mit dem Beifahrer den Kleiderschrank teilen: Beide trugen schwarze Lederjacken und graue Jeans, dazu schwarze Lederschuhe. Dann dauerte es noch einen Moment, bis ein dritter Mann aus dem Auto kletterte. Er hatte hinten gesessen, doch hinten hatte der italienische Winzling keine Türen. Also musste der Dritte im Bunde vom Rücksitz zur Vordertür krabbeln. Unwürdig. Als er endlich im Garten stand, erkannte Sofia, dass dieser Mann einen schwarzen Nadelstreifenanzug trug. Sein dunkles Haar war akkurat geschnitten und gestylt. Sie konnte hören, wie er die beiden Männer mit einem Fingerzeig anwies, zum Haus zu gehen. Dann fielen wenige Worte in einer fremden Sprache. War das Russisch? Die zwei Riesen und der Anzugtyp passten zueinander wie Sofia und Adonis. Rein äußerlich zumindest. Was waren das für Leute?

Sofia reckte den Hals über den Gartenzaun und rief betont freundlich: »Meine Herren, meine Herren, warten Sie bitte, ich habe eine Frage …«

Die beiden Riesen wandten sich in Richtung Haustür, der Mann im Anzug aber blieb stehen und rief ebenso freundlich in gebrochenem Griechisch: »Ja, bitte?«

»Warten Sie. Ich komme zu Ihnen.«

Als sie sich Richtung Straße wandte, um zum anderen Grundstück zu gelangen, bemerkte sie, dass Lady Juliet hinter dem Fenster stand und sie beobachtete.

Eíkosi tésseris – 24

Kurz bevor sie die kuriose Gruppe erreicht hatte, sah Sofia den Anzugträger einem der Riesen einen Befehl erteilen. Der Hüne griff daraufhin zum Handy und sprach kurz leise hinein.

Vom Inhalt des Gesprächs bekam Sofia nichts mit, denn der Anzugtyp wandte sich ihr zu und sagte lächelnd und überaus freundlich: »Eine hübsche Uniform haben Sie da, junge Frau. Was darf ich denn für Sie tun? Gab es Probleme mit Ruhestörung? Haben die lieben Damen wieder zu laut Musik gehört?«

Er sprach eine Spur zu laut, fand Sofia und nahm an, dass der Mann doch nicht so tiefenentspannt war, wie er tat. Der riesenhafte Lederjackenmann neben ihm, der nicht telefonierte, sah sie an wie einen Alien.

»Nein, keineswegs«, antwortete Sofia scharf. »Darf ich fragen, wer Sie sind und was Sie am Haus von Madame Bourdoisseau zu schaffen haben?«

Die stämmigen Riesen hatten ihren Ton vernommen. Und offenbar gefiel er ihnen nicht. Sie wollten wieder näher kommen, aber ein Blick von dem Mann in Nadelstreifen genügte, und sie blieben an der Tür zum Haus stehen.

»Oh, ich denke, das ist ein Missverständnis. Das Haus der verstorbenen Madame Bourdoisseau ist in meinem Besitz. Aber, junge Frau, wollen wir uns nicht erst mal vorstellen? Gestatten Sie, mein Name ist Davit Nalbandian. Ich bin Unternehmer aus Paphos. Und diese beiden Herren sind meine Prokuristen. Und Sie?«

»Sofia Perikles von der Polizei der Republik Zypern«, sagte sie und zeigte ihren Ausweis. Dabei versuchte sie, mit einem Finger das Foto und mit dem anderen den Dienstrang abzudecken.

»Aus welcher Stadt?«, fragte Nalbandian. »Wären Sie hier aus Paphos, dann würden wir uns doch kennen.«

»Ach, Sie kennen alle Polizisten in der Stadt?«

»Wissen Sie, ich bin nicht ganz unbedeutend.«

»Ich bin nicht aus Paphos, ich arbeite im Distrikt Nikosia.«

Das musste reichen. Dass sie aus einem Kaff mit fünfzig Einwohnern und fünftausend Ziegen kam, tat hier nichts zur Sache.

»Warum sind Sie hier, Fräulein Perikles?«

»Eine Ermittlung.«

»In welcher Sache?«

»Wie ist denn das Haus von Madame Bourdoisseau in Ihren Besitz gelangt, Herr Nalbandian?«

Vor dem Haus quietschten Reifen. Das elektrische Einfahrtstor öffnete sich erneut, und eine schwarze Limousine rollte herein. Ein siebener BMW, dem Geräusch nach ein 740er. Sofia verfluchte ihre Kindheit, in der sie zu oft Autoquartett hatte spielen müssen. Öfter, als es einem kleinen Mädchen guttat. Immer musste sie seitdem auf die verdammten Karren achten. So richtig sexy war eine PS-und-Hubraummanie auch nicht.

Aus der hochmotorisierten Karosse schwang sich ein kleiner dicker Mann. Anzug, drei Haare auf der Glatze, die aber geschickt von einer Seite auf die andere gelegt waren. Große goldgerandete Brille, Krawattennadel mit Blattgold. Ein Zypriot, eine Amtsperson, ein Korinthenkacker. Drei Dinge, die Sofia auf den ersten Blick erkannte. Die beiden Riesen sahen den kleinen Mann schweigend an, der große Anzugträger dagegen lächelte fast subversiv. Er wusste, was nun kam.

»Guten Tag, junge Dame«, sagte der kleine Mann wie aufgezogen, sein Griechisch war hoch akzentuiert wie aus dem Lehrbuch, als wollte er auf der Athener Akropolis den neuen griechischen Staat ausrufen. »Mein Name ist Kyriakos Hadjimichael. Ich bin Rechtsanwalt und Notar in Paphos und vertrete unseren werten Herrn Nalbandian in allen Angelegenheiten. Darf ich Sie höflichst auffordern, mir Ihren Ausweis zu zeigen und mir den Grund zu nennen, aus dem Sie das Grundstück meines Mandanten in Augenschein nehmen?«

Sofia fand ihn furchtbar. Dieses Auftreten. Dieser Ton. Ihr Vater würde ihn mögen. Jetzt war ihr auch klar, wen das Riesenbaby gerade angerufen hatte. Und der Rechtsanwalt war sofort hergerast. Was das wohl zu bedeuten hatte? Am meisten aber ärgerte sie, dass sie das Akne-Foto auf dem Polizeiausweis nicht mehr verbergen konnte, als der Notar den Schein genauestens unter die Lupe nahm.

»Sofia Perikles, Polizei von Kato Koutrafas«, las er.

»Kato was?«, fragte der junge Anzugträger und fing sich einen ehrfurchtgebietenden Blick seines Notars ein, der Sofia nicht antworten ließ.

»Eine Junior Officer im Praktikum, die sich unerlaubt Zutritt verschafft und eine Vernehmung eines hochangesehenen Mitgliedes der Wirtschaftskammer Paphos durchführt. Das ist schon ein starkes Stück. Also, das ist mir noch nie untergekommen. Unerhört.« Dabei stampfte er mit seinem kleinen dicken Fuß auf, dass es weniger Furcht einflößend und vielmehr peinlich war.

»Jetzt hören Sie mal zu«, fauchte Sofia, »ich habe mir weder unerlaubt Zutritt verschafft noch irgendwen vernommen. Was soll das denn?«

»Was wollen Sie dann hier?«

»Wir ermitteln in einem Mordfall.«

»Wer ist wir? Sie und Ihr Ausweis?«

»Ich und die Polizei von Limassol.«

»Und die ist wo?«

»Wer?«

»Na, die Polizei von Limassol. Die richtige Polizei.«

Jetzt wurde Sofia wütend.

»Ich ermittle im Auftrag von Chief Inspector Charalambous. Und wenn Sie Ärger wollen, dann komme ich mit ihr wieder.«

Der Ton des Notars war bisher schneidend gewesen, jetzt wurde er eiskalt. »Wenn Sie Ärger wollen, dann sollten Sie das tun. Kommen Sie wieder. Aber dann …« Er ließ den Satz unbeendet in der Luft hängen.

Sofia wechselte den Tonfall. Sie wollte Antworten. Keine Eskalation. »Ich wollte doch nur wissen, wie Herr Nalbandian in den Besitz des Hauses einer just verstorbenen Frau kommt.«

»Das kann ich Ihnen beantworten.«

»Und?«

»Ich habe nicht gesagt, dass ich es auch tue. Ich weise Sie an, das Grundstück zu verlassen. Und zwar jetzt. Ansonsten rufe ich die Kollegen der Polizei in Paphos an, und dann weisen die Ihnen den Weg.«

Sofia kochte. Eine Demütigung, eine Schmach, die sogar die E-Mail von Petros Matriopoulos übertraf.

Und dennoch musste sie sich eingestehen: Sie hatte keinen Trumpf in der Hinterhand. Der alte Sack war unglaublich. Der junge Anzugträger neben ihm grinste wie ein Honigkuchenpferd.

Sie drehte sich um und murmelte: »Wir hören voneinander.«

Als sie am Tor angekommen war, öffnete es sich wie von Geisterhand. Sie drehte sich noch einmal um und sah, wie die vier Männer beisammenstanden und der kleine Dicke wie wild auf die anderen drei einredete. Der Anzugträger hörte zu, die beiden Riesen nickten in einem fort, dann sahen sie auf und trafen mit ihren Blicken Sofia. Sie hatten über sie geredet. Sie war sich ganz sicher. Ihr lief es kalt den Rücken runter. Das Tor schloss sich hinter ihr.

Eíkosi pénte – 25

LTE. Hier. Auf der Autobahn von Paphos nach Limassol. War ja klar. Hier fuhren die Touristen entlang. Und Zypern tat alles, damit es den Touristen gut ging. Sie wünschte, die Kommunisten hätten sie nach Paphos versetzt. Oder nach Limassol. Wo es Bars gab. Strände. Und: Internet. In ihrem nächsten Leben würde sie Kommunistin. Aber bei ihrem Glück würden dann die Konservativen eine Säuberungsaktion durchführen, und sie würde wieder in Kato Koutrafas landen. Oder in Nowosibirsk. Kam ja ungefähr aufs Gleiche raus.

Nun aber genoss sie die schnelle Datenverbindung. Mit einem Auge auf der menschenleeren Autobahn, tippte sie mit dem anderen »Davit Nalbandian« ins Handy. Das erste Ergebnis war bereits ein Volltreffer: *»Nalbandian Estates«* stand da. Der Firmenname. Dazu eine sehr schicke Homepage. Mit absolut spärlichen Informationen.

Nalbandian Estates ist eine der führenden Investmentgruppen für Gewerbe- und Privatimmobilien in Westzypern. Wir investieren Ihr Geld und schaffen ein Portfolio an Luxusimmobilien, das seinesgleichen sucht. Kontaktieren Sie uns.

Außer einem Hochglanzfoto des Eigentümers keine weiteren Angaben zur Firma. Keine Adresse, keine Telefonnummer. Nur eine E-Mail-Adresse. Der nächste Treffer war die Website der Wirtschaftskammer Paphos. Darauf ein dünner Lebenslauf.

Davit Nalbandian ist einer der führenden Immobilienstrategen unserer schönen Stadt. Schon in jungen Jahren baute er ein Bürogebäude und zwei kleine Hotels in Paphos und bereicherte unsere Stadt mit der gediegenen Architektur seiner Bauten.
Nalbandian verfügt zudem über sehr gute Kontakte zu Investoren in Osteuropa, besonders in seiner Heimat Armenien.

Sofia ließ fast das Telefon fallen. Armenien. Nalbandian war Armenier. Hätte sie nicht am Steuer gesessen, sie hätte in die Hände geklatscht vor Glück. Sie hätte nicht gedacht, dass ihr Vater ihr von seinem neuen Arbeitsplatz aus so schnell würde helfen können. Würde helfen müssen, berichtigte sie sich. Sie wählte seine Nummer in Eriwan. Wo lag Armenien noch mal? Verflucht. Sie hatte immer noch nicht nachgeschaut. Das Gespräch würde sicher 5 Euro pro Sekunde kosten. Und die verdammte Polizei zahlte ihr kein anständiges Gehalt, geschweige denn ein Diensttelefon. Was sie nicht alles tat für die Gerechtigkeit. Es klingelte, und nach einer schier endlosen Zeit wurde abgenommen.

»Perikles, Ambassador of Cyprus in Armenia«, erklang die vertraute Stimme ihres Vaters, wie immer gewohnt förmlich. Er hatte wohl wieder nicht auf die Anruferkennung geachtet, und damit war es für ihn wie jedes Mal ein Rätsel, wer am anderen Ende der Leitung war. Ja, er war ein altmodischer Mann.

Sofia lauschte. Was war denn da im Hintergrund los? Sie hörte laute Diskomusik. Einen knallenden Korken. Gläser, die aneinanderstießen. Wirre Gesprächsfetzen in einer kehligen Sprache.

»Papa, ich bin es.«

»Was? Wer?« Er klang, als stünde er in einem vieldurchfahrenen Tunnel.

»Ich bin es. Sofia.«

»Ah, Sofia. Hallo, mein Schatz. Wie geht es dir?«

»Das sollte ich eigentlich dich fragen. Was ist das für ein Lärm?«

»Ach, das? Weißt du, es ist irrsinnig lustig hier.«

War ihr Vater betrunken? Lustig? Das hatte sie von ihm noch nie gehört.

»Ich hab eben die Akten dieser Woche abgearbeitet. Stell dir vor: in knapp zwei Stunden. In Paris hab ich dafür fünf Tage gebraucht. Nix los hier. Also auf dem Schreibtisch, meine ich. Denn hier in der Stadt ist wahrlich jede Menge los. Der griechische Botschafter, Nikos, hat angerufen und mich mitgeschleppt in so eine Bar. Mit lauter Armeniern. Nur feine Geschäftsleute. Jetzt gibt es hier sehr lustige … Hey, Nikos, nein, nicht noch ein Glas. Na gut, in Ordnung, schenk halt noch mal nach …«

Sofia sah auf die Uhr. 13.30 Uhr. Was war denn da los? Sie erkannte ihn kaum wieder.

»Was trinkt ihr da? Wodka?«

Die Musik war irrsinnig laut.

»Nee, so einen Cognac. *Ararat* heißt der. Wie dieser komische Berg. Ist hier das Nationalgetränk … Nikos, holst du uns noch was zu essen? Sonst bin ich gleich blau.«

»Papa, wo ist Mama?«

So langsam machte sie sich Sorgen, dass ihr alter Herr durchdrehte. Doch er klang einfach irrsinnig glücklich.

»Die ist mit der griechischen und der russischen Botschaftergattin shoppen«, versuchte er die Lautstärke zu überschreien. »Hier gibt's tolle Sachen, sagt Mama. Sofia, das ist echt eine tolle Stadt. Du musst wirklich bald vorbeikommen. Aber hey, ich muss jetzt auflegen, Nikos kommt gerade mit einer Suppe. Die soll das Nationalgericht sein. Wir telefonieren später, mein Schatz, ja?«

»Nein, Papa. Warte. Ich muss dich um Hilfe bitten. Ich ermittle in einem Mordfall.«

»Du tust was?«

Er schrie wieder, diesmal aber eher vor Schreck.

»Ich bin jetzt Polizistin, Papa. Das hab ich dir doch gesagt.«

»Aber du bist nicht alleine bei diesen Ermittlungen, oder?«

»Nein, wo denkst du hin?«, fragte Sofia und wünschte sich, dass die Lautstärke ihre Notlüge kaschierte.

»O.k., was kann ich tun?«

»Kannst du versuchen, alles über einen Davit Nalbandian herauszufinden? Er ist Armenier.«

»Nalbandian?«

»Genau.«

»Von der berühmten Unternehmerfamilie?«

»Gibt es die?«

»Ja. Dem alten Nalbandian gehört halb Armenien. Er hat Pipelines, Immobilien, ein Kommunikationsunternehmen. Ein richtig großer Fisch.«

»Mir geht es um einen jungen Nalbandian.«

»Und der lebt auf Zypern?«

»Genau.«

»Ist er verdächtig?«

»Das versuche ich gerade herauszufinden.«

»Ich höre mich um. Der russische Botschafter stößt gleich zu uns. Der ist schon lange hier und kennt Gott und die Welt.«

»Danke, Papa.«

»Klar, mein Schatz. Nikos, nicht noch mehr Cognac, hör auf … Sofia? Bist du noch dran?«

»Ja?«

»Pass auf dich auf, hörst du?«

Sie musste grinsen. »Du auch auf dich.«

»Ciao.«

Sofia wäre nur zu gern dabei gewesen, während ihr Herr

Vater in irgendeiner osteuropäischen Spelunke richtig steilging, wahrscheinlich im Dreiteiler mit handgenähten Lederschuhen.

Sie wählte die Nummer in Limassol. Chief Inspector Charalambous antwortete sofort.

»Hi, Christina.«

»Oh, Sofia. Hallo. Was ist los?«

»Du musst etwas rausfinden.«

»Und was?«

»Es gab einen Todesfall, eine ältere Dame. Madame Bourdoisseau in Paphos. Sie ist vor zwei Wochen einem Herzanfall erlegen.« Sofia hörte, wie Christina mitschrieb. »Also, das ist jedenfalls, was die Leute sagen. Ich würde gerne wissen, ob der Totenschein echt aussieht.«

»Glaubst du, irgendwas stimmt da nicht? Ich dachte, du ermittelst weiter an ...«, sie senkte die Stimme, »an Elena herum.«

»Ich weiß, es hat vielleicht auch nicht wirklich was damit zu tun. Ich will bloß sichergehen ...«

»Was kann der Herztod einer alten Dame mit dem Tod von Elena zu tun haben?«

»Das weiß ich auch nicht. Noch nicht. Kannst du nachsehen?«

»Mach ich. Ich melde mich.«

Sofia musste schnell auflegen, denn in der Leitung klopfte es. Eine ihr unbekannte Nummer. Ländervorwahl +90. Die Türkei.

»Sofia Perikles?«

»Fräulein Perikles? Endlich. Ich klingle schon seit Minuten. Hier ist Ali. Von der Polizei aus Taspinar.«

»Was gibt es?«

»Sie müssen herkommen. Schnell. Einer der Brüder von Ergun hat mich angerufen. Seine Schwester ist ausgerastet.

Sie ist auf dem Weg zu Elenas Mutter. Sie will rausfinden, wo Elenas Mann ist. Offenbar ist sie bewaffnet. Ich habe eben die Grenze angerufen. Aber sie war zwei Minuten vorher durchgerutscht. Verdammt. Ich stehe jetzt an eurer verdammten Grenze. Sieht so aus, als hätte Kostas mich gerade auf eine schwarze Liste setzen lassen, ich darf nicht einreisen, sagen eure Leute.«

Fast hätte Sofia aufgelacht, Kostas war trotz Ouzo-Konsums auf Zack. Nur war das ausgerechnet jetzt der blödeste aller Zeitpunkte.

»Ich beeile mich. Halbe Stunde.«

Sie legte auf und drückte im selben Augenblick das Gaspedal bis zum Anschlag durch.

Dass Carl in diesem Moment zum achtzehnten Mal an diesem Tag anrief, ignorierte sie. Wie die siebzehn Male davor.

Eíkosi éxi – 26

So schnell hatte sie die Serpentinen im Troodos-Gebirge noch nie genommen. Nicht mal, als ihr Teeniefreund Lefteris ihr mit achtzehn Jahren seinen Porsche 911 Targa geliehen hatte. Beziehungsweise den Porsche seines Vaters. Der Corsa quietschte bei Tempo 140 erbärmlich. Und sie überlebte nur, weil der mit Baumstämmen beladene Sattelschlepper, der plötzlich um diese enge Kurve bog, doch nicht so riesig war, wie er zunächst ausgesehen hatte, und Sofia sich mit ihrem Corsa gerade noch gegen den Berghang schmiegen konnte.

Einfahrt in Kato Koutrafas. Wären hier wie bei ihrer zweiten Einfahrt in den Ort einige Tage zuvor auch Hühner auf die Straße gelaufen, hätte sie Christos direkt die Hauptzutat für das Abendessen im Kafenion beschert. Doch Sofia raste ohne weitere Unterbrechung durch bis ins Zentrum. Sie wollte auf keinen Fall allein auf Sila treffen. Sofia hatte schon großen Respekt vor ihr gehabt, als sie sich nur am Tisch gegenübergesessen hatten. So stark wie diese junge Türkin hatte sie immer sein wollen. Sie stieg aus. Und sah ihn sofort. Er saß nicht mehr auf seinem Stuhl vor dem Kafenion. Sondern er hing vornüber auf dem Tisch davor. Die Arme auf der Tischplatte abgelegt, der Kopf darauf. Sie rannte zu ihm und schüttelte ihn.

»Kostas, wach auf. Kostas.«

Er reagierte nicht. Seine Alkoholfahne war enorm. Flasche und Glas waren bereits abgeräumt. Er musste schon ewig hier sitzen.

»Kostas.«

Sie versuchte es ein weiteres Mal, indem sie ihn am Hemdkragen zog, um seinen Kopf aufzurichten. Doch er sah sie nur kurz mit glasigen Augen an und scheuchte sie mit dem linken Arm weg wie eine lästige Fliege. Sofia ließ seinen Kopf zurück auf die Arme knallen. Sofort setzte ein Schnarchen ein. Armer Irrer. Sie fühlte Wut in sich aufsteigen. Hier war sie machtlos. Aber jetzt galt es. Sie rannte los. Und fühlte sich wie in einem Italo-Western. Diese einsame Hauptstraße. Ohne eine Menschenseele. Die Dürre. Und sie, dieses junge Ding, in einer Uniform, die ihr so fremd war wie eine Polyesterbluse, rennend auf der Dorfstraße. Die Tür zum Haus von Frau Varviotis stand offen.

Sie bremste ab, lauschte, dachte an die Worte ihres Profs: *Sollten Sie jemals persönlich in Gefahr geraten – was ja schwierig ist hinterm Schreibtisch –, Eigensicherung geht vor!*

Wenn der gewusst hätte.

Sie trat vorsichtig ein. Überlegte, die Pistole zu ziehen. Sah davon ab. Ging leise durch den Flur. Nahm im Augenwinkel wieder das Familienfoto wahr. Im Haus herrschte absolute Stille. Halt. Da war irgendwas. Sie hörte Rufe. Eine tiefe weibliche Stimme. In gebrochenem Griechisch. Die Stimmen kamen von draußen. Sie beschleunigte, rannte durch die Hintertür, in Richtung von Garten und Stallungen.

Und dann, inmitten der Hühner von Kato Koutrafas, dieses Bild, das sich ihr wohl dauerhaft einbrennen würde.

»Sagen Sie es mir«, schrie Sila.

»Jetzt lass die Waffe fallen, du dummes Ding«, schrie Lady Gladstone.

»Lasst mich alle in Ruhe«, knurrte Elenas Mutter.

Drei Damen, zwei alte, eine junge. Sila, die Türkin, hatte eine Jagdwaffe auf Elenas Mutter gerichtet. Ein Gewehr, lang und bedrohlich. Und sie hielt es so wackelig und ungelenk, dass Sofia sicher war, es könnte jederzeit ein Schuss losgehen. Die Bedrohte stand inmitten der Hühner einfach nur da und hielt ihren Korb voller Körner. Sie war offenbar gerade dabei gewesen, den Hennen das Abendessen zu servieren. Fünf Meter seitlich davon stand Lady Gladstone. In der Hand hielt sie einen Karabiner, der ihrem Gatten wohl schon während der Zypern-Invasion nützliche Dienste geleistet hatte, so alt sah er aus. Allerdings hielt sie ihn kompromisslos auf Sila gerichtet, ohne ein winziges Zittern, ohne den kleinsten Hauch von Unsicherheit.

Sofia hätte gern ein Selfie mit dieser kuriosen Konstellation im Hintergrund gemacht. Stattdessen rief sie: »Hey, seid ihr alle verrückt? Sila, pack das Gewehr weg. Und, Lady Gladstone, bitte, Sie auch. Was ist denn hier los?«

»Oh, *Darling*, ich hab dich gar nicht kommen sehen, gut, dass du da bist, hier ist tatsächlich was los …«, gab die Lady zurück, hielt aber den Karabiner weiter unbeirrt auf Sila gerichtet.

»Ich will wissen, wo dieser beschissene Mörder ist. Er hat meinen Bruder ermordet. Und Sie wissen, wo er ist. Sie müssen es wissen«, schrie die junge Türkin.

»Aber Sila, das ist doch nicht der richtige Weg. Seine Schwiegermutter«, Sofia zeigte auf die Witwe Varviotis, »weiß nichts. Lass uns friedlich miteinander reden.«

Doch Sila fixierte weiter wütend ihr Ziel, während Lady Gladstone und Sofia immer weiter vorrückten.

Mist, was mache ich hier?, dachte Sofia. Wenn sich jetzt ein Schuss löst, dann ist es womöglich vorbei mit meinem Leben und meiner irren Karriere, dann ende ich hier in Kato Koutrafas. In Kato Koutrafas. Herrje. Hoffentlich kommen meine sogenannten Freunde wenigstens in dieses Kaff, um meiner Trauerfeier beizuwohnen.

»Sila«, rief sie, »bitte …«

In diesem Moment stürmte Lady Gladstone los, machte die paar Schritte in einem schier unglaublichen Tempo und hob mit einer Hand das Gewehr von Sila in die Luft. Es war so schnell gegangen, dass die junge Türkin keine andere Wahl hatte, als sich das Gewehr entreißen zu lassen. Ihrer Drohgebärde beraubt, sanken ihre Arme nach unten. Sie sah unendlich müde aus.

Sofia atmete auf, immer noch erstaunt von Lady Gladstones Gewandtheit und Schnelligkeit. Die stand nun neben Sila, hielt den eigenen Revolver und das Gewehr zu Boden und lächelte.

»Oh, *Darling*, ja, so ist es besser. Komm, wir setzen uns. Los, Frau Varviotis, kommen Sie«, sagte sie zu der Witwe, die immer noch teilnahmslos dastand und eben wieder anfangen wollte, die Hühner zu füttern.

»Ich weiß nichts. Ich hab doch gesagt, ihr sollt mich in Ruhe lassen«, schnaufte die alte Frau unwirsch.

»Jetzt reicht es mir aber, Frau Varviotis«, sagte Sofia kalt, »diese junge Frau hat ihren Bruder verloren. Und Sie sind ihr und uns ein paar Antworten schuldig. Kommen Sie. Sonst müssen wir aufs Revier.«

Widerwillig schlurfte die alte Frau zu der schäbigen Gartenecke und ließ sich dort auf einen der alten Stühle fallen. Der Korb mit den Körnern segelte neben ihr zu Boden. Sie fing an zu schluchzen, und Sofia war sofort voller Mitleid. Und diesmal kam es wirklich von Herzen.

»Ich weiß doch auch nichts«, sagte sie, als sich Sila, Sofia und Lady Gladstone neben ihr niederließen. Die alte Frau war nicht zu beruhigen. Ihr Körper bebte. All die Emotionen mussten raus. »Ich habe meine Tochter verloren. Schon vor langer Zeit. Und nun ist sie tot. Tot. Ich werde sie nie wiedersehen. Und mein Schwiegersohn, der ohnehin so selten da ist – verschwunden. Einfach weg. Ohne ein Wort. Jetzt soll ich glauben, er hätte meine Tochter umgebracht? Einfach so? Der Mann, der mit mir unter einem Dach lebte? Und ihr stellt immerzu Fragen. Dabei will ich doch nur trauern …«

»Aber ich bin auch traurig«, sagte Sila in ihrem drängenden Tonfall, der von dem gebrochenen Griechisch noch unterstrichen wurde. »Ich will endlich Antworten bekommen. Von Ihnen. Es kann doch nicht sein, dass Ihr Schwiegersohn wie vom Erdboden verschluckt ist.«

»Wann haben Sie Dimitrios zum letzten Mal gesehen?«, fragte Sofia, während sie Sila beruhigend die Hand auf den Arm legte. Seit dem Moment, in dem Sila überwältigt worden war, war all ihre Aggressivität verschwunden.

Die Alte überlegte. »Er ist am Tag vor Elenas Tod aus dem Haus gegangen. Seitdem hat er sich nicht mehr gemeldet. Manchmal rief er an, um zu fragen, ob er mir etwas einkaufen solle. Aber nicht an diesem Tag.«

»Wie war er, als er gegangen ist? Wie war seine Stimmung? War er verändert? Wirkte er wütend? Entschlossen?«, fragte Sofia.

»Er war nicht wütend. Seit vielen Monaten nicht mehr. Er war nur niedergeschlagen. Weil er die Liebe seines Lebens verloren hatte. Aber wütend? Nein. Und wieso hätte er auf einmal entschlossen gewesen sein sollen, einen Mord zu begehen? Was war denn jetzt anders als vor einem Monat?«

»Vielleicht war er sich jetzt sicher, mit welchem Nebenbuhler er es zu tun hatte«, antwortete Sofia.

»Nenn meinen Bruder nicht so«, fuhr Sila sie an. »Nebenbuhler. Er war Elenas fester Freund. Und jetzt ist er tot. Und Ihr feiner Schwiegersohn hat uns in unserem Familienanwesen belauert. Er wollte uns ausspionieren. Er war es …«, rief sie, nun wieder aufgebracht.

»Hören Sie doch auf«, jammerte die Witwe.

»Überlegen Sie doch bitte noch einmal. Wo hat sich Dimitrios aufgehalten, wenn er nicht bei der Arbeit oder zu Hause war? Hat er irgendeinen Freund, bei dem er sich verstecken könnte?«, fragte Lady Gladstone verbindlich.

»Er hatte keine Freunde. Er hatte nur Elena. Und seinen Sport. Er liebte das Angeln. Ich habe wirklich keine Ahnung, wo er steckt.«

Sofia schüttelte den Kopf. »Wir kommen hier nicht weiter. Aber wir müssen ihn finden. Und, Sila, ich verspreche dir, wir werden ihn finden.«

»Das möchte ich euch auch geraten haben. Er ist der Mörder meines Bruders.«

»Das werden wir herausfinden.«

Die junge Türkin stand auf und wollte nach ihrem Gewehr greifen. Doch Lady Gladstone stellte den Fuß auf die Waffe, die auf dem trockenen Boden lag.

»Die bleibt hier«, sagte auch Sofia und nickte der Lady zu, »wir wollen nicht, dass noch ein Unglück geschieht. Fahr nach Hause. Ich melde mich, sobald wir etwas wissen.«

Widerwillig stand Sila auf und verließ mit hängenden Schultern das Grundstück. Sie war mit ihrem Überfall nicht einen Zentimeter weitergekommen. Klar, Sofia hätte sie auch festnehmen können, die Frau hatte etliche Straftatbestände erfüllt. Doch was hätte es gebracht?

Nichts außer einer Menge Papierkram und einer Gefangenen im verrauchten Polizeicontainer. Und jeder Menge vergeudeter Zeit. Doch Zeit war genau das, was Sofia im Augenblick nicht hatte. Sie hatte keine Ahnung, wie sie Dimitrios finden sollte. Der Tag neigte sich schon wieder dem Ende zu.

»Frau Varviotis«, sagte sie eindringlich, »ich bitte Sie, wenn Ihnen noch irgendetwas einfällt, dann sagen Sie es mir. Ich weiß, wir hatten keinen guten Start und wir kennen uns noch nicht lange, aber Sie müssen mir vertrauen. Ich will doch nur Ihren Schwiegersohn finden.«

»Sie wollen ihn verhaften. Das ist etwas anderes.«

»Ich will nur mit ihm reden. Seine Schuld steht nicht fest.«

Die Witwe zuckte resigniert mit den Schultern. Lady Gladstone sah auf und nickte Sofia zu. Die verstand.

»Gut, ich lasse Sie beide alleine. Wir sprechen uns …«

Damit verließ sie das Grundstück und sah noch, wie Sila in ihrem Kleinwagen das Dorf verließ. Einem grünen Fiat Panda. Dem gleichen Modell, in dem die drei Männer vorhin gesessen hatten. Sie griff zu ihrem Handy. Carl hatte noch dreimal angerufen. Sie musste. Ja, sie musste. Sie wählte die Nummer, das britische Piepen. London am anderen Ende. Und seine Stimme. Die sie so mochte. Die ihr so vertraut war. Dennoch wusste sie gerade überhaupt nicht, wer er war. Wer sie war. Was sie fühlte.

»Sofia, da bist du ja endlich, *babe.*«

Er atmete schwer, als hätte er ehrliche Angst um sie gehabt.

»Sorry, Carl, hier ist die Hölle los. Es gab einen Mord, und ich komme nicht hinterher mit dem Ermitteln.«

»Stimmt das denn? Ich ruf bei dir immer abends an. Du bist gar nicht mehr erreichbar. Ich war gestern den ganzen Abend zu Hause und hab mir Sorgen gemacht.«

»Ach, hattest du kein After-Work-Bier mit scharfen Praktikantinnen?«

»*Babe*, was ist denn mit dir los? Es gibt doch nur dich. Das weißt du doch.«

»Ist ja gut, Carl. Schau, ich habe jetzt Arbeitsstress. Das Gleiche, was du immer hattest, als ich zu Hause auf dich gewartet habe. Es ist jetzt in dieser Woche eben so. Aber du kommst ja bald, und dann reden wir.«

»Reden? Worüber?«

»Carl? Ich muss jetzt schlafen.«

»*Babe …*«

Doch sie hatte schon aufgelegt und ging in Richtung Kafenion, erschöpft und ausgelaugt.

Aber als sie ihn da sitzen sah, nun wieder aufgewacht und mit einer neuen Flasche vor sich, neben ihm zwei Saufkumpane und reichlich Kleingeld auf der Tischplatte, um das sie *Tavli* spielten, da mobilisierten sich in ihr die letzten Kraftreserven. Sie stürzte auf Kostas zu, hieb so fest auf die Tischplatte, dass keine Figur mehr dort stand, wo sie zuvor gewesen war, stellte sich vor ihn hin und sprach so laut, dass er sie nicht ignorieren konnte: »Jetzt reicht es mir, Chief Inspector. Sie können noch so sehr mein Vorgesetzter sein. Es ist mir scheißegal. Weil ich Ihnen nun die Wahrheit sagen werde. Als Untergebene. Aber auch als … Freundin. Herrgott, ja: Ihnen ist Schreckliches widerfahren. Das Schicksal hat Ihnen wahrlich schon mehrfach einen ganz schönen Haufen vor die Tür gesetzt. Dass Ali Kusumbali ein schmieriger Lappen ist und Ihnen die Frau ausgespannt hat, ist eine unglaublich tragische Geschichte. Sie haben eine bessere Frau verdient. Eine, die sich nicht stehlen lässt. Ohne Frage. Und ja, es ist Ihnen auch zu gönnen, dass es nach einer solchen Tragödie mal eine Zeit gibt, in der Sie durchhängen, einen Ouzo zu viel trinken mit diesen …«, sie betrachtete die schweigenden Saufkumpane, die sie ansahen wie ein Auto, »nun ja, Lichtgestalten. Aber irgendwann muss es wieder gut sein mit der Leidensmiene und dem ganzen Quark. Aber Sie veranstalten diesen Quark einfach weiter. Und wem schaden Sie damit am meisten? Sich selbst. Aber Sie schaden auch all diesen Menschen hier. Wissen Sie was? Ich hab mit denen gesprochen, mit den Bewohnern von Kato Koutrafas. Weil ich dachte, es sei schön, mal über Sie zu lästern, Kostas, weil die doch alle dasselbe denken müssen wie ich. Nämlich dass Sie ein ungeheurer Jammerlappen sind und ein Weichei, wenn Sie sich von einem solchen Schicksalsschlag das ganze Leben versauen lassen. Aber wissen Sie was? Niemand, nicht ein Mensch in Ihrem Dorf redet schlecht über Sie. Oder verachtet Sie. Niemand hier. Jeder, mit dem ich gesprochen habe, redet über Sie entweder mit Mitleid oder mit großem Respekt. Ich habe keine Ahnung, warum das so ist. Aber die Dorfbewohner, mein lieber Chief Inspector, haben eine deutlich höhere Meinung von Ihnen, als Sie selbst sie haben. Und ich finde, nun wird es Zeit, dass Sie den Bewohnern von Kato Koutrafas mal wieder Respekt erweisen und sich den Respekt, der Ihnen, Chief Inspector, entgegengebracht wird, auch wieder verdienen.« Sie atmete noch einmal tief durch, setzte zum letzten Schlag an. »Ich sag es nur einmal: Kommen Sie zurück in die Welt. Als Dorfpolizist. Und seien Sie mal wieder ein richtiger Mann, mit Gefühlsregungen und einem Lächeln. Herrgott, nicht so ein Lappen. Kostas, das Dorf braucht Sie.«

Sofia drehte sich um und ging hinein, ohne einen Blick zurückzuwerfen. Sie spürte, wie sie zitterte. Er hatte nicht reagiert. Hatte sie nicht ausgelacht. Er hatte ihr auch keine geknallt. Immerhin etwas. Sie hätte wohl jedem eine geknallt, der so mit ihr gesprochen hätte. Ihre Energie war nun wirklich verschwunden. Sie war so müde. Sie wusste nicht, ob sie jemals in ihrem Leben so müde gewesen war.

Der Letzte, den sie jetzt sehen wollte – oder besser: der sie in diesem Zustand sehen sollte –, stand hinter der Bar, als sie den Raum betrat.

»Hi, Sofia«, sagte er und lächelte sie an, während er *Keo*-Bier aus dem Zapfhahn laufen ließ.

Die *Tavli*-Spieler an den kleinen Tischen im Raum hatten wohl schon auf diesen Moment gewartet. Nun sahen sie gebannt Sofia an. Sie ahnte, dass die Wände hier dünn genug waren, sodass auch drinnen jedes ihrer Worte verstanden worden war.

»Hi, Christos.«

Sie wäre gerne einfach über die Treppe verschwunden, aber das ging nicht. Also trat sie kurz an die Bar.

»Du, hör mal, das war doof gestern, aber ich …«

»Sofia, alles cool. Ich fand, es war ein schöner Abend. Können wir beizeiten wiederholen. Ich hab dich aus dem Haus von Frau Varviotis kommen und telefonieren sehen. Du sahst, na ja, aus, als wäre es ein harter Tag gewesen. Und dann noch deine Rede draußen, die wahrscheinlich irgendwann in den zypriotischen Geschichtsbüchern abgedruckt wird. Hier«, er reichte ein Tablett über den Tresen, »ich hab dir eine kalte Flasche *Xynisteri* vorbereitet und oben im Familienbadezimmer die Wanne volllaufen lassen. Müsste gleich fertig sein. Erhol dich und schlaf dich aus. Wir reden morgen.« Dann nahm er sein Tablett mit dem Bier und kam hinter der Bar hervor, um die Männer zu bedienen.

Sofia wusste nicht, was sie sagen sollte. Sie sah ihm sprachlos lächelnd nach, dann nahm sie ihr Tablett und ging die Treppe nach oben, öffnete die Tür zum Familienbad und musste schmunzeln. Er hatte sogar einige Teelichter aufgestellt, die das Schaumbad beleuchteten. Als hätte er es für sie beide vorbereitet.

Eine halbe Stunde später kletterte sie aus der Wanne und fühlte sich wie neugeboren. Die Wärme und der Wein. Sie war umfangen von wohliger Müdigkeit. Kaum im Bett, war im Kopf keine Spur mehr von Mord und Totschlag. Vielleicht sah sie noch kurz Christos vor sich, bevor sie friedlich und selig einschlief.

Paraskeví – Freitag

Eíkosi eptá – 27

Tock. Tock. Tock. Sofia erwachte wohl nur deshalb, weil das Geräusch so unregelmäßig war. Sie räkelte sich und lauschte. Was war das denn? Christos, der an ihre Tür klopfte? Nein, jetzt war es wieder still. Doch. Da war es noch mal. Tock.

Nun erst erkannte Sofia das Geräusch. Zum ersten Mal hatte sie es vor zwölf Jahren gehört. Als ihr 17-jähriger Knutschfreund sie aus dem Zimmer ihrer Villa locken wollte. Da schmiss jemand Steine gegen ihr Fenster. Kleine Kiesel. Sofia stand auf und ging nachsehen. Und traute ihren Augen nicht. Sie öffnete das Fenster und rief flüsternd, um nicht das ganze Haus aufzuwecken: »Lady Gladstone, was ist los?«

»*Oh, sorry, my dear.* Ich wollte dich nicht wecken. Na ja, ich wollte dich eigentlich ja schon wecken. Ach, ich bin ganz verwirrt.«

»Was ist denn los?«

»Mir ist etwas eingefallen. Ich weiß nicht, ob es wichtig ist …«

Doch da war Sofia schon vom Fenster weggetreten und im Begriff, sich anzuziehen. Da nur ihre Uniform bereitlag, nahm sie die. Wenn Lady Gladstone etwas eingefallen war, dann war es entweder purer Klatsch und Tratsch – oder wirklich wichtig. Wahrscheinlich war es eine Mischung aus beidem. Pure Intuition ließ sie auch zu ihrer Pistole greifen. Sofia steckte sie in ihr Holster und stieg die Treppe hinab. Mit einem Blick auf ihr Handy stellte sie fest, dass es halb vier war. Tiefste Nacht.

»Lady Gladstone«, sagte sie, als sie die Tür des Kafenions geöffnet hatte. »Was ist los? Warum schlafen Sie nicht?«

»Das Alter, *my dear*, das Alter raubt dir den Schlaf. Wirst schon sehen. Weil die Sorgen größer sind als die Erlebnisse. Pass auf, mir ist eingefallen, wo Dimitrios Kyriakou sein könnte.«

»Was? Wo denn?«

»Ach, es tut mir leid. Ich hatte es schlicht vergessen. Aber mir ist es eingefallen, als die Witwe Varviotis vorhin vom Angeln erzählte.«

»Das macht doch nichts. Aber sagen Sie schon, was ist Ihnen eingefallen?« Sofia war wie gebannt.

»*Darling*, ich muss allerdings vorausschicken: Die Witwe konnte es nicht wissen, sie wollte es nicht verheimlichen. Keineswegs.«

»Ist schon gut. Also: Wo können wir ihn finden?«

»Es gab eine Runde von Männern, die in den Bergen immer zusammen an einem See geangelt haben. Er liegt im Troodos, und die Männer sind da immer hin, weil Dimitrios Kyriakou dort eine Hütte hat. Das ist nun schon etliche Jahre her, und viele der Männer sind inzwischen verstorben. Irgendwann ist die Tradition eingeschlafen. Deshalb bin ich auch so lange nicht darauf gekommen. Wo könnte er sich versteckt halten, habe ich gedacht, vorhin im Bett. Und dann war es, als wenn jemand den Vorhang hochzieht. Auf einmal war die Erinnerung da. Und ich kenne sogar den See, ich war da einmal. Früher, mit Lord Gladstone. Es ist ein schöner See, mitten im Wald. Bloß waren Frauen dort damals nicht gern gesehen.«

»Können Sie mir beschreiben, wie ich den See finde?«

»Ich kann mitfahren, *my dear.*«

»Nein, das kann ich nicht verlangen. Es könnte gefährlich sein.«

In Wahrheit hatte Sofia das Abenteuerfieber gepackt. Ihre

erste Mordermittlung. Und nun ein richtiger Hinweis, dem sie nachgehen konnte. Nachgehen musste. Sie spürte, wie ihr Herz schneller schlug.

»Gut. Aber pass auf dich auf, Sofia. Es ist am *Xyliatos Reservoir*, so heißt dieser See. Kurz hinter Xyliatos, dann an dem letzten Haus des Ortes links und immer in den Wald hinein. Der See ist dann direkt am Weg, nach vier Kilometern ungefähr. Da ist auch die Hütte. Ziemlich einsam ist es dort.«

»Na, das klingt ja einladend«, lachte Sofia.

Sie spürte regelrecht, wie ihr Adrenalinspiegel stieg; es galt, keine Zeit zu verlieren. Dimitrios war der Schlüssel zu diesem Fall. Sie umarmte die alte Dame, ging mit einem letzten Blick auf den Polizeicontainer zu ihrem Wagen und fuhr los.

Kaum auf der Dorfstraße, schaltete sie das Blaulicht an, was in der Nacht an sich so unsinnig war wie am Tage. Schließlich kam ihr weder ein Auto entgegen, noch fuhr eines hinter ihr. Aber die schwachen Lichter des Corsa reichten kaum aus, um die schmale Straße durch die bergige Gegend zu beleuchten. All die Kurven, die immer weiter hineinführten ins Troodos-Gebirge. Es war der gleiche Weg, den Sofia vor wenigen Tagen umgekehrt gefahren war, als sie zum ersten Mal nach Kato Koutrafas gekommen war. Ihr Leben hatte sich seit diesem Tag komplett verändert. Dieser kleine Ort und seine Bewohner hatten es auf den Kopf gestellt. Zwanzig Minuten fuhr sie, dann durchquerte sie Xyliatos, ein Kaff wie Kato Koutrafas. Na gut, vielleicht waren hier ein paar mehr Dächer intakt. Es lag aber auch höher, und die Winter waren hier kälter – da waren Dächer durchaus nützlich. Hinter dem letzten Haus des Dorfes führte eine Straße linker Hand weiter in das waldige Gebirge.

Lady Gladstone hatte es wirklich exakt beschrieben. Die Frau war besser als Google Maps. Die Straße war jedoch vielmehr ein sandiger Pfad mit steilen Kurven und Abhängen. Sofia fuhr immer weiter in den Wald hinein. Die Bäume standen dicht an dicht. Das verdüsterte die Atmosphäre zusätzlich. Nur das blaue Licht auf dem Dach warf geisterhafte Blitze ins Dunkel. Verdammt, das Blaulicht. Sie hatte vergessen, es auszuschalten. Könnte sie gleich noch die Sirene anmachen, um jeden von hier bis Nikosia wissen zu lassen, dass sie kam.

»Amateurin«, schalt sie sich leise.

Das Adrenalin und der Abenteuergeist von vorhin wichen einem anderen Gefühl. Herrgott, sie war keine Polizistin. Sie war ein junges Mädchen, eine Elitestudentin, eine blutige Anfängerin. Das Einzige, was sie bis vor einer Woche nachts um drei draußen gesucht hatte, waren mehr Cocktails und mehr Jungs. Jetzt suchte sie einen Mann. Sofia war sich nur nicht sicher, ob sie ihn auch finden wollte.

Sie griff an das Holster, in dem die schwere Waffe baumelte. Fühlte das Metall, schwarz und glatt, und es beruhigte sie kein bisschen. Was sollte sie damit tun? Sie hatte keinen Waffenschein, keine Ausbildung, keinen Mumm, sie auch nur durchzuladen. Was für eine Schwachsinnsidee war das hierherzukommen. In Filmen riefen vorwitzige Polizistinnen an dieser Stelle über Funk Verstärkung. Ihr Auto hatte keinen Funk. Sie sah auf ihr Handy. Ein Balken. Erstaunlich. Hier im Wald war mehr Netz als in ganz Kato Koutrafas. Doch wen sollte sie anrufen um vier Uhr früh? Sie sah etwas schimmern. Den See, vom Mond beleuchtet. Er sah schön aus, wie er da lag, mitten im Wald. Das Mondlicht schien auf dem vom Wind leicht gekräuselten Wasser zu tanzen. Doch was war das? Sofia trat das Bremspedal so stark durch, dass der Wagen schlingerte. Ein riesiger Schatten, am Rande des Weges. Ihr Corsa kam zum Stehen. Ein Ungetüm. Aus Blech. Ein LKW. Genauer gesagt nur die Zugmaschine eines LKW. Tiefschwarz. Ganz vorsichtig öffnete Sofia die Tür. Sie versuchte, dabei kein Geräusch zu machen, was schwierig war, weil die Türscharniere ihres Wagens wahrscheinlich in den späten Achtzigern zum letzten Mal Öl gesehen hatten.

Als sie draußen stand, erinnerte sie sich an den letzten Krimi, den sie in London gesehen hatte. Bei Carl auf dem Sofa. Carl liebte Krimis. Sie war nach der ersten Hälfte eingeschlafen. Doch wie die Polizistin in Belfast ihre Pistole gezogen hatte – diese Szene war ihr in Erinnerung. Sie versuchte, die fließende Bewegung nachzuahmen, nahm die Pistole aus dem Holster und hielt sie erst zum Boden, nahm sie dann aber hoch und visierte die Gegend um den LKW an. Langsam und gebückt ging sie auf das Ungetüm zu.

Mit einem Stoßgebet dankte Sofia für das Mondlicht. Merkwürdig, in welchen Situationen sich ihre religiöse Erziehung wieder meldete. Durch die Scheibe konnte sie erkennen, dass der Fahrersitz leer war. Sie erklomm die Stufe an der Fahrerseite und zog am Türgriff. Die Tür ging auf. Die Fahrerkabine war leer. Es roch moderig. Und nach Pisse. Ein beißender Gestank. Sie stieg die Stufe wieder hinunter und schloss die Fahrertür so leise, wie sie sie geöffnet hatte. Dann ging sie zur Front des LKW, tastend, befühlte das Blech. Sekunden später sah sie, was sie insgeheim schon erwartet hatte. Und doch war es ein Schock, ihre Gedanken bestätigt zu sehen. Da waren riesige Schrammen und Kratzer am linken Kotflügel und am Kühlergrill. Eine Stelle war richtiggehend eingedrückt. Kein Zweifel: Die Höhe und Dichte der Schrammen passten zu den Schrammen und Rissen am Kleinwagen von Elena Kyriakou. Eindeutig. Und anschließend hatte Dimitrios Kyriakou den LKW hier im Wald versteckt. Seinen LKW. Mit dem er seine Frau und ihren Lover von der Landstraße geschubst hatte – in den sicheren Tod. Diese Zugmaschine hatte so viele PS, natürlich hatte es da kein Entkommen gegeben. Der Kraft dieses Lasters hätte kein Kleinwagen der Welt widerstehen können.

Doch wo war Dimitrios? Er hatte zwei Morde begangen. Vor einem dritten würde er also nicht zurückschrecken. An einer ahnungslosen Polizistenanfängerin. Hier im Wald, wo man sie tagelang nicht finden würde.

Vielleicht würde wenigstens Lady Gladstone die Suche nach ihr aufnehmen. Kostas würde sicher keinen Finger rühren.

Was war das? Sofia glaubte, etwas zu hören. Ein Rascheln? Ein Quietschen? Vielleicht doch nur die Äste im Wind. Sofia hielt die Waffe höher. Sie hätte es nicht für möglich gehalten. Aber nun im dunklen Wald empfand sie es als recht tröstlich, dieses Stück Metall in ihren Händen zu haben.

Sie musste diese Hütte finden. Sehen, ob Dimitrios Kyriakou friedlich schlief, nachdem er seine Frau um die Ecke gebracht hatte. Die schöne Elena. Wenn er sie nicht haben konnte, hatte sie niemand haben sollen – war es so gewesen? Nach allem, was sie über ihn wusste, war er ein Typ, der so empfand.

Sie bewegte sich vorwärts. Das Rascheln war verstummt, dafür wurde das Quietschen lauter. Ganz wenig nur. Aber hier im Wald, im Dunkeln, in dieser fast vollkommenen Ruhe, die nicht mal vom stillen See gestört wurde, arbeiteten Sofias Sinne besonders gut. Ihre Augen sahen jede Nadel an den Bäumen, ihre Nase roch das trockene Holz der ausgedörrten Natur, ihre Ohren hörten noch das leiseste Geräusch.

Dann sah sie die Hütte. Ein kleines Holzhäuschen. Dicke braune Balken, ein Dach aus hellerem Holz, eine kleine Veranda. Eine Angel stand angelehnt davor, als sei der Angler nur für eine kurze Pause eingekehrt. Die Hütte lag vollkommen ruhig da. Nur das Quietschen kam jetzt aus unheimlicher Nähe. Von rechts. Sofia wandte sich dem Geräusch zu. Und schlug die Hände vors Gesicht, als sie erkannte, was es war. Dieses Quietschen. Sie hatte ihn gesehen. Einen Moment zu lange. Hatte sein Gesicht gesehen. Sein blaues Gesicht. Die offenen

Augen. Starr und aus dem Gesicht herausgetreten. Dazu die Zunge, die aus dem Mund hing, wie bei einem Hund. Das Seil um seinen Hals, ein kräftiges Seil, wie es zum Tauziehen benutzt wurde. Das Seil, das durch die Bewegung an einem Ast das Quietschen verursachte. Ein Hin- und Herschwingen, das sie als Quietschen auf ihn aufmerksam gemacht hatte. Die Arme, die neben seinem leblosen Körper hingen. Die Beine, die nach unten baumelten, als würden sie den Boden suchen. Doch der Boden war einen Meter unter ihm.

Daran, dass er tot war, hatte Sofia keinen Zweifel. Sie hatte die Tiere gesehen, die sein Gesicht fliegend umschwirrten oder sich schon daran gütlich taten. Ein Bild, das sie niemals vergessen würde. Dass es Dimitrios Kyriakou war, auch darüber war jeder Zweifel ausgeschlossen.

Sie erkannte ihn, erinnerte sich an das Familienfoto im Flur. Den Schnappschuss, der im Büro gehangen hatte. Sein Passfoto. Er war es. Oder das, was von ihm übrig war. Eine leere Hülle, die hier nicht erst seit heute Nacht hing. Auch dafür reichte ihre jahrzehntealte Krimi-Erfahrung. Sie sah die Leiter, die auf dem Boden lag. Sie schien umgefallen zu sein. Hatte er versucht, sich zu retten? Dabei die Leiter aber verfehlt, und dann war sie umgefallen? Was für eine schreckliche Vorstellung.

Sofia ließ die Waffe sinken. Es drohte keine Gefahr mehr. Oder doch? Sie sah sich um. Ja, es war niemand hier. Sie war sich sicher. Und dennoch wagte sie es nicht mehr hochzusehen, zu dem toten Mann, der am Baum hing.

Sie nahm ihr Telefon. Immer noch ein Balken. Sie atmete auf. Sie wählte die Handynummer von Chief Inspector Charalambous. Es dauerte nur zehn Sekunden, dann antwortete eine müde weibliche Stimme: »Ja?«

Das war nicht die Kommissarin. Die Stimme dieser Frau war heller. Sie klang jünger.

»Hier ist Sofia Perikles. Ich muss Christina sprechen.«

Die Stimme wurde klarer. »Warte, ich wecke sie.«

Sofia hörte ein Rascheln, eine Bettdecke, dann sagte die Stimme am anderen Ende: »Chérie, wach auf, es ist deine neue Kollegin.«

Wenige Augenblicke später war es die vertraute tiefe Stimme, die ziemlich verraucht sagte: »Sofia, es ist vier. Bist du zufällig in Limassol und willst mit uns ausgehen? Ehrlich. Wir sind keine 25 mehr, Sofia …«

»Christina, keine Zeit zum Scherzen. Ich steh im Wald bei Xyliatos. Ich habe Herrn Kyriakou gefunden. Er ist tot. Er hat sich umgebracht.«

Sie empfand es als angebracht, den Leichnam nicht mehr mit Vornamen zu benennen.

»Du bist wo?«

»Im Wald, beim See von Xyliatos. Hier steht auch der LKW. Es ist der Wagen, nach dem wir gesucht haben. Komm so schnell du kannst.«

»Bleib, wo du bist. Wir brauchen sicher eine Stunde da rauf. Ich rufe die Kollegen aus Troodos an, damit du nicht allein warten musst. Mein Gott, Sofia, du bist echt eine Spürnase.«

Sie legte auf.

Sofia war wieder allein.

Diesmal war es ein Rascheln. Ein Knacken. Direkt hinter ihr. Sie griff blitzschnell zu ihrer Waffe. Wollte sich umdrehen.

Da erklang die Stimme des Mannes hinter ihr: »Alles gut, Sofia, ich bin es.«

Sie drehte sich um und erkannte ihn, als sie den Abzug drückte.

Eíkosi októ – 28

Der Schuss hallte durch den Wald und wurde von den Bäumen hin- und hergeworfen, als hätte der Krieg begonnen. Sofia schrie auf. Vor ihr stand Kostas und zitterte am ganzen Körper. Er war leichenblass. Aber er stand vor ihr. Obwohl sie aus weniger als zwei Metern auf ihn geschossen hatte. Die Kugel hatte ihn verfehlt. So zutiefst erschrocken wie erstaunt sahen Kostas und Sofia einander an.

»Herrgott, Sofia. Das war knapp.«

Sie ging auf ihn zu und schlug ihm heftig auf die Schulter. »Verdammt, du kannst mich doch nicht so erschrecken. Ich hätte dich erschießen können.«

»O ja. Ich wusste zwar, wie du schießt, aber dass du mich aus der Nähe verfehlst, war in der Tat purer Zufall.«

»Kostas. Hör auf. Was machst du hier?«

»Meinst du, ich lasse meine siebenundzwanzigjährige Kollegin, die im Umgang mit Schusswaffen völlig unerfahren ist, allein des Nachts in die Wälder des Troodos? Ach, Tausendschön, ich bin dir gefolgt.«

»Es war kein Auto hinter mir.«

»Echte Zyprioten fahren ohne Licht.« Er grinste. Kostas hatte sich also Sorgen um sie gemacht.

»Du warst gut, du hast mich einmal abgehängt, an dem Abzweig in Xyliatos. Ich musste mich erst mal orientieren, deshalb hat es etwas gedauert, bis ich dich gefunden habe. Verdammt, ich hatte die Hütte von Dimitrios längst vergessen. Ich war selbst nie hier. Ich hatte nur mal davon gehört, dass es sie gibt. Aber das ist Jahre her. Ich wusste nicht, dass er das Ding immer noch hatte. Ich hab versagt.«

Er sah hoch in den Baum und schüttelte den Kopf.

»Oh, Dimitrios, was hast du getan?«

»Schrecklich, oder?«

Kostas nickte. »Jetzt ist die alte Varviotis ganz allein. Geht's dir einigermaßen, Sofia?«

Noch nie hatte er sie mit ihrem Vornamen angesprochen. Sie nickte und atmete tief durch. Das erste Mal, seitdem der Schuss gefallen war.

»Es tut gut, dass du da bist.«

Er lächelte. Sie hatte ihn noch nie offen und freundlich lächeln sehen.

»Hast nicht geglaubt, dass du das mal sagst, oder?«, fragte er.

Jetzt musste auch sie lächeln. So standen sie da, bis die ersten Blaulichter die Straße von Xyliatos herunterkamen. Es war ein blaues flackerndes Meer.

Kostas sagte: »Komm, wir gucken uns das Häuschen an, bis die Kollegen hier sind. Dann werden sie ihn vom Baum holen, und wir haben keine Ruhe mehr.«

»Die Kollegen müssen warten, bis Christina hier ist«, sagte Sofia nachdrücklich. »Es ist ihre Ermittlung.«

»Christina Charalambous. Ich hätte nicht gedacht, dass ich sie mein Lebtag wiedersehen werde.«

»Ihr kennt euch?«

»Wir haben früher zusammengearbeitet. In Limassol. Ich war ein junger Cop. Und dann bin ich dem Ruf der Liebe gefolgt und hab mich in Kato Koutrafas niedergelassen.« Er klang bitter. »Aber du kennst ja meine Geschichte, wie dein Monolog mich gestern Abend hat wissen lassen.«

Sie sah betreten zu Boden. »Entschuldige, Kostas.«

Er klopfte ihr auf die Schulter. »Lass mal. Vielleicht war es der richtige Zeitpunkt.«

»Magst du sie?«

»Christina?«

»Wen sonst?«

»Sie ist eine Kampflesbe, aber sonst ist sie o.k.«

»Hat sie dich etwa abblitzen lassen?«

»Wie bitte? Ich hab's nie versucht.«

»Du bist unverbesserlich, Kostas.«

»Los jetzt. Ab in das Häuschen.«

Sie gingen zur schmalen Tür und mussten sich bücken, um unter dem niedrigen Rahmen hindurchzukommen.

Drinnen gab es allem Anschein nach kein elektrisches Licht. Deshalb musste Sofia ihr Handy zu Hilfe nehmen. Nun war die Hütte spärlich erleuchtet.

Sie war wirklich winzig. Es gab einen Kasten *Keo*-Bier, Flaschen mit stärkerem Alkohol, einen Kalender mit nackten Frauen für einsame Abende und allerlei Anglerkram. Nichts, was ihnen weiterhelfen konnte. Vor allem: keinen Abschiedsbrief. Kostas ging zuerst wieder hinaus, Sofia folgte ihm.

Es war merkwürdig. Draußen war auf einmal alles wieder dunkel, kein Blaulicht, keine Menschen.

Dann, auf einmal, ging zu ihrer Linken ein Licht an. Wie ein riesiger Suchscheinwerfer. Rechter Hand flammte ein zweiter auf. Sofia fühlte sich wie ein Reh auf der Autobahn. Unfähig, auch nur irgendetwas zu sehen, hielt sie die Hände vors Gesicht. Auch Kostas wirkte wie erstarrt, doch eben griff er an seinen hinteren Hosenbund. Wollte er die Waffe ziehen?

Über einen blechernen Lautsprecher rief eine Stimme: »Sie da. Bleiben Sie stehen und nehmen Sie die Hände hoch. Das Gelände ist umstellt. Ich wiederhole: Hände hoch.«

Sofia brauchte keine halbe Sekunde, bis sie die Hände erhoben hatte und damit dem Licht schutzlos ausgeliefert war. Sie hatte die Stimme erkannt. Was sollte das denn? Christina wusste doch, dass sie hier war. Hatte sie Toby Arschgeige nichts davon gesagt? Es war eindeutig die Stimme ihres ehemaligen Mitschülers.

Auch Kostas fügte sich und hob die Hände. In diesem Moment stürzten hinter den Bäumen mehrere Männer hervor und rannten auf sie zu. Sie waren vermummt mit schwarzen Masken und trugen riesige Maschinenpistolen an einem Brustgurt, die sie nach vorne reckten wie Bajonette. Einer von ihnen schlug Kostas so hart auf den Rücken, dass dieser mit einem dumpfen Knall auf dem Waldboden aufschlug. Zwei andere standen sofort hinter Sofia und wollten das Gleiche mit ihr tun. Offenbar bemerkten sie gerade noch rechtzeitig, dass sie eine Frau war.

Einer der beiden fesselte ihr stattdessen die Hände auf dem Rücken.

»Sondereinheit«, flüsterte Kostas ihr zu.

Sie nickte ihm kaum merklich zu. Was war hier los?

»Kollegen, wir sind von der Polizei«, rief Kostas.

»Ruhe«, sagte der Vermummte, der auf ihm saß und ihn wieder fester auf den Waldboden drückte.

Er klang nicht, als sei verbale Gegenwehr eines Festgenommenen im Protokoll auch nur irgendwie vorgesehen.

Die Handschellen an Sofias Handgelenken waren kühl und schnitten ein, und überhaupt fror sie. Es war kalt geworden an diesem See. Wie lange stand sie wohl so da? Sie konnte es nicht mit Gewissheit sagen. Bis sich endlich, nach Sekunden, Minuten oder einer Viertelstunde, eine kleine Gestalt mit flinken Schritten näherte. Diesem wieselhaften Gang, den Sofia schon auf dem Schulhof gehasst hatte.

»Wen haben wir denn da?«, fragte Toby und grinste sie an. Er sah ein bisschen überrascht aus, dennoch überwog die Freude, Sofia in diesem Zustand zu sehen.

Wahrscheinlich war das einer seiner Träume – Frauen in Handschellen zu legen, dachte sie böse.

»Was soll das, du Wichser? Jetzt sag deinen halbstarken Affen hier, sie sollen mich losmachen. Wo ist Christina?«

Einer der Affen griff nach ihrem Arm und hielt sie fest. Doch Toby gab ihm ein Zeichen. Daraufhin ließ er sie sofort los und suchte nach dem Schlüssel, um ihre Handschellen zu öffnen.

»Immer mit der Ruhe, Junior Officer Perikles. Erstens sind das keine Affen, sondern die *Emergency Responce Unit.* Die beste und einzige Sondereinheit, die wir in Zypern haben.«

Sofia fragte sich, ob Toby die Blödheit seiner Nichtantwort auffiel.

»Zweitens frage ich mich, was du hier machst. Und warum du nach Christina fragst. Und wer dein Freund …, ach, das ist wohl Chief Inspector Kostas Karamanlis, nehme ich an?«

Einer der Vermummten zog Kostas am Arm in die Vertikale, dann öffnete er auch ihm auf Tobys Zeichen hin die Handschellen. Sofia gab das die Möglichkeit, das Szenario zu betrachten, jetzt, wo sie aus den Lichtkegeln heraustreten konnte: Da standen vier zivile Polizeibusse, die zur Spezialeinheit in Nikosia gehörten. Die Beamten wurden bei Geiselnahmen, Terrorverdacht und bei aufsehenerregenden Verhaftungen eingesetzt. Was wollten die hier? Hatte Christina etwas falsch verstanden?

»Und was für ein Vogel bist du?«, fragte Kostas Toby, nicht ohne hinzuzufügen: »Solche Grünschnäbel wie du wurden zu meiner Zeit nicht mal in der Pförtnerloge der Polizei eingestellt.«

Toby nahm den verbalen Schlag ohne Regung hin, er setzte sein teuflisches Grinsen auf: »Stattdessen hat man Säufer wie Sie eingestellt? Ich will wissen, was ihr hier wollt. Das ist mein Tatort.«

Sofia verstand kein Wort.

»Das ist unser Tatort«, gab sie zurück. »Wir haben Christina …«

Auf der Straße, die von Xyliatos herunterführte, war schon wieder Blaulicht zu sehen. Allerdings deutlich weniger als vorhin.

»Was redest du immer von Christina?«, fragte Toby wütend, »sie weiß nichts von dieser Sache. Ich hab versucht, sie zu erreichen. Aber sie ist nicht rangegangen.«

»Aber ich hab doch vorhin mit ihr telefoniert. Woher weißt du davon, wenn nicht ...«

Um das Chaos und die Verwirrung komplett zu machen, hielt in diesem Moment ein ziviler Wagen mit quietschenden Reifen vor ihnen.

Heraus sprang, gänzlich alleine, Christina Charalambous, um langsam und kopfschüttelnd auf die Szene zuzugehen.

»Was ist denn hier los?«, rief sie ungläubig.

Toby stellte sich ihr in den Weg.

»Das Gleiche könnte ich Sie fragen«, sagte er. »Was machen Sie hier? Und warum gehen Sie nicht ans Telefon?«

Sofia war verwundert, welchen Ton Toby gegenüber seiner Vorgesetzten anschlug. Offenbar verspürte er wirklich Oberwasser.

»Kein Netz«, sagte Christina. »Die Straße hier rauf ist das Tal der Ahnungslosen. Und die verdammten Kollegen in Troodos konnten niemanden schicken, Krankheitswelle. Aber woher weißt du von dem Tatort, Toby? Hat Sofia dich auch angerufen?«

So standen sie da: Christina war verwirrt, Toby war verwirrt, Kostas war sowieso verwirrt. Sofia hätte sich am liebsten in Luft aufgelöst, so peinlich war ihr die Situation. Obwohl sie keinerlei Erklärung für all das hatte, was in den letzten zehn Minuten passiert war.

»Wir haben einen anonymen Anruf in der Zentrale erhalten«, sagte Toby. »Von einem Mann, der gesagt hat, dass er weiß, wo der Mann steckt, nach dem wir fahnden. Dimitrios Kyriakou.

Er hat den Weg hierher genau beschrieben. Dann hat er aufgelegt. Die Kollegin aus der Zentrale hat versucht, dich zu erreichen, Christina. Als das nicht geklappt hat, hat sie mich angerufen. Ich habe sofort die Sondereinheit angefordert, und wir sind hierhergerast. Wir dachten, er«, er wies auf Kostas, »sei der Gesuchte. Stattdessen stehen wir dem berühmtesten Polizisten von ganz … wie heißt euer Kaff? Na ja, dem feuchtfröhlichsten Polizisten von ganz Nordzypern gegenüber.«

Kostas sah so abfällig zu Toby hinüber, als wäre er eine leere Ouzoflasche. Christina nickte Kostas zu. Der erwiderte ihren stillen Gruß.

»Na, das ist ja ein Zufall«, sagte die Kommissarin. »In derselben Nacht, in der Sofia den entscheidenden Hinweis in Kato Koutrafas bekommt, ruft ein Unbekannter im Revier an und weist uns denselben Weg. Merkwürdig.«

»Und nun? Wo ist Dimitrios Kyriakou?«, fragte Toby.

Sofia wies in den Wald hinein: »Dafür musst du deine Gorillas anweisen, eure Festbeleuchtung ein wenig nach links zu richten.«

Toby machte eine Ansage über Funk. Sekunden später stand der Baum mitten im Scheinwerferlicht. Taghell war er nun erleuchtet und warf tiefe Schatten in den Wald. Der Baum. Der Mann. Seine heraushängende Zunge. Die fahle Haut. Die Tiere, die in seinem Gesicht herumkrabbelten. Toby war sichtlich überrascht.

»Er ist tot?«

»Oh ja, mausetot.«

»Und zwar nicht erst seit heute Nacht«, sagte Christina nach einem einzigen analytischen Blick.

»Und noch etwas«, sagte Sofia. Sie führte die kleine Gruppe zum LKW.

Christina fuhr mit der Hand über den zerstörten Kühlergrill und pfiff durch die Zähne. »Hier ist sogar silberner Lack«, sagte sie. »Sieht aus, als hätte Elenas Auto von dem hier seinen Schubser bekommen.«

»Woher wusstest du von alldem?«, fragte Toby Sofia misstrauisch. »Das kann doch kein Zufall sein.«

Der Spott, mit dem sie antwortete, war beißend: »Was denkst du denn, Toby? Meinst du, ich hab den LKW gefahren? Spinnst du? Eine Frau im Ort wusste von der Hütte. Ihr ist sie aber erst heute Nacht wieder eingefallen. Da wollte ich mein Glück versuchen.«

»Mutige kleine Sofia. Ganz allein. Nachts im großen dunklen Wald. Wenn das der Papa wüsste.«

»Halt die Fresse, Toby.«

Christina und Kostas sahen dem Streit zu, als wären sie Eltern, die hinter der Scheibe im Kindergarten stünden.

»Dann rufen wir jetzt die Spurensicherung, und damit ist der Fall abgeschlossen«, sagte Toby nach einem weiteren Blick auf die Leiche.

»Nun halt mal. Kommt euch denn der anonyme Anruf nicht auch komisch vor?«, fragte Sofia.

Christina wollte gerade antworten, doch Toby kam ihr wieder zuvor: »Jetzt hör auf, du Nervensäge. Wer soll es denn sonst gewesen sein? Ein Massenmörder, der die Familie Kyriakou auslöschen will? Erst mit Elena beginnt und dann ihren Mann aufhängt? Zu viel Krimis gesehen, oder was? Sofia Perikles, die Profilerin. Herrje. Wir haben eine Selbsttötung, und wir haben den kaputten LKW. Da hängt er, der Mörder. Wir sind fertig. Wart ihr in der Hütte?«

Sofia nickte. »Da drinnen gibt es nichts, was uns weiterhilft.«

»Abschiedsbrief?«, fragte Christina.

»Nein, keine Spur von einem Brief«, gab Sofia zurück. »Aber die Spurensicherung soll sich dort noch mal alles in Ruhe anschauen.«

»Das wird sie, Sofia«, fertigte Toby sie ab und wandte sich an Christina, »Chief Inspector, das ist doch nun ein Tatort der Polizei von Limassol. Würden Sie Ihre Helfershelfer wegschicken?«

Christina sah ein, dass ein Kampf mit Toby in diesem Fall keinen Sinn hatte. Sie schaute Sofia und Kostas entschuldigend an.

»Wir sprechen uns morgen, Sofia. Chief Inspector. Danke. Legt euch erst mal hin und ruht euch aus, ja? *Kalinichta.*«

»Gut. Und Sie da, wie ist Ihr Name: Toby?« Es waren Kostas' erste Sätze seit Christinas Ankunft gewesen.

»Ja?«

Toby ging ein Stück näher. Da sauste Kostas' geschlossene Faust auf seine Nase, dass es einen Knall gab. Es ging so schnell, dass Toby nicht mal hatte zucken können. Er hatte augenscheinlich mit allem gerechnet, nur nicht mit körperlicher Gewalt. Er schrie auf, hielt sich die Nase.

Sofia hatte so etwas noch nie gesehen. Eine derartige Kraft, Tobys Nase musste gebrochen sein. Kein Zweifel.

Niemand rührte sich, nicht die Elitepolizisten, nicht Christina. Nur Toby, der in die Hocke ging und sich die Nase hielt, und Kostas, der sich umdrehte und losstapfte.

Im Gehen rief er: »Tausendschön, komm, wir fahren nach Hause.«

Eíkosi ennéa – 29

Es musste ein merkwürdiges Bild sein. Das war ihr klar: Sie lag in ihrem Bikini in der Morgensonne. Auf einem durchgesessenen Liegestuhl. Auf der Brache hinterm Kafenion. Dort, wo Christos vorgestern Nacht versucht hatte, sie zu küssen. Sie hatte den Liegestuhl im Schuppen hinter dem Haus gefunden und ihn einfach hierhergeschleppt.

Erst um sechs Uhr morgens war Sofia wieder im Hotel gewesen. Doch sie hatte kein Auge zugekriegt. Zu aufgewühlt war sie nach den Ereignissen im Wald von Xyliatos. Also war sie kurzerhand in ihren Bikini geschlüpft, hatte ihre Kopfhörer ins iPhone gestöpselt und sich an der Bar einen Kaffee geholt.

Adonis waren fast die Augen rausgefallen. Er schien nicht zu wissen, ob er zuerst Sofia oder den Milchaufschäumer betrachten sollte. Deshalb war Sofia durchaus überrascht, als schon nach anderthalb Minuten ein leckerer Latte macchiato vor ihr stand.

So lag sie nun da. Auf ihrer kleinen Brache. Und ärgerte sich über sich selbst, weil sie so dumm gewesen war zu glauben, sie könnte sich ablenken. Und nun blätterte sie auf ihrem iPhone ausgerechnet romantische Hochglanzfotos von Prinz Harry mit seiner schnieken Schauspielerin durch. Was hatte diese Meghan Dingsbums, was sie nicht hatte? Sie wechselte die Musikplaylist von Party auf Hardcore und legte wütend das Handy beiseite.

Es war verhext. Der Fall war gelöst. Doch sie fand keine

Ruhe. Sie sah ständig das Bild des toten Dimitrios vor sich. Wie er da hing, an dem Baum. Ein Gutes hatte es, dass Toby Arschgeige die Ermittlungen an sich gerissen hatte: Es war nicht Sofia, die der Mutter von Elena die Neuigkeit überbringen musste, dass nun auch noch der Schwiegersohn tot war. Ein Team aus der Hafenstadt war vorhin in Kato Koutrafas eingefahren. Schweigend beobachtet von allen Gästen, die vor dem Kafenion saßen.

Die Nachricht von Dimitrios' Tod verbreitete sich bestimmt wie ein Lauffeuer. Sofia konnte sich bestens vorstellen, wie Lady Gladstone überm Gartenzaun hing und die Dorfstraße zur Klatschmeile wurde. Sie hatte nicht Teil davon sein wollen. Deshalb die Flucht in den Liegestuhl.

Sofia suchte nach ihrem Bauchgefühl. Nach etwas, was sich wie Erleichterung anfühlte. Aber irgendwie war da nichts. Sie fühlte sich wie eine Versagerin. Sie hatte einen Partner, der in einer Befragung in Nikosia festhing. Wegen des Angriffes auf einen Kollegen, den sie nicht verhindert hatte. Doppelter Nasenbeinbruch. Das musste man erst mal schaffen. Toby Arschgeige hatte natürlich sofort das Hauptquartier der Polizei informiert. Die Interne Revision würde Kostas die Hölle heißmachen.

Und sie gab sich die Schuld daran, Dimitrios nicht rechtzeitig gefunden zu haben. Jetzt hatte sie einen Toten. Und kein Geständnis, das sie beruhigt hätte. Dimitrios Kyriakou. Der Mann, der Elena über alle Maßen geliebt hatte. Eine kranke Liebe. Aus Eifersucht, Missgunst und Gewalt. Eine Geschichte, die so schrecklich ausgegangen war. Die Bauchschmerzen nahmen zu, je länger sie sein Gesicht vor ihrem inneren Auge sah. Sie stoppte die Playlist, deren Dröhnen ihre Gedanken nicht übertönen konnte. Und wählte ihre Nummer. Wieder nahm sie sofort ab. Als würde sie stets auf Sofias Anruf warten.

»Hi, Sofia.«

»Hallo, Christina.«

»Wie geht es dir?«

»Beschissen.«

Christina schwieg für einen Moment.

»Es ist immer schwer, wenn du die erste Leiche siehst, die mit dir und deinen Ermittlungen zu tun hat. Aber ich verspreche dir: Es wird besser.«

»Ich hoffe«, gab Sofia zurück. »Aber das ist es nicht. Christina, ehrlich, findest du nicht, dass das alles ganz schön glatt war? Der anonyme Anruf. Und dann hängt er da am Baum. Der Mörder. Ich finde das merkwürdig. Die ganze Geschichte. Hast du schon was vom Totenschein der Französin aus Paphos?«

»Wir sind da dran, Sofia. Aber ehrlich? Du musst einen Abschluss finden. Alles spricht gegen Dimitrios. Sieh doch: Wir haben den LKW.«

»Ich weiß. Aber ich hab so ein ungutes Gefühl.«

»Weißt du, ich hatte immer Mentoren, als ich eine junge Polizistin war. Die haben mir gesagt, wenn ich es gut sein lassen sollte. Und ich bin damit sehr gut gefahren.«

»Aber …«

»Sofia, die Polizeipräsidentin war vorhin sehr deutlich: Wenn ich noch ein Telefonat in dieser Sache führe, schmeißen sie mich raus. Der Fall ist durch. Die Polizei von Limassol legt die Akte in den Ordner der gelösten Fälle. Und um es dazuzusagen: Ich bin mittlerweile sicher, dass er es war. Die Spuren am LKW. Das Versteck im Wald, von dem nur er wusste.«

»Aber …« Noch ein Versuch, doch Christina unterbrach sie wieder.

»Wenn du dir nicht sicher bist, musst du weitermachen. Allein.«

Dann hatte sie aufgelegt.

Sofia schloss die Augen und spürte die Sonne im Gesicht. *Keane* spielte *Somewhere only we know* in ihren Ohren.

Da stimmte etwas ganz gewaltig nicht. Sie musste es tun. Sie musste noch mal dorthin. Sofia stand auf, trug den Liegestuhl zurück in den Garten und ging auf ihr Zimmer. Ihre einzige Uniform war dreckig und stank nach dem langen Tag und der nächtlichen Suche im Wald. Sie würde sich anziehen müssen wie bei ihrem Einstand auf der Insel: Sie entschied sich für ein weißes Kleid mit Blumenmuster, das ihre Figur betonte. Genau richtig für die kommenden Stunden im heißen Auto und in Paphos.

Sie wusste nicht, wie sie die Waffe am Körper tragen sollte. Sie passte gerade so in die Handtasche. Ein Blick in den Spiegel: Sie war bereit.

Warum war sie gestern so unruhig gewesen, bei den alten Damen und beim Zusammentreffen mit dem Armenier danach? Ihr Vater hatte sich noch nicht mit Informationen gemeldet. Wahrscheinlich musste er nach dem langen Tag in der Bar erst mal seinen Kater ausschlafen.

Ja. Es stimmte. Auch sie, Sofia, hatte kein einziges Argument, das gegen Dimitrios Kyriakou als Täter sprach. Der sich anschließend selbst gerichtet hatte. Sie hatte nur ihr Bauchgefühl.

Triánta – 30

Da war niemand. Sie hatte schon dreimal geklingelt und dabei die Fenster der neugierigen Lady Juliet nebenan beobachtet. Dort bewegte sich nichts. Genauso wenig wie hier bei Iria. Mist. Warum konnte nicht ein Plan aufgehen?

Sie schlich sich wieder aus dem Garten heraus, ging am Zaun von Lady Juliet vorbei und stand vor Sonias Haus. Dem wilden Garten. Der ihr so viel besser gefiel als Lady Juliets britischer Golfplatz. Sie klingelte. Wieder öffnete niemand. Das konnte doch nicht wahr sein.

Bei Madame Bourdoisseau brauchte sie nicht zu klingeln. Sie wollte weder auf einen schicken Armenier treffen noch auf zwei riesige Russen und am allerwenigsten auf einen linkischen Anwalt, der dick und verschlagen gleichzeitig war. Sie ließ den Kopf sinken und ging langsam die Straße entlang. Sollte sie aufgeben? Sie hatte keine andere Wahl. Sie würde zurückfahren nach Kato Koutrafas. Sie könnte sich wieder in die Sonne legen und Musik hören. Vielleicht hatte Christos gekocht.

Die Erkenntnis traf sie wie ein Blitz: Sie war jetzt Polizistin. Und sie war extra hergefahren, hatte sich ihr Sommerkleid angezogen, um nicht aufzufallen, um *undercover* zu ermitteln. Sie war die Einzige, der Elenas Tod und diese Ermittlungen etwas bedeuteten. Niemand würde ihr helfen. Deshalb durfte sie nicht aufgeben. Sie drehte um und ging um Irias Haus herum. Auf der Rückseite lag der Strand. Jedes Haus hatte seine eigene kleine Sandbucht, dazwischen lagen graue Felsen, die natürlich waren und die Bucht in vier Parzellen unterteilten. Es war wunderschön.

Am zweiten Haus führte eine Rampe hinunter zur Bucht. Offenbar hatte Lady Juliet eine Möglichkeit geschaffen, mit dem Rollstuhl an den Strand zu gelangen. Doch was war das? Hinter der dritten Villa markierten Metallstangen den Weg zum Strand. War das wirklich eine Einrichtung für Blinde? Das war ja genial. Und jetzt, wo sie genauer hinschaute, sah sie Sonia. Sie lag in der Sonne, das Gesicht in den Himmel gerichtet. Sofia ging ein Stück näher, raunte leise: »Vorsicht, nicht erschrecken.«

Die Frau im schlichten schwarzen Badeanzug wandte sich der Stimme zu. Ihr Gesicht sah ruhig und freundlich aus, ganz entspannt.

»Wie schön, dass Sie hier sind. Ich habe seit gestern überlegt, wie ich Sie erreichen kann. Ich habe über Sie nachgedacht. Mir vorgestellt, wie Sie wohl aussehen, junge Frau.«

Sofia sah an sich herunter und trat schüchtern näher. Es war so merkwürdig, mit dieser Frau zu sprechen. Sofia hatte das Gefühl, dass Sonias Blick sie deutlicher traf, als es der eines sehenden Menschen je vermocht hätte. Sonia wies auf den freien Liegestuhl neben sich. Sie hatte die dunkelolivgrüne Haut der Zypriotinnen, einen wunderschönen Teint, sie war sehr gepflegt und sah viel jünger aus, als sie laut Juliet war. Sofia ließ sich im Liegestuhl nieder. Die Handtasche mit der Waffe legte sie neben sich.

»Wieso haben Sie über mich nachgedacht? Warum wollten Sie mich erreichen?«

Sonia wandte ihr Gesicht wieder der Sonne zu.

»Ich weiß nicht. Es war ein Gefühl.«

»Darf ich Sie etwas fragen?«

»Natürlich, junge Frau.«

»Wie fühlt sich das an?«

»Sie meinen, dass ich nichts sehe?«

»Ja«, antwortete Sofia schüchtern.

»Ich habe gesehen. Die längste Zeit meines Lebens. Und ich bin Gott sehr dankbar dafür. Deshalb kann ich mir vorstellen, dass Sie sehr hübsch sind. Ich höre es an Ihrer Stimme. Sie haben diese Unmittelbarkeit, wenn Sie sprechen. Als würden Sie nicht ständig über Ihre Wirkung nachdenken. Weil Sie es nicht müssen.«

Sofia war gerührt. »Das klingt sehr schön. Danke.«

»Das Licht wurde immer schlechter. Von Tag zu Tag. Bis ich vor drei Jahren nichts mehr gesehen habe. Gar nichts mehr.«

»Aber auf den Strand können Sie nicht verzichten ...«

»Welcher Zypriot möchte schon auf das Meer verzichten? Aber Sie haben ja die Konstruktion gesehen. So einfach wie genial. Ich bin jeden Tag hier unten.«

Sofia konnte nicht anders, sie musste es sagen. »Wir haben ihn.«

Stille trat ein. Nur kurz, dann sprach Sonia sehr klar: »Elenas Mann?«

»Genau.«

»Und?« Ihre Stimme bebte. »War er es?«

»Es scheint so. Er hat sich selbst gerichtet. Die Spuren an seinem LKW waren sehr verdächtig.«

Sonia atmete tief ein. »Dann war er es. Sie haben Ihren Täter. Und die arme Elena kann ihren Frieden finden. Besser so.«

»Was wollten Sie mir sagen?«, beharrte Sofia.

Sonia sah aufs Meer, als betrachtete sie die kleinen weißen Wellen, die als Schaum auf den schmalen Flecken Sand klatschten, der vor ihren Füßen lag. Es war ein sehr friedliches Plätzchen Erde. Sofia hätte nicht sagen können, ob Sonia nicht doch sehen konnte. So klar war ihr Blick auf das Wasser gerichtet.

Schließlich antwortete Sonia: »Ach, ich weiß auch nicht.

Jetzt, wo Sie den Mörder haben, ist es wahrscheinlich gar nicht mehr wichtig. Es scheint die beste Lösung.«

»Was wäre die schlechtere Lösung?«

»Gut. Ich erzähle es Ihnen. Aber nicht hier. Kommen Sie mit raus.« Sie zeigte aufs Meer. »Lady Juliet will nicht, dass jemand von uns etwas erzählt. Oder generell über das Geschäft geredet wird. Sie hat Sorge, dass alles noch platzen könnte. Deshalb will ich nicht hier am Strand reden. Ich will überhaupt nicht, dass sie uns zusammen sieht.«

»Wo ist sie denn?«

»Sie wird schlafen. Um diese Zeit nimmt sie sich stets eine dreistündige Auszeit. Nach einem ausgiebigen Mittagessen mit reichlich Wein.«

»Und Iria?«

»Sie ist mit ihrer Pflegerin beim Arzt. Sie verlässt das Haus nicht mehr, außer für Arztbesuche. Wie wir alle, eigentlich.«

»Weshalb haben Sie Angst vor Lady Juliet?«

»Ach, wissen Sie, es ist keine Angst. Aber wir leben sehr nahe beisammen. Wir leben miteinander. Da will ich keine Missstimmung. Sie werden es noch sehen: Wenn Sie älter werden, wird Ihre Welt immer kleiner. Und Sie wollen keinen Krieg in einer kleinen Welt.«

»Gut, gehen wir schwimmen«, sagte Sofia, öffnete ihre Handtasche und entnahm ihr ihren magentafarbenen Bikini.

Wie lange war sie nun schon auf der Insel? Endlich konnte sie ins Meer! Sie zog ihr Kleid aus, ohne darauf zu achten, wer sie hier sehen könnte. Doch außer Sonia war ja ohnehin niemand hier. Der private Sandstrand war von der breiteren und vielbesuchten Coral Bay nicht einsehbar.

Ohnehin war Prüderie nun nicht gerade ihr Problem. Sonst wäre ein Nacktbad am Aphroditefelsen wohl nie möglich gewesen. Sie zog sich die Unterwäsche aus und schlüpfte in ihren Bikini.

Sofia überließ der Älteren den Vortritt. Die ging zielstrebig zum Wasser, machte ein paar Schritte und ließ sich, als es tiefer wurde, sofort fallen. Sonia legte sich auf den Rücken und ließ sich von der Strömung ein Stück hinaustreiben, bevor sie ein paar kräftige Schwimmzüge tat. Sie war eine geübte Schwimmerin, das sah Sofia auf den ersten Blick. Es schien, als wollte die alte Dame erst reden, wenn sie wirklich weit draußen waren.

Sofia tat die ersten Schritte und erschrak beinahe, als sie spürte, wie warm das Wasser hier an der Westküste war. Nördlich von Paphos gab es die wärmste Strömung entlang der Insel, bis hinauf zur Akamas-Halbinsel. Dort gab es am *Lara Beach* die Brutplätze für Meeresschildkröten. Auch die liebten diese warme Meeresströmung. Sofia hatte nahezu vergessen, wie karibisch dieses Wasser war. Sie genoss es, sich der Länge nach hineinfallen, den Kopf für einige Sekunden unter Wasser zu lassen, so wie früher, als kleines Kind, als es das Größte war, ewig die Luft anzuhalten.

Ganz egal, ob die Schminke verlief oder die Frisur im Eimer war. Das hier war größer als jedes Schönheitsideal. Als sie wieder auftauchte, juchzte sie, dann folgte sie Sonia, die schon weit hinausgeschwommen war und nun auf dem Rücken liegend auf Sofia wartete. Die tat es ihr nach, breitete Arme und Beine aus und spürte, wie das salzige Wasser ihr Auftrieb gab, wie es gar keine Mühe machte, obenauf zu bleiben, und wie die warme Sonne sich von oben auf ihre kalte Haut legte.

»Er kam eines Tages. Der junge Mann, den Sie gestern getroffen haben.«

»Davit Nalbandian.«

»Herr Nalbandian. Genau. Er war sehr höflich. Hat sich vorgestellt als einen der besten Unternehmer in Paphos. Er habe ein Angebot für uns.«

»Wann war das?«

»Vor einigen Monaten. Ich denke, im März.«

»Hatte er damals seine Gorillas mit?«

»Nicht beim ersten Besuch.«

»Und was war das für ein Angebot?«

»Er sagte, dass unsere Häuser in keinem guten Zustand seien. Dass der Erhalt sicher sehr teuer sei. Und Gärtner, Putzfrau, Pfleger, das alles. Und wir ja immer älter und kränker werden würden.«

»Unverschämt, wenn man genau drüber nachdenkt.«

»Im Alter, meine Liebe, ist man nicht mehr so empfindlich. Er hatte ja recht. Es ergab alles keinen rechten Sinn mehr. Diese riesigen Hütten. Stellen Sie sich das doch vor. Wir in diesen Palästen. Wir alten Schachteln.«

»Er wollte Ihre Villen kaufen?«

»Nein, das nicht.«

»Sondern?«

»Er hat uns einen Tausch vorgeschlagen. Er plane ein sehr schönes neues Hotel. Das *Grand Hotel Pegeia.* Es solle eine Herberge für betuchte Rentner werden, die im Süden überwintern wollen. Mit allem Chichi. Mit Wellness und Spa, alles kostenlos, mit wunderbaren Suiten. Und wenn wir alle noch älter oder noch kränker seien, könnten wir dort auch gepflegt werden. Alles sei vorbereitet.«

»Das klingt zauberhaft.«

»Lady Juliet war sofort begeistert. Sie ist Britin. Die stehen auf diese Clubatmosphäre. Und dann noch das Wort *Grand Hotel.* Da war sie gleich ganz aus dem Häuschen.« Sie lachte das Lachen eines jungen Mädchens, als ihr diese Erinnerung kam. »Wissen Sie, Lady Juliet wirkt nur so hochherrschaftlich. Früher war sie eine arme Kirchenmaus. Dann hat sie sich einen reichen Zahnarzt geschnappt. Der ist früh gestorben, und sie konnte von seinem Geld leben. Aber ihr Stil und ihr Wissen stammen immer noch aus Liverpool, wo sie aufgewachsen ist. Verstehen Sie das nicht falsch, ich mag sie, sie hat das Herz am rechten Fleck. Aber wenn ihr jemand damit kommt, dass sie ihren Lebensabend in einem *Grand Hotel* verbringen kann, dann überlegt sie keine Sekunde.«

»Und Sie, Sonia?«

»Ich habe gezweifelt. Das stimmt. Ich bin nicht so der Typ für Hotelbüfetts und dergleichen. Ich bin von hier. Eine Zypriotin durch und durch. Ich liebe es, zu kochen und auf den Bauernmarkt zu gehen. Aber …«, sie wies auf ihre Augen, »es ist etwas schwierig, auf dem Bauernmarkt die schönsten Tomaten auszusuchen, wenn man nicht mal mehr die Bushaltestelle für den Bus dorthin findet.«

»Ich finde, Sie orientieren sich sehr gut.«

»Danke, meine Liebe. Das gelingt mir hier. Weil ich mich hier bestens auskenne. Aber draußen in der Welt bin ich eine Blinde. Lebensunfähig, verstehen Sie? Als mir Herr Nalbandian dann das Projekt richtig vorgestellt hat, mit den Suiten, die sogar eine eigene Küche haben, und erzählt hat, dass es im Hotel Ärzte geben solle und Pflegepersonal, da war auch ich überzeugt.«

Sofia hob den Kopf aus dem Wasser. Am Strand war keine Menschenseele. Die vier Villen der Ladys waren aufgereiht wie Perlen auf einer Schnur. Sie waren die einzigen Zeugen menschlicher Anwesenheit. Dieses Fleckchen Erde war das Paradies.

»Wie viel will er Ihnen denn für die Häuser zahlen?«

»Er garantiert uns lebenslang die kostenlose Unterkunft und Pflege im *Grand Hotel Pegeia.* Egal, wie alt wir werden.«

»Was?« Sofia ruderte mit den Armen, sie wäre beinahe untergegangen, so groß war der Schreck. »Das ist es? Nur kostenlose Unterkunft? Aber die Häuser sind doch …«

»Sind sie nicht. Lady Juliet wollte auch pokern. Und eine

ordentliche Kaufsumme einstreichen. Aber Davit Nalbandian hat uns einen unabhängigen Gutachter geschickt. Der hat die Häuser angesehen und ein richtiges Gutachten geschrieben. Mit einem Siegel. Die Bauqualität ist nicht sehr gut, und die Gebäude stehen in einer Überschwemmungszone. Keine Versicherung würde uns helfen, wenn der Meeresspiegel steigt. Der Gutachter hat berechnet, dass jedes Haus rund hunderttausend Euro wert wäre. Mehr nicht.«

»Nur hunderttausend Euro?«

»Ja. Leider. Ein Monat Unterkunft im *Grand Hotel* würde für einen Rentner aus Deutschland dreitausend Euro kosten. Vollpension inklusive. Wir müssen also nur drei Jahre im *Grand Hotel* leben, dann machen wir schon Gewinn.«

Das klang wirklich wie ein gutes Angebot, dachte Sofia. Sie hatte gerade kürzlich gelesen, wie teuer Pflegeplätze waren.

»Wer war der Gutachter?«

»Ein ganz feiner Mann aus Paphos. Er ist unser Familiennotar. Sein Vater war der Notar meines Vaters.«

»Der Gutachter ist gleichzeitig Notar?«

»Ja. Er ist sehr vielfältig. Er heißt Herr Hadjimichael.«

Na, das ergab Sinn. Der kleine Giftzwerg von gestern.

»Sie reden von Lady Juliet und von sich selbst. Iria hat es hingenommen. Was aber war mit Madame Bourdoisseau? Lady Juliet deutete an, dass sie nicht ganz so begeistert war.«

»Ach, wissen Sie, Madame Bourdoisseau, Christine, so hieß sie, war eine typische Französin. Sie hat hinter jedem guten Angebot eine Verschwörung gewittert …« Ihre Stimme brach. Sie musste schlucken. Sofia ließ ihr den Moment der Stille. »Verzeihen Sie, ich mochte Christine sehr gern. Ihr Tod hat mich tief getroffen. Jedenfalls hat sic uns geraten, die Häuser noch mal bewerten zu lassen. Von einem Gutachter aus Nikosia oder so. Wir haben lange versucht, sie zu überzeugen, dass es ein gutes Angebot sei. Sie sei doch am jüngsten und am fittesten – und hätte also auch am längsten was davon. Aber sie hat gezaudert. Also haben wir zugestimmt und den Hotelbesitzer darüber informiert, dass wir auf Geheiß von Madame Bourdoisseau noch einen Gutachter suchen würden.«

»Wie hat der zweite Gutachter Ihre Häuser bewertet?« Sofia war sehr gespannt.

»Es kam nicht dazu. Der Streit mit uns darüber hat Christine wohl sehr mitgenommen. Zwei Tage später war sie tot. Das Herz. Ich verstehe es bis heute nicht.«

»So eng war der zeitliche Zusammenhang?«

»Es war Zufall. Der Arzt, der kam …«

»Was hat der Arzt gesagt?«

»Er hat den Totenschein ausgestellt – Herzversagen. Er hat gesagt, es sei ganz und gar nicht ungewöhnlich. In unserem Alter«, sie sinnierte, »na ja, er war kein charmanter Mann. Also, junge Frau, lassen Sie es sich gesagt sein, wenn Sie einmal einen charmanten Mann gefunden haben, sollten Sie ihn festhalten. Die sind eine sterbende Rasse.«

Sofia lächelte über Sonias Scherz und wollte eigentlich beginnen, über Christos und Carl nachzudenken. Doch in ihrem Kopf rauschte es – und es war nicht nur das Meerwasser in ihren Ohren. Herrgott, war das eine Geschichte. Diese Frauen … Konnte es sein …?

»Und dann hat Madame Bourdoisseau das Haus der Nalbandian-Unternehmensgruppe vermacht? Trotz ihrer großen Zweifel? Warum hätte sie das tun sollen?«

»Wir waren auch überrascht. Wir waren uns sicher, dass sie es einer kirchlichen Stiftung in Frankreich überlässt. Davon hatte sie immer gesprochen. Die Testamentseröffnung war vor sechs Tagen in Paphos. Wir waren alle dazu eingeladen. Lady Juliet, Iria, Elena, ich …«

»Auch Elena Kyriakou?«

»Wir haben Ihnen ja gestern schon gesagt: Sie war ein Teil

der Familie. Christine hatte ihr Testament offenbar kurzfristig geändert. Sie hatte keine Angehörigen und nicht viel Vermögen. Einige tausend Euro. Das Einzige von Wert war das Haus. Das hat sie Davit Nalbandian vermacht. Dafür sollte jede von uns vieren 25 000 Euro bekommen. Es ist so großherzig von ihr. Sie hat im Testament auch den Anstoß gegeben, dass Elena im *Grand Hotel Pegeia* zu einem anständigen Lohn hätte angestellt werden sollen, wenn sie das denn gewollt hätte. Davit Nalbandian hat das während der Testamentseröffnung sofort zugesagt.«

»Vor sechs Tagen war das?«

»Genau.«

»Und zwei Tage später ist Elena tot.«

»Es ist so tragisch.«

»Wer war der Hüter des Testaments?«

»Ich habe doch gesagt: Es gibt nur einen guten Notar in der Gegend. Es war …«

»Lassen Sie mich raten: Kyriakos Hadjimichael.«

»So ein feiner Mann.«

Sofia fühlte sich wie in einem Buch von Kafka. Waren denn hier alle verrückt?

»Es ist etwas pietätlos: Aber darf ich fragen, was für ein Angebot Herr Nalbandian Iria gemacht hat? Nach allem, was Sie erzählt haben, wird Ihre Freundin wohl nicht mehr ins *Grand Hotel Pegeia* einziehen.«

Sonia schluckte wieder und ruderte etwas mit den Armen, sodass das Wasser um sie tiefe Kreise zog. »Das ist eine besonders rührende Geschichte. Irias Mann ist einer der Rebellenführer gewesen, die in den Sechzigern die Unabhängigkeit von Großbritannien anstrebten.«

Sofort musste Sofia an Lady Gladstone denken – und an das Schicksal ihres Mannes. Es war bemerkenswert, wie viel dramatische Geschichte auf diesem kleinen Eiland geschehen war und wie sehr sie bis heute in den Menschen und ihren Schicksalen wohnte.

»Er ist bei einem Angriff der Armee umgekommen. In den Kriegswirren mit der Türkei. Hat sich quasi sein eigenes Grab geschaufelt, der Arme. Als Iria die Krebsdiagnose bekommen hat, hat ihr der Notar im Auftrag von Herrn Nalbandian angeboten, dass sie den Wert des Hauses bezahlt bekommt und es vermachen kann, wem auch immer sie es vermachen will. Zusätzlich will er ein Denkmal für ihren verstorbenen Mann bauen. Am Strand von Paphos, dort, wo Irias Mann umgekommen ist. Die Verträge waren schon fertig, lange bevor Christine gestorben ist. Iria war mit allem einverstanden. Sie will nur, dass ihr geliebter Gatte sie überdauert, in Form dieses Denkmals. Und das Geld soll ihre Tochter bekommen. So ist für ihre Nachkommen und für das Andenken an ihre große Liebe gesorgt.«

»Na, unser armenischer Investor hat ja an alles gedacht. Und ich brauche wohl nicht zu fragen, wer Irias Notar ist?«

»Wenn Sie nicht auf Wiederholungen aus sind … Junge Dame, ich denke, wir sollten jetzt zurückschwimmen. Vermutlich wacht Lady Juliet bald auf. Sie sollte uns wirklich nicht zusammen sehen. Sie ist immer so ärgerlich, wenn ich viel plaudere.«

Eigentlich unglaublich, dass die größte Dampfplaudererin Zyperns den anderen Ladys das Reden verbieten wollte.

»Warum ist es ihr eigentlich nicht recht, dass die Details des Geschäfts publik werden?«

»Sie hat den Tod von Christine als schlechtes Omen empfunden. Sie will nicht mehr an dem Geschäft rütteln. Und sie sagt, je mehr Köche davon wissen, desto verdorbener wird der Brei. Irgend so ein Sprichwort hat sie benutzt.«

»Eins noch. Das hatte ich ganz vergessen: Waren Sie schon beim *Grand Hotel*? Sich alles anschauen?«

Sofort bemerkte sie ihren Fauxpas und biss sich auf die Lippen.

»Verzeihen Sie. Bei Ihnen denke ich immer, Sie könnten doch … Sie sind so souverän.«

Sie erwartete, dass die alte Frau ihr die Tür vor der Nase zuschlug. Doch Sonia lächelte.

»Schon gut. Wir waren zur Grundsteinlegung dort. Es sah sehr gut aus, ganz nah am Meer. Madame Bourdoisseau war noch einmal dort. Vor einem Monat. Zusammen mit Elena. Als sie zurückkamen, war Elena ganz schweigsam, nachdenklich, aber es war nichts aus ihr rauszukriegen. Nun, wir alten Damen machen keine großen Sprünge mehr! Juliet und ich fahren nur noch zum Arzt, und Iria ist mit ihren Schmerzen beschäftigt. Wir fahren erst wieder dorthin, wenn wir einziehen. In anderthalb Monaten soll alles so weit sein. Dann kommen die Umzugswagen.«

»Danke, ich danke Ihnen wirklich, Sonia. Für all die Informationen. Ich bleibe noch einen Moment allein hier draußen. Dann fallen wir nicht zusammen am Strand auf. Ich verschwinde dann sehr unauffällig.«

»Sehr gut. Und haben Sie Dank für Ihre Ermittlungen. Es ist gut, dass Elenas Mann tot ist. Das Gefängnis ist doch nur eine unzureichende Strafe.«

Mit diesen Worten schwamm sie los in Richtung Strand.

Die Gedanken in Sofias Kopf schwirrten. Das waren so viele Informationen gewesen. So viele Hinweise, so viele Wendungen. Es klang alles einleuchtend. Und es klang wie ein guter Deal für die alten Ladys. Andererseits … Sie überließ sich wieder dem Wasser, das sich sanft bewegte. Die Wellen waren nur kleine Hügel, die ab und an unter ihr hindurchrollten.

Als sie spürte, dass die Sonne ihre Haut genug gegrillt hatte, drehte sie sich um und machte mehrere kräftige Kraulbewegungen, genoss noch einen kurzen Moment das offene Meer. Hier draußen waren nur sie und zwei Möwen, die über ihrem Kopf Fangen spielten. Es war herrlich. Deshalb war sie zurückgekehrt. Nach Hause. Hatte die Kälte, das miese Essen, die Unfreundlichkeit der Menschen in Kontinentaleuropa hinter sich gelassen.

Und nun war sie hier: mit all den Zyprioten, die sie eben erst kennengelernt hatte – und die, bis auf Kostas, alle so herzlich waren. Na gut, auch Kostas war gar nicht so übel, wie er mit der Uniform, dem Schießkurs und der Verfolgung in den Wald bewiesen hatte.

Sie aß gut und konnte während der Arbeit im Meer schwimmen. Phänomenal. Auch wenn alles ganz anders geplant gewesen war. In diesem Moment war sie glücklich.

Sie trieb noch ein Stück mit der Strömung, dann drehte sie sich abrupt in Richtung Strand. Ein Bild hatte ihre Entspannung gestört. Ihr Glücksgefühl fortgeschoben. Elenas Leiche, ihre Beine unter der Decke. Und ein anderes Bild. Es leuchtete rot. Ein Gedanke, der sich ihr aufdrängte. Sie konnte nichts dagegen tun. Warum war sie nicht eher darauf gekommen? Das hier war noch lange nicht vorbei.

Triánta éna – 31

»Was wollen Sie denn noch? Juliet könnte uns jeden Moment sehen. Und ich möchte nicht mit Ihnen gesehen werden, das habe ich doch gesagt.«

Sonia versteckte sich hinterm Türrahmen und flüsterte nur.

»Tut mir leid, dass ich Sie noch mal störe. Es ist sicher etwas zu viel verlangt. Aber haben Sie zufällig den Prospekt von Ihrer neuen Unterkunft? Dem *Grand Hotel Pegeia*? Ich würde mir den gern mal ansehen.«

»Ich hole Ihnen die Broschüre«, sagte Sonia, und Sofia war verwundert, dass die blinde Frau tatsächlich einen gedruckten Prospekt hatte. Aber diese Sonia war eben patent. Und immer für eine Überraschung gut. Sekunden später kam sie wieder und streckte das Papier durch die Tür.

»Jetzt gehen Sie. Wenn Sie Lady Juliet erzählen, was ich gesagt habe, werde ich alles leugnen. Ich will nicht unseren Lebensabend ruinieren.« Mit diesen Worten schloss sie die Tür.

Sofia sah sich um – noch war alles ruhig. Sie ging zu ihrem Auto und stieg ein.

Der Prospekt war ein Hochglanzprodukt. Tolles Papier, edles Layout. Und wunderschöne Fotos. Von den Suiten, dem Restaurant, dem Wellnessbereich. Einer Dachterrasse mit Blick auf das Meer.

Der Graphikdesigner hatte in die Fotos glücklich lächelnde ältere Menschen hineingebastelt, die wahlweise vor Haute-Cuisine-Tellern saßen oder versonnen aufs Meer blickten.

Sofia stellte fest: Wenn sie gleich dort wäre und es noch einen freien Platz gäbe, dann würde sie den nehmen. Alt würde sie früh genug. Sie musste grinsen. Es sah wirklich traumhaft aus. Entsprach der Prospekt der Realität, hatten die Ladys ein gutes Geschäft gemacht. Aber irgendetwas stimmte trotzdem nicht.

Sie sah in den Rückspiegel. Merkwürdig. Das Auto war doch vorhin schon mal hier vorbeigefahren. Eine schwarze Limousine. Wie die von dem widerlichen Notar. Wurde sie etwa beobachtet? Quatsch. Jetzt wurde sie schon paranoid. Na, das fehlte ja gerade noch. *Crazy auf Zypern.* Eigentlich ein guter Filmtitel.

Sie legte den ersten Gang ein und rollte auf die Hauptstraße, die sie nach Pegeia bringen würde. Das Handy in der Hand, wählte sie eine Nummer auf der Insel. Sie musste grinsen. Sie durfte tatsächlich Auto fahren und dabei telefonieren oder surfen – sie hätte wohl ohne Probleme auch sturzbetrunken fahren können. Sie war ein Bulle. Da ging das.

Lefteris nahm sofort ab.

»Sofia.«

»Lefteris. Du klingst überrascht.«

»Ich bin ehrlich gesagt ein bisschen sauer. Ziehst du neulich einfach mit Nikolaio ab. Ich dachte, wenn du einmal zurückkommst, dann versuchen wir es noch mal. Auf die alten Zeiten sozusagen.«

Noch ein eifersüchtiger Kerl hatte ihr gerade gefehlt.

»So ein Quatsch, Lefto. Da war nichts. Den kannst du mir auf den Bauch binden – und ehrlich gesagt: dich auch. Ich bin bestens versorgt. Hör mal, ich brauche deine Hilfe.«

»Nach der Ansage?«

Sie musste grinsen. Nun war er beleidigt.

»Es ist eine staatliche Angelegenheit. Ich kann dich auch vorladen lassen.«

»Klar, Kommissar Perikles.«

»Kommissarin, so viel Zeit muss sein.«

Er lachte. Sie mochte sein Lachen.

»Nun sag schon.«

»Du machst doch Immobilienbewertungen, oder?«

»Ich tu den ganzen Tag nichts anderes.«

»Ich gebe dir mal eine Adresse. Und du kriegst so schnell wie möglich raus, was ein Haus an dieser Adresse wert ist.«

»Und das ist Teil einer echten Ermittlung?«

»Sogar einer Mordermittlung.«

»Schieß los.«

Sein Jagdeifer war geweckt.

»Die Assias Road, an der Coral Bay.«

»Die Coral Bay in Paphos?«

»Kennst du noch eine?«

Er pfiff durch die Zähne.

»Steht da was zum Verkauf?«

»Wieso?«

»Dafür würde ich morden.«

»Was soll das heißen?«

»Ich wusste nicht, dass da überhaupt Häuser stehen außer die paar Villen direkt am Strand, die man die Perlenkette nennt. Und die …«

»Was?«

»Ich will nichts Falsches sagen. Ich ruf dich später an.«

»Wie lange brauchst du?«

»Ich muss ein paar Leute erreichen.«

»Aber Lefto: Mach kein Aufhebens drum. Die Anfrage muss diskret laufen. Und ruf vor allem nicht diesen dicken Notar aus Paphos an.«

»Du meinst Hadjimichael?«

»Du kennst ihn?«

»Er ist der beste. Der spielt bei den ganz Großen mit.«

»Vergiss ihn. Also, wie lange brauchst du?«

»Bis heute Abend.«

»Danke. Bis dann.«

»Einen schönen Tag, *cara.*«

Er hatte sie immer so genannt. *Cara.* Teure. Er mochte dieses italienische Getue. Sofia fand ihn süß. Aber eben auch ein bisschen zu süß.

Dennoch hatte sie Lunte gerochen. Waren die Hütten am Strand doch mehr wert, als der Armenier den alten Damen hatte weismachen wollen? Und warum hatte sich ihr Vater immer noch nicht gemeldet? War er in dem armenischen Barpuff ins Klo gefallen? Herrgott, alles musste sie alleine machen.

Triánta dío – 32

Sie schaute noch mal nach. Die Adresse stimmte. Doch vor ihr war lediglich … ein Gerippe. Nackter Beton, die Fenster ausgeschnitten wie leere Augenhöhlen. Zwei Bagger, die stumm und unbeweglich in der Gegend rumstanden.

Sie sah noch mal auf den Prospekt. Ja. Das *Grand Hotel Pegeia* sollte genau hier sein. Aber das hier war kein Grand Hotel. Es war nicht mal ein Hotel. Selbst das Richtfest war noch meilenweit entfernt. Sie blätterte durch die Seiten. Fand das Kleingedruckte. Fertigstellung sollte in einem Monat sein, Einzug in sechs Wochen. Wie Sonia es gesagt hatte. Sollte das nur irgendwie stimmen, wäre Davit Nalbandian kein Bauinvestor, sondern David Copperfield. Denn er müsste aus diesem Gerippe in vier Wochen ein siebenstöckiges Haus mit dreihundert Luxussuiten machen. Schwierig. Mit zwei Baggern. Und ohne Baggerfahrer. Jetzt sah sie das Schild.

Hotel Pegeia.

Es wies nach links. Wenigstens etwas. Das *Grand* war abhandengekommen, aber wenigstens verhieß das Schild, dass es irgendein Hotel gab. Vielleicht hatten sie das ursprüngliche Grundstück nicht bekommen und ein Stück weiter gebaut. Den Prospekt hatten sie vielleicht einfach nicht neu gedruckt.

Sofia wusste, dass ihre Herkunft dafür sorgte, dass sie nie wirklich an das Schlechte im Menschen glauben wollte. Nur so konnte sie sich ihre stille Hoffnung erklären, dass doch alles gut war: für sie, Davit Nalbandian und die alten Ladys.

Sie ging ein Stück auf der Brache entlang, dann folgte sie dem Pfeil nach links, es ging hinein ins Ortszentrum von Pegeia. Vor ihr stand ein hässlicher grauer Block, drei Etagen, im Erdgeschoss waren zwei Fenster herausgeschlagen. Das Hotel musste wohl irgendwo dahinter … Nein. Sie stand direkt davor. An der Fassade ein Neonschild, zwei Buchstaben fehlten. *Htel Peeia.* Sie hielt den Prospekt hoch und verglich. Vorsichtshalber. Die Ähnlichkeit war nicht existent.

Eigentlich war sie hergekommen, um alle Zweifel zu zerstreuen. Um sich sicher zu sein, dass sie nur paranoid war anzunehmen, jemand wollte diese alten ehrbaren Damen betrügen. Doch nun fragte sie sich ernsthaft: Was war hier los? Sie ging zur Eingangstür, die einfach nur eine dünne Platte aus Holz war. Im Augenwinkel sah sie etwas Rotes neben dem Gebäude stehen. Doch da hatte sie schon die Tür aufgedrückt und sah zuerst ihn. Den Glatzkopf von gestern. Und erst dann begriff sie, dass das Rote, das sie gesehen hatte, der rote Kleinwagen war, aus dem Davit Nalbandian und die beiden Riesen gestern gestiegen waren. Und nun blickten einer der Riesen und sie einander in die Augen.

Er stand hinter einem Sperrholzverschlag, der in feineren Häusern *Rezeption* hieß, keine zehn Meter von ihr entfernt. Er sah sie an, wie sie da stand in ihrem Sommerkleid, und schnalzte anerkennend mit der Zunge, als dächte er nach. Dabei war sie sich sicher, dass der Typ mit seinem Quadratschädel den IQ einer Brechbohne hatte. Und doch. Es fiel ihm ein. Sie sah es zuerst an seinem Blick, der sich aufklarte.

»Du bist doch die Bullentante von gestern«, rief er, und aus dem Grinsen wurde ein grimmiger Blick. Das Muscle-Shirt, das er trug, spannte sich.

Angst. Sie nahm in diesem Moment nichts wahr als die kalte Angst, die sie überfiel. Und doch konnte sie sich Minuten später, als sie immer noch nicht wusste, ob sie nun in

Sicherheit war oder nicht, an so vieles erinnern, was sie im Bruchteil einer Sekunde wahrgenommen hatte: die schäbige Empfangshalle, die vielen Türen, die offen standen und in unmöblierte Räume führten, der ranzige Frühstückssaal zur Linken, billige Stühle und Tische, Staub auf dem Boden, der Geruch von Schimmel. Als sie noch nicht wusste, dass sie all das wahrgenommen hatte, rannte sie los. Und hörte, dass auch der Quadratschädel hinter ihr zu spurten angefangen hatte.

Sie hörte ihn rufen: »Nun wart doch mal«, und dann zückte er, sie schaffte es, sich umzudrehen, sein Handy und rief nach Sekunden hinein: »Die Bullenschlampe ist hier, am Hotel, komm schnell …«

Doch Sofia hatte schon einen Zahn zugelegt, sodass seine Stimme leiser wurde. Sie nahm das als gutes Zeichen. Er war wohl nicht direkt hinter ihr. Sie wetzte aus dem Hotel, linksrum, irgendwohin, wo es belebter war, das Sommerkleid flatterte um ihre Beine, nicht gerade das beste Sportoutfit. Dazu die schwere Handtasche, die an ihrem Arm baumelte. Vorbei am kleinen roten Fiat Panda, in dem die drei Männer gestern gesessen hatten. Rot. Ihre Idee von vorhin. Keine Zeit, sie musste weiter. Immer geradeaus.

Die ersten Häuser des Ortszentrums von Pegeia waren in Sichtweite. Sie hastete voran und drehte sich wieder um. Ja, er lief immer noch hinter ihr her, sein mächtiger Körper kam näher. Was wäre, wenn wirklich Verstärkung um die Ecke bog? Ihr den Weg abschnitt?

Schneller. Weiter. Vorbei an kargen Hauswänden, bestimmt Ferienwohnungen, die aber ausgestorben wirkten wie Geisterbauten. Vorbei an einem kleinen Kafenion. Zwei alte Männer schauten ihr rauchend hinterher, die Tassen zypriotischen Kaffees auf dem Tisch. Sie drehte sich wieder um. Der Typ saß ihr immer noch im Nacken. Aber ihr kleiner Sprint hatte offenbar ein bisschen mehr Abstand zwischen ihn und sie gebracht. Als sie den Kopf wieder nach vorn wandte, sah sie den Typen nur aus dem Augenwinkel. Er traf sie mit dem Knie, oder sie traf ihn, keine Ahnung, sie hatte ja nicht nach vorn gesehen, und er war einfach aufgetaucht und erwischte sie so, dass sie einfach zu Boden ging, auf dem Knie landete, der Arm, die Schulter, alles im Staub, die Handtasche fiel neben ihr zu Boden.

Schmerz war das Erste, was sie spürte. Erst dann sah sie das Blut an ihrem Knie. Verdammt, war er einer von seinen Leuten?

Dann sah sie hoch, da stand er, ein hübscher Junge, blasser als die meisten auf der Insel, der ihr die Hand reichte und stammelte: »Sorry, ich hab dich nicht gesehen, alles o.k.?«

Er trug eine blaue Latzhose und ein schmutziges Arbeitsshirt.

Sofia rappelte sich auf, nahm die Tasche vom Boden, sah die Schmutzflecken auf dem Kleid und hielt sich das schmerzende Knie. Erst dann wandte sie sich um, sah den Gorilla, der am Kafenion stehen geblieben war und zu ihr herübersah, offenbar traute er sich nicht, die Verfolgung fortzusetzen, sprach stattdessen in sein Handy.

»Alles o.k.«, sagte sie und wollte weitergehen, doch der Junge zeigte auf sie und sagte wie ein Roboter: »Du blutest.«

Sofia betrachtete erst jetzt ihr Knie richtig: Die Haut war aufgerissen, aber so richtig wild war es wohl nicht.

»Komm mit rein«, sagte er.

»Nee …«

»Doch, komm, ich hab ein Tuch, sonst entzündet sich das«, beharrte er.

Sie sah wieder zum Gorilla und entschied: Draußen wäre sie auch nicht sicherer als in der Obhut dieses jungen Mannes. Sie nickte und ließ sich von der Latzhose in den Hof führen.

Autowerkstatt Zakarias stand auf einer kleinen Plakette am Tor.

Er ging wortlos voran, führte sie in ein Büro und wühlte dort im Verbandskasten. Erst als er ein Pflaster gefunden hatte, sagte er: »Ey, sorry noch mal, ich bin raus, um eine zu rauchen, und du kamst richtig angerauscht. Als wäre der Teufel hinter dir her. Stimmt was nicht?«

Sofia schüttelte sich und lächelte. »Nein, alles gut, war nur mein Mittagssport«, antwortete sie und glaubte sich selbst kein Wort.

Sie nahm ihm das Pflaster aus der Hand, sah, wie er sie immer noch betrachtete, dann wischte sie mit einem Taschentuch den Staub von der Wunde und klebte das Pflaster auf.

»Ich muss mich entschuldigen. Ich hab ja dich umgerannt. Tut mir leid. Wie heißt du?«

»Polis«, sagte er.

»Bist du Automechaniker?«, fragte sie und dachte sofort: Blöde Frage, er hat eine Latzhose und ein beschmiertes Shirt an und führt mich in eine Autowerkstatt.

Doch Polis nickte ganz freundlich. »Ja, Sommer ist hier Hochsaison. Die ganzen Touristen, die den Linksverkehr nicht beherrschen. Und die Unternehmer, die richtig viel zu tun haben in diesen Tagen. Also jede Menge Kundschaft.«

»Glaub ich«, antwortete Sofia, »vielen Dank, Polis. Das war sehr nett. Jetzt muss ich weiter.«

»Klar«, sagte er und führte sie hinaus, vorbei an der offenen Werkstatthalle.

Wo ist der Riese?, dachte Sofia und sah sich auf dem Hof um. Dabei fiel ihr Blick in die Halle. Ein Smart stand auf einer Hebebühne, darunter lag ein Arbeiter, der sich am Autoboden zu schaffen machte. Daneben ein fetter schwarzer Jeep, so ein amerikanisches Modell, ein Dodge, ein Chrysler?, jedenfalls so eine Karre, die amerikanische Präsidenten immer in Netflix-Serien fahren. Die ganze Front war eingedrückt, als hätte das Auto einen riesigen Hirsch erfasst. Gerade machte sich ein anderer Mechaniker daran, das Blech auszutauschen. Er hielt den neuen Kühlergrill schon in der Hand.

»Wow, krass«, sagte sie.

Polis war ihrem Blick gefolgt. »Ja, ein fetter Auffahrunfall. Bringt bestimmt zehntausend Euro. Die Ersatzteile für diese Ami-Schlitten sind teuer. Aber der Typ, dem die Karre gehört, ist megareich. Machen wir heute fertig.«

Sie blickte eine Sekunde zu lange hin. Polis hielt ihr die Hand entgegen.

»Äh, sorry, danke noch mal.«

»Gern. Sag mal«, begann er schüchtern, »bist du aus der Gegend?«

»Nein. Aus Limassol.«

»Ach so«, er klang enttäuscht, »ich dachte, wir können mal was trinken gehen.«

Süß, dachte Sofia, er hat sich ein Herz gefasst.

»Wenn ich mal in der Gegend bin, melde ich mich. Weiß ja jetzt, wo du arbeitest.«

Sie schüttelte seine Hand, dann drehte sie sich um und trat vorsichtig hinaus auf die Straße. Kein Gorilla, keine Spur. Die Männer saßen noch immer vorm Kafenion. Ansonsten schien die Luft rein. Sofia ging rasch auf Umwegen zu ihrem Auto, stieg ein und verriegelte die Tür von innen. Tiefes Durchatmen. Dann ließ sie den Motor an und fuhr los.

Dieser Besuch hier hatte einiges verändert, allerdings wusste sie noch nicht so recht, was genau sie damit anfangen sollte.

Triánta tría – 33

Voller Entschlossenheit fuhr sie mit ihrem Corsa auf den Polizeihof, nachdem der diensthabende Beamte salutiert und die Schranke geöffnet hatte. Die ganze Fahrt über hatte sie sich Gedanken gemacht. Die Ermittlungen mussten weitergehen. Als sie die Treppen hochstieg, klingelte ihr Handy. *Anonymer Anruf.* Sie nahm ab.

»Perikles?«

»Sofia. *Babe.*«

Carl.

»Mann, Carl, ich arbeite, was ist los?«

»Was machst du denn?«

»Ich habe jetzt leider echt keine Zeit. Ich bin gerade bei der Polizei in Limassol, hab gleich eine Besprechung. Ich melde mich heute Abend, ja?« Dann legte sie auf.

Verdammt. Sie war zu grob gewesen. Aber warum rief er sie auch mit unterdrückter Nummer an? Vor der Tür atmete sie einmal tief durch, dann nahm sie all ihren Mut zusammen und drückte die Klinke herunter. In dem stickigen Raum herrschte eine angespannte Stille. Nur das Klappern der Tastaturen war zu hören, stumm saßen Christina und Toby einander gegenüber. Seine Nase war verbunden. Kostas hatte genau getroffen.

Als Toby sie erblickte, funkelte er sie wütend an.

»Was willst du denn hier?«

»Hallo, Sofia«, sagte Christina ihrerseits.

»Ihr müsst mir zuhören. Ich glaube nicht, dass es Dimitrios war. Die wollen es uns nur glauben machen.«

»Oh, Mademoiselle Armani wittert eine Verschwörung«, näselte Toby zynisch, »wer will es uns denn glauben machen? Die Illuminati?«

»Kostas hätte besser zweimal zugeschlagen«, antwortete Sofia und vermochte es dennoch nicht zu grinsen. Sie war zu wütend und angespannt.

»Das notiere ich«, sagte Toby und notierte wirklich etwas auf der Sportseite der *Cyprus Mail*, in der er bis eben gelesen hatte.

»Junior Officer befürwortet Angriff auf Inspector der Police of Cyprus.«

»Paidiá«, rief Christina in die Enge des Büros, »Kinder, jetzt hört aber mal auf. Sofia, setz dich hin. Was ist los?«

»Irgendwas ist richtig faul. Ich habe gestern begonnen, in Paphos zu recherchieren. Und kaum war ich da gewesen, finden wir den vermeintlichen Mörder aufgehängt an einem Baum. Das ist doch ein großer Zufall, oder?«

»Was ist denn in Paphos, das mit Elena zu tun hat?«, fragte Toby.

»Elena hat dort gearbeitet. Sie hat bei vier alten Damen geputzt. Eine von ihnen ist vor zwei Wochen gestorben.«

Christina nickte ihr zu. »Ah, ich habe endlich ein Ergebnis. Ich habe den Totenschein von Madame Bourdoisseau gecheckt. Todesursache war Herzschwäche. Der Arzt hat angegeben, dass es keine Zweifel an einem natürlichen Tod gebe«, sagte Christina.

»Du hast Sofia bei ihrer Recherche geholfen?«, fragte Toby überrascht, doch Christina ignorierte ihn.

»Wie hieß der Arzt? Das kann nicht stimmen. Vielleicht hat er ein Gefälligkeits…«

»Ach, Sofia, nun hör aber mal. Du kannst doch nicht die ganze Welt verdächtigen«, unterbrach Christina sie und wirkte zum ersten Mal genervt.

»Aber es ist alles so merkwürdig. Die vier Frauen haben Villen. Vier an der Zahl, eine neben der anderen am Strand von Coral Bay. Es sind die einzigen Häuser weit und breit. Ein armenischer Unternehmer hat denen die Häuser abgekauft. Dafür will er die Frauen in seinem neugebauten Hotel einquartieren. Das es aber gar nicht gibt.«

»Was erzählst du da?«

»Er hat den alten Damen sonst was versprochen, Lebensabend in der Luxussuite – aber ich war gerade da: Das Hotel ist eine Ruine. Und dann wurde ich verfolgt …«

»Du wurdest verfolgt? Von wem?«

»Von einem Gorilla des Unternehmers. Ich bin sicher, er wollte mir etwas antun. Er ist mir hinterhergerannt …«

»Aber du konntest entkommen?«

»Ja, ich bin direkt in eine Autowerkstatt gelaufen, wo ein schwarz…«

Die Tür sprang auf, und es war, als sänke die Temperatur im Raum schlagartig. Es war aber nur die große hagere Gestalt von Frau Boosalis, die sich mitten in das Büro stellte und auf Christina und Toby herabblickte. Sie übersah Sofia geflissentlich.

Mit dem Rücken zu ihr sagte die Boosalis mit eisiger Stimme: »Junior Officer Perikles, ich habe von der Wache gehört, dass Sie wieder hier sind. Ich habe eben einen Anruf bekommen von meinem Amtskollegen im Bezirk Paphos. Sie behelligen allen Ernstes einen angesehenen jungen Unternehmer und stecken Ihre Nase in Dinge, die die wirtschaftliche Zukunft unserer Insel betreffen.«

Sofia sah, wie sich auf Tobys Gesicht ein zufriedener Ausdruck legte. Sie bedauerte, dass man eine Nase nur einmal brechen konnte.

»Ich ersuche Sie hiermit nachdrücklich, alle Ermittlungen in Paphos zu unterlassen. Sollten Sie dort noch mal auftauchen, sind Sie suspendiert. Und zwar aus allen staatlichen Diensten. Das Gleiche gilt für Kolleginnen hier im Büro, die mit Junior Officer Perikles zusammenarbeiten. Der Mord an Elena Kyriakou ist aufgeklärt. Und jetzt verlassen Sie mein Haus.«

Noch immer hatte sich die Polizeipräsidentin nicht umgedreht, sodass Sofia nur ihren Rücken sah, als sie sagte: »Aber es ist doch möglich, dass Dimitrios …«

Jetzt drehte sich die Boosalis um: »Sie glauben wohl, weil Ihr Vater einmal ein bedeutender Mann war, können Sie widersprechen, wem immer Sie wollen? Ich werde Sie lehren, dass dem nicht so ist. Raus, oder ich lasse Sie abführen.«

Sofia spürte, wie ihr die Tränen in die Augen schossen. Nicht heulen, nicht hier, ermahnte sie sich.

Sie nickte Christina zu, dann verschwamm alles, und sie lief hastig aus dem Büro. Das war's. Sie war erledigt. Sie und ihre Ermittlungen. Sie wischte sich die zwei Tränen ab, die es doch herausgeschafft hatten, und sprang wütend die Treppen hinab. So eine verdammte Mistkuh, dachte Sofia, diese Boosalis war wirklich zum Fürchten.

Auf dem Hof war jede Menge los. Offenbar gab es einen Großeinsatz. Sie sah vier Mannschaftswagen, in denen sich Polizisten in voller Montur drängten. Davor noch ein kleiner Polizei-Citroën, in den gerade vier so große Polizisten einstiegen, dass sich das Auto bedrohlich senkte. Mann, die Polizei im Land war echt nicht reich, dachte sie. Und dann klickte es. Es war, als ob sich in ihrem Kopf ein Schalter umlegte, der alles erklärte. So könnte es gewesen sein, dachte sie und korrigierte sich: Nein, es muss so gewesen sein.

Der Citroën raste vom Hof, die Mannschaftswagen hinterher, und gerade, als wieder Ruhe einkehrte, weil die Sirenen verklangen, und Sofia sich ihrem Auto zuwandte, hörte sie hinter sich Geschrei. Auf Englisch.

Und eine männliche Stimme mit griechischem Akzent schrie immer wieder: »Nein, Sie können hier nicht rein. Ich kann Sie auch verhaften lassen …«

Und eine sehr vertraute Stimme in klar akzentuiertem Hochenglisch redete weiter auf den Mann ein. Sofia wusste, dass er es war, obwohl sie ihn nicht sah, weil der massige Polizist ihn immer noch verdeckte.

Sie lief auf die Schranke zu, salutierte vor dem wütenden Beamten und kam vor dem Mann zu stehen, der recht forsch um Einlass ersucht hatte.

»Carl.«

»Sofia, *babe.*«

Er nahm sie in den Arm, und sie ließ es geschehen. Die letzten Minuten, der Streit mit Toby Arschgeige und der Polizeikuh waren zu viel gewesen. Sie genoss es, wie er die Arme um sie schlang, und sie drückte sich an ihn und schloss die Augen. Er hielt sie sehr fest, dann löste er sich und sah sie an.

»Was willst du hier?«, fragte sie. »Und warum hast du vorhin nichts gesagt?«

»Es war so komisch«, antwortete er, »du warst so komisch. Da habe ich gedacht, ich fliege rüber und überrasche dich. Um zu sehen, was los …«

»Du wolltest mich kontrollieren?«

»*Babe*, lass doch den Quatsch …«

»Wie hast du überhaupt gewusst, wo das Polizeirevier ist?«

Er nahm sein iPhone X aus der Tasche.

»Dieses Ding namens Internet ist echt verrückt.«

Er sah gut aus, besser, als sie ihn in Erinnerung hatte. Natürlich musste er seine blassrötliche britische Haut mit sehr vielen Kleidungsstücken schützen – der langen Stoffhose, den Lederslippern, dem Poloshirt mit dem Pullover darüber, dem Strohhut – oh, mein Gott, dachte sie, er trägt wirklich einen Strohhut –, aber es war doch schön, für diesen Moment in seinen Armen gelegen zu haben. Er ließ sie nicht schwelgen, sondern fing an, forsch, fast atemlos zu sprechen, sodass die Sommersprossen in seinem Gesicht zu tanzen begannen.

»Ich muss mit dir sprechen, *babe.* Wirklich. Ich habe dir so viel zu sagen. In den letzten Tagen hat sich so viel verändert. In meinen Gefühlen. Ich habe wirklich gespürt, dass du …«

Sie musste ihn unterbrechen. Sie war zu nah am Ziel.

»Carl, es ist toll, dass du hier bist. Wirklich. Aber es ist ein sehr ungünstiger Zeitpunkt. Ich muss ganz dringend was recherchieren. In welchem Hotel bist du?«

Sein romantischer Gesichtsausdruck verschwand. Fast wehleidig fragte er: »Wieso fragst du mich denn nach meinem Hotel?«

»Weil ich dringend arbeiten muss …«

»*Babe*, ernsthaft: Wie heißt er?«

»Wer?«

»Na, der Typ, für den du mich hier so abfertigst.«

»Carl, lass den Quatsch. Ich bin mitten in einem Fall.«

»Du bist im Ministerium, du sortierst im besten Fall Akten. Was erzählst du denn immer von einem Fall und Polizeiarbeit?«

»Carl, ehrlich. In den ersten zwei Tagen habe ich versucht, dir alles zu erzählen, aber du warst ständig hier bei 'nem Apéro und da bei 'nem Feierabendbier. Jetzt will ich es nicht noch mal erklären. Schlicht, weil ich keine Zeit dafür habe. Also, sag schon, welches Hotel? Ich fahr dich hin.« Jetzt war sie wirklich ärgerlich.

»In gar keinem«, fuhr er auf, »wir sind doch zusammen. Natürlich wohne ich bei dir.«

Na, das konnte ja heiter werden, dachte Sofia. Adonis, Christos, Carl und sie unter einem Dach. Atemberaubende Aussichten. Obwohl sie sich auf den Moment freute, an dem Millionärssohn Carl ihre Absteige kennenlernen würde.

»Wo geht's denn hin? Was musst du ermitteln? Ich komme ja nicht den weiten Weg aus Old England, um auf dich zu warten. Ich komme mit.«

»Du kommst mit? Carl, echt, das geht nicht, du bist doch gar nicht versichert.«

»Ach, Sofia, bitte, was soll denn passieren? Du wirst uns ja nicht mitten in eine Schießerei steuern, oder ist dein neuer Job so gefährlich?«

Der Stachel saß. Aber sie antwortete nicht. Nach der letzten Nacht wusste sie allzu gut, was ihr neuer Job war. Und Carl würde ihn eben kennenlernen. Also zuckte sie mit den Schultern und führte ihn zu dem Corsa.

»Klaust du ein Polizeiauto?«

»Das ist meins.«

»Die Kiste?« Er schaute belustigt drein.

»Steig ein und schweig. Wenn das nicht geht, nimmst du den Zug.«

»Gibt's auf Zypern Züge?«

»Nein. Deswegen ja.«

»Ihr seid schon ein komisches Völkchen.«

»Sagt mir ein Brite«, antwortete Sofia und musste lachen. Sie hatten immer viel Spaß zusammen. Jetzt erinnerte sie sich wieder.

»Also, sag, wo fahren wir hin?«, fragte er, als sie den Wagen vom Polizeihof lenkte, dabei vor dem Beamten salutierte und sich in den rollenden Verkehr einreihte.

»Wir fahren nach Pissouri in ein Restaurant. Ein herrlicher Flecken am Meer. Zwei Hotels, zwanzig Häuser, der Strand. Und diese Taverne. Dort war ein Mordopfer kurz vor seinem Tod, und ich muss etwas rausfinden.«

»Klingt spannend.«

»Vor allem ist es sehr tragisch.«

»Ja, ist ja gut, Frau Kommissarin.«

»Junior Officer Perikles, so viel Zeit muss sein.«

Sie mussten beide lachen.

Vorbei am *Tsirio*-Stadion fuhren sie wieder auf die Autobahn, die sie erst am britischen Militärstützpunkt *Akrotiri* vorbeiführte, auf dem sicher niemand von Carls Familie jemals Dienst getan hatte. Die feinen Herrschaften waren zwar durchaus im Dienst der Krone und große Befürworter von militärischen Interventionen des Commonwealth, aber selber wollten sie sich nicht die Hände schmutzig machen.

Dann lenkte Sofia den Wagen in die sanft ansteigenden Berge westlich von Limassol. Nach zwanzig Minuten fuhr sie von der Autobahn ab, erst hinauf und durch das alte Dorf Pissouri, das auf einem Berg lag. Die engen Häuser standen dicht an dicht und windschief da, im Ortskern bereiteten sich alle auf das allabendliche Ritual aus Kafenion und Taverne vor. Dann ging es den Berg wieder hinunter, denn Pissouri hatte noch einen kleinen Ableger am Meer. Genau dort lag die Taverne, die Elena kurz vor ihrem Tod besucht hatte.

Als sie die neuerlichen Serpentinen herunterbrausten, breitete sich das Meer vor ihnen aus wie eine spiegelglatte Fläche, hellblau und einladend. Es hätte die Anfahrt zu einem ihrer zahlreichen Urlaubsorte sein können. Irgendwo bei Amalfi oder in der Karibik, einmal waren sie auch auf den Seychellen gewesen. Doch damals hatte Carl am Steuer gesessen, hatte endlos über Land und Leute geredet, als wäre er der Präsident persönlich und so weltgewandt, dass er sich überall auskennen würde. Sofia hatte seinen Worten gelauscht, als wäre er Odysseus. Mann, wie lange das her war. Es kam ihr vor, als wäre sie in einer Woche um zehn Jahre gealtert. Und gereift. Ihr Telefon klingelte, und beim Versuch, die Nummer zu erkennen, lenkte sie den Polizeiwagen fast in den Straßengraben.

»Mist, verdammter.«

Eine armenische Nummer. Sie bremste und hielt am Rand der schmalen Straße. Es war ihr Vater. Diesmal war im Hintergrund nichts los. Wahrscheinlich saß er wieder im Büro, so, wie es sich für einen Chefdiplomaten geziemte.

»Papa, endlich. Bist du endlich raus aus der Kneipe? Oder warst du einen Tag lang verkatert?«

»Kind, nun sei doch nicht so aufgeregt. Ist doch alles neu hier, da muss ich erst Menschen finden, die mir bei deinen Fragen weiterhelfen. Hattest du etwa gesagt, es sei eilig?«

»Erzähl schon …«

Sie war gespannt wie ein Flitzebogen.

»Gut. Also: Ein richtig dicker Fisch. Nicht Davit selbst, aber seine Familie. Vielleicht der dickste Fisch im armenischen Teich. Der russische Botschafter konnte mir im Vertrauen alles über die Familie erzählen. Davits Vater ist ein alter Mann. Er war in den Neunzigern die treibende Kraft hinter den größten Privatisierungen des Landes und hat sich damit die Filetstücke gesichert. Jetzt ist er Milliardär und besitzt die Mehrheitsrechte am teilstaatlichen Kommunikationskonzern, an zwei Gaspipelines und an der hiesigen Ölförderung. Doch Nalbandian ist nicht mehr der Jüngste, und so hat er seine Geschäfte weitgehend an zwei seiner Söhne übergeben.«

»An Davit?«

Was sollte ein Milliardenerbe mit popeligen Häusern auf Zypern? Dafür würde er doch nicht morden.

Doch ihr Vater sagte aufgeregt: »Eben nicht. Es sind vier Kinder insgesamt. Die Schwester ist reich verheiratet. Und die beiden älteren Söhne teilen sich gerade die Macht in den Unternehmen auf.«

»Und was ist mit Davit?« So langsam wurde sie ungeduldig.

»Er ist das schwarze Schaf der Familie. Er hat in Armenien alle Geschäfte in den Sand gesetzt. Da hat sein Vater ihn vor die Wahl gestellt: Entweder er verbringt sein Lebtag unter der Ägide seiner Brüder als Abteilungsleiter bei irgendeiner Pipeline, oder er geht ins Ausland und baut ein Geschäft auf. Um dann zurückzukommen und als erfahrener Unternehmer doch noch ein Geschäft zu übernehmen.«

»Und da ist Davit nach Zypern gegangen.«

»Genau. Hier erzählen sie sich, er steige ganz groß ins Immobilien- und Tourismusgeschäft ein. Dass er seine Sache sehr gut mache. Nun sogar ein großes Hotel bauen wolle, das bald fertig sei. Wenn das klappt, ist er ein gemachter Mann. Dann müssten seine Brüder ihm ein Unternehmen abgeben.«

»Dann steht Davit also unter riesigem Druck?«

»Die Familie ist ein Produkt der postsozialistischen Herrschaft. Die Brüder scheinen mit allen Wassern gewaschen. Der russische Botschafter meinte, alle seien überrascht, dass sich Davit so gut schlage. Denn eigentlich sei er ein Leichtgewicht, ein Kretin. So hat er ihn genannt: einen Kretin. Doch nun kommen nur noch positive Nachrichten aus Zypern. Ist es so? Sofia? Warum willst du so viel über diesen Jungen wissen?«

»Weil er vielleicht doch kein Leichtgewicht ist.«

»Du meinst also, er ist erfolgreich auf der Insel?«

»Ich melde mich wieder, Papa. Danke. Und behalt bitte für dich, warum du dich nach Davit Nalbandian erkundigt hast.«

»Na, hör mal, ich bin der Botschafter.«

»Ich weiß, Papa, ich weiß, also, bis später.«

»Sofia?« Seine Stimme klang drängend.

»Ja?«

»Pass auf dich auf, ja? Ich hatte heute Nacht ein ganz mieses Bauchgefühl. Ciao.«

Er hatte aufgelegt, und Sofia hielt sich ihr Handy noch eine Weile ans Ohr, als könnte sie seine Worte nachklingen lassen. Merkwürdig. So offen besorgt war er um sie noch nie gewesen – oder er hatte es bloß noch nie zugegeben.

»Warum hast du deinen Dad nicht von mir gegrüßt?«, wollte Carl wissen, von dem sie irgendwie angenommen hatte, dass er eingenickt war. Nun riss er sie aus ihren Gedanken. Carl liebte es, dass sein *girlfriend* die Tochter eines echten Botschafters war, und er hatte immer versucht, in die Gunst ihres Vaters zu gelangen, was ihm aber nie so richtig gelungen war. Bei Familienessen saß er immer am anderen Ende des Tisches, so wollten es die Tischkarten, über die Papa Perikles entschied.

»Weil es dienstlich war, Carl. So, und nun los, wir gehen da rein.«

Sie parkte vor der Taverne und stellte fest, dass sie den Sonnenuntergang um eine Minute verpasst hatten. Das rote Licht dort hinten am Horizont war nur noch die Spiegelung des roten Balls, der sich vor Augenblicken unter die Wasserkante geschoben hatte. Auf dem Parkplatz standen viele Autos, darunter ein alter Renault, der ihr merkwürdig bekannt vorkam. Als sie sich umdrehte, sah sie, dass ein schwarzer Jeep am Straßenrand gehalten hatte – gerade dort, wo sie vorhin telefoniert hatte. Merkwürdig. Derselbe Wagen war auf der Autobahn einmal hinter ihr gewesen. Oder zweimal. Aber war es wirklich derselbe Wagen? Sie hatte ihn noch nie zuvor gesehen. Er war ihr nur aufgefallen, weil er mit ausgeschalteten Scheinwerfern dort oben stand. Das war ja lebensgefährlich. Es brauchte nur ein Auto von oben zu kommen, das den Jeep übersah.

Ein ungutes Bauchgefühl machte sich in ihr breit. Doch nach oben wollte sie auch nicht fahren – Eigensicherung. Sie musste erst mal hier Antworten finden. Sie zog Carl zur Tür und öffnete.

Sofort schlug ihnen der Duft von zypriotischem Essen entgegen, die Wärme von offenem Feuer und wild durcheinander geführten Gesprächen. Sie traten ein, und Sofia sah ihn sofort.

Oder besser: sie beide. Da hinten, in einer Ecke, an der großen Fensterfront, die komplett geöffnet war und hinausführte aufs offene Meer, saßen Adonis und – ihr Herz schlug schneller – Christos.

Sie tranken Wasser und Bier und plauderten, so schien es. Adonis entdeckte Sofia sofort und schlug seinem Bruder eben auf die Schulter, damit er sich umdrehte. Hatten sie etwa über sie geredet?

Bevor sie Christos' Blick auffangen konnte, näherte sich der Wirt, ein sichtbarer Lebemann, der ein weißes Hemd und eine schwarze Stoffhose trug, das graue Haar mustergültig frisiert. Er lächelte sie freundlich an.

»*Kalispera*, meine Dame, mein Herr: Haben Sie reserviert? Wir sind leider ausgebucht. Aber ich kann Ihnen für morgen einen Tisch anbieten.«

Sofia sah, wie Adonis die Worte des Wirtes zu erraten versuchte. Und schon winkte er sie zu sich: An Christos' und Adonis' Tisch war noch Platz. Herrje.

»Das macht nichts. Freunde von uns sitzen dort hinten«, sagte sie also und machte sich nichts aus Carls fragendem Blick. Stattdessen fügte sie hinzu: »Ich bin Junior Officer Sofia Perikles. Polizei von Kato Koutrafas. Fragen Sie nicht, wo das liegt. Weit weg von hier, aber ein schönes Fleckchen Erde. Ich bin in Zivil hier, weil ich ermittle.«

Der Wirt nickte. »Sotiris Papoutsis, zu Ihren Diensten. Sie kommen sicher wegen der jungen Frau, die …«

»Genau wegen ihr. Elena Kyriakou hieß sie, und sie stammt aus meinem Dorf.«

Sie konnte selbst nicht glauben, wie selbstverständlich sie sich als Bewohnerin und Polizistin von Kato Koutrafas ausgab – einem Dorf, das sie vor sechs Tagen nicht mal dem Namen nach kannte. Aber es war keine Fassade, es war genau das, was Sofia gerade fühlte.

»Sie haben meinen Kollegen aus Limassol ja schon sehr geholfen. Und wir haben den mutmaßlichen Täter bereits überführt. Das Problem ist, dass er tot ist. Und wir ihn nicht mehr vernehmen können. Deshalb erhoffe ich mir von Ihnen Hilfe.«

»Was kann ich tun? Aber kommen Sie, trinken wir erst mal was.«

Er führte sie zur Bar und füllte drei Gläser mit Ouzo, die er mit Eis auffüllte. In Zypern wäre niemand auf die Idee gekommen, dass Beamte im Dienst nichts trinken dürfen, wie Sofia es in deutschen Krimis immer gesehen hatte. Sie stießen an, und erst, nachdem Sofia den ersten Schluck genommen hatte, nickte ihr der Wirt aufmunternd zu.

»Ich habe ja vorhin bemerkt, wie gut Sie Ihre Tür beobachten. Sie haben uns sofort gesehen. Ein vorbildlicher Gastgeber eben. Und hier gibt's überall diese großen Fensterfronten. Ich frage mich, ob Sie in der besagten Nacht einen großen schwarzen LKW vor der Taverne gesehen haben, der hier wartete. So einer würde Ihnen doch auffallen, nicht wahr?«

Ihr Telefon vibrierte. Sie warf einen schnellen Blick darauf. Kostas. Hatte er also das Verhör überstanden. Sie würde ihn gleich zurückrufen.

Sotiris überlegte keine Sekunde. »Nein, da bin ich mir sicher. Ein solcher LKW hat hier nicht gestanden. Es gibt ja auch ein Einfahrverbot über 7,5 Tonnen in dieser Straße. Nur für Anlieger und Lieferanten gibt es eine Ausnahme. Da würde ich die Polizei rufen. An dem Abend stand kein LKW hier, auch keiner in der Nähe. Sie sehen ja, wie gut mein Blick auf die Szenerie ist: auf die Berge, das Meer und den Parkplatz.« Er wies in beide Richtungen.

»Haben Sie vielen Dank«, sagte Sofia. Doch wie sollte Dimitrios sie sonst beobachtet haben, wenn er nicht vorm Restaurant gewartet hatte. Das blieb die große Frage.

Sie wandte sich schon um und Carl mit ihr, als Sotiris hinter ihr sagte: »Warten Sie. Da kommt jetzt aber etwas anderes, an das ich mich erinnere, jetzt, wo Sie mich so detailliert fragen: Wir waren an diesem Abend nicht ausgebucht. Ich hatte genauso viele Tische besetzt, wie draußen Autos standen. Bis auf einen riesigen Wagen. Ein schwarzer Jeep. Mit getönten Scheiben. Der stand da draußen und hat eine Zeit lang den Motor laufen lassen. Ich hab schon überlegt rauszugehen. Hab es dann aber gelassen. Ich muss mich ja nicht in alles einmischen. Manchmal fahren reiche russische Pärchen hierher, um in ihren Boliden am Strand zu … Na, Sie verstehen schon. Da wollte ich nicht stören.«

Sofia war wie elektrisiert. »Ein schwarzer Jeep?«

»Ja, genau. So ein riesiger Amischlitten, wie ihn die Mafiosi oder der US-Präsident fahren. Er stand da.« Er zeigte auf den Parkplatz.

»Ein Wagen wie der da oben auf der Straße?«

Sie wies zu den Serpentinen. Doch da stand kein Auto mehr.

Sotiris schaute sie überrascht an.

»Wirklich, da stand vorhin ein Jeep, Herr Papoutsis. Na, wie auch immer. Haben Sie das Kennzeichen notiert?«

»Nein«, antwortete der Wirt und schaute bedauernd. »Ich bin ja leider nicht rausgegangen. Hätte ich sollen, was?«

»Sie haben nichts falsch gemacht, haben Sie vielen Dank. Wir werden jetzt zu Abend essen.«

Sie wusste, dass sie keinen Bissen runterkriegen würde. Sie war vollkommen fasziniert von den neuen Erkenntnissen. Die Schlinge schloss sich. Auch wenn sie nicht wusste, was sie als Nächstes tun sollte. Sie hatte schließlich noch nie einen Fall aufgeklärt, einfach deshalb, weil sie noch nie einen Fall gehabt hatte. Natürlich war da noch dieser andere Grund für ihren fehlenden Appetit: Christos, der leicht lächelnd mit Adonis plauderte. Sie ging hinüber wie ein Roboter, neben ihr

Carl, der nun endlich fragte – sie hatte schon darauf gewartet: »Wer sind denn die?«

»Leute aus Kato Koutrafas.«

Sie erreichten den Tisch, und sofort gab es ein großes Hallo.

»Sofia, was für eine Überraschung«, rief Adonis, und Christos nickte ihr von unten herauf zu. Dann standen die beiden auf, umarmten Sofia und sahen Carl fragend an.

»Das ist Carl. Aus England.«

»Ihr Freund«, fügte Carl leicht verbissen hinzu und gab beiden fahrig die Hand, bei Christos verharrte sein Blick eine Spur zu lange. »Freut mich sehr, Sie beide kennenzulernen.«

»Ganz unsererseits. Schön, endlich den Freund unserer besten Polizistin kennenzulernen«, antwortete Christos mit seiner tiefen wohlklingenden Stimme – und obwohl sie nicht ein winziges Stück Ironie heraushören konnte, wäre Sofia am liebsten im Boden versunken.

»Nehmt Platz«, rief Adonis und zog Sofia förmlich neben sich, sodass Carl nur der Platz neben Christos blieb. Er trat sie unterm Tisch gegen's Schienbein, er war sauer, dass das Dinner zu zweit zu einem Sit-in unter Freunden verflachte.

»Was machst du hier, Sofia? Also ihr natürlich?«

»Das könnte ich euch fragen, Adonis. Ihr fahrt doch nicht aus Kato Koutrafas bis nach Pissouri, nur weil hier die Doraden so lecker sind.«

Adonis und Christos sahen sich an, als fühlten sie sich ertappt.

Dann stöhnte Adonis auf, als gäbe er sich geschlagen, und sagte: »Na gut, du bist eben eine echte Polizistin. Wir können dir nichts vormachen. Wir wussten ja, dass Elena zuletzt hier gegessen hat. Du hast es uns gesagt. Wir wollten den Tod von Dimi nicht einfach hinnehmen. Diese Vorverurteilung. Christos«, er wies zu seinem Bruder, der stumm zuhörte, »hat das keine Ruhe gelassen. Also wollten wir uns mal hier umhören. Den Wirt fragen, was er gesehen hat. Obwohl wir in der Tat die Doraden bestellt haben. Die sollen hier nämlich besonders gut sein.«

»Und was sagt der Wirt?«

»Wir haben uns noch nicht getraut«, gab Adonis zu, sein Lächeln war so schüchtern, dass er aussah wie ein kleiner Junge.

»Wir haben uns eben beraten, was wir über Elenas letzten Abend rauskriegen müssen«, fügte Christos lächelnd hinzu.

»Und?«

»Wir wollten den Wirt fragen, ob er etwas Besonderes gesehen hat, vielleicht Dimis LKW vor der Tür? Dann wäre ein Zusammenhang nicht mehr zu leugnen.«

»Wir Wirte sind ja aufgeweckte Leute, uns fällt viel auf«, fügte Adonis hinzu, voller Stolz auf seinen Berufsstand.

In der Tat, dachte Sofia, sie waren auf etwas gekommen, wofür sie Tage gebraucht hatte. Aber sie sagte nur: »Braucht ihr nicht mehr zu fragen.«

»Wieso?«

»Hab ich schon.«

»Und was sagt er?«

Adonis war regelrecht elektrisiert.

»Kann ich nicht sagen.«

»Was? Ach, Sofia, komm …«

»Nein, ehrlich. Es ist eine ganz heiße Kiste, und ich möchte euch nicht in Gefahr bringen.«

»Was soll denn das heißen«, fuhr Carl auf, »wieso denn Gefahr?«

Sotiris, der Wirt, kam dazwischen, und Sofia hatte für einen Moment Angst, Christos oder Adonis könnten ihn bitten, seine Auskünfte zu wiederholen. Doch beide waren friedlich und schauten nur auf ihre Teller. Die Doraden waren wunderbar gegrillt – dunkle Grillstreifen liefen über die Haut, dicke

Zitronenscheiben lagen obenauf, daneben Rosmarinkartoffeln, die so lange im Ofen gebacken waren, dass sie fast zerfielen. Dazu gab es *Horta*, wilde Gemüse, die nur ganz kurz gekocht wurden: etwa *Vlita*, also Fuchsschwanz, Wasserspinat und derlei. Ihr lief das Wasser im Mund zusammen.

»Können Sie uns das auch bringen, Herr Papoutsis?«

Der Wirt faltete die Arme auseinander. »Aber bitte, Frau Perikles, bitte nennen Sie mich Sotiris. Wir sind doch hier alle gute Bekannte.«

»Ich möchte das nicht«, brachte Carl mühsam hervor. »Haben Sie auch 'nen Burger? Ich habe den ganzen Tag nichts gegessen.«

Sofia rollte mit den Augen. Sicher hatte er in der Business-Class, mit der er hergeflogen war, die Teller mit Vorspeise, Hauptgang und zweierlei Dessert rundweg abgelehnt.

»Nein, werter Herr. Burger führen wir leider nicht. Wie wäre ein *Souvlaki* vom Schwein? Dazu haben wir selbstgemachte *Patates.*«

»Gut, dann das.«

»Sehr gern.«

»Also, Carl, sag mal, was machst du so?«, fragte Adonis.

Bevor Carl antworten konnte, brachte Sotiris auch für Sofia und Carl noch Gläser, dann goss er aus der Weißweinflasche nach.

Mit dem ersten Schluck fiel Sofia quasi in Trance, sie blickte aufs Meer, und die Unterhaltung der drei Männer floss an ihr vorbei. Sie spürte, dass sie der Aufklärung des Falles nah war. Ganz nah.

Triánta téssera – 34

Sie hatte einen Entschluss gefasst. Zwischen Wein und Doraden. Die wirklich unfassbar lecker waren.

Sie traten hinaus in die sternenklare Nacht. Natürlich hatte Sotiris vorher darauf bestanden, sie alle einzuladen und zum Abschluss noch ein Glas *Zivania*, den zypriotischen Grappa, auszugeben, den die fünf auf Elena und Ergun tranken. Vor der Tür fröstelte Sofia ein wenig. Ein Schauer jagte ihr über den Rücken, für den sie keine Erklärung hatte, schließlich war es immer noch recht warm. Automatisch sah sie sich um, sondierte den Parkplatz, die Serpentinenstraße, die Umgebung. Kein Jeep.

»Adonis, Christos, nehmt ihr Carl bitte mit nach Kato Koutrafas?«

Die Jungs hatten sich in den letzten anderthalb Stunden besser verstanden, als Sofia es für möglich gehalten hätte. Sie hatte irgendwann sogar aufgehört, Christos zu ignorieren – aus Angst zu erröten. Dennoch war Carl mit der neuerlichen Trennung nicht einverstanden:

»*Babe*, was soll das? Wieso sollten wir getrennt fahren?«

»Weil ich noch was zu ermitteln habe.«

»Jetzt? Es ist mitten in der Nacht.«

»Ich weiß. Aber die Polizei schläft nicht.«

»Na, da steht mir ja eine angenehme Zukunft an deiner Seite bevor«, sagte Carl mit ironischem Unterton.

Christos musste angesichts dieser deutlichen Klärung der Besitzverhältnisse ein wenig lächeln, sagte aber nichts.

»Ich komm später hoch ins Dorf. Lasst Carl schon mal in mein Zimmer.«

»Zu Befehl«, sagte Adonis, und sie gingen Richtung Auto.

Sofia stieg in ihren Polizeiwagen und atmete tief durch, um sich zu sortieren. Was war als Erstes zu tun? Sie bräuchte eine Aussage von einer der alten Damen. Welche von ihnen würde am ehesten reden? Wer hatte am wenigsten zu verlieren? Iria. Doch Sofia wollte das nicht allein machen. Sie musste Christina erreichen. Wenn sie ihr all ihre Vermutungen und Beobachtungen schilderte, konnte Christina nicht untätig bleiben. Sie war gerade im Begriff, die Nummer der Kollegin aus Limassol zu wählen, da klingelte ihr Handy seinerseits. Kostas. Sie hatte ihn ganz vergessen.

»Hallo, Chief Inspector Karamanlis«, grüßte sie ins Telefon.

»Ach, Tausendschön, nun nenn mich doch nicht so. Wir haben zwar noch nicht miteinander gesoffen, aber immerhin schon miteinander geschossen und jemanden im Beisein des anderen verprügelt. Nenn mich Kostas.«

»Hi, Kostas.«

»Hallo, Tausendschön.«

»Du hast mich angerufen, Kostas.«

»Was heißt das?«

»Wenn du anrufst, musst du auch sprechen.«

»Diese jungen Leute aus der Stadt – du bist so direkt, weißt du das?«

»Kann sein. Also, sag. Was ist los? Wie lief die Befragung?«

»Bin suspendiert.«

»Was?«

»Ja. Meine Akte war … sagen wir mal: nicht ganz blütenweiß. Sie haben mich für drei Monate außer Dienst gestellt. Ich soll einen Entzug machen. Die spinnen einfach. Jetzt kommt es darauf an, ob dieser Pisser aus Limassol seine Dienstaufsichtsbeschwerde zurücknimmt.«

»Ich rede mit ihm.«

»Du hasst ihn.«

»Trotzdem.«

»Warum solltest du das tun?«

»Um dir zu helfen. Weil ich gerne mit dir arbeite. Du bist mein Chef.«

Kostas war für einen Moment sprachlos. »Ich weiß nicht, was ich sagen soll.«

In diesem Moment, in dem sie seine Stimme hörte, die vor ehrlicher Rührung belegt war, entschied sie: »Kostas, der Fall ist nicht gelöst. Ich habe einen Verdacht. Ich weiß aber nicht, ob Christina mitspielt. Deshalb müssen *wir* es zusammen machen. Kannst du nach Coral Bay zu den Villen der alten Damen kommen? Hinter Paphos, jetzt sofort?«

»Klar, die kenn ich.«

»Ich fahre von Pissouri aus dorthin. Wir brauchen eine gerichtsfeste Aussage.«

»Wieso? Du meinst, Dimi war es nicht?«

»Genau.«

»Aber wer dann?«

»Sage ich dir, wenn wir uns dort sehen. Los, Kostas, wir lösen jetzt den Fall.«

»Bis gleich.«

Sie konnte sich vorstellen, dass er erst noch seine *Tavli*-Runde zu Ende spielte. Um dann loszufahren. Aber auf eine halbe Stunde kam es nun auch nicht mehr an. Sie ließ den Motor an und setzte zurück. Dann bog sie um die Ecke und bremste wieder abrupt. Im Scheinwerferlicht stand Adonis mit ausgestreckten Armen und bedeutete ihr auszusteigen. Sie sprang aus dem Wagen.

»Was ist los?«

»Die Karre springt nicht an. So ein Mist. Diese verdammte alte Schleuder.«

»Wie kann das sein? Ihr seid doch gut hergekommen?«

»Christos schaut gerade nach.«

Christos bei der heiklen Arbeit an einem Auto. Sofia stieg sofort aus und ging mit Adonis zu dem alten Renault. Sie wurde nicht enttäuscht. Christos hatte sich das T-Shirt ausgezogen, offensichtlich, um es nicht schmutzig zu machen, und war halb in den Motorraum gekrochen. Carl leuchtete ihm mit seiner iPhone-Lampe. Er hätte allein nicht mal eine Fahrradkette aufspannen können.

»Nichts zu machen«, murmelte Christos aus dem Inneren des Autos. »Irgendwas stimmt nicht. Aber ich finde den Fehler nicht. Die Zündkerzen sind alle gut. Keine Ahnung, was hier los ist.«

Er stand wieder auf und strich sich die dreckigen Hände an der Hose ab. Sie sah seinen Oberkörper zum ersten Mal. Und musste schnell den Blick abwenden.

»Und was machen wir jetzt?«, fragte Carl.

»Sofia?«

Verdammt, dachte sie, auf eine halbe Stunde käme es nicht an. Aber nach Kato Koutrafas rauf und wieder hinunter und dann erst nach Paphos, das ginge nicht. Dann wäre sie erst nach Mitternacht in Coral Bay. Da würden die alten Damen längst schlafen.

»O.k., ihr müsst mitkommen. Ich habe eine Befragung in Coral Bay. Ich setze euch auf dem Weg dahin in einer Bar ab. Auf dem Paphos Strip ist doch immer etwas offen. Danach hole ich euch dann wieder ab, und wir fahren hoch. In Ordnung?«

Die Jungs zuckten mit den Schultern. Die Aussicht auf Sportfernsehen und Bier vom Fass ließ ihnen kaum eine Wahl, als freudig zuzustimmen.

Sie stiegen ein. Der Corsa hatte nur vorne Türen, und so war das eine anstrengende Angelegenheit, besonders für Adonis, der sich nach hinten quetschte.

»Kannst du fahren, Carl?«, fragte Sofia. »Ich muss auf dem Weg telefonieren.«

»Ach, *babe*, ich hab 'nen ganz schönen Schwips.«

»Ich kann fahren«, mischte sich Adonis ein. »Ich wollte schon immer mal einen echten Polizeiwagen fahren.«

Sofia musste grinsen. Wollte er so gern neben ihr sitzen? Nein, diesmal lag es nicht an ihr, sondern einfach an einem männlichen Kindertraum. Sie nickte, und dann begann das Ganze von vorn: Adonis wuchtete sich aus dem engen Fahrzeuginneren, um sich dann, als Carl seinen Platz neben Christos eingenommen hatte, hinter das Lenkrad zu quetschen, das noch auf Sofias fehlende Körperfülle eingestellt war.

Vorsichtig lenkte Adonis den Wagen aus Pissouri Beach heraus, die engen Serpentinen den Berg hinauf und dann weiter ins Bergdorf.

»Kann ich Blaulicht anmachen?«, fragte er.

»Untersteh dich«, antwortete Sofia.

Es dauerte keine zwei Minuten, da hörte sie Carl von hinten schnarchen. Der zypriotische Weißwein schaffte eben noch den versiertesten Trinker – selbst, wenn er Brite war.

Wieder wählte sie Christinas Nummer. Und wieder klingelte ihr Handy im selben Moment seinerseits. Es war wie verhext. Die Nummer kannte sie nicht.

»Sofia Perikles?«

»Sofia, hier ist Lefto.«

»Lefto …«

Auch ihn hatte sie ganz vergessen.

»Lefto, ich muss ganz dringend telefonieren. Hast du die Werte gecheckt? Ist alles in Ordnung mit der Bewertung der Häuser? Sag schnell …«

»Immer langsam, Sofia. Wir sind doch hier nicht beim Wetttrinken. Du lässt mich so eine Bombe recherchieren, und dann hetzt du mich so.«

»Was denn für eine Bombe?«

Sie sah, wie Adonis immer wieder in den Rückspiegel guckte, war aber zu abgelenkt von Lefteris' aufgeregter Stimme, um weiter darauf zu achten.

»*Cara*, es ist unglaublich: Der Strand da ist ja wunderschön, jeder will da bauen oder kaufen. Aber die ganze Küste steht unter Naturschutz – da geht gar nichts. Nur auf die Perlenkette, diese vier Villen, ist nie jemand gekommen, weil da irgendwelche alten Leute seit hundert Jahren drin wohnen. Es ist die einzige Bebauung in der Gegend. Ich habe zwei andere Makler gefragt, die auf die Bewertung von Strandimmobilien spezialisiert sind. Die haben mir Preise genannt, bei denen selbst mir die Ohren schlackern. Eine Villa allein ist vier Millionen wert. Und wenn du alle vier kaufen willst, dann gibt es nicht etwa Mengenrabatt. Dann kostet es rund 35 Millionen Euro. Denn alle vier Villen zusammen würden ein riesiges Baufeld ermöglichen. Wenn man die Villen abreißt, könnte man die derzeitige Wohnfläche mal zwei dort neu bauen, so will es das Gesetz. Das könnte dann ein riesiges Hotel werden oder ein Apartmentkomplex. Ein Millionengeschäft, *cara.*«

Sofia war für einen Moment sprachlos.

»Und jetzt kommen die Gerüchte ins Spiel: Es heißt, irgendein Russe ist mit all seinen Spekulationen gescheitert, hat aber reichlich Druck von zu Hause und will jetzt den Durchbruch. Es gibt ein Planfeststellungsverfahren für einen riesigen Hotelkomplex im Wert von 50 Millionen, und zwar genau dort, in Coral Bay. Jeder hat sich gefragt, wie er das machen will – ohne Bauland. Aber keiner hat an die vier Villen gedacht. Es ist wohl ein geheimes Projekt. Die Politik will nichts verraten, bevor es nicht spruchreif ist.«

In Sofias Kopf war nun ein Tornado. Sie verstand alles: die Verschwiegenheit der alten Damen. Die Schnelligkeit des Notars. Die Wut von Polizeipräsidentin Boosalis.

»Das ist so krass, Lefto«, sagte sie, »aber woher hast du das?«

»Ich musste mit einem Staatssekretär vom Tourismusministerium essen gehen – im teuersten Schuppen von Nikosia. Rechnung schicke ich dir. *Cara?*«

»Ja?«, fragte Sofia und spürte, wie Adonis immer wieder ihr Knie berührte. Konnte das sein? Was erlaubte der sich? Sie sah zu ihm hinüber. Er schaute sie angstverzerrt an.

»Was?«, fragte sie stumm mit gerunzelter Stirn, und er wies mit einem nur angedeuteten Kopfnicken nach hinten. Sie blickte in den Rückspiegel.

Da waren Scheinwerfer. Riesige Scheinwerfer. Gleich vier davon. Und sie waren sehr nah. Lefteris sprach derweil weiter.

»… sag mir, was für eine Bewertung du für die Häuser gehört hast. Würde mich wirklich interessieren. Waren es noch mehr als vier Millionen pro Villa?«

»Lefto, ich muss auflegen. Ich sag nur: Hunderttausend. Pro Haus.«

»Was?«

»Lefto …«

»*Cara*, im Ernst: Wer dafür hunderttausend anbietet, ist ein Verbrecher. Ruf mich zurück, wenn du wieder reden kannst.«

Sie legte auf und spürte, wie ihre Hand zitterte. Es passte alles zusammen. Alles.

Dann sah sie Adonis an. »Was macht der hinter uns?«

»Der Wagen ist in Pissouri aus einer engen Gasse abgebogen und hat sich direkt hinter uns gesetzt. Jetzt fährt er immer wieder sehr dicht auf und will nicht überholen.«

Sie waren mittlerweile auf der Autobahn in Richtung Paphos, die Berge, hinter denen der Aphroditefelsen lag, waren schon zu erkennen.

Sofia sah in den Rückspiegel. Durch die Dunkelheit waren nur die Umrisse des Fahrzeugs zu erkennen. Klobig, massig.

Konnte das sein? Ja, ihre Autoliebe trog sie nicht: ein Jeep, amerikanisches Modell. War er schwarz, oder verschluckte die Nacht nur die Farbe? Sofia war elektrisiert.

»Adonis, gib Gas«, rief sie, so laut, dass sogar Carl aus seinen Träumen hochschreckte.

»Was 'n los?«, fragte er, und Christos wies aus der Heckscheibe nach hinten.

»Wir werden verfolgt.«

»Was?«

»Wer verfolgt uns, Sofia?«

»Keine Ahnung«, sagte sie. Dabei hatte sie durchaus eine Idee.

»Halt drauf, Adonis«, wiederholte sie.

»Sofia, das ist ein verdammter Corsa und kein Porsche …«

Kurz vor der Ausfahrt Petra tou Romiou zog der Wagen hinter ihnen plötzlich auf die Überholspur. Sofia atmete kurz auf. Sollte es das gewesen sein?

Als er auf gleicher Höhe war, sahen sie alle auf dieses schwarze Ungetüm, dessen Scheiben getönt waren, sodass vom Inneren des Wagens nichts, aber auch gar nichts zu sehen war.

Sie erkannte ihn sofort: den Jeep, den sie heute Morgen in der Werkstatt gesehen hatte. Obwohl das nicht sein konnte. Er war viel zu zerstört gewesen. Dieser hier war intakt. Verdammt. Vielleicht ein anderes Modell. Oder purer Zufall. Es wimmelte auf der Insel von reichen Russen, die so viel Kohle hatten, dass sie pro Familienmitglied einen *SUV* fuhren. Sie spürte, wie sich die Erleichterung im Auto verbreitete, als der Jeep vorne fast vorbeigezogen war. Sicher doch nur ein besoffener Tourist.

Aber dann, genau auf Höhe der Ausfahrt, kam er mit seinem Heck näher, um ihnen den Weg abzuschneiden. Adonis schrie und bremste, Sofia schrie, Carl schrie am lautesten, nur

Christos war ganz still, aber auch er hielt sich an Sofias Sitz fest, als Adonis, um nicht mit dem Jeep zusammenzustoßen, das Lenkrad herumriss, in die Ausfahrt hineinfuhr. Bremsen ging nicht, von hinten waren Lichter zu sehen, und sie fuhren über 120. Der Jeep kam wieder näher, drängelte sie die Ausfahrt hinunter, in Richtung Aphroditefelsen.

Niemand fuhr hier mehr ab, so spät am Abend.

Als Adonis versuchte, das Lenkrad rumzureißen, um doch auf der Autobahn zu bleiben, stieß der Jeep einmal gegen ihre Vorderseite, die Wagen berührten sich, dass es nur so schepperte. Sofia wurde vom Aufprall gegen die Fensterscheibe gedrückt, und der Corsa ergab sich dem Gewicht des riesigen Fahrzeugs, das den Weg diktierte.

Es ging die Rampe hinunter, der Jeep bremste, ließ Adonis wieder nach vorne, der beschleunigte. Die letzte Hoffnung, dass im Jeep nur ein besoffener Tourist sitzen würde, war verschwunden. Jetzt hatten sie alle Todesangst. Adonis raste los, nahm die Kurven, die auf die Strandstraße führten, ein gutes Stück über der Bucht, nicht mal einen Kilometer entfernt war das Stück Leitplanke, durch das Elena und Ergun gedrückt worden waren.

Sofia konnte mittlerweile nachempfinden, wie sie sich gefühlt haben mussten. Gejagt, bedroht, in tiefster Angst. Das Auto erfüllt durch laute Schreie oder die Stille des Horrors.

Adonis beschleunigte, drückte das Pedal durch, was der alte Polizeiwagen hergab. Seine Hände umkrallten das Lenkrad so fest, dass sich die Knöchel an den Handknochen weiß verfärbten. Dann kam von hinten der nächste Stoß, sie sahen erst die Scheinwerfer, die sich näherten und mit ihren gewaltigen Lichtkegeln sogar noch die Straße vorm Opel ausleuchteten, weil das Licht von hinten bis vorne durch die Fenster fiel. Und dann krachte es, als der Wagen mit hoher Geschwindigkeit auffuhr. Kurz verlor Adonis die Kontrolle, der Corsa schlingerte, bretterte ein Stück über den Seitenstreifen, doch dann riss Adonis das Lenkrad wieder herum, und die Straße hatte sie wieder.

»Tu doch was«, schrie Carl, »sonst sterben wir hier in dieser beschissenen Karre.«

Sofia sah, wie Christos ihm die Hand vor die Brust hielt, damit er nicht nach vorne geschleudert wurde.

Sie überlegte, einen Moment nur, erblickte weiter vorne eine langgezogene Rechtskurve und fasste einen Entschluss. Dann nahm sie ihre Handtasche und fummelte am Verschluss herum. Nach viel zu langen Sekunden hatte sie sie geöffnet. Endlich, endlich hatte sie die Knarre in der Hand, und noch nie hatte die sich so gut angefühlt.

Sie ließ das Fenster herunter, sah die Kurve näher kommen. Hinter dieser Kurve lag der Aphroditefelsen. Sie wollte um keinen Preis dort unten am Strand enden. Wollte ewige Jugend, nicht ewige Verdammnis.

Sie beugte sich aus dem Fenster heraus und lud durch, der Jeep kam wieder näher, wollte den nächsten Angriff fahren, da rief sie: »Adonis, halt dich ganz weit links, und dann in der Kurve zieh einmal kräftig nach rechts rüber, ich brauch den Jeep hinter mir.«

»O.k.«, rief er, aber seine Stimme bewies, dass er so cool war wie ein zypriotischer Kaffee an einem Julitag.

Noch kurz vor der Kurve rumste es wieder, doch noch einmal vermochte es Adonis, der Rennfahrer, den Wagen wieder in den Griff zu kriegen. Sofia schaffte es, ihm einmal aufmunternd zuzunicken. Er fuhr wirklich bemerkenswert. Dann tat er, wie ihm geheißen, streifte fast die Leitplanke auf der Linken, sodass Sofia höllisch auf ihre Hände aufpassen musste, dann aber riss er das Auto scharf nach rechts.

Der Jeep hatte ein wenig Abstand gewonnen, sie hatte freie Sicht. Sie wusste: Sie hatte nur einen Versuch. Wenn der Jeep sie noch mal träfe, wäre alles vorbei, sie würden die Bergkante hinabstürzen. Also zielte sie, größtmögliche Zerstörung anpeilend, auf die Windschutzscheibe. Es ruckelte und buckelte – die Straße war hier mehr ein Flickenteppich –, dann schickte Sofia ein Stoßgebet gen Himmel und schoss. Einmal. Zweimal. Sie zuckte zusammen, wie alle im Wagen. Der Knall der Schüsse war im Fahrtwind kaum zu hören.

Was dann geschah, spielte sich in Sekundenbruchteilen ab: Sofia schaute genauer hin. Die Windschutzscheibe des Jeeps sah aus wie vorher. Unzerstört. Intakt. Doch dann begann der Wagen zu schlingern. Wie ein Wildschwein, das man getroffen hatte und das nun halb besoffen vor Schmerz irr durch die Gegend lief. Das Fahrzeug zitterte, brach aus, kam wieder näher, gewann an Tempo, »drück drauf«, schrie Sofia, und Adonis drückte, er drückte das Pedal bis zum Bodenblech, und kurz bevor der Jeep sie noch mal rammen konnte, brach er wieder aus, diesmal nach links, er geriet ins Schleudern, drehte sich, geriet auf den Schotter des Seitenstreifens und dann durchschlug er die Leitplanke.

Es sah aus, als überlegte er einen Moment, dann hatte er sich entschieden und wetzte den Berg hinunter, die Rücklichter waren das Letzte, was von ihm zu sehen war, ehe er gänzlich über die Klippe verschwand.

»Brems«, schrie Sofia, und Adonis bremste, schlingerte und hielt endlich auf dem Seitenstreifen an.

Sofia sprang aus dem Wagen, die Waffe immer noch vor sich, und rannte zum Abhang, sie wollte vor den Jungs da sein, wollte, dass die drei in Sicherheit wären, falls dort unten bewaffnete Männer stünden, die es aus dem Wagen herausgeschafft hätten.

Doch als sie hinunterschaute, war da niemand. Nur der Wagen, oder besser, die Unterseite des Wagens, hinten die Rücklichter, die noch brannten, die Räder drehten sich in der

Luft, aus dem Motor schien Rauch zu kommen, soweit das in der Dunkelheit zu erkennen war.

Ansonsten kein Zeichen eines Überlebenden. Es war exakt die gleiche Stelle, die für Elena und Ergun das Grab geworden war. Vis-à-vis des berühmtesten Felsens der Insel. Aphrodites Grab.

Sie ließ sich auf den Boden fallen, ihre Beine wollten einfach nicht mehr, dann nahm sie die Hände vors Gesicht und begann zu weinen.

Triánta pénte – 35

Es lief alles wie in Zeitlupe ab. Sie, hinter der Leitplanke sitzend, starr wie eine Madonna, die Hände vorm Gesicht, und als sie sie wieder hob, sah sie Christos den Felsen hinunterklettern. Sah Carl neben dem Corsa stehen und sich in die Macchia übergeben. Sah Adonis im Auto sitzen, die Hände immer noch auf dem Lenkrad.

Dann hörte sie Christos, der von unten schrie: »Er lebt …«

Irgendwann gab es einen Knall, und sie sah Feuer und Rauch. Sie konnte sich nicht erschrecken, sie konnte nicht aufstehen, sie konnte nichts.

Und dann die Blaulichter, die von hinten kamen. Dutzende Blaulichter, mehr noch als im Wald von Xyliatos. Christina war die Erste, die zu ihr trat, ihr den Arm um die Schultern legte und den Rest ihres Körpers mit einer Wärmedecke der Sanitäter einhüllte. Nur langsam kam Sofia wieder zu sich.

Toby Arschgeige stand am Rand der Leitplanke und schaute hinab. Wie ein Sachverständiger sah er aus. Und fühlte sich wohl auch so.

Es war tief in der Nacht, und die Kälte hatte die Küste erfasst. Christos kam über den Fußgängerweg den Berg wieder hinauf. Auch er trat zu ihnen.

»Sie haben den Mann entwaffnet. Sehr gut«, sagte Christina.

Sofia sah die beiden fragend an.

»Er lag im Auto und war ohnmächtig. Es war nicht sehr schwer, er hat sich nicht gewehrt«, sagte Christos bescheiden.

»Aber Sie haben ihn auch rausgeholt. Besser so, als wenn er mit dem Auto abgefackelt wäre.«

Christos nickte.

»Der Mann ist schwer verletzt und auf dem Weg ins Krankenhaus.«

»Einer?«, fragte Sofia mühsam, ihre Stimme immer noch unter Tränen.

»Ja, im Auto saß nur ein Mann«, antwortete Christina.

So langsam kam Sofia zu sich.

Und ihr wurde klar, dass sie es überlebt hatten. Dass Sofia und ihre drei Jungs den schlimmsten Augenblick ihres Lebens überlebt hatten.

»Wie geht es dir?«, fragte Christina.

»Schlecht.«

»Es ist alles gut gegangen.«

»Aber es war doch nur einer. Es fehlen doch noch …«

Christina nickte. »Wir sind da dran. Hast du geschossen?«

Sofia nickte.

»Es war ein sehr genauer Schuss. Hochachtung.«

»Was? Die Scheibe hat doch gehalten. Ich hab doch gar nicht getroffen.«

»Wieso? Hast du auf die Scheibe geschossen? Der rechte Reifen war durchschlagen, du hast aus dem Fenster den von dir aus linken Reifen getroffen, einfach so, mit beiden Kugeln, so sieht es jedenfalls aus. Da war nichts mehr zu machen für den Fahrer. Bei dem Tempo, das ihr beide draufhattet.«

Sofia wusste nicht, was sie sagen sollte. Der Reifen. Sie erinnerte sich an ihre erste Schießübung. An die linke Dose, die heruntergefallen war, obwohl sie die rechte anvisiert hatte. An den Schuss auf Kostas. Der nicht mal auf zwei Meter geradeaus gegangen war. Wurde Zeit, dass sie die Waffe mal überprüfen ließ. Sie hätte gerne gelächelt, aber sie war zu schwach.

»Ich weiß nicht, Christina. Es fühlt sich so merkwürdig an. Wird er überleben?«

Christina umarmte sie, jetzt mit beiden Armen. »Ich denke schon. Aber Sofia – es war todsicher: er oder ihr. Ansonsten würdet ihr jetzt zu viert in eurem Autowrack liegen. Und wir hätten den Bastard niemals gekriegt.«

So banal, wie es klang, war es wohl.

»War das Davit Nalbandian im Wagen?«

»Nein, dazu später. Jetzt habe ich jemanden für dich am Telefon. Es war auch anderswo eine bewegte Nacht, so scheint es. Und wenn ihr aufgelegt habt, erzählst du mir, was zum Himmel hier los war auf meiner Insel.«

Sofia nahm ihr das iPhone aus der Hand. »Ja?«

»Sofia. Ich bin es. Kostas.«

Er hatte nicht *Tausendschön* gesagt. Zum ersten Mal. Und seine Stimme klang nicht ironisch. Sondern ernst und feierlich.

»Was bin ich froh, dass du lebst. Und ganz nebenbei: Ich bin auch sehr froh, dass ich lebe.«

»Was ist passiert?«

»Als ich ankam, habe ich mich gewundert, dass du noch nicht da bist. Dann, nach ein paar Minuten, bin ich ans erste Haus. Das rechte, weißt du? Ich wollte gerade klingeln, da habe ich einen merkwürdigen Lichtschein aus dem ganz linken Haus gesehen und ein Auto im Hof. Ein kleines rotes Auto.«

»Nalbandian.«

»Wer?«

Da fiel ihr auf, dass Kostas ja nichts von alldem wusste, nur gehandelt hatte, weil sie ihn darum gebeten hatte.

»Erzähl weiter.«

»Ich bin da hinübergeschlichen, habe die Tür aufgehebelt und bin hoch ins Arbeitszimmer. Da waren zwei Männer, die in Unterlagen wühlten. Ich hab gerufen: ›Achtung, Polizei‹, und dann hat sich der eine, ein richtiger Riese, umgedreht und gefeuert. Sofort, ohne Vorwarnung. Ich hab's gerade noch hinter die Tür geschafft, und dann hat auch der Zweite, der im Anzug, geschossen. Das Problem war: Ich war in der weitaus besseren Position. Sie mussten an mir vorbei, um das Haus zu verlassen. Und ich hatte ein wirklich gutes Argument dabei, damit sie nicht noch mal schießen.«

»Was denn für ein Argument? Du bist doch suspendiert. Hattest du überhaupt eine Waffe mit?«

Sie hörte ihn am anderen Ende raunen.

»Hinten in meinem Jeep ist normalerweise immer ein Schnellfeuergewehr. Falls ich mal böse Tiere jage. Das war mein gutes Argument.«

Kostas Rambo, dachte Sofia. Aber gut, wenn es funktionierte. Der Chief Inspector fuhr fort.

»Sie waren dann schnell recht kleinlaut. Der Anzugtyp wollte auf keinen Fall draufgehen.«

»Wo sind sie jetzt?«

»Auf dem Polizeirevier in Paphos. Die Kollegen waren sehr kooperativ, als klar wurde, dass ihr sauberer Unternehmer ein lupenreiner Betrüger ist.«

»So ein Glück, dass dir nichts passiert ist. Ich bin sehr froh. Aber es ist noch nicht vorbei. Du musst einen Notar verhaften: Kyriakos Hadjimichael.«

Wieder Raunen am anderen Ende. »Schon passiert. Die Kollegen aus Paphos haben einen Mann auf der Autobahn angehalten, in einer schwarzen Limousine. Er war viel zu schnell. Und komplett besoffen. Er hat die ganze Zeit irgendwas von Coral Bay und Nalbandian gestammelt, deshalb hat man mich hier sofort informiert. Ich freue mich schon auf das Verhör.«

»Da will ich dabei sein.«

»Das wirst du, Sofia. Es ist dein Fall. Und niemand wird ihn dir wegnehmen.«

»Kostas?«

»Ja?«

»Danke. Tausend Dank.«

»Wie bist du drauf gekommen?«

»Soll ich die Wahrheit sagen? Ist mir fast peinlich …«

»Ach,Tausendschön. Du hast einen richtig dicken Fall gelöst. Nun sag schon.«

»Das kleine rote Auto. Nalbandian ist mit seinen beiden Riesen aus einem Fiat Panda gestiegen, als ich ihn zum ersten Mal gesehen habe.«

»Und? Sind italienische Kleinwagen für Armenier verboten?«

»Nein. Aber ich bin ein Automädchen. Ich weiß, was solche Leute für Autos fahren. Das passte einfach nicht. Ich dachte: Was ist, wenn das gar nicht ihr richtiges Auto ist? Wenn das richtige kaputt ist. Warum wäre es wohl kaputt?«

»Ein Fiat Panda überführt einen zweifachen Mörder.«

»Nicht schlecht, oder?«

»Na ja, ein Fiat Panda und ein Officer.«

»Junior Officer. So viel Zeit muss sein.«

»Ab heute Abend nicht mehr. Kraft meines Amtes als Chief Inspector der Polizei von Kato Koutrafas ernenne ich dich hiermit zum *Police Officer of the Cyprus Police.* Glückwunsch. Mehr Geld gibt's aber nicht. Sofia, ich muss los. Ich hab Durst. Bis später in Kato Koutrafas. *Kalinichta.*«

Epilog

Die blau-weiß gedeckte Tafel war so lang, dass es aussah, als ginge sie direkt ins Meer über. Sofia musste als junge Lady aus gutem Hause derlei Kitsch eigentlich ablehnen.

Doch als sie aus Kostas' Auto stieg, ging ihr einfach nur das Herz auf.

Zwei Dutzend Stühle reihten sich an dem langen Tisch aneinander, und gleich dahinter begann die Wasserkante.

Wer ganz am Rand saß, konnte sich von den frechsten Wellen die Füße nass machen lassen.

Sie waren im Konvoi aus Kato Koutrafas heruntergekommen. Deshalb stiegen nun alle gleichzeitig aus den Wagen. Kostas, der während der Fahrt – überhaupt seitdem der Fall gelöst war – außerordentlich gut gelaunt war, hatte das Radio laut aufgedreht, 28 Zigaretten geraucht und sogar Anekdoten zu dem jeweils durchquerten Dorf zum Besten gegeben. Carl hatte sich selbstverständlich direkt neben Sofia gesetzt und war während der rucklígen Fahrt durch die Serpentinen immer näher gerutscht, selbst, als die Kurve eine Bewegung in die andere Richtung erfordert hätte. Irgendwann hatte seine Hand auf ihrem Knie gelegen. Sie hatte es zugelassen.

Adonis hatte auf der anderen Seite neben Sofia gesessen, ruhig lächelnd, sehr brav und freundlich. Neben ihm – die Rückbank war ausladend – Constantina, die ihrerseits ihre Hand auf seinem Knie hatte und den Vorgang des Friedlich-neben-Sofia-Sitzens überwachte.

Christos wiederum saß vorne neben Kostas. Er hatte den

Kopf im Takt der Musik gewiegt, stumm geraucht und sich, als die Anekdoten des Polizisten zu lustig geworden waren, zwei- oder dreimal umgedreht. Jedes Mal hatten seine Augen die von Sofia gefunden. Und jedes Mal war sie zuerst errötet und hatte schnell zum Fenster hinausgeschaut. Die Fahrt hätte ewig weitergehen können. Aber jetzt waren sie nun mal in Pissouri. Alle zusammen.

Hinter ihnen war ein Kleinbus mit türkischem Kennzeichen gefahren. Die Familie Atalay mit allen Schwestern, Brüdern, Verwandten. Deshalb war »Kleinbus« eigentlich auch untertrieben. Es war ein kleiner Bus mit bestimmt zwanzig Sitzplätzen.

Aus Kato Koutrafas hatte die Familie noch die alte Frau Varviotis abgeholt, als Zeichen der Versöhnung. Auch Lady Gladstone war an Bord.

An diesem Abend würden nicht mehr viele Menschen in Kato Koutrafas die Stellung halten. Heute wäre der Ort wirklich wie ausgestorben. Sie waren alle hier. In dem Restaurant, in dem Elena Kyriakou zuletzt gegessen hatte.

Bevor Davit Nalbandian und seine Schergen sie vom Berg geschubst hatten.

Der Besuch im Restaurant war Sofias Wunsch gewesen. Nun ging die Karawane auf das Restaurant zu, Carl wich ihr nicht von der Seite.

Aus dem Inneren der Taverne kam schon der Boss, Sotiris, und er winkte Sofia, gab ihr erst die Hand, dann nahm er sie in die Arme und stammelte: »Ich bin froh, dass Sie jetzt hier sind. Ich habe alles im Fernsehen gesehen. Sie sind eine Heldin. Kommen Sie, kommen Sie, es ist alles bereitet.«

Er wies auf die lange Tafel, seinen ganzen Stolz. Er hatte liebevoll Blumenbuketts arrangiert und ein Kerzenmeer entzündet. Dazu Dutzende Flaschen: Rotwein aus dem Troodos, *Xynisteri*-Weißwein, Ouzo, *Keo*-Bier und Karaffen mit Wasser.

Am Strand neben dem Lokal stand ein eiserner Ofen, dessen kleiner Schornstein mächtig dampfte und einen wunderbaren Geruch aussandte.

Aus der anderen Richtung kam ein weiterer Kleinbus angebraust und hielt mit quietschenden Bremsen. Ein Bus der Polizei. Schmutziges Weiß, abgekratzte blaue Streifen, Baujahr: gefühlt nach dem Mittelalter. Aus dem Fahrerhaus stieg Christina Charalambous und ging nach hinten, um den alten Damen die Tür zu öffnen: Lady Juliet, Sonia und Iria, alle schick zurechtgemacht, als gingen sie zu einem vornehmen Ball.

Lady Juliet winkte und fuhr, nachdem der Rollstuhl aufgebaut war, als Erste auf Sofia zu. Die frischgebackene Polizistin beugte sich herunter, um die alte Dame zu begrüßen. Dann folgten die anderen beiden, Sonia stützte Iria, die recht wacklig auf den Beinen war, deren Gesicht aber rosig und frisch aussah. Es schien, als hätte die Aufklärung des Verbrechens ihr eine Portion Zuversicht geschenkt. Sie führte Sonia bis zur Tafel.

Sofia bat alle, Platz zu nehmen. Sie hatte die Tischkarten zurechtgerückt, sodass Lady Juliet direkt neben Lady Gladstone zum Sitzen kam. Und es dauerte nur Sekunden, da begann ein erregtes Gespräch in feinstem Hochenglisch über die Abscheulichkeit des Mordes und die Schönheit dieses Strandes.

Sotiris rannte hierhin und dorthin, entzündete immer noch weitere Kerzen, und dann, als fast alle saßen, kam er angestürzt, um Sofia als Erster das Glas zu füllen.

Als alle mit Wein und Bier versorgt waren, stand sie auf und hob ihr Weinglas. Sofort senkte sich eine Stille über die lange Tafel, sodass nur noch das Meer zu hören war.

Sofia begann: »Auf Elena und Ergun, die miteinander vereint waren in diesem schrecklichen Moment. Auf Madame

Bourdoisseau, die das richtige Bauchgefühl hatte, dass etwas nicht stimmte mit diesem Investor – und auf Dimitrios Kyriakou. Wir trinken auf sie alle, und wir feiern ihr Andenken.«

Als sie in die Gesichter sah und bemerkte, wie Erguns Schwester die alte Frau Varviotis in den Arm nahm und wie sich sogar Christina eine Träne aus dem Auge wischte, spürte sie, dass sie in der Kürze die richtigen Worte gefunden hatte. Und sie spürte, dass die schrecklichen Ereignisse hier auf wundersame Art und Weise die unterschiedlichsten Menschen zusammengeführt hatten.

Dann ergriff Lady Juliet das Wort.

»Was ist denn nun mit unserer geliebten Christine passiert? War der verdammte Nalbandian auch an ihrem Tod schuld?«

»Christina«, sagte Sofia und wies auf ihre Vorgesetzte, »ist das jetzt offiziell? Das Ende von Madame Bourdoisseau?«

Die Kommissarin nickte entschlossen. »Ja, das war tragischerweise ein abgekartetes Spiel. Nalbandian und seine Schergen wussten, dass die Französin der Knackpunkt in der Geschichte sein würde. Sie war misstrauisch. Sie wollte nicht verkaufen, sie wollte nicht ins Heim. Sie war die Jüngste, die Gesündeste von Ihnen. Sie hätte am längsten gelebt. Es scheint sogar, dass sie die Geschichte vom noblen Grand Hotel nicht geglaubt hat und sich die Baustelle angesehen hat. Man hat sie mit Ausreden vertröstet: Es sei bald fertig, es habe einen Streik gegeben, blabla. Sie blieb skeptisch. Da musste Nalbandian handeln. Er hat sich bei ihr für ein Gespräch angemeldet. Ganz kurzfristig, damit sie keine von Ihnen informieren konnte. Es war richtig perfide. Dann hat er sie mit einem schwer nachweisbaren Gift betäubt und etwas injiziert, was ihr Herz aufhören ließ zu schlagen. Eigentlich hätte eine Obduktion die Einstichstelle zeigen müssen, aber ein befreundeter Arzt des Notars hat den Totenschein ausgestellt. Vielleicht sogar, ohne Verdacht zu schöpfen. Wir vernehmen den Arzt derzeit. Er scheint untröstlich zu sein. Der Notar ist aber auf jeden Fall dran, als Mitwisser, als Vertuscher, als Hintermann. Er wird sehr lange im Knast schmoren.«

Lady Juliet schüttelte den Kopf, murmelte immer wieder: »Unfassbar. Unfassbar, das alles.«

»Ja, und Elena scheint spätestens da endgültig misstrauisch geworden zu sein. Deshalb musste auch sie sterben.«

Sonia und Iria sahen sehr betroffen aus.

»Und auch die Obduktion von Dimitrios hat uns weitergebracht.«

»Erzähl«, sagte Sofia ungeduldig.

»Wir haben eine ganz neue Methode angewandt. Damit kann man den Todeszeitpunkt anhand von Insekten auf die Stunde genau bestimmen. Sie hatten Dimitrios schon vor Elenas Tod um die Ecke gebracht. Zwei Stunden vorher. Es sieht so aus, als hätte sich einer der Gorillas darum gekümmert. Und der andere hat eine Stunde später zusammen mit Davit Elenas Auto von der Klippe geschoben. Offenbar haben sie Dimitrios schon am Vormittag bei der Auslieferung gestoppt und in den Wald gebracht. Wir haben DNA-Spuren im Laderaum des LKW gefunden. Er war da drinnen eingesperrt.«

»Bestialisch«, rief Lady Gladstone aus.

»Des Nachts haben sie ihn dann an den Baum geknüpft. Es gibt Abwehrverletzungen, die auf einen Kampf hinweisen. Er hatte keine Chance.«

»Der arme Kerl«, sagte Sofia, und die Runde nickte.

Erguns Schwester Sila nahm die weinende Frau Varviotis in den Arm. »Wir haben vorhin darüber gesprochen, ob Elenas Mutter nicht zu uns ziehen könnte, wir würden gerne für sie da sein«, sagte sie auf Englisch.

Was für eine versöhnliche Geste, dachte Sofia. Es war nicht klar, ob die alte Varviotis das Angebot in der fremden Sprache auch wirklich verstanden hatte, aber gewiss war, dass sie in Kato Koutrafas eine gute Lösung für sie finden würden.

Alle stießen miteinander an und tranken, und in diesem Moment kehrte eine große Ruhe ein. So wie eine zwanglos sich ergebende Schweigeminute, in der nur die Wellen zu hören waren.

Der Mond beleuchtete die Szenerie und machte die dunklen Wellen zu funkelnden Ausläufern des Meeres.

Als die Gespräche wieder begannen, öffnete Sotiris den Ofen und entnahm mit Hilfe seines jungen Kellners die Spieße mit dem Fleisch. Es war sein Vorschlag gewesen, als Sofia den Abend geplant hatte: Das Osterlamm – das heilige zypriotische Mahl, das den Hochfesten der griechisch-orthodoxen Kirche vorbehalten war – war genau das Richtige für den Abend, der dem Gedenken an die Opfer gewidmet war. Bei der Vielzahl an Gästen hatte er zwei Lämmer zubereitet. Nun schnitt er den feinen Braten in saftige Scheiben und legte ihn auf vorbereitete Teller mit Reis, roten und gelben Ofenpaprika und Oliven. Zum Schluss gab er reichlich Oregano und Olivenöl darüber.

Der junge Kellner kam mit dem Servieren kaum hinterher.

Schließlich saßen sie alle vor ihren Tellern – die griechischen Zyprioten, die Türken, die alten Damen aus Paphos, sogar Kostas strahlte, als er das feine Abendmahl sah. Ein einziges *Kalí órexi* schallte aus Dutzenden Kehlen, dann stürzten sich die Gäste auf das Lamm, sprachen Wein und Bier gut zu, und Sofia kam zum ersten Mal in dieser Woche dazu, sich die Geschehnisse um sich herum aus einer ruhigen Beobachterperspektive anzuschauen. Sie atmete tief durch, schnitt ein Stück von ihrem Lamm ab und genoss die krosse Kruste, die das Feuer im Ofen bereitet hatte, bevor sie auf den Kern traf, ideal gegrillt, blutrot, mit diesem feinen Geschmack, den nur die Lämmer dieser Insel hatten.

Da konnten sich die Engländer … ach was, sie hatte so viel über die Engländer nachgedacht und über die Deutschen und sie mit den Menschen auf der Insel verglichen.

Damit sollte es nun gut sein. Hier war sie zu Hause. Schon lange hatte sie das nicht mehr so gespürt wie an diesem Abend.

Sie beobachtete, wie Kostas seine Umgebung mit witzigen Geschichten unterhielt. Adonis und Constantina sahen ihn dabei an, als wäre er ein Außerirdischer. Er war wirklich wie ausgewechselt.

Lady Gladstone schaute von ihrem Platz herüber und zwinkerte Sofia zu. Gut gemacht, sollte das wohl heißen. Sofia antwortete mit einem Lächeln. Und schaute dann ganz kurz nur zu Christos, der ebenfalls im Gespräch war, mit Erguns Brüdern redete. Doch er spürte ihren Blick und sah kurz auf, ihre Blicke trafen sich, und Sofia spürte, wie sie prompt errötete.

»Babe?«

Es war Carl, der neben ihr saß, gerade sein Bierglas abgestellt hatte und ihr nun die Hand auf die Schulter legte.

»Ja?«

»Ich muss dir noch etwas sagen. Nein, besser: Ich will dir etwas sagen.«

»Nun sag schon«, lachte sie.

»Nicht hier.«

»Wo denn dann?«

»Komm, wir gehen ein Stück rüber an den Strand.«

»Wir sind am Strand.«

Aber sie stand auf und folgte ihm einmütig. Ein paar Meter von der langen Tafel entfernt blieben sie stehen. Die Wellen rauschten. Es war ein perfekter Moment. Der Mond war nicht mehr so voll wie vor drei Tagen, aber sein Licht reichte, um der Szenerie ein magisches Antlitz zu verleihen. Beinahe kitschig schön, dachte Sofia. Wenn sie doch nur mit Christos …

In diesem Moment stotterte Carl: »Sofia, ich weiß, es ist etwas überraschend ...«

Und dann kniete er sich hin, in seinen braunen Slippern und seinen cremefarbenen Bundfaltenhosen aus einem Katalog, der der britischen Adelshölle entsprungen sein musste. Er kniete sich vor ihr in den Sand und öffnete eine kleine Schatulle. Darin ein Ring, ein goldener Ring mit einem riesigfetten Klunker. Ein Diamant, für den sie töten würde.

Sofia nahm wahr, dass alle Gespräche am Tisch mit einem Mal verstummten. Sie wusste: Alle Gäste sahen in diesem Augenblick zu ihnen hinüber.

»Sofia, ich will dich hier und jetzt fragen: Willst du meine Frau werden?«

Er lächelte sie an, wie er da vor ihr kniete. Dieser britische Kerl, der einfach nur zum Liebhaben war. Dennoch wünschte sie sich geradezu, dass Davit Nalbandian noch einen dritten Gorilla hätte, der sie in diesem Moment vom Strand entführte. Carl schaute sie von unten an, die Sekunden fühlten sich an wie Jahre.

What the fuck, dachte Sofia, der erste Antrag ihres Lebens, den sie sich immer so sehr gewünscht hatte – sogar von diesem Mann. Und mit diesem Diamanten. Bis vor einer Woche. *What the fuck.*

Sie schaute auf den Ring. Das Funkeln im Mondlicht verschwamm vor ihren Augen, und sie spürte nur noch, wie die Beine unter ihr wegsackten.

Sie sah nicht mehr, wer sie auffing. Ihre Hand war schon im Wasser aufgekommen, doch dann spürte sie starke Arme, die sie umfingen, kurz bevor sie ins dunkle Blau des nächtlichen Meeres gefallen wäre.

Efaristo – Danke

Dass diese kleine Insel in der Levante für mich so besondere Bedeutung hat, ist Schicksal und Segen. Dafür bin ich sehr dankbar, denn diese Verbindung hat mir sehr viel geschenkt, das ich vorher nur gespürt habe.

Nun aber noch sehr speziellen Dank:

Efaristo, Jasmin, für Deine Erstleserschaft, immer und immer so besonders.

Efaristo, Christian Berger, für Deine griechische Expertise, weil die Ehe immer noch die beste Sprachschule ist. Besser als meine Volkshochschule jedenfalls.

Efaristo, Marianna Charalambous in der zypriotischen Botschaft und Ihren Exzellenzen Minas Hadjimichael und Andreas Hadjichrysanthou.

Efaristo, HoCa, mein wunderbarer Heimathafen an der Alster, und Deinen kreativen und offenen Seelen: Birgit Schmitz, Laura Hage und Moritz Klein.

Efaristo, Thomas Ganske, für die herzliche Unterstützung.

Efaristo, Katrin Aé, für Deine punktgenaue und liebevolle Arbeit am Text.

Efaristo der Werbung und den Grafikerinnen, diesem tollen Team für Cover, Vorschau und Geplauder – und besonders Dana Mayer ein Dank und »farewell«.

Efaristo der Sofia Perikles unter den deutschen Agentinnen, meiner wunderbaren Rebekka Göpfert.

Efaristo, Ihnen, liebe Buchhändlerinnen und Buchhändler, dass Sie dieser wunderbaren Gegend auf die Krimibeine helfen.

Efaristo meiner griechischen Heimat in Berlin, der Asteria in der Schönhauser, die neben dem krossesten Gyros und dem kältesten Mythos auch Herzensmenschen zu bieten hat, Lianna, Sotiris, Giorgios, Vassilis 1, 2 und 3. Da ist Zypern dann gar nicht so weit weg.

Efaristo, Panikos, für Schicksal und Segen.

Efaristo, Zypern. Möge die Teilung enden und Frieden herrschen. Die kleine Insel in der Levante hat ihn verdient.

Yanis Kostas im Herbst 2018